Oxford, Headquarter. 개발 첫 날

Belgian Grand Prix, 'Torero'

Into the red

인투 더 레드

INTO THE RED

박지연 소설

arte POP

"그래, 여름 내내 함께 있자."

PART 1

PART 2

PART 1

고속의 레이스 카가 밀어낸 바람이 콘크리트 벽에 부딪쳤다. 왈도가 보고 있는 모니터가 미세하게 충격에 떨렸다. 300km/h 이상의 속도로 달리던 차가 코너 앞에서 순식간에 속도를 떨어트리고, 브레이크는 불꽃처럼 빛을 내며 회전하는 휠을 붙잡았다. 오스카는 숨을 멈췄다. 작은 콕핏(cockpit, 운전석) 안에서 다섯 배는 강해진 중력 가속도가 그의 심장보다 더 큰 힘으로 혈액을 짓눌렀다. 그는 온 힘을 다해 그 무게를 견뎠고, 코너를 돌아 나갈 때 드디어 작게 한숨을 내뱉었다.

오스카가 페달을 힘껏 밟고 다시 한 번 그 너머를 향해 돌진했다. 왈도는 그럴 때마다 자신도 모르게 숨을 멈췄다. 라디오에 연결된 채 들리는 오스카의 숨소리와 모니터 위에 쏟아지는 숫자들은 똑같은 중력으로 왈도의 가슴을 짓눌렀다. 레이스가 끝나면 오스카의 사투는 숨결 하나까지 모두 기록으로 남았지만, 차에서 내린 그의 지치고 땀에 절은 뜨거운 뺨의 온도는 왈도의 기억 외에 어디에도 남아 있지 않았다.

Pilot from winter

스페인의 바르셀로나는 겨울에도 따뜻해서 레이스 팀은 2월부터는 시즌에 앞서 카탈루냐 레이스 트랙에서 새 차를 테스트했다. 팩토리에서 개발을 마치고 처음으로 땅을 달릴 준비를 한 레이스 카들이 일렬로 늘어선 각자의 개러지(garage, 정비소)에서 시동을 걸자 어수선한 소음이 트랙에 울려 퍼졌다. 오전의 겨울 태양빛이 청량하게 빈 땅에 떨어진다. 바람도 잠잠한 좋은 날이었다.

개러지를 나오자 옅은 햇빛이 찬 공기에 식은 왈도의 어두운 머리카락을 조금이나마 데웠다. 스페인의 겨울은 낯설진 않았지만, 트랙은 겨우 서른한 살에 현장 팀의 레이스 엔지니어가 된 그에게는 처음이었다. 타이어 팀이 노면에 주저앉아 트랙 온도를 재고 있었다. 왈도는 자신이 준비가 덜 된 것처럼 보이지 않는지 시선을 의식하며 훤칠한 몸을 구부려 검은 지면에 손바닥을 가져다 댔다. 손바닥이 싸늘하다. 땅을 데우기엔 햇빛이 약했다. 팩토리에서 일 년이 넘게 심혈을 쏟은 새 레이스 카는 오늘 이 차갑고 마른 땅을 달릴 것이다. 그는 가볍게 심호흡하며 뒤를 돌아봤다.

개러지에는 오스카가 있었다. 그는 추운지 모자와 큰 점퍼에 파묻힌 채 자신이 타고 달릴 차를 바라보고만 있었다. 경력이 지긋한 미캐닉들이 분주하고 능숙하게 움직이는 동안 멀뚱한 얼굴로 서 있는 그는 까마득하게 어려 보였다. 스물네 살 하고도 1개월, 레이스에서는 오늘 트랙을 달리는 드라이버가 태어난 지 며칠째인지까지도 기록으로 남겼기 때문에 왈도는 그가 몇 살인지 정확하게 알고 있었다. 무슨 생각을 하고 있는 건지 알 수 없는 청록색 눈이 깜박이지도 않고 앞만 본다. 그로서도 처음인 포뮬러원 주행을 앞두고 긴장하고 있는 걸까 생각하려는 찰나, 오스카는 문득 코를 훌쩍이며 이마 위로 흘러내리는 모자를 한 손으로 밀어 올렸다. 그리고 누가 보든 말든 콧등을 찡그리며 하품했다. 그 바람에 정리되지 않은 머리카락 한 줌이 모자 끝으로 삐죽 튀어나왔다. 그는 다시 조금 전의 얼굴로 돌아갔다. 왈도는 눈을 약간 찌푸렸다. 그를 처음 만난 것은 몇 주 전, 옥스퍼드에 있는 레이스 팀 팩토리에서였다.

"오늘 우리 팀 드라이버가 올 거야. 오늘 이왕이면 카시트 피팅 하는 작업도 해줘. 일 년간 자네가 맡을 드라이버니까 인사도 하고."

팩토리에 출근하자마자 팀 보스 마테오가 유난스레 바쁜

걸음으로 왈도를 쫓아와 말했다. 왈도는 그 소식을 오늘 들었다. 시즌이 시작되기 직전까지 간을 보다 늦게 드라이버를 계약한 줄은 알았지만, 보스는 늘 그런 식으로 팀원들에게 통보를 했다. 비밀이 많고 의뭉스러운 양반이었다. 드라이버가 팩토리에 첫 출근한 날에는 기자들이 사진을 찍으러 오는 경우도 있는데, 넥타이를 할 걸 그랬나 하는 생각을 빠르게 하며 왈도는 문득 자신의 신발을 내려다봤다. 구두 색은 괜찮군. 보스를 따라 복도를 걸으며 왈도는 그에게 물었다.

"몇 시쯤 도착하나요?"

"오늘 런던에 도착하는 게 10시쯤이랬으니 12시 전엔 오겠지. 우리 직원이 차로 데리러 갈 거야."

"어디서 오는데요?"

"헬싱키. 모르나? 핀란드인이잖아."

아, 그랬지. 왈도는 그를 기억에서 떠올리려고 애썼다. 그가 우리 팀과 계약하리라는 것은 몇 개월 전부터 소문으로 돌고 있었다. 마테오가 한참 전부터 그를 점찍어두었다는 사실은 팩토리 팀 직원들이라면 누구나 알고 있었다. 작년의 GP2 챔피언, 그전에는 르노3.5 시리즈의 거의 모든 레이스를 우승한 압도적인 신인이었다. 분명 기사에서 얼굴을 본 적은 있는 것 같은데 왈도는 당장 생각이 나질 않았다. 굉장히 냉정한 인상을 한 전형적인 핀란드인이었던가. 그렇게 두루뭉술하게 떠올리며 왈도는 내심 그가 자존심이 센 천재 타입이지 않을까 하고 걱정했다. 왈도는 다시 한 번 구두를 내려다봤다. 로퍼를 신지 않길 잘 했군.

팀의 정비구역에 서둘러 가자 그 소문의 드라이버는 이미 도착해 있었다. 지저분한 흰색 컨버스를 신은 애가 먼지 한 톨 없이 깨끗한 바닥 위에 서 있었다. 그는 두꺼운 검정색 외투 속으로 당장이라도 사라질 것처럼 둘러싸여 간신히 희끄무레한 머리통만 옷 밖으로 내밀고 있는 모습이었다. 그런 금발은 처음 봤다. 가까이 다가서자 그의 밝은 머리카락 아래로 정수리가 조금 비치는 게 보였다. 왈도는 인사를 하기 위해 그에게 멈추지 않고 곧장 걸어갔는데, 악수를 할 만한 거리까지 다가왔다고 생각하자 금발머리의 드라이버는 자석에 밀리듯 자연스럽게 한 걸음 물러섰다. 갈 길 가시라는 듯이. 멀뚱거리는 그에게 왈도는 말했다.

"헬싱키는 많이 추웠나 보네요."

뭐, 나? 하는 얼굴로 그가 고개를 들어서 드디어 왈도를 봤다. 눈썹 색이 밝아서 눈썹이 없는 것처럼도 보였다. 왈도는 손에 들고 있던 가방과 파일을 왼팔에 몰아 안으며 오른손을 그에게 내밀었다.

"에두아르도 코르테즈입니다. 내가 당신의 레이스 엔지니어예요. 당신의 차, 팀, 레이스 전반에 대해 이야기하고 관리할 사람이에요."

앞의 인사말은 좀 재수 없었으려나. 별수 없었지만 그래도 꽤 세련되게 손을 내밀었다고 생각했는데 그는 맞잡아 악수할 생각은 안 하고 자신보다 한 뼘은 키가 큰 왈도를 깜짝 놀라서 올려다보기만 했다. 그러다 그는 머뭇머뭇 주머니에서 손을 꺼냈다. 그 느린 동작을 보느라 왈도의 몸이 약간 기울었고 팔에 안은 서류 다발이 스르륵 흘러내렸다. 순간 그걸 발견한 상대방이 재빨리 서류들을 붙잡았다. 산뜻한 손길로 조심스레 그걸 밀어 올리더니 그는 다시 왈도의 눈을 마주쳤고 서둘러 시선을 피했다. 그쯤에서 왈도는 손을 거두었다. 드라이버는 점퍼에 자기 손을 주섬주섬 다시 찔러 넣었다. 그리고 보기보다 터프한 목소리로 대답했다.

"오스카예요."

◇ ◇ ◇

"개인 공간을 초면부터 너무 침범한 거 아냐? 노르딕들은…… 그런 게 있다고 하잖아. 줄을 설 때도 한 2m는 떨어져서 서야 하는."

"그건 너무 편견이지 않아요?"

"바르셀로나 사람들처럼 인사할 때 껴안지 않는다고."

"아직 그러진 않았어요."

왈도는 작게 대답하며 잔에 가득한 커피를 홀짝였다. 미캐닉들은 유난히 내성적인 드라이버에 대해서 이런저런 이야기를 하며 작업하고 있었다. 오스카는 조금 떨어진 곳에서 얌전히 차 안에 앉아 있었다. 그는 레이스 카의 콕핏에 앉은 채로 변성 소재를 통해 신체에 딱 맞는 몰드를 뜨는 중이었다. 드라이버 시트는 그 몰드를 통해 탄소섬유로 만들어져서 드라이버의 등허리부터 허벅지까지의 모양과 그대로 들어맞았다. 이제 저 내성적인 드라이버는 오늘 초면인 사람들에게 신체 사이즈 정보를 낱낱이 알려야 하는 사생활 침해를 맞닥뜨릴 예정이었다. 그럼에도 불구하고 그는 제법 아무렇지 않은 얼굴로 콕핏에 앉아 있었다. 조금 조는 듯도 했다.

175cm에 장비를 착용한 채로 67kg. 드라이버 슈트를 입고 헬멧을 손에 든 채 체중을 재던 오스카가 아, 하고 작게 탄성을 내질렀다. "일주일 내내 술을 마셨더니"라고 중얼거리는 소리에 왈도는 잘못 들었나 했다. 그러면 레이스 슈트와 장비 빼고 맨몸으로는 몇 kg이라는 거지, 하고 물으려다가 지금은 너무 섣부른 질문인가 하여 그만뒀다. 곧 오스카는 이어폰을 맞추기 위해 양쪽 귀의 몰드를 떴다. 숙련된 미캐닉이 그의 말랑하고 약간 분홍빛의 귓바퀴를 잡고 몰드를 귓구멍 안쪽으로 부드럽게 밀어 넣을 때, 왈도는 어쩐지 사적인 것을 본 기분에 재빨리 눈을 돌렸다. 앉아 있는 오스카의 손이 무릎 위를 토톡 토톡 두드리고 있었다. 손끝이 뭉툭하지만 손가락이 단단하고 보기 좋았다. 왈도의 시선은 더 내려가 얇은 드라이버 슈즈를 신은 오스카의 발에 머물렀다. 크

지도 작지도 않은 날씬한 발이다. 페달 위치나 부츠 뒤축을 굳이 변경할 이유는 없겠지. 어색한 기분이 들어 몸을 돌려 걸어가는데 뒤에서 오스카가 미캐닉에게 말을 거는 소리가 들렸다.

"제가 팩토리 근처에 집을 얻을까 하는데요. 런던은 잘 몰라서 어디서 살면 좋을지 좀 알려주실래요?"

"그래? 우리 직원들은 옥스퍼드에 많이 살아. 나중에 집 보러 같이 다닐래?"

"고마워요."

나랑은 악수도 안 하려고 하더니. 왈도는 작업장 저편 선반에 놓인 커피 머신을 향해 걸어갔다. 커피 캡슐을 꺼내는 동안 오스카는 곁의 미캐닉에게 속삭였다. 그러나 귀를 꽉 채우고 있는 보형물 때문에 자기 목소리가 들리지 않았는지 의도보다는 큰 목소리로 말했다.

"저 사람이 이제 우리 보스예요? 완전 모델이잖아. 박사 학위 있을 거 같이 안 생겼는데."

오스카의 목소리는 또렷하게 왈도에게까지 다 들렸다. 미캐닉은 크흑, 하고 웃음을 터트리고 말았다.

◇ ◇ ◇

테스트 세션1, 그린 라이트.

시계가 정시를 가리키자 트랙 입구의 신호등에 초록색 불이 들어왔다. 오스카의 차가 처음으로 개러지를 벗어나 날렵한 동작으로 피트레인(pit lane, 정비소 앞쪽의 도로)으로 나왔다. 왈도는 피트월(pit wall, 레이스 카와 통신을 위해 설치한 부스) 쪽에 서서 그의 파란색 크로스가 그려진 헬멧 정수리가 햇빛에 반짝이며 빠르게 앞을 지나가는 모습을 보고 있었다. 무겁게 울리는 엔진 소리를 내며 그 뒤를 여러 대의 다른 팀 차들이 뒤따랐다. 아직 완전한 레이스 버전이 아닌 테스트 카는 매끈하고 어두운 군청색으로만 이루어져 있었다. 시즌 오프닝 경기에서는 아주 선명한 푸른색 불꽃과 황소 패턴을 그려 넣은 레이스 카가 될 것이다. 'Team Toro Indigo'라는 이름에 맞게. 토로 인디고의 두 대의 차 중 오스카의 차가 먼저 트랙을 향해 떠난다. 피트레인 출구에서 레이스 카는 굉음과 함께 가속하며 순식간에 달려 나갔다.

테스트 주행인 만큼 피트월의 일곱 개의 좌석은 대체로 비어 있었다. 레이스를 운영하는 사람들이 앉는 자리였다. 그러나 팀원들은 '보스와 깡패들'이라고 더 많이 불렀다. 왈도는 왼쪽으로부터 비어 있는 매니저와 테크니컬 디렉터, 이미 자리를 잡은 팀 보스와 레이스 스트레터지스트, 수석 레이스 엔지니어와 팀 메이트의 레이스 엔지니어의 좌석도 지나서 가장 끝자리에 앉았다. 상대적으로 나이가 많은 왼쪽의 사람들에 비해서 허리를 세우고 끝자리에 앉은 왈도는 뒷모습만으로도 젊어 보였다. 미캐닉들은 그 모습을 보고 소음 속에서 수군거렸다.

"몇 살이래? 대학 졸업한 지도 얼마 안 된 거 아냐?"

"팩토리의 개발팀에서 레이스 백업 하다가 현장은 올해 처음 와봤대."

"애송이 중의 상 애송이구만."

"스트레터지스트가 현장 발령을 추천했다고 해. 팩토리에서도 에이스였다는데."

"어떤 면에서? 얼굴?"

미캐닉들은 기름 얼룩이 묻은 개러지 바닥을 대강 문지르며 시시덕거렸다. 웃음은 곧 개러지를 빠져나가는 다른 차들의 분주한 소음에 묻혔다.

수석 레이스 엔지니어의 지시에 왈도는 오스카를 라디오로 불렀다. 레이스 엔지니어는 드라이버가 트랙에 있는 동안은 그와 항상 연결되어 트랙과 레이스 상황, 그리고 피트월의 판단도 전달해야 했다. 일종의 내비게이터였다.

"하드한 타이어로 트랙을 최대한 오래 달리는 방향으로 진행할 거야. 올해 레이스 카 보디의 공기 흐름에 대한 유효한 통계 수치도 필요하고, 타이어 자체의 내구성에 대해서도 데이터가 필요하니까. 오스카, 일단은 지금 컨디션으로 100랩(lap, 트랙의 한 바퀴를 세는 단위) 이상 달릴 생각으로 한번 해보자."

왈도의 말에 헤드폰 너머로 오스카가 '응'도, '어'도 아닌 애매한 소리를 내며 대답했다. 소리만으로는 긴장인지 흥분인지 알 수가 없었다. 왈도는 모니터 속의 중계 화면을 들여다봤다. 오스카의 푸른 차가 제법 매끄러운 포물선을 그리며 스타트라인을 향해 가고 있었다. 레이스만큼은 아니지만 약간의 긴장이 감돈다. 언제나 시간은 한정되어 있었다. 이 한 번의 트랙 테스트로 다른 팀들에게 뒤지지 않을 만큼 데이터를 얻어야 한다. 왈도는 자신의 첫 미션이 시작되는 모습을 바라봤다. 1/1000초까지 측정하는 시계가 카운트되기 시작했다.

왈도의 계획은 90분을 꽉 채운 주행이었다. 시뮬레이터로는 설정할 수 없는 노면의 온도 변화와 햇빛, 그리고 먼지, 공기 중의 수분 등 모든 변수 속에서 바람이 레이스 카 위를 어떻게 흐르고 빠져나갈지를 기록하기 위해 수개월의 팩토리 작업 끝에 오늘을 기다렸으니까. 화면 속에서 노란색의 아이콘이 점멸했다. 트랙 공식 카메라가 구석에 처박힌 푸른 차를 멀찍이서 관조하고 있었다. 오스카의 헬멧이 꿈틀거리다 차에서 내렸다. 그는 헬멧을 벗고 무심한 얼굴로 앞쪽 바퀴가 다 부러져 떨어진 레이스 카를 이리저리 둘러보더니 트랙 너머를 고개를 빼고 쳐다봤다. 팩토리에서 수도 없이 테스트했던 유려한 프론트윙(차 전면에 부착하는 날개)이 저 멀리 떨어져 나뒹굴고 있었다. 주황색 옷을 입은 트랙 마셜(marshal, 경기 진행 요원)들이 바지런히 달려와 조금 전까지 근사했던 레이스카의 찌그러진 잔해를 들어 나르는 동안 오스카는 개러지에서와 똑같은 표정으로 그 모습을 보고만 있었다. 그는 또 코를 훌쩍였다. 오늘 테스트는 이대로 끝이었다. 아직 해가 중천에 오르지도 않은 시간이었다. 피트월에 함께 앉아 있던 사람들은 왈도를 일제히 바라봤다. 왈도는 정말 절망적인 얼굴을 하고 화면 속에서 꾸물대는 오스카를 보고 있었다.

미캐닉들은 날이 완전히 저물 때까지 오스카가 부순 차를 복구해놓고서야 퇴근할 수 있었다. 하루를 완전히 날린 왈도는 한밤중이 다 되어서야 호텔로 돌아왔다가 1층 바에서 와인 코르크가 방에 없다며 바텐더에게 그걸 열어달라고 부탁하고 있는 오스카를 붙잡았다.

"첫날 테스트를 다 날려놓고 지금 뭐해?"

왈도는 바 안을 재빨리 둘러보며 말했다. 다행이 팀의 상급자나 다른 아는 사람의 얼굴은 보이지 않았다. 방에 와인 오프너가 없었다며 중얼거리는 오스카를 누가 볼세라 왈도는 그 등을 입구로 떠밀었다. 돌아 나가려는데 총명한 얼굴의 바텐더가 와인 잔을 두 개 새로 내밀었다. 왈도가 뭐라 말하려는데 바텐더는 자신의 능숙한 서비스에 만족한 듯 미소 지으며 "좋은 밤 되세요"라는 인사까지 건넸다. 오스카는 그 잔을 한 손으로 받아 움켜쥐고 "감사합니다"라고 인사하며 바를 나갔다.

◇ ◇ ◇

"나 잘리는 꼴 보려고 이래?"

오스카는 얼떨결에 바에서 왈도에게 붙잡혀 그의 방까지 끌려들어왔다. 왈도는 들어오자마자 소파에 쓰러지듯 기대앉아 중얼거렸고, 오스카는 개의치 않고 테이블 옆 바닥에 앉아 바텐더가 준 날씬한 잔에 화이트 와인을 따랐다. 맑은 금빛 와인이 유리잔 안에 찰랑거렸다. 오스카는 약간 눈치를 보다가 잔 하나를 왈도에게 내밀었다. 왈도는 이마를 짚고 있던 손을 내밀어 가느다란 유리잔 아래를 잡았다. 오래돼 보이는 가죽 시계를 찬 손이 길고 근사했다. 그는 잔 하나를 단숨에 비웠다. 그리고 테이블 위에 내려놓더니 문득 눈썹을 찌푸리며 와인 병 라벨을 확인했다. 마음에 든 모양이었다. 미남은 짜증을 내도 멋있네, 하고 오스카는 감탄하며 와인 잔을 코 밑에 갖다 댔다. 풍성한 꽃 같은 향기에 기분이 좋아진다.

"잘한 것도 없이 마시기에는 아까운 와인이네."

왈도는 피곤한 듯 두 손으로 얼굴을 문지르며 다시 소파에 기댔다. 그의 호텔방은 어디 하나 어질러진 곳 없이 참 단정했다. 오스카는 자기 방에 팽개쳐둔 가방과 옷가지를 앞으로도 그에게 들키지 말아야겠다고 생각하며 별말 없이 왈도의 빈 잔에 다시 와인을 따랐다. 그가 그 모습을 보더니 눌었다.

"술 좋아해?"

"그냥 사 봤어. 스페인의 와인은 어떤가 해서."

"체중 관리해야 되는 거 알지?"

"와인은 괜찮잖아."

"아닐걸."

왈도는 오스카가 따라준 두 번째 잔을 다시 들었다. 그리고 이번엔 천천히 냄새를 맡았다.

"왜 사고를 냈어? 뭔가 문제가 있었어?"

방금보다 조금 누그러진 목소리로 왈도가 물었다.

"아니……. 그냥 차 느낌이 내가 지금까지 타봤던 포뮬러들이랑 너무 다른데, 일단 빨리 달릴 수 있을 거라고만 생각했더니 뭐랄까…… 차가 전혀 통제가 안 되지 뭐야."

"어떤 식으로 통제가 안 되던데? 기계적으로는 별다른 문제없었어."

"글쎄, 코너에 들어갈 때 너무 뒤가 이렇게 들썩 들린다고 해야 하나……."

오스카는 양손을 들고 작은 목소리로 뭐라고 설명하려고 했다. 그러다 뜻대로 안 되자 와인을 냉수처럼 한 잔 들이켰다. 왈도는 그가 설명하도록 기다렸다. 말주변이 없는 걸까 아니면 모국어가 아닌 영어가 아주 능숙하지 않은 걸까 생각하면서. 조금 설명하려다 말고 오스카는 어깨를 으쓱했다.

"내일 잘하면 되지."

"말은 잘한다. 이런 식으로 하다가는 우리에게 내일이 없을 수도 있어."

"잘려도 내가 걱정이지 박사까지 나온 네가 걱정인가? 이직해."

그 말에 왈도는 그만 실소를 터트렸다. 그제야 오스카의 긴장한 표정도 풀렸다. 그 얼굴을 보자 기분이 상했다고 그를 타박한 게 조금 미안해졌다.

"조금 더 오늘 주행에 대해서 설명해 봐. 설명하기 어려워?"

"잘 모르겠어. 설명한다고 해도 내가 느끼는 감각을 네가 이해할 수 있을지."

"왜?"

"데이터로 보는 것으로 이해할 수 있어? 그…… 정돈된 공기가 이렇게 나를 지나서 뒤로 흘러가는 그런 느낌 같은 거."

오스카는 손으로 공기의 흐름을 만들어 보였다. 펼친 손바닥이 집중한 얼굴을 천천히 스쳐 지나갔다. 그러더니 갑자기 그는 자신의 등허리에 양손을 얹었다.

"그리고 내 엉덩이와 허리가 느끼는 그 뜨거움과 흔들림과 불안과 중력과 스트레스를 말로 설명하자니……."

왈도는 눈썹을 추켜올렸다. 반문하고 싶었지만 굳이 엉덩이라는 말을 입에 다시 담고 싶지 않았다. 오스카는 그러다 한숨을 쉬었다.

"몰라, 나도 다 낯설단 말이야. 나야말로 내가 제대로 역할을 하는 건지 모르겠어. 피트월에서 보고 있는 너에게 내가 필요한 것들을 제대로 느끼고 전달하고 있는 건지."

오스카는 그렇게 말하고는 상체를 앞으로 푹 숙였다. 시트 피팅 할 때 눈여겨봤던 그의 작은 엉덩이가 괜히 눈에 들어와 왈도는 이번엔 시선을 피하지도 않고 그냥 봤다. 체지방이 거의 없고 마른 드라이버의 몸은 그냥 객관적인 시각으로도 누구나 감탄할 만큼 매력 있다고, 그렇게 생각하면서. 오스카는 갑자기 상체를 번쩍 일으켜 왈도의 눈을 봤다. 그 찌르는 듯한 시선에 왈도는 방금까지의 생각을 들킨 듯 뜨끔해졌다.

"타보면 알 텐데. 내 감각을 너도 정확하게 느껴볼 수 있으면 좋겠다. 감각을 통역해줄 사람이 있었으면."

오스카는 싱긋 웃었다. 작은 입술 끝이 오목하게 말려 올라갔다.

◇ ◇ ◇

다음 날의 테스트에서도 오스카는 분투했다. 그는 레이스카를 부수지 않은 채로 이번에는 장시간 주행을 꽤 잘해내고 있었다. 날씨는 여전히 화창하고 좋았다. 팀의 나머지 한 대의 레이스 카가 개러지로 돌아오고, 테스트 주행을 마친 다른 드라이버가 내렸다. 늘씬하게 키가 큰 남자가 일벌처럼 달라붙는 미캐닉들 사이로 우아하게 빠져나왔다. 헬멧을 벗자 영화배우처럼 잘생긴 얼굴 위로 물결치는 갈색 머리가 흘러 내렸다. 경력이 꽤 오래된 팀의 퍼스트 드라이버는 제노라는 이름의 서른 두 살의 이탈리아인이었다. 그는 자신의 미캐닉들과 이런저런 이야기를 주고받더니 왈도가 앉아 있는 피트월로 다가왔다. 어쩐지 타고나게 왕자님같은 존재감을 가진 그가 등 뒤로 다가오자 왈도는 그럴 필요 없는데도 괜히 그를 의식했다. 초조한 마음으로 뚫어져라 바라보는 화면 속에서는 오스카가 커브가 많고 까다로운 구간을 꽤 능숙하게 빠져나가고 있었다.

"오스카, 슬슬 타이어 성능이 떨어져갈 거야. 아직 괜찮은 것 같아?"

"글쎄 그럭저럭……!"

말하자마자 오스카는 집중이 흐트러졌는지 직선으로 들어가는 마지막 코너에서 크게 흔들렸다. 차체의 뒷바퀴가 완전히 트랙 바깥쪽까지 밀려 나갔다가 재빨리 다시 자세를 잡는다.

"타이어 좀 떨어진다고 완전히 다른 차가 되어버렸잖아! 거지 같아. 완전 운전을 못 하겠어!"

오스카가 급하게 외쳤다. 왈도는 애써 별일 아닌 척 화면을 보고 있었지만 옆에서 이탈리안 팀 메이트가 웃었다. 그는 왈도 쪽으로 상체를 숙이며 말했다.

"재 좀 봐. 운전을 아주 미친 송아지같이 하고 있네."

왈도는 크흠, 하고 작게 헛기침했고 피트월의 다른 사람들은 웃었다.

"저 애가 첫 그랑프리에서 몇 랩이나 달릴 수 있을지 내기할까?"

제노가 말하면서 왈도의 등을 한 번 두드리고는 개러지 쪽으로 돌아갔다. 완주해야죠, 농담이라도. 같은 말들이 옆에서 위로처럼 들렸지만 왈도는 좀처럼 웃음이 나오질 않았다.

◇ ◇ ◇

오스카는 세션이 종료되는 순간까지 달렸고, 기대했던 것보다는 충분히 주행거리를 쌓을 수 있었다. 개러지로 오스카의 차가 돌아오는 것을 보고 왈도 역시 피트월에서 내려왔다. 다른 크루가 주행이 끝나자마자 프린트된 텔레메트리(원격으로 신호를 측정하고 기록하는 장치)를 왈도의 파일 클립 위에 얹어줬다. 작년 한 해 가장 압도적이었던 신인이었다기에 너무 크게 기대를 했던 걸까, 같은 생각을 대수롭지 않게 하며 그는 오스카에게 주행 보고를 받을 생각으로 다가갔다. 오스카가 차에서 내렸다. 장갑을 벗고 약간 불그레해진 손으로 헬멧을 마저 벗었다. 그가 발라클라바(헬멧 안에 쓰는 방염 소재의 복면)를 벗고 이어폰을 귀에서 뽑을 때에서야 왈도는 그의 얼굴을 가까이서 봤다.

100랩이었다. 한 번의 레이스에서조차 달릴 수 없는 장거리의 주행을 마친 드라이버가 그토록 상기되어 있을 거라고는 그는 생각도 하지 못하고 있었다. 오스카의 푹 젖은 머리가 차가운 바람에 식기 시작한다. 오스카는 조금 가빠진 숨을 새근거리며 목깃의 지퍼를 약간 내렸다. 습해진 눈이 조금 충혈된 채 자신의 레이스 엔지니어를 마주 보며 무슨 말을 하길 기다리고 있었다. 무슨 말을 하려고 했더라. 왈도는 순간 말문이 막혔다. 그의 팔에는 주행 기록이 프린트된 미지근한 종이가 두어 장 안겨 있었고, 그의 눈앞에는 그 결과를 고스란히 겪은 몸이 서 있었다.

"수고했어."

"뭐라고?"

개러지 안의 소음 때문에 못 들었는지 오스카는 왈도의 얼굴 앞으로 바짝 자신의 귀를 가져다 댔다. 그 결에 오스카의 미지근한 체취가 풍겼다. 연료를 뒤집어쓰기라도 한 듯한 냄새였다. 왈도는 다시 말했다.

"수고했다고."

오스카는 웃음기도 없이 그저 끄덕였다. 채 식지 않아 뜨거운 기운을 뿜는 차는 미캐닉들의 손에 의해 분주하게 다시 분해되고 있었다. 돌아가는 오스카의 뒷목이 불그스름하게 달아올라있었다. 왈도는 문득 그가 어제 한 이야기를 떠올렸다. 나의 감각을 네가 이해할 수 있었으면 좋겠다고. 마음 한구석이 설렘인지 걱정인지 알 수 없는 감정으로 울렁였다. 자신감에 차 있던 일들이 약간 더 불분명하게 느껴졌다. 그걸 내가 할 수 있을까.

오스카 한니넨. 24세 하고 곧 2개월. 감량이 필요하지만 술을 좋아하고 다른 것도 전부 잘 먹는다. 영어는 할 줄 알지만 아주 유창하지는 않다. 그래서인지 말수가 적고 내성적이다. 하지만 제법 고집은 있다. 긴장하면 손끝을 물 때가 있고, 충분히 쉬지 않으면 신경질적이 된다. 웨트 컨디션(wet condition, 트랙이 젖은 상태)에 약하다고 하지만 확인해 봐야겠고……. 생각보다 예민하다. 변화에 민감하다. 가족 말고는 특별히 연락하는 사람은 없어 보인다. 만나는 사람이 있는지는 모르겠다.

왈도는 종종 그에 대해서 기록했다. 트랙에서의 것들이 아니라 순전히 아주 개별적이고 주관적인 기록이었다. 최근에 오스카는 옥스퍼드에 작은 아파트를 얻었다고 했다. 그 집에 가보진 않았지만 집을 알아봐준 회사 직원의 말로는 어차피 일 년에 서너 달도 안 머무를 집이라 침대 하나만 겨우 사들여놨을 뿐이라고 한다. 이사 선물로 조명이라도 하나 사줘야 하나, 아니 그건 너무 앞서갔나 같은 고민을 하다가 몇 주가 훌쩍 흘렀다. 그리고 그들은 스페인의 테스트에서 거의 아무것도 더 준비한 게 없는 채로 첫 레이스 주말을 맞았다.

◇ ◇ ◇

"긴장할 거 없어. 준비를 완벽하게 해도, 안 해도 레이스라는 건 어차피 시작해봐야 아는 거니까."

스트레터지스트 안드레아가 북적거리는 인파 속에서 불쑥 말해서 하마터면 못 들을 뻔했다. 왈도는 인파 속을 헤치고 거침없이 나아가는 그녀의 뒤를 재빨리 쫓았다. 안드레아는 짧은 단발머리에 마흔 중반의 작은 체구의 여자였다. 그녀의 얼굴은 이 전쟁 같은 트랙의 소음 속에서도 마치 아무 일 없는 것처럼 태연했다. 그녀는 보스가 가장 신임하는 책사였다. 지금 전쟁이 일어나면 포탄이 떨어져 불타는 자리에 솥을 걸고 파스타라도 삶을 성격의 사람이었다. 안드레아는 팩토리에서도 버릇처럼 그렇게 말했다. 뭐든 그때가 되어봐야 안다고.

"제가 긴장한 것 같이 보여요?"

"아니야?"

안드레아의 반문에 왈도는 할 말이 없었다. 가볍게 한숨을 훅 내쉬는데 안드레아가 덧붙였다.

"드라이버 앞에서 긴장해서 호들갑 떨지 마. 우리야 피트월에 앉아 있는 사람들이지만 정작 트랙의 미친놈들 사이로 뛰어드는 건 그들이니까."

"……."

"아프리카 야생동물을 운송하듯이 해. 아주 예민하고 말귀를 못 알아먹는 녀석들인 것처럼. 조금만 스트레스를 줬다간 콱 죽어버릴 수도 있으니까, 살살. 알았어?"

그 말에 왈도는 눈썹을 치켜떴다. 전자와 후자의 말 중 어디에 반응해야 될지 몰랐다. 그런 그의 얼굴을 보고 안드레아는 표정 하나 변하지 않고 대답했다.

"뭘 진지하게 들어? 농담이야."

그러고선 안드레아는 왈도를 개러지 쪽으로 밀었다. 어수선하게 예선을 준비하는 인파 속에 오스카가 있었다. 아프리카 야생동물같이 예민한 드라이버는 워머로 예열 중인 타이어 더미 사이에서 그 온기를 쬐며 이어폰으로 음악이나 들으면서 허송세월을 보내고 있었다. 긴장한 건 나뿐인가. 억울한 기분이 들었지만 왈도는 마음을 다잡았다. 드라이버를 놀라게 하면 안 된다…… 드라이버를 놀라게 하면 안 된다…….

그래서인지 놀랍게도 예선 동안 오스카는 침착했다. 별다른 말을 하지 않았고, 차 안에서 조용히 쉬다가 세션이 시작되어 미캐닉들이 차를 땅에 내려놓으면 당장 트랙으로 달려나갔다. 이외의 선전이었다. 오스카는 세션1을 넘기고, 세션

2까지도 달렸다. 15분간의 주행에서 그는 체커 플래그가 떨어진 직후 기적처럼 기록을 앞당기며 최종 순위 열 명 안에 진입했다. 작은 화면에서 오스카의 이름 'HAN'이 적힌 박스가 위로 몇 계단 올라가는 순간 왈도는 작게 전율했다. P9이었다. 우리에게는 10분의 시간과 아마 서너 바퀴의 기회, 한 번의 세션이 더 남아 있었다.

안드레아의 표정이 달라져 있었다. 중계에서는 몇 번이나 오스카의 이야기를 하고 있었다. 처음부터 말도 안 되는 순위까지 기록을 내는 어린 핀란드인에 대해서 사람들이 수군거렸다. 고속 셋업을 하고 트랙을 달리는 그는 테스트 때 헤매던 송아지와는 완전히 다른 사람 같았다. 단 한 랩을 달리고 표면이 순식간에 엉망진창으로 마모된 타이어로 오스카가 돌아왔다. 소프트 타이어였고, 팀으로서는 최선의 속도를 낼 수 있는 셋업이었다.

"예선 세션3에서 다시 갈까요, 아니면 내일을 위해서 여기서 기록 갱신은 멈출까요?"

안드레아가 헤드셋을 벗고 디렉터에게 말했다. 왈도는 그들을 돌아봤다. 말도 안 된다. 트랙이 더 비어 있으면 오스카가 얼마나 더 기록을 당길지도 모르는데. 이야기를 꺼내려고 하는데 마테오가 왈도를 돌아보며 말했다.

"저렇게 빠른 애들에게는 전략보다도 더 많은 소프트 타이어가 필요해. 지금 자리를 한두 개 앞당기는 것보다도 내일 추월하기 위한 힘이 필요하지."

"하지만 그렇게 할 수 있을까요? 한 칸이라도 더 앞에서 출발하는 게……."

"한 번 더 해봅시다."

안드레아였다.

"한 칸이라도 더 앞으로 보내요."

마테오는 안드레아의 말에 다시 헤드셋을 썼다. 수긍이었다. 세션은 몇 분 안에 다시 시작이었다. 왈도는 개러지를 돌아봤다. 오스카는 차에서 내리지도 않은 채 기다리고 있었다. 조금 전에 본, 단 한 바퀴 만에 표면이 일그러진 타이어가 눈에 어른거렸다. 오스카의 차는 이미 새로운 세트의 타이어를 장착했다. 한 번, 아마 한 번이다. 기록을 좀 더 당겨야 한다. 왈도는 돌아앉았다. 모니터에 작은 초록색 등이 켜진다. 겨우 10분의 세션3에서는 단 1초도 판단을 망설일 시간이 없다. 네 명의 미캐닉이 일제히 오스카의 타이어에서 워머를 들어 올렸다. 100도로 달궈진 타이어가 바닥에 뜨거운 잔열을 남기며 순식간에 오스카의 차는 다시 개러지 밖으로 튀어나갔다.

출발선을 통과해서 오스카는 한순간도 흐트러지지 않은 채로 코너를 향해 돌진했다. 첫 번째 섹터에서 초록색 불이 켜진다. 현재 기록보다 빠른 주행이었다. 오스카의 타이어가 잠깐씩 트랙의 하얀색 선 바깥을 스칠 때마다 왈도는 숨을 멈췄다. 팀도 말을 멈췄다. 거의 실수도 없이, 순위표에서 다시 초록색, P8. 하지만 체커까지 몇 초. 그러나 이후에 들어온 차들 중에 오스카의 기록을 밀어낸 차는 없었다. 기록은 조금 전보다 미세하게 줄었다. 성공이었다.

안드레아가 모니터를 향해 바짝 굽혔던 등을 폈다. 그녀는 결과에 만족한 듯했다. 오스카의 차가 부드럽게 속도를 줄이며 다시 피트레인으로 돌아왔다.

인파 속에서 오스카는 헬멧을 벗으며 눌린 머리를 손으로 살살 만져 털었다. 상기된 얼굴은 어쩐지 후련해 보였다. 줄이 풀려서 신나게 달리고 오기라도 한 것처럼.

◇ ◇ ◇

그날 저녁이 되어서야 왈도는 오스카가 레이스를 앞두고 나름대로 긴장하고 있었다는 걸 알았다. 그는 레이스 리포트를 가지고 씨름하다 오스카의 방을 찾았다. 잠들지 않고 있던 그를 데리고 호텔 카페에 내려와 못다 한 이야기를 했는데, 어둑한 빈 라운지에서 겨우 물 한 잔을 앞에 두고 오스카는 거의 아무것도 입에 대질 않았다. 왈도는 그제야 그가 하루 내내 한두 마디도 하지 않았다는 걸 깨달았다. 허리를 테이블 위에 구부리고 엎드려 왈도의 이야기를 듣는 그는 내면으로 끝없이 가라앉는 것만 같았다. 여름이 아직 가시지 않은 멜번의 푸른 공원에 밤이 내려앉았다. 낮의 남은 열기가 밤의 어둠 속을 부유했다. 왈도는 그에게 긴장 되냐는 뻔한 말을 물으려다가 말았다. 낮에 안드레아가 했던 말이 생각났기 때문이었다. 하고 싶은 이야기가 더 많았는데 왈도는 말을 그만두고 오스카를 가만히 마주 봤다. 더 준비한다고 해도 어차피 완벽하게 미래를 예측할 수는 없었다.

내일 우리는 처음으로 그랑프리 그리드(레이스 카 각자의 출발선이 그려진 구역)에, 수만 명의 인파 앞에 설 것이다. 그러나 오늘 너의 이 시간은 아무도 못 본 채 지나가겠지. 문득 그런 생각이 들었다.

"이제 들어가서 푹 쉬어."

감상적인 말을 뒤로 미루고 왈도는 이 한마디만 했다.

◇ ◇ ◇

그리고 일요일 레이스는 망했다. 그렇게 망할 수도 없었다. 안드레아가 상상할 수 있는 최악의 일이 일어났고, 왈도는 그런 것은 생각하지도 않았었다.

출발하기 직전까지는 좋았다. 왈도는 출발 5분 전 트랙에 오스카의 레이스 카가 홀로 남을 때, 심지어 생에 첫 그랑프리에 자신의 드라이버를 보내는 것에 일종의 감격까지 느끼고 있었다. 그러니 다섯 개의 레드라이트가 꺼지고 레이스

카들이 맹렬하게 앞으로 튀어나가는 시작의 순간, 오스카는 P8의 자리에서 사나운 다른 드라이버들 사이에 무참히 끼어 버렸다. 심지어 그는 첫 코너에서 스핀하면서 하필이면 뒤따르던 팀 메이트의 차를 쳤고, 팀 메이트는 겨우 세 랩을 더 가다가 서스펜션(차체와 타이어를 연결해 차의 무게를 받치는 부위)에 이상이 생긴 걸 다급하게 보고하며 트랙에 서버렸다. 그야말로 개판이었다. 중계 화면에 트랙에 서서 자신의 멈춘 차를 바라보는 오스카의 얼굴이 가득 나왔다. 그는 어제와 다름없는 표정으로 느릿하게 정수리를 긁적이고 있을 뿐이었다.

안드레아는 이번에도 왈도를 돌아봤다. 첫 코너에서 오스카가 다른 챔피언과 그랑프리 위너, 그리고 아무튼 대단한 사람들의 차 사이에 끼어버릴 때 그가 테이블을 한 손으로 치며 스페인어로 욕하는 소리를 들었기 때문이었다. 팀의 동료 드라이버에게 엄밀히 말해서 민폐를 끼친 것은 오스카였지만 왈도 바로 옆에 앉은 제노의 레이스 엔지니어는 그런 분위기에 불평도 못 했다. 왈도는 실망이 가라앉지 않는지 곧 헤드셋을 벗어 던졌다. '생긴 거에 비해서 성질이 더럽군요.' 안드레아가 왼쪽의 팀 보스에게 소곤거렸다.

◇ ◇ ◇

개러지에서 오스카가 오길 기다렸는데, 오스카는 왈도를

마주치자마자 눈을 휘둥그렇게 뜨더니 재빨리 도망가 버렸다. 왈도가 쫓아가 뭐라고 하려는데, 오스카는 시키지도 않았는데 제 발로 인터뷰를 하려고 기다리고 있는 방송사 크루들에게로 달려가는 것이었다. 끼어들 수도 없는 노릇이어서 그는 기다렸다. 다음 인터뷰를 향해 도망가길래 또 기다렸다. 그러나 왈도가 잠시 한눈판 새를 틈타 오스카는 아예 자기 차를 타고 서킷에서 빠져나갔다. 기가 막혔다. 자신에게는 한마디도 하지 않은 데다, 레이스 카는 박살을 내놓고 도망가다니.

레이스가 끝나자마자 왈도는 곧장 오스카의 호텔로 향했다. 도망쳐봐야 그가 갈 곳은 뻔했다. 아니나 다를까, 방문을 두드리자 샴푸 냄새를 풍기는 오스카가 말리지도 않은 머리를 문틈으로 내밀었다.

"왜 도망을 가?"

"잔소리하려고 눈을 부라리고 있는데 도망가지 그럼?"

"내가 네 레이스 엔지니어인데 레이스가 끝나면 어쨌든 나한테 먼저 와야……!"

오스카가 문을 닫으려고 해서 왈도는 황급히 문부터 잡았다. 왈도는 트랙에서 조금 전에 퇴근해서 팀 점퍼를 미처 갈아입지도 않은 상태였다. 보송한 새 티셔츠를 입은 오스카에게서 좋은 냄새가 솔솔 풍겼다.

"나 내일 아침에 일찍 비행기 타야 해서 이만……!"

"얘기 좀 해!"

왈도는 실랑이 끝에 기어이 문을 열고 들어왔다. 호텔 문은 그의 등 뒤에서 아주 매끄럽게 닫혔다. 달칵 소리와 함께 막상 멋대로 들어오고 보니 주위가 지나치게 조용했다. 앞에 서 있는 오스카는 맨발이었다. 방은 마구 벗어 던져놓은 옷가지들로 너저분했고, 따뜻한 물기로 젖은 샤워 룸은 열려 있었다. 오스카와 방에서 단둘만 마주하고 있다는 걸 깨닫자 갑자기 어색함이 몰려왔다.

"나는 두 시간도 더 전에 퇴근했는데 방까지 일더미가 찾아왔네."

오스카가 투덜거리며 침대로 가 걸터앉았다. 그리고 그 앞에 놓인 소파에 눈짓했다. 앉으라는 것이었다. 어질러진 방에는 향수 같은 것도 뒹굴고 있다. 화장품, 아마 저건 속옷……. 하지만 이런 데 정신 팔려 있을 일이 아니었다. 그는 소파에 마주 앉았다. 다리도 꼬았다. 오스카는 침대에 마주 앉아 말을 기다렸다. 할 말이 많은데 뭐부터 해야 할지 꼬이는 기분이었다. 생각을 다듬고 있는데 오스카가 먼저 입을 열었다.

"리타이어(중도 탈락 혹은 중단) 했는데 뭐 더 할 말 있어?"

"뭐?"

"그래도 예선 8위는 했네. 어제 한 번 더 해보길 잘했지. 아니 차라리 있는 타이어를 다 써가면서 끝까지 해볼걸 그랬어. 그럼 한 칸이라도 더 앞으로 갔을지도 모르는데."

오스카는 정말 아쉬운 기색이었다. 오늘 그렇게 준비한 레이스를 한 랩도 달리지 못한 것은 개의치 않는 모양이었다.

"멀쩡하게 말 잘할 거면서 조금 전엔 왜 도망갔어?"

왈도가 상체를 위협적으로 숙이자 오스카의 몸이 따라서 뒤로 밀린다. 처음 만났을 때도 이랬다. 자석에 밀리듯. 제멋대로 구는 것 같다가도 이럴 때는 거리를 둔다. 오스카의 시선이 방황했다.

"나 빨리 달리는 건 안 무서운데, 근처에 누가 있으면 좀 못 달려서……."

"네 직업이 그 사이에서 달리는 거야."

"내가 좀…… 남들하고 부대끼는 거 싫어해서 말이야. 그, 그리고 스폰서들은 사고가 나면 더 좋아하지 않을까? 화면에 차가 선 채로 잡히는 편이 더 로고가 잘 보이니까……."

"나는 아니야."

"그렇지."

오스카는 끙끙거리며 마른세수를 했다. 그의 손 사이에서 코가 씰룩거렸다. 문득 왈도는 그가 난처하면 콧등을 찡그리는 게 버릇이라는 걸 눈치챘다. 좀 웃음이 나올 뻔했지만 왈도는 심각한 얼굴을 유지하고 그에게 다음 말을 추궁했다. 그러자 오스카는 눈썹을 잔뜩 구기며 항변했다.

"피할 수 있으면 피했게! 맨 앞에서나 출발하면 모를까, 아직 이 차가 익숙하지도 않아서 하나도 모르겠는데 그 틈새에서 어떻게 용케 살아남으란 말이야!"

"그걸 네가 알아서 해야지 내가 어떻게 알아?"

"나는 항상 맨 앞에서만 출발했었는데 이렇게 전쟁터 같은 중간에 끼어서 레이스 해본 적이나 있는 줄 알아? 거기다가 차는 쓸데없이 복잡하지, 엄청 민감하고 시시각각으로 컨디션이 바뀌면서 미쳐 날뛰는 것 같지."

"차가 시원치 않아서 못 하겠다?"

"그런 게 아냐. 브레이킹을 습관대로 하면 이렇게 뒤가 번쩍 들리는 것 같다고. 뒤가 꾹 눌려서 코너로 훅 들어가야 하는데 덜컹덜컹 한단 말이야. 스티어링을 매번 반대로 치지 않으면 차가 흔들려버려서 바로 가속을 못 하겠다고. 그렇다고 브레이크를 좀 더 멀리서 잡으면 차가 제 갈 길을 안가고 아주…… 멋대로야, 멋대로라고. 그런 와중에 누가 내 옆에서 이렇게 들어오고 앞에서도 이렇게 날아오지 진짜……."

왈도는 한 손을 턱에 가져다 댔다. 오스카는 말을 멈추고 그의 눈치를 봤다. 왈도가 손끝으로 턱을 톡톡 두드리며 가만히 듣고 있었다. 차가 이상하다는 소리는 괜히 했나? 오스카가 눈을 굴리는데 그가 고개를 천천히 끄덕였다.

"생각보다 말은 청산유수로 잘하네."

왈도는 팔짱을 끼고 말을 이었다.

"다음 말레이시아 레이스는 그럼 예선에서 좀 더 빨리 달리는 데에 집중해봐. 앞으로 보내줄 테니까. 대신 차의 밸런스 문제는 하루아침에 해결 못 해. 어쨌든 팀에는 그대로 리포트 할 테니 맞춰보자고."

"……."

"네가 딱 3kg만 감량해주면 내가 더 빨리 해결해 줄 수 있을 것 같은데."

"으음……."

"차가 몇 kg이라도 무거워지면 그만큼 느려지는 거야. 무슨 말인지 알지? 네가 더 가벼워지면 대신 차 뒤쪽에 추가로 무게를 얹어 그만큼 눌러줄 수 있으니까."

왈도는 턱을 괸 채 손가락 세 개를 들어 보였다. 오스카는 질색한 표정으로 고개를 흔들었다. 더 이상 감량은 하고 싶지 않다는 얼굴이었다. 리포트가 충분했는지 왈도는 상체를 일으켰다.

"말레이시아는 오늘보다는 조금 낫겠지. 잘해보자고."

레이스 엔지니어는 자신만만한 표정을 지었다. 그러나 그는 열대기후국의 서킷은 레이스 하는 한낮에 반드시 스콜(squall, 소낙비)이 내린다는 것을 간과하고 있었다.

Malaysian GP

토요일 오후 3시였다. 오전까지 맑았던 하늘에 갑자기 구름이 잔뜩 끼기 시작하더니 정말 장대 같은 비가 퍼붓듯이 내리기 시작했다. 비는 한 시간 동안 잠시도 소강되지 않고 쏟아졌다. 시야가 부옇게 흐려졌다. 말레이시아 레이스는 매년 다르지 않았기 때문에 팀 크루들은 개러지에 들어가 비가 그치기를 지루하게 기다리고 있었다. 스탠드 아래의 관객들이 태평하게 지붕 아래로 흐르는 비를 보며 시간을 보내고 있었다. 피트레인에는 강물처럼 비가 흘렀다.

왈도는 빗속에서 인터뷰하고 있었다. 우산을 쓸 틈도 없이 개러지와 피트월 사이를 뛰어다닌 덕에 그의 흰색 팀 셔츠 상의가 반쯤 젖어 있었다. 피트월의 지붕 아래 선 그가 머리카락을 쓸어 넘겼다. 어두운 갈색의 머리가 더욱 검어 보였다. 항상 바쁜 기색에 약간은 신경질적인 얼굴을 하고 있는 남자인데, 카메라 앞에서 인터뷰할 때는 그래도 의식적으로 한두 번씩 표정을 폈다. 인터뷰가 마무리되었는지 그의 입술

끝이 활짝 올라갔다. 넋을 놓고 바라보던 오스카는 물병에 꽂힌 빨대를 쪼르륵 빨았다. 나도 웃을 때 입 끝이 저렇게 멋지게 올라가나? 광대가 너무 나와 보여서 웃겼던 것 같은데. 그런 생각을 하면서.

세팡 서킷은 아주 긴 직선 구간이 연달아 두 개가 있고, 구불구불한 구간이 짧아 고속으로 달리는 서킷이었다. 물론 비가 오지 않는다면. 그러나 반대로 비가 아예 오지 않으면 이 서킷 바닥은 열대의 태양에 50도가 넘게 달궈졌다. 드라이버는 참기 어려운 더위 속을 방염 슈트를 입고 달려야 했다. 진을 빼놓는 환경이었다. 다행이 토요일 오후에 내린 비로 트랙이 한바탕 식었고, 그 틈을 타 예선은 젖은 트랙 위에서 진행됐다. 오스카의 성적은 나쁘지 않았다. 그는 무난하게 다시 P7 정도를 기록했다. 비만 아니었다면 더 좋았을 수도 있었는데. 축축하게 젖은 차가 어둑해지는 서킷의 조명 아래서 반짝였다.

◇ ◇ ◇

일요일 레이스를 시작하기 전에도 트랙은 젖어 있었다. 오전에 이미 한 차례 비가 쏟아진 후 하늘은 무거운 습기를 가득 머금은 채로 머리 위에 내려앉아 있었다. 어두운 트랙이 레이스를 준비하는 수백 명의 인파로 북적였다. 오스카는 차 안에 우산까지 쓴 채로 앉아 있었다. 소강되었지만 여전히 드문드문 떨어지는 빗방울이 우산을 타고 내려 끄트머리에서 툭, 툭, 차 위로 떨어지고 있었다. 미캐닉들은 능숙한 손으로 오스카의 바이저(헬멧 얼굴 가리개)를 태양 차광 코팅이 없는 투명한 것으로 갈아 끼우고, 연신 차 위에 고이는 물기를 닦아냈다.

'레이스 시작 10분 전.' 전광판의 메시지와 함께 트랙에도 신호가 울렸다. 그때 인파를 헤치고 왈도가 다가왔다. 얼마나 돌아다녔는지 그는 헤드셋을 쓴 채 비에 푹 젖어 있었다. 오스카는 그를 보려고 우산을 위로 들어 올렸고, 그로 인해 우산 끝에서 떨어진 물이 헬멧 위로 흘렀다. 그걸 본 왈도는 미캐닉에게 마른 수건을 한 장 받아 오스카의 헬멧 바이저에 떨어진 물방울을 닦았다.

"20분 안에 비가 다시 올지도 몰라. 그전까지만이라도 최대한 가보자."

말을 하는 그는 무언가에 정신이 팔려 오스카를 보고 있지는 않았다. 헬멧을 쓰고 있으면 상대방은 자신이 평소보다 얼마나 가까이에 와 있는지 잘 모를 때가 있었다. 왈도의 옷깃 사이가 들여다보였다. 그의 까만 눈썹이 젖어 있는 것까지도 보인다. 그러나 곧 그는 몸을 일으켜서 차 뒤편으로 사라졌고, 오스카는 헬멧 때문에 고개를 돌리지 못하는 게 조금 아쉬웠다. 레이스 카는 트랙에 혼자 남았다. 등허리를 울리는 진동에 긴장인지 흥분인지 새삼 가슴이 뛰었다. 다시 비가 오기 전까지, 그래 최대한.

◇ ◇ ◇

다시 비가 내리기 직전까지의 레이스는 치열했다. 다른 차가 일으키는 물보라로 시야가 몇 미터도 되지 않는 상황에서 드라이버들은 고작 몇 개의 지표들을 기준으로 거의 동물처럼 내달렸다. 마치 달리기 시작하면 단 한순간도 멈추지 않는 소들처럼. 오스카의 차에 그려진 검은 소 페인팅이 물보라 속에서 나타났다 사라졌다. 그는 왈도의 목소리에 거의 모든 것을 의존한 채 질주하고 있었다.

잠시 그친 비로 트랙이 말라가고 있었다. 조금 확장된 시야 속에서 오스카는 더 과감하게 속도를 올렸다. 피트월의 모니터에는 다음 비가 다가오고 있음을 알리는 기상예보가 실시간으로 변하는 하늘을 보여주고 있었다. 비가 오기까지는 12분 남짓. 오스카는 레인 타이어로 오랜 랩을 버티고 있었지만, 트랙이 마르면 그 타이어는 위험할 수도 있었다. 안드레아가 라디오로 상황을 보고했다.

"트랙이 너무 마르고 있어요. 다음 비가 오기까지 다섯 랩 이상을 달릴 수도 있는데, 드라이 세트(dry-set)로 바꿀지 지금 선택해야 해요."

안드레아의 음성은 침착했다. 그러나 스트레티지스트로서도 빨리 결정하지는 못했다. 저속으로 주행하더라도 곧 올 비에 대비해 한 번 더 레인 세트로 바꿀지, 아니면 드라이 세트로 비가 마른 땅을 몇 랩이라도 더 빨리 달릴지, 모든 피트월에서 그 결정을 두고 상황을 관측하고 있었다.

"왈도, 오스카가 마지막 섹터로 진입했어. 결정해."

안드레아가 급히 외쳤고, 왈도는 순간 모니터를 돌아보았다. 비구름 접근에 11분, 오스카의 차는 30초 정도면 피트레인으로 들어올 수 있는 길을 지난다.

"오스카, 트랙 상황은?"

왈도는 라디오로 급히 그를 불렀다. 오스카는 대답 대신 얕은 숨을 쉬었다. "잠깐만." 그 소리와 동시에 왈도는 고개를 들었고, 모니터 속에서 오스카가 진입하는 세 번째 구역의 트랙이 아직 젖어있어서 어둡다는 것을 발견했다. 한 코너 앞에서 다른 차가 트랙을 약간 벗어나며 크게 물보라를 일으켰다. 그게 오스카의 시야를 일시적으로 방해했다. 그럼에도 불구하고 오스카는 전혀 주춤하지 않고 물보라 속으로 돌진했다. 가깝다. 주춤하는 앞선 차의 바로 뒤에 오스카가 따라붙는다.

왈도는 순간 해야 할 말을 잊어버렸다. 그러는 사이 오스카의 차가 순식간에 피트레인 입구를 지나쳤다. 그래 한 랩만 더. 타이어 교체는 다음 랩이면 된다. 지금 이 순간에는

그를 방해할 수 없다. 그런 판단을 했다. 겨우 몇 초 그런 생각을 했다. 그리고,

오스카의 차가 갑자기 움직이는 앞차의 방어를 피하려다 중심을 잃고 크게 옆으로 돌았다. 직선 주로에서 고속으로 달리던 그의 차가 콘크리트 벽에 그대로 부딪치며 100m가 넘는 거리를 미끄러졌다. 오스카의 차가 직선의 거의 끝까지 미끄러지다 코너에 들어가서야 섰다.

"오스카, 괜찮아?!"

왈도는 즉시 라디오로 오스카를 불렀다. 화면에 오스카의 콕핏이 제대로 보이지 않았다. 차는 멈춰 선 지 좀 되었다. 이쯤이면 드라이버가 차에서 내려야 하는데. 안드레아가 화면을 주시하고 있었다.

"오스카?"

갑자기 불안한 생각이 들었다. 여전히 오스카는 대답이 없었다. 차 뒤편의 높은 윙에 가려 오스카가 콕핏에서 움직이는지도 잘 보이지 않았다. 사고가 나면 드라이버는 의식이 있는 한 차에서 먼저 내린다. 그런데 왜 아직도 내리지 않을까. 차를 향해 레이스 마셜들이 재빨리 달려갔다. 왈도는 갑자기 심장이 뚝 떨어지는 듯한 기분이었다.

"오스카, 대답해 봐."

"아, 이런. 괜찮아."

뒤늦게 오스카가 라디오에 회신했다. 그제서야 콕핏에서

스티어링 휠을 떼어내 밖으로 내미는 오스카의 느린 손이 중계 화면에 보였다. 왈도는 한 손을 입가에 가져다 댔다. 손이 약간 떨렸다.

“내 손발이 다 제자리에 있나 확인하느라. 에이씨, 망했어.”

오스카가 태연하게 대답했다. 그제야 그가 차에서 쑥 빠져나오는 것이 보였다. 오스카는 두 발로 멀쩡히 차에서 내려 걸었다. 파란 옷을 입은 레이스 닥터가 그에게 다가가 확인하는 모습도 보였다. 왈도는 피트월에 상체를 숙이고 얼굴을 쓸어내렸다. 옆의 크루들이 왈도의 등을 툭툭 두드렸다. 무사하면 됐다는 무언의 눈짓이었다. 그는 헤드셋을 내려놓고 피트월에서 일어섰다.

◇ ◇ ◇

오스카는 메디컬 센터에 있었다. 더위에 빨갛게 익은 얼굴을 식히며 무료하게 앉아 있는데 검진실의 문이 열렸다. 왈도였다.

토로 인디고 팀은 메디컬 타워에서 한참 먼 쪽의 개러지에 있었다. 그 거리를 뛰어왔는지 왈도는 숨을 조금 몰아쉬고 있었다. 기상 관측 시스템이 예측한 대로 비가 다시 내리고 있었다. 요란하던 레이스의 소음이 빗소리에 잦아들어서 실내에는 창을 두드리는 빗소리만 들렸다. 그 비를 다 맞고 달려온 그가 앞에 서 있었다.

"괜찮아?"

"응."

가만히 있는데도 숨이 가빠서 목소리가 약간 떨렸던 것 같다. 레이스라는 게 원래 위험한 줄은 아니까 큰 사고가 나도 누구 하나 내색하지 않은 지도 오래됐는데, 이렇게 놀란 얼굴로 달려온 사람은 오스카도 오랜만에 봤다. 실망과 자책이 가득한 얼굴이었다. 그러고 보니 그에겐 이런 일이 처음인 걸까. 어떻게 대답해야 할지 몰라서 망설이고 있는데 왈도가 다가와 오스카의 팔을 손으로 잡았다. 소매를 걷은 오른편 팔꿈치가 빨갛게 상기되어 있는 걸 발견한 것이었다. 차가 충돌할 때 팔꿈치를 콕핏 내벽에 부딪쳤을 것이다. 그런 일은 늘 있었다. 내일쯤이면 시퍼렇게 멍이 들겠지. 오스카는 알고 있었다만 왈도에게는 그런 것도 처음인 듯했다.

"괜찮아 정말로."

다시 대답하면서도 왠지 잡힌 손을 빼지는 못했다. 그의 긴 손가락이 손목 위를 쓰다듬는데 어쩐지 심장이 빨리 뛰었다. 왈도가 무슨 말을 하든 지금은 못 견딜 것 같은 기분이었다. 어깨를 움츠리면서 몸을 뒤로 빼려는데 갑자기 그가 얼굴을 가까이 댔다. 오스카는 뺨에 닿는 그의 손을 피하지도 못하고 그대로 그의 눈을 마주 봤다. 검은 속눈썹이 여전히 젖어 있었다. 짙은 갈색 눈이 레이스를 출발하기 전에 봤을 때보다 더 가까이 다가와 있었다. 숨을 쉬면 그의 얼굴에 호흡이 닿을 것 같다. 오스카는 숨을 쉬는 것도 잊어버렸다.

"눈 한쪽이 충혈되어 있어요. 이건 괜찮은 건가요?"

왈도가 그렇게 말했다. 곁에 있는 닥터에게 묻는 목소리가 얼굴을 간질였다.

"걱정 말아요. 단순히 충혈인 것 같으니까."

닥터가 왈도에게 대답했다. 왈도가 천천히 끄덕이며 상체를 들 때 오스카는 간신히 숨을 내쉬었다. 닥터가 다가와 수건을 건넸다. 포근하게 마른 수건이었다. 오스카는 그걸 얼결에 받아 들고 조금 머뭇거리다가 왈도의 앞머리에서 물이 얼굴을 타고 흐르는 걸 보고 얼른 수건으로 닦았다. 왈도는 뜻밖에도 가만히 있었다. 손바닥 아래 그의 얼굴 윤곽이 느껴졌다.

"이틀 내내 비를 맞고 그래."

"네가 날 걱정할 때야?"

왈도가 어이없다는 듯이 피식 웃었다. 오스카는 그제야 안절부절못한 마음이 가라앉았다. 그럴 리는 없었지만 그가 '이렇게 위험한 일인 줄 알았으면……' 하고 말할까 봐 걱정이 됐던 것이었다. 그가 혹시라도 놀라면, 혹시라도 겁을 먹고 내게 그만 달리라고 하면 어떡하나 하고, 평소답지 않게 일어날 리 없는 일들을 걱정하던 마음이 이제야 진정되었다. 얼굴을 닦는 수건을 받아드는 왈도의 손이 오스카의 손 위를 가볍게 스쳤다. 그 손은 수없이 상상했던 것보다는 약간 서늘했다.

◇ ◇ ◇

오스카의 레이스 카에 기록된 충돌 당시의 중력은 12배였다. 운이 좋다면 심각한 상해를 입을 만한 것은 아니었다. 왈도는 그 숫자가 어떤 의미인지 어차피 잘 모를 것이다. 분명 자고 일어나면 온몸 여기저기가 당기고 아플 것이다. 그날 오스카는 아무도 그에게 이 이야기를 하지 말았으면 하고 바랐다. 그게 무슨 감정인지도 모르고.

Bahrain GP

"우리 이대로는 절대 안 돼."

왈도의 말에 마른 풀을 한 줌 안은 오스카가 돌아봤다. 낙타의 벌름거리는 코끝이 그 바람에 멀어진 건초를 쫓아왔다. 한낮의 뙤약볕이 지붕도 없이 내리쬐는데 오스카는 모자도 쓰지 않고 한 시간째 낙타 농장을 돌아보던 중이었다. 반바지에 슬리퍼 차림인 오스카의 발등과 종아리가 달아올라 있었다. 그의 밝은 머리카락이 더 밝게 반짝였다.

"벌써 두 경기나 해먹었어. 이대로라면 우린 여름이 올 때쯤에는 유럽 대륙에서의 레이스를 해보기도 전에 실직하고 말 거야."

"적어도 여기는 비가 안 올 테니 이번 경기는 괜찮지 않을까."

"비는 앞으로도 얼마든지 올 수 있다고. 그럴 때마다 레이스를 안 할 수는 없잖아."

하얀색 리넨 셔츠 차림에 햇살이 통과하는 흰 모자를 쓴 근사한 남자가 심각한 얼굴로 중얼거린다. 오스카는 피식 웃었다. 걷어 올린 소매 아래에 드러난 왈도의 팔은 지난 일 년간 랩에 처박혀 햇빛 한 점 못 본 빛깔이었다. 그 팔이 모처럼 해를 쬐고 있었다.

"이번 레이스는 어떻게든 완주해야 해."

"그게 내 마음대로 되나……."

"되게 만들어야지."

"어떻게?"

"앞에 누가 있으면 못 달린다며? 그걸 다 없애버리든지 해서라도 널 완주시켜야겠어."

"응?"

오스카는 몸을 돌려 왈도를 쳐다봤다. 오스카의 손에 남은 건초를 다 먹은 낙타의 주둥이가 우물거리며 얼굴 근처를 뒤졌다. 더 이상 건초를 찾을 수 없자 낙타는 오스카의 정수리에 멋대로 솟은 머리카락을 핥기 시작했다.

"내가 원래 지는 걸 못 참아."

왈도는 제법 심각한 목소리로 그렇게 말했다. 메마른 흙먼지가 날리는 낙타 농장에 어울리지 않는 차림의 그가 진지하게 선글라스를 밀어 올렸다. 그 말을 들은 건 오스카와 농장의 관리인, 낙타, 셋 뿐이었다.

◇ ◇ ◇

왈도가 필요하다고 한 것은 세 가지였다. 감량과 차의 밸런스를 바꿔줄 무게 추, 그리고 지금 가장 선두를 달리고 있는 백색의 레이스 카 팀의 우월한 배기 디자인. 그렇지 않아도 다른 팀들은 지난 두 경기를 모조리 우승한 그 팀의 마술 같은 비결이 무엇인지 캐내려고 전전긍긍하고 있었다. 테스트 시즌에 가짜 디자인의 보디로 달렸을 정도로 그 팀은 새로운 배기 디자인의 보안에 철저했고, 첫 두 경기를 휩쓸면서 기어이 모두를 놀라게 했다. 왈도는 바로 그것을 원했다.

"사루만의 디자인이 필요해!"

왈도는 그 백색의 팀을 그렇게 불렀다. 어리둥절해 하는 미캐닉들에게 왈도는 그 팀의 비밀을 캐내기 위해 산업 스파잉도 불사할 것이라고 말했고, 오스카는 긴장했다. 그런 건 챔피언십 경쟁을 하는 자본이 막대한 대규모의 팀들이나 하는 게 아닌가. 실제로도 하는지는 모르지만, 보도 사진만으로는 파악할 수 없는 그 팀의 비밀을 무슨 수로 캐내겠다는 것인가. 그러나 왈도의 계획은 직관적이었다.

금요일 연습 주행 중에 일어난 일이었다. 서킷에는 사막의 모래 먼지가 조금 부옇게 날리고 있었다. 주행을 마친 사루만의 백색 차가 피트레인을 천천히 통과하고 있었다. 왈도는 냉정한 얼굴로 그 팀을 주시하고 있었다. 눈으로 그들의 디자인을 간파라도 하겠다는 듯이.

인디고의 바로 옆에 있는 자기 팀 개러지로 들어가기 위해 백색의 차가 우물쭈물 피트레인에 멈춰 섰을 때였다. 왈도가 눈짓했다. 그러자 오스카의 팀에서 가장 어린 막내 미캐닉이 재빨리 핸드폰을 들고 피트레인으로 뛰어들었다. 그는 날렵한 동작으로 바닥에 눕더니 핸드폰으로 흰 레이스 카의 뒷모습을 찍었다. 정말 순식간에 일어난 일이었다. 사루만의 미캐닉들은 곧 상황을 파악하고 토로 인디고의 검푸른색 슈트를 입은 그 미캐닉을 덮쳤다. 그들은 핸드폰을 빼앗으려고 했다. 그러나 그는 핸드폰을 재빨리 옆 개러지로 던졌고, 핸드폰은 멀지 않은 거리를 미끄러져가 왈도의 운동화 아래서 멈췄다. 모두가 넋을 놓은 채 그 어처구니없는 스파이 상황을 눈뜨고 보고만 있었다. 왈도는 핸드폰을 주워 다른 미캐닉에게 넘겼다. 그는 사루만의 수하들을 보며 의미심장하게 웃었다. 막내 미캐닉은 끌려가며 충성스럽게 엄지를 들었고, 심지어 왈도는 그를 구하지도 않고 등을 돌려버렸다. 오스카는 그 잔인한 장면에 입을 떡하니 벌렸다. 왈도는 기자들도 포착하기 어려운 사진을 찍은 것이다. 그것도 정말 간단한 방법으로.

스트레티지스트 안드레아는 자초지종을 듣자마자 기뻐하며 그를 치하했다. 안드레아가 높이 샀다던 레이스 엔지니어의 재능은 어쩌면 그런 것이었을지도 모른다. 왈도는 거기서 그치지 않았다. 그는 마치 내일이 없는 사람처럼 예선에 모든 것을 쏟아부었다. 빨리 달리는 편이 더 자신 있는 선 오스카도 마찬가지였지만, 그로서도 이렇게 본선을 생각하지 않고 내달려도 될까 생각할 정도였다. 그러기 시작하자 왈도는 정말이지 방해되는 것은 눈곱만큼도 참지 못했다. 예선 세 번째 세션의 마지막쯤에서였다. 오스카가 달리고 있는 동안 다른 팀의 드라이버가 트랙에서 꾸물거리다 기어이 사고를 냈다. 트랙 일부 구간에 옐로 플래그 신호가 떴다. 한창 기록을 세우던 중인데 사고로 인한 주의-감속 구간이 생겨버린 것이다. 일부러 남의 기록을 방해해가면서 사고를 내는 사람이 어디 있겠냐마는, 그건 오스카만의 태평한 생각이었다. 오스카가 마지막으로 기록을 단축할 기회를 포기하고 피트레인으로 돌아왔을 때 피트레인은 난리가 나 있었다. 화가 있는 대로 난 왈도가 그 팀의 피트월에 시비를 건 것이었다.

어떤 사람들은 왈도가 "운전 그따위로 할 거면 때려치워!"라고 먼저 소리쳤다고 했다. 오스카는 뒤늦게 그가 그쪽 레이스 엔지니어와 싸우고 있는 것만 봤기 때문에 사건의 전말은 자세히 알 수 없었다. 하지만 왈도가 소리쳤다는 상대는 액션 영화에나 나올 것 같은 거구의 대머리였다. 전직 프로 유도 선수였다는 소문도 들리는 사람이었고, 그래서 그에게 함부로 시비를 따지는 사람은 없었다. 적어도 지금까지는. 왈도도 장신이었지만 상대방은 더 컸다. 그 사람이 양손으로 잡았다간 부러트릴 수도 있을 것 같은 늘씬한 팔로 왈도는 먼저 그의 멱살을 잡았다. 다행히 미캐닉들이 재빨리 말려준 덕에 왈도는 그 자리에서 죽지는 않았다. 오스카는 그가 터무니없는 짓을 했다고 생각했다. 그러나 한편으로 맹렬한 셰퍼드독처럼 대들고 있는 그를 봤을 때 뿌듯함과 감동을 느꼈다. 그 여파인지 주말 레이스 동안 오스카의 푸르고 검은 차에 함부로 가까이 다가오는 차는 없었다. 레이스 시작과 함께 "가서 다 죽여버려, honey"라고 오스카에게 말한 왈도의 라디오는 중계방송을 타고 전 세계에 송출됐다. 사람들은 그 말에 뜨겁게 호응했다. 오스카는 오랜만에 개처럼 달렸고, 완주했다.

◇ ◇ ◇

드디어 피니시 라인을 통과했다. 관객들이 레이스를 마치고 돌아오는 차들에게 환호하고 있었다. 피트레인에 도착해 오스카는 한달음에 왈도에게 달려갔다. 지금은 가슴이 너무 벅차올라서 그를 껴안을 수도 있을 것 같았다. 그러나 왈도는 갓 태어난 병아리처럼 머리가 젖은 채로 가쁜 숨을 내쉬며 달려든 오스카의 양어깨를 잡고 말했다.

"배기 디자인을 분석하고 카피하는 건 다음 레이스에도 바로 가능해. 이제 네 차례야. 감량해, 오스카."

Spanish GP

왈도는 팀 내 모든 사람들에게 오스카와 술을 마시지 말 것을 선포했다. 말은 감량을 위해 도와달라고 고상하게 했지만 엄밀히 협박이었고, 그것을 어겼다가는 성질머리 고약한 스페인 남자에게 무슨 보복을 당할지 몰라서 사람들은 약속을 철저하게 지켰다. 팀 크루들은 막내 미캐닉을 적의 손에 넘겨주는가 하면 피트레인에서 최강의 트롤과 싸우기도 마다하지 않는 레이스 엔지니어의 전투력을 숭배하면서도 두려워했다. 작고 힘없는 오스카는 완전히 그의 손아귀에 있었다. 오스카는 잠시나마 자신이 그를 사랑하는지도 모른다고 생각했었다. 그가 자신을 위해 맹견처럼 싸울 때, 그가 정말 자신을 위해 모든 것을 해줄 것처럼도 느꼈었지만 지금은 달랐다. 그는 자신의 승리를 위해서라면 뭐든 희생할 인간이었다. 착각으로 인한 두근거림은 이미 애증의 박동으로 변해 있었다. 왈도는 정말 철저한 인간이었다. 그는 오스카에게서 모든 탄수화물을 송두리째 빼앗아갔고, 오스카는 그의 감시를 피해 쾌락을 되찾고 싶어 몸서리쳤다.

◇ ◇ ◇

바르셀로나 서킷에서 왈도는 여느 드라이버만큼의 주목을 받았다. 잘생기고, 난폭하고, 원하는 게 있다면 수단과 방법을 가리지 않는 스페인의 레이스 엔지니어는 자국에서는 이미 많은 인기를 누리고 있었다. 그가 스페인 TV의 인터뷰 요청에 발목이 잡혀 있는 동안 오스카는 핀란드인 미디어 직원을 매수하고 있었다. 팀 빌딩 바깥에서 왈도의 눈을 피해 먹고 싶은 것들을 먹으면 그만이라는 생각이었다. 그에게 받은 츄로스를 옷 안에 넣으며 오스카는 바짝 붙어 소곤거렸다.

"아무리 자국인이어도 그렇지, 드라이버도 아닌 사람이 저렇게까지 인기몰이를 할 일인가?"

"몰랐어? 코르테즈 패밀리 자체가 이미 스페인에서는 유명해. 셀러브리티의 자손이지."

"뭐?"

"저 사람 할아버지가 유명한 마타도르(투우사)였다고 하던데. 요즘에야 동물 학대라는 이유로 투우를 그만해야 한다고 하지만, 투우사가 스페인에서는 엄청나게 부와 명성을 누리는 직업이었잖아. 축구선수만큼이나. 대단한 사람이었나 봐. 집두 잘 산대."

"그래? 그럼 재산 물려받아 놀고먹지, 여기서 왜 다른 사람들 인생을 들볶고 있지?"

"그러게. 전혀 무관한 일을 하는 사람이 됐지만, 뭐…… 스페인 TV에서는 그렇게는 생각 안 하나 보더라고."

미디어 담당자인 직원은 턱짓으로 개러지를 가리켰다. 스페인 TV 리포터가 왈도와 이야기하는 동안 카메라맨이 토로인디고의 차를 촬영하고 있었다. 검은 황소가 그려진 차라, 상상력 풍부한 사람들이 이야기를 갖다 붙이기 딱 좋은 소재였다. 야만이라는 이유로 대가 끊긴 전통이지만, 그런 한편 첨단의 최전선에서 여전히 검은 황소를 모는 마타도르의 손자 이야기는 제법 화제가 되었다.

그 주 주말이 끝나고 출간된 주간지에는 왈도의 이야기가 한 섹션을 차지했다. 오스카는 런던행 비행기를 기다리다가 그 기사를 노트북으로 봤다. 지면에는 그럴싸한 키워드가 붙어 있었다. '21세기의 토레로', '그의 삶에 영감을 준 할아버지' 등. 인터뷰 경험이 많은 오스카는 이런 것들이 본인의 의사와 상관없이 기자들이 갖다 붙이는 캐릭터라는 것은 알고 있었다. 과장된 낭만주의에 인상을 찡그리며 기사 페이지를 내리는데, 본문에 스튜디오에서 촬영한 듯한 왈도의 사진이 삽입되어 있었다. 그는 흰색 팀 셔츠를 입고 피트 사인 보드(레이스 중 아날로그로 메시지를 보여주는 보드)와 붉은색 천을 함께 들고 있었다. 더 이상 그 붉은 천을 향해 내달릴 황소도 없지만,

그의 사진 곁에는 묵직한 폰트로 쓴 기사의 제목이 장식되어 있었다.

'INTO THE RED.'

"다섯 개의 레드 라이트가 꺼지는 순간 돌진하는 황소들?"

오스카는 기사를 조금 읽다가 말았다. 남들 눈에는 낭만적으로만 보이겠지만 오스카가 레이스를 출발할 때 느끼는 것은 그저 배고픔이었다. 그는 다시 한 번 왈도의 사진이나 확인했다. 한참을 그 페이지에 머물다가 아예 왈도의 사진을 다운로드 했다. 기사야 어쨌든 사진은 잘 나온 것 같았다.

Monaco GP

슬슬 그럴 거라고 생각했지만 왈도는 왜 오스카의 체중이 줄지 않는가에 대해서 의문을 품기 시작했다. 그는 점차 적극적으로 오스카의 사생활을 옥죄어왔다. 오월의 푸르른 항구 도시 몬테카를로에서, 연중 가장 화려한 레이스인 모나코 그랑프리를 앞두고 오스카는 히스테리에 빠져 왈도를 없앨 방법을 궁리 중이었다. 호텔 발코니 아래로 수영장이 보였다. 흰색 타일 위에서 사람들은 느긋하게 햇살을 즐기고 있었다. 조그마한 도시는 일 년에 한 번 있는 그랑프리를 보러 몰려든 인파로 오랜만에 활기를 띠고 있었다. 야자수가 따뜻한 봄바람에 한가하게 흔들렸다. 어디선가 음악 소리도 들린다. 지중해의 맑은 바닷물 위에 부자들은 요트를 촘촘히 대고 주말을 기다리고 있었다. 오스카는 호텔 발코니에 혼자 앉아 미니바에서 꺼낸 조그마한 위스키를 마셨다. 그리고 그의 핀란드 스파이에게 전화를 걸었다. 그러나 그 친구는 뜻밖에도 냉담한 목소리로 전화를 받았다.

"오스카, 더 이상 나한테 연락하지 마. 네 미친 레이스 엔지니어가 얼마나 주변을 들들 볶고 다니는지 몰라. 게다가 이젠 날 주시하기 시작했다고. 더 이상 붙어 다녔다간 나한테까지 불똥이 튈 것 같아."

"뭐라고?"

"참, 그리고 그 사람 요즘 핀란드어 공부하더라. 책 가지고 다니는 거 내가 봤어."

"……."

"조만간 우리가 하는 대화도 알아들을 것 같아. 그러니까 이제 포기해. 그럼 이만."

냉정하게 통화가 종료됐다. 오스카는 한동안 멍하니 하늘만 봤다. 이건 불공평했다. 나는 아직 스페인어를 한 마디도 못 하는데 그가 핀란드어를 공부하기 시작했다고? 잘은 몰라도 그 머리라면 순식간에 핀란드어를 제법 하게 되고 말 것이다. 오스카는 자리에서 벌떡 일어나 서성였다. 얼마나 더 나의 사생활을 침범하려는 걸까. 지금까지는 가족에게도 이렇게 간섭을 받아 본 일이 없었다. 게다가 하루 종일 끊이지 않고 나오는 팀 호스피탈리티 음식 서비스에도 하나도 손을 못 대게 만들다니. 그것도 고액의 연봉을 받으면서. 그 생각을 하면 울화통이 터지지만 그에게 따질 용기까지는 나지 않았다. 오스카는 초조한 마음을 다스리며 다시 발코니 아래를 내려다봤다. '그를 우연인 척 치로 적당히 받아서 치워버리면……' 같은 생각을 하다 오스카는 그만뒀다. 이 비좁고 구불구불한 시티 트랙은 레이스 엔지니어 없이는 한 바퀴도 달릴 수 없었다. 남들에게나 아름다운 모나코 그랑프리지. 빈속에 술을 마셔서인지 문득 속이 쓰렸다. 오스카는 팀 빌딩이 있는 항구로 내려가기 위해 방을 나섰다.

◇ ◇ ◇

목요일 연습 주행이 끝나고 나서였다. 잔뜩 밀린 인터뷰를 끝낸 오스카는 팀 빌딩 2층의 자기 방으로 돌아왔다가 방 안에 앉아 있는 왈도를 보고 놀라서 주저앉을 뻔했다. 너저분하게 팀 점퍼와 티셔츠를 벗어 던져두고 나간 간이침대 위에 왈도가 걸터앉아 있었다. 그는 손끝에서 위스키 봉봉 초콜릿의 박스를 천천히 돌리고 있었다. 공항에서 산 후 아직 뜯지도 않은 새것이었다. 그 외에도 왈도는 오스카가 다람쥐처럼 모아놓은 간식거리들을 점퍼 주머니와 백팩, 캐리어를 죄다 뒤져 찾아냈던 건지 침대 위에 빠짐없이 올려뒀다. 오스카는 당황했지만 나름대로 머리를 굴렸다. 저것들을 구할 방법이 있을 것이다. 그는 먼저 화라도 내기로 했다.

"대체 허락도 없이 남의 물건에 손을……!"

"왜 체중이 도무지 줄어들지 않나 했더니."

왈도가 아주 천천히 말했다. 그리고 그는 잔뜩 심각한 표정으로 오스카를 마주 봤다.

“나는 너를 위해서 잠도 줄여가면서 팩토리와 서킷을 쉴 새 없이 왕복하고 있었는데 말이야. 빨리 달릴 수 있게 해달라고 해서 최선을 다하고 있었는데 너는 약속을 하나도 안 지켜?”

“가, 감량이 그렇게 쉬운 일인 줄 알아?”

아차, 오스카는 말을 하고 바로 후회했다. 틀린 말은 아니었지만 지금 해서는 안 됐다. 왈도가 정말로 밤낮이 없는 몇 주를 보냈다는 건 오스카도 모르지 않았기 때문이었다. 그뿐인가, 스파이 사건부터 해서 때로는 목숨을 거는 일까지도 마다 않는 그에게 겨울 동안 불어난 체중을 못 줄이겠다는 말을 초콜릿 박스를 앞에 두고 해서는 안 됐다. 오스카의 시선이 도망쳤다. 하지만 좁은 방에선 달리 눈을 돌릴 데도 없었다. 입을 꾹 다무는 왈도의 숨소리가 유난히 또렷하게 들렸다. 그 공기만으로도 깔려 죽을 것 같았다.

“간섭 좀 하지 마. 나는 스트레스 받으면 더 못 한다고. 그…… 그런 건 내가 알아서 해!”

“네가 뭘 알아서 했는데?”

“…….”

“네 파트너로서 알아야 할 것 같아서 묻는데 뭘 알아서 했냐고.”

왈도의 추궁에 할 말은 없었다. 오스카는 슬그머니 벽을 등지고 옆으로 조금씩 몸을 피했다. 그는 눈앞에 전시된 채 자신의 양심을 찌르고 있는 간식들을 일단 치워볼 생각이었다. 슬금슬금 손을 뻗는데 갑자기 왈도가 손목을 덥석 잡았다. 심장이 철렁 떨어질 뻔했다. 왈도는 무어라 말을 내뱉으려고 하다가 잠시 멈추고 눈을 질끈 감았다 떴다. 그리고 다시 입을 열었다.

"힘든 거 나도 모르진 않아. 못 하겠으면 별수 없는데."

다소 누그러진 말투였다. 오스카는 그 틈에 잡힌 손을 빼려고 했지만 왈도는 어쩐지 손에 힘을 주며 놔주지 않았다. 오스카가 버둥거리자 왈도는 손을 꽉 쥐고 당기면서 고개를 들어 그를 마주 봤다. 조금 전에는 죄책감을 자극하듯 과장되게 한숨을 푹푹 쉬더니, 이젠 완전히 딴사람처럼 눈에 힘을 주고 있었다.

"이번 예선에선 3위만 해. 그러면 감량 얘긴 없었던 걸로 하지."

"미쳤어? 우리 차로? 어림없어. 사루만의 차를 가져와서 주든가."

"어차피 앞에 누가 있으면 못 달린다며? 그럼 예선을 그 정도 해. 그러면 내가 이것들도 다 돌려줄게."

"말이 되는 소리를 해. 하루아침에 될 것 같으면 나도 올해 챔피언 하게."

오스카는 이제 아예 왈도에게 잡힌 손을 마구 털었다. 협상할 가치도 없는 이야기였다. 적어도 오스카가 판단한 토로 인디고는 그렇게까지 빨리 달릴 수 있는 차를 만드는 팀이 아니었다. 비교적 영세한 규모의 이탈리아 베이스의 팀은 레이스를 한 역사도 오래 되지 않았을 뿐더러 여태껏 우승한 적이 한 번도 없었다. 무엇보다도 모나코는 오스카에게는 취약이었다. 하필이면 이 좁고 구불구불하고 고속으로 달리지도 못하는 서킷에서 이런 협상이라니. 지금도 레이스고 뭐고 당장 짐 싸들고 집에 가고 싶은 마음이 앞서는데 예선 3위를 하라는 건 말도 안 되는 소리였다. 오스카는 무력으로 왈도에게서 자신의 물건을 뺏으려고 했다. 그러나 왈도의 고집 또한 만만치 않았다. 오스카는 눈을 동그랗게 뜨고 그의 얼굴을 똑바로 바라봤다. 왈도는 입꼬리에 잔뜩 힘이 들어간 채 버티고 있었다. 비열한 인간……! 갑자기 화가 왈칵 치밀었다.

"너는 세상 모든 게 다 너한테 맞춰줘야 직성이 풀리지? 이기적인 새끼야!"

오스카가 갑자기 성질을 내는 탓에 왈도도 적잖이 놀랐다. 그러나 왈도 역시 끈질긴 탓에 그는 밀치려는 오스카의 팔을 놓지 않았고, 덕분에 오스카의 성질만 더 돋우었다.

"네가 뭔데 나한테 이래라저래라야! 너만 똑똑한 줄 알아? 네가 스티브 잡스야? 내뱉으면 그날로 다 이루어지게? 잘난 척 좀 작작 해!"

"오스카……!"

"완전 재수 없어!"

오스카는 양팔을 붙잡히자 갑자기 무릎으로 왈도의 명치를 걷어찼다. 왈도는 순식간에 침대 위로 쓰러졌다. 키가 오스카보다 한 뼘은 더 커도 근력으로는 오스카를 감당할 수가 없었다. 그렇다는 것도 사실 지금 깨달았다. 그는 옷깃을 아무렇게나 움켜쥐고 올라타는 오스카의 몸 아래에 속수무책으로 깔렸다. 손으로 오스카를 밀어내려고 하자 그가 팔목을 움켜쥐고 침대에 내리눌렀다. 몸을 일으킬 수가 없었다. 왈도는 적잖게 당황했다.

짜증이 잔뜩 난 오스카가 저항하는 왈도의 팔을 누르느라 상체를 앞으로 숙였다. 그의 흐트러진 금발 머리가 이마에 간지럽게 닿았다. 왈도는 팔을 잡힌 채 고개를 들었다. 그의 얼굴이 정말 가까웠다. 왈도는 갑자기 그의 뺨 옆에 얼굴을 대고 귀에다 바람을 훅 하고 불었다. 그러자 오스카는 갑자기 짧은 비명을 지르면서 두 손으로 귀를 감싸고 침대에서 굴러 떨어졌다. 쿵, 하고 요란한 소리가 났다. 오스카는 떨어진 충격 때문인지 바닥에서 괴상한 신음을 흘리며 뒹굴었다. 그냥 놀라게 하려고 해본 것이었다. 왈도도 그가 그렇게까지 반응할 줄은 몰랐기에 침대에서 몸을 일으켜 아래쪽을 향해 말했다.

"너 귀가 되게 약한가 봐."

왈도는 대체 이게 무슨 말 같지도 않은 말인가 하고 생각했다. 찰나의 몸싸움으로 숨까지 가빠져서 방금 말은 무척 이상하게 들렸을 것이다. 오스카는 바닥에 엎드린 채로 움직이지 않았다. 그는 두 손으로 얼굴을 감싸는 듯했다. 좁은 방 안은 분위기가 아주 미묘해지기 직전이었다. 왈도는 차라리 오스카가 이대로 고개를 들지 않았으면 좋겠다고 생각했다. 왈도는 몸을 벌떡 일으켰다. 무슨 말을 하고 방을 나가야 하긴 할 것 같은데 이 상황에 적절한 말이 생각나지 않았다. 오스카는 엎드린 채 자기 팔 위로 푹, 하고 엎어졌다. 그는 귀가 빨개진 채 뒤돌아보지 않았다.

"한 번만 더 그래 봐. 가만 안 둬."

오스카의 목소리가 기어들어가는 듯했다. 기분을 상하게 했다고 타고 올라올 땐 언제고 지금은 마치 다른 사람처럼 부끄러워하고 있었다. 왈도는 대답하지 않고 고개를 절레절레 흔들며 방을 나왔다. 계단을 내려가는데 문득 피식 웃음이 나왔다. 그는 계단 가장 아래 칸에 멈춰 선 채 손으로 입술을 가렸다. 그러다가 누가 봤을세라 표정을 다시 가다듬은 후에 팀 빌딩 바깥으로 향했다.

모나코 그랑프리는 목요일에 연습 주행을 하고 금요일에는 쉬었다. 금요일은 레이스 주말을 앞두고 여기저기서 파티가 열렸고, 왈도는 어차피 내일은 쉬어야 하니까 오늘 밤에는 맛있는 걸 먹게 해주고 오스카와 화해해야겠다는 생각을 했다. 그는 작업이 끝난 후 타운에서 샴페인 한 병과 같이 먹을 디저트를 한 박스 샀다. 왈도는 오스카가 여전히 팀 빌딩에 있을 거라고 생각해서 다시 돌아왔다. 그러나 오스카의 방은 이미 비어 있었다. 그새 호텔로 돌아간 것일까. 왈도는 그에게 전화를 걸며 라운지로 돌아와 자신의 노트북을 집어 들었다. 조금 열린 노트북 사이로 무언가가 후드둑 떨어졌다. 왈도는 노트북을 펼쳤다.

왈도는 노트북에서 키보드가 죄다 빠져 사라진 사실을 알았다. 오스카의 짓이었다. 오스카는 전화를 받지 않았다. 노트북을 인질로 잡고 도망쳐버린 것이다.

◇ ◇ ◇

"인질을 돌려주는 대가로 뭘 원해?"

"간섭하지 않는 것."

왈도는 그것을 마지막으로 더 이상 답하지 않는 오스카의 텍스트 메시지만 보고 있었다. 그가 바에 앉아 있는 동안 팀 크루와 관광객, 운영 사무국의 직원 등이 뒤섞여서 술을 마시며 저녁을 즐기고 있었다. 키보드를 빼앗긴 왈도의 표정은 초조하고 심각했다. 핸드폰을 손에서 놓지 못하는 그는 갓 시작한 연애 상대의 연락을 기다리고 있는 모습처럼 보이기도 했다. 그 모습을 발견한 것은 오스카의 팀 메이트 드라이버, 제노였다.

모나코 타운의 빌라에서 사는 부유한 상속자 레이스 드라이버 곁에는 항상 유명인들이 끊이지 않았다. 집념과 노력의 전형적인 스포츠 스타 이미지는 아니었지만, 항상 느긋하고 경쟁에는 별 관심이 없어 보이는 그를 오히려 사람들은 더 좋아했다. 20세기 레이스 스타를 떠오르게 하는 낭만적인 미남은 오늘도 사업가, 연예인 등의 사람들에게 둘러싸인 채 무르익어가는 파티의 한가운데에 있었다. 제노는 사람들 속에 파묻혀 있던 몸을 일으켜 세웠다.

질끈 묶은 긴 갈색 머리가 그 바람에 얼굴 위로 조금 흘러내렸다. 테이블에 마주 앉아 있던 모델처럼 예쁜 여자가 화병에 있던 흰색 리시안서스 꽃을 따서 그의 뒤통수에 꽂았고, 그 모습을 보고 웃었다. 그 흰 꽃은 그의 윤기 나는 갈색 피부와 제법 잘 어울렸다. 술에 적당히 취한 그는 샴페인 잔을 들고 자리에서 나른하게 일어났다. 그리고 혼자 있는 왈도에게 긴 팔을 휘저으며 다가왔다.

"요즘 연애해?"

다짜고짜 물어보는 말에 왈도는 고개를 저으며 핸드폰을 바 위에 내려놓았다. 제노는 낄낄 웃으며 스스럼없이 왈도의 어깨에 팔을 얹었다. 그는 팀의 누구와도 친하게 잘 지냈다. 그리고 누구에게나 거리낌 없이 치근댔다. 어깨를 주무르는 그의 손길을 느끼며 왈도는 대답했다.

"그게 아니라 내 드라이버가 어디로 도망쳐 사라졌어."

"열두 살짜리 애도 아니고 그런 걸 왜 걱정해? 그 애도 성인인데 오늘 같은 밤엔 어디 처박혀서 진탕 마시고 놀고 있겠지. 내일 하루 정도는 숙취에 시달려도 괜찮잖아."

대답이 마음에 들지 않는지 왈도는 얼굴을 찌푸렸다. 그는 얌전하고 내성적으로 보이는 오스카가 어디선가 뜨거운 밤을 보내고 있을지도 모른다는 말에 심기가 불편해진 듯 보였다. 스포츠 이벤트 전날 밤이면 선수들 숙소 근처의 콘돔은 죄다 동난다는 소문처럼, 오스카도 어디선가 밤의 열기에 듬뿍 취해 매력적인 누군가와 시선을 교환하고 있을지도 모르는 일이었다. 확실히 그 앤 매력적이긴 하지. 탄탄하게 다듬어진 몸매에, 물기 있는 매끄러운 피부에, 근사하게 이마 뒤로 물결치는 머리카락……. 이런 날에 레이스 드라이버의 구애를 거절할 사람도 없을 것이다. 있음직한 일이다, 라고 머리로는 생각하면서도 왈도의 표정은 의식하지 못하는 새에 심각해졌다.

"운동하는 애들이란."

묘한 실망이 묻어나는 목소리로 왈도는 한숨을 쉬었다. 그는 바 테이블에 있던 자신의 진토닉을 들어 초조하게 한 모금 머금었다. 제노는 왈도의 옆자리에 앉으며 웃었다.

"운동하는 애들이 왜?"

"보이는 거랑 다르다고. 절제하고 성실할 거라고 모두 상상하겠지만, 사실은 폭식하고, 과음하고, 밤새 여기저기 쏘다니면서…….”

“아무나 만나서 같이 자고?”

“다 그렇다는 이야긴 아니지만.”

왈도는 다시 잔을 홀짝이며 말을 돌렸다. 제노는 상체를 깊이 숙여 속삭였다.

“그럼 공부하는 사람들은 어때? 성실하고, 자기 절제 뛰어나고, 연애도 금욕적으로 하고 그래?”

왈도의 갈색 눈이 물끄러미 천장 쪽으로 돌아갔다. 그는 이번에는 잔을 들어 제법 길게 마셨다. 제노의 입꼬리가 점점 만족스럽게 올라갔다.

“이 얼굴로 얌전히 공부만 했을 리는 없고.”

“그래 봐야 그것도 이십 대 때 이야기지. 나도 그땐 철없었어.”

“이거 봐, 안 그랬다고는 안 하는데?”

“뭐…….”

제노는 신이 났는지 바텐더와 눈이 마주치자마자 보드카를 한 병 주문했다. 바텐더가 보드카와 새 얼음을 가져다주었고, 그는 깨끗한 새 잔에 얼음을 넣고 잔의 절반 가까이 보드카를 채워서 왈도의 앞으로 밀었다.

“재미있는 이야기를 하려면 술이 좀 필요하지. 자, 내가 살 테니까 옛날이야기 좀 풀어봐.”

"그런 거라면 별로 할 얘기 없다니까."

"왜 아냐? 할 이야기 많은 것 같은데?"

"……."

"오늘 밤에 네가 말하는 그 철없는 짓 하고 놀 것도 아니라면 우리끼리 옛날에 한 헛짓거리 이야기나 하자고."

제노는 보드카가 찰랑이는 자신의 잔을 들어 왈도의 잔에 가볍게 부딪쳤다. 얼음이 경쾌하게 잘그락거렸다. 왈도는 마지못해 그 잔을 들었다.

◇ ◇ ◇

항구는 파도도 없이 고요했다. 불빛들이 아주 천천히 일렁이고 간간이 웃음소리가 어두운 하늘로 흩어졌다. 오스카는 인적이 드문 언덕 도로에 차를 대놓고 담배를 말고 있었다. 왈도의 노트북 키보드 한 줌과 함께 그는 괜히 국경을 넘어 이탈리아 산레모까지 갔다가 다시 돌아오는 중이었다. 그랑프리 주말의 모나코는 호텔에 꼼짝없이 박혀 있지 않는 이상 왈도의 눈을 피할 곳도 없었다. 그렇다고 해서 연락을 끊고 멀리 사라져버릴 각오를 했던 것도 아니기 때문에 그는 고작 한 시간 거리를 도망쳤다가 반나절 만에 제 발로 돌아가며 핑계거리를 생각하고 있던 중이었다. 종일 연락할 줄 알았던 왈도는 의외로 저녁 8시쯤에 보낸 텍스트 메시지 이후로 잠잠했다. 오스카는 오히려 그게 더 초조했다. 알았으니 빨리 오기나 하라고 재촉해대면 등쌀에 못 이긴 척 돌아갈 생각이었다. 혹은 별로 기대는 안 했지만 자길 찾으러 올 수도 있다고 생각했는데, 왈도는 뭘 원하냐는 한 마디를 물어본 후 아무 반응이 없었다. 이건 도대체 무슨 의미일까. 정말 화가 나서 그럴 수도 있다고는 생각했지만 그건 적반하장 아닌가. 오스카는 초조한 손으로 구깃구깃 접어 말은 담배에 불을 붙였다.

잔뜩 엉켜 있던 생각들이 잠시 아득해진다. 레이스 위크 중에는 느긋함을 느낄 새가 없었기 때문에 오늘 같은 평온함도 오랜만이었다. 잠시 눈을 감고 바람을 느끼는데 갑자기 핸드폰이 울렸다. 오스카는 기다린 사람처럼 핸드폰을 낚아챘다. 왈도의 번호다. 순간 긴장인지 흥분인지 알 수 없는 감정으로 가슴이 울렁였다. 오스카는 핸드폰을 손에 쥐는 찰나 만 가지 생각으로 망설이다 전화를 받았다.

"여보세요."

"나야, 제노."

이건 또 무슨 개 같은 경우란 말인가. 오스카는 팀 메이트의 목소리에 찬물을 끼얹은 듯 냉정한 정신으로 돌아왔다. 대체 이자가 왜 왈도의 핸드폰으로 전화를 하지? 그 전에, 왜 같이 있지?

"어."

"어는 뭐가 어야……. 어디야?"

"왜?"

"너 하루 종일 네 레이스 엔지니어 전화 안 받았다며. 그런데 어떻게 재깍 받아 지금은?"

"그러니까…… 왜?"

"왜긴 왜야, 네 레이스 엔지니어가 술을 진탕 마셨으니까 그렇지. 근처에 있으면 좀 데리러 올래? 음…… 혹시 어디서 재미있게 놀고 있는데 내가 방해했어? 바쁘면 말고. 그럼 이 분은 내가 알아서 처리할 테니까."

"아니 나 근처야. 어딘데?"

제노의 이상한 여운에 급하게 대답하며 오스카는 차에 올라탔다. 반쯤 탄 담배를 아무렇게나 던져버리고 그는 시동을 걸었다. 왈도가 모나코의 어디에 있든 십 분 안에 달려갈 것이다. 오스카의 차가 요란한 소리를 내며 언덕을 벗어났다.

제노가 말한 바는 항구에 있었다. 열린 창밖으로 바다와 요트가 보이는 바는 자정이 넘자 제법 북적이고 있었다. 왈도는 바에서도 제일 구석 자리에 엎어져 있었다. 조금 전까지는 멀쩡하다가 갑자기 그렇게 됐다며, 제노는 왈도를 오스카에게 맡겨버리고 자리를 떠났다. 술잔을 들고 멀어지는 그는 밤새 파티를 즐길 모양이었다. 오스카는 왈도의 곁에 앉았다. 머리를 기대고 바에 비스듬하게 엎드려 있는 왈도의 귓불이 약간 불그스름해 보이기도 했다. 뭐라고 말을 걸어야 하나 하다가 오스카는 머뭇머뭇 왈도의 어깨를 잡았다. 얇은 셔츠 한 장을 사이에 두고 그의 체온이 손바닥에 스미는 감촉이 새삼 어색했다. 인기척에 왈도는 몸을 부스스 일으켰다.

"나 이제 그만 마셔야겠어. 어지러워."

평소보다 조금 꺼진 목소리로 말하며 왈도가 얼굴을 손으로 문질렀다. 생각보다 아주 완전히 취한 것은 아니었나 보다. 오스카는 그가 돌아보자 얼른 그의 어깨에서 손을 뗐다. 그제야 왈도는 자기 곁에 있는 사람이 누구인지 알아봤다.

"오스카?"

인상을 잔뜩 찌푸리는 왈도의 눈가가 약간 달아올라 있었다. 그는 한숨을 쉬며 손바닥에 얼굴을 묻었다. 그는 최대한 덜 취한 것처럼 보이려고 어지러운 시야를 가다듬고 있는 것 같았다. 오스카는 대답 대신 어깨를 으쓱했다. 듣기로는 보드카를 둘이서 한 병만 나눠 마셨다는데도 이 지경이 됐다고 했다. 술이 약한 타입인가. 오스카는 바 위에 남은 보드카 병을 힐끔 살펴봤다. 딱 한 잔 정도의 술이 병 바닥에 남아 있었다.

"으음…… 미안. 나 지금 좀 취했어."

"알아. 호텔까지 데려다줄게."

"오스카, 음주 운전은 안 돼……."

"난 멀쩡해. 술은 한 방울도 안 마셨다고."

그 말에 왈도가 오스카 쪽을 쳐다봤다. "정말?" 그렇게 묻는 이유를 모르겠어서 오스카는 고개만 대충 끄덕였다.

"누굴 주당으로 아나. 정말이야. 술 안 마셨어."

"그럼 여태 어디서 뭐 하다 왔어?"

"그냥 바람 좀 쐬었어. 가자 이제."

오스카는 먼저 바 의자에서 내려왔다. 그리고 왈도가 일어서는 모습을 지켜봤다. 왈도는 두 손으로 눈을 문지르더니 최대한 걸음이 흐트러져 보이지 않게 하려고 애쓰면서 자리에서 일어났다. 그럼에도 불구하고 긴 몸이 약간 기울었고, 오스카는 얼른 그의 팔을 붙잡았다. 따뜻하게 열이 오른 왈도의 한쪽 어깨가 오스카에게 기대왔다. 스치는 그의 피부가 생각보다 무척 부드러웠다. 잠시 이마에 그의 미지근한 숨결이 닿았다. 그것에 정신이 팔려 미안, 하고 작게 말하는 그에게 오스카는 괜찮다고 할 타이밍을 놓쳤다. 설마 허리라도 안아야 하나 하고 생각하고 있는데, 왈도는 제법 멀쩡하게 서서 제 발로 문 쪽을 향해 걸었다. 오스카는 어수선하게 두리번거리다가 바 위에 떨어져 있는 왈도의 핸드폰을 잽싸게 챙겨 자기 주머니에 넣었다. 그리고 그를 따라나섰다.

같은 건물인 호텔로 가는 길은 오 분도 안 되는 거리였지만 좁은 골목은 자정에도 붐비고 있었다. 오스카는 인적이 드문 길을 골라 타운의 언덕을 운전해 올라갔다. 가로수 사이사이로 다운타운의 풍경이 반짝이다 사라졌다. 항구에서 멀어지자 새벽이라는 실감이 났다. 밤은 조용했고, 천천히 움직이는 차의 실내에는 낮은 엔진의 소음 외에는 적막만 감돌고 있었다. 왈도는 옆자리에서 눈을 감고 있었다.

"오스카."

자는 줄 알았는데 문득 그가 오스카를 불렀다. 오스카는 운전대를 잡은 채로 눈을 돌려 그쪽을 바라봤다. 왈도는 여전히 눈을 감은 채 창 쪽에 머리를 기대고 있었다. 그의 매끄러운 뺨 위에 비치는 신호등의 빛깔이 방금 바뀌었다. 오스카는 고개를 정면으로 돌렸다.

"미안해. 내가 너무 몰아세워서."

전혀 기대하지 않았던 말이었다. 그럴 줄 알았다면 키보드를 다 뽑아서 도망가지도 않았을 것이다. 돌아오면 고집 센 그가 뻔한 잔소리나 쏟아낼 줄 알았지, 연락하지 않는 동안 잔뜩 술을 마시고 다툰 일을 후회하고 있을 거라고는 정말 조금도 생각하지 않았다. 오스카는 엄지손가락으로 운전대를 쓱쓱 문질러댔다. 혹시 너무 취해서 하는 소리라 내일이면 잊지 않을까 생각하고 있는데 왈도가 말을 이었다.

"취해서 아무 말 하는 거 아니야. 정말 내가 너무했나 싶어서 그래."

"……."

"내가 좀…… 혼자 마음이 앞서가다 관계를 망칠 때가 있거든."

몸을 뒤척이는 왈도의 낮은 한숨이 나긋했다. 치는 부드럽게 호텔 입구로 미끄러져 들어갔다. 오스카는 왠지 그 시간이 아쉬운 기분이 들었다. 호텔 유니폼을 입은 직원이 발렛 파킹을 하기 위해 차로 다가오는 게 보였다. 이제 차에서 내려야 하는데, 아직 시작되지 않은 이 대화를 끝내기가 싫었다. 오스카가 시동을 끄기를 망설이는데 그때 왈도가 돌아보며 말했다.

"너 주려고 디저트랑 샴페인 샀어. 내 방에 가서 먹고 가."

취하지 않았다는 말은 정말일까, 아니면 너무 취한 사람이 으레 하는 거짓말이었을까.

오스카는 왈도의 방으로 홀린 듯이 따라갔다. 전에 한 번 그의 방에 따라갔을 때와는 완전히 다른 분위기였다. 그때는 어떻게 아무 생각 없이 그의 방에서 와인을 마셨을까. 엘리베이터에서 그와 함께 올라가는 몇 초가 몇 시간처럼 길었다. 살짝 흔들리는 걸음으로 복도를 걸어 자신의 방문을 열고 들어가는 그의 등이 오늘따라 매력적이었다. 방으로 따라 들어가자 정말 그가 사뒀다는 샴페인이 테이블 위에 있었다. 깨끗하게 정리된 더블베드를 보자 마음이 걷잡을 수 없이 뒤숭숭해졌고, 오스카는 화장실을 쓰겠다며 욕실로 냅다 도망쳤다. 등 뒤에서 왈도가 노곤한 목소리로 그러라고 대답하는 것 같았다. 오스카는 욕실에서 한참을 꾸물거렸다. 도대체 그와 샴페인 잔을 마주치면서 무슨 이야기를 해야 하나, 조금 전의 그것은 혹시 고백인가, 갑자기 열이 확 올라서 더운데 재킷을 벗고 나가면 오해하려나, 거울을 보며 수십 번 고민하다 그는 머리만 조금 매만지고 다시 방으로 나왔다.

왈도는 침대에 누워 있었다. 정확하게는 자고 있었다. 테이블에는 오스카를 위해 사뒀다는 작은 박스와 따지 않은데다 칠링도 하지 않은 샴페인 병이 사 온 그대로 놓여 있었다. 침대 머리부터 끝까지 닿을 것 같은 긴 몸이 시트 위에 엎드린 채 고르게 숨을 쉬고 있었다. 오스카는 소파에 가서 털썩 주저앉으며 마른세수를 했다. 오해할 것도 없이 먹고 가라는 이야기만큼은 진담이었다. 밤이 그대로 깊어져갔다.

◇ ◇ ◇

다음 날 이른 아침에 왈도는 묵직한 두통과 함께 잠에서 깼다. 밤새 불편한 자세로 잤는지 목과 어깨가 뻐근했다. 조금 열려 있던 창으로 서늘한 바람이 들어와 목덜미가 추운 기분이 들어 그는 어깨를 움츠렸다. 왈도는 작게 신음하며 돌아누웠다. 그리고 문득 곁에 누가 누워 있다는 걸 느끼고 눈을 떴다.

코앞에 오스카의 머리가 있었다. 반팔 티셔츠에 맨발인 그가 더블베드의 끄트머리에서 이불도 덮지 않은 채 웅크리고 있었다. 깊이 잠든 것인지 숨소리조차 없었다. 왈도는 그를 깨우지 않기 위해 조심스럽게 고개를 들었다. 발치를 내려다

보니 소파 위에 오스카가 벗어둔 재킷이 보였다. 테이블에 있던 샴페인과 디저트는 먹은 듯 포장이 열려 있었다. 왈도는 어제 자기가 한 말이 문득 생각이 났다. 거기까지는 생각이 나는데 언제 잠들었는지는 잘 생각이 나지 않았다. 준비했던 자리를 놔두고 자는 동안 오스카는 그 미지근한 샴페인을 혼자 마셨던 것 같다. 언제까지 그러다가 침대 끄트머리에 올라와 잠이 든 걸까. 그냥 갔어도 됐을 텐데. 왈도는 다시 침대에 머리를 대고 누웠다. 그 곁에 오스카가 뒤척였다.

"깼어?"

물어보자 오스카는 목 안에서 응, 하는 소리를 낼 뿐 움직이지 않았다. 막상 잠에서 깨고 보니 이 상황이 어색해서 오스카는 잠자코 누워 있었다. 왈도는 천장을 바라보고 누워 눈썹을 문질렀다. 미간이 지끈지끈했다. 한참 또 침묵이 흘렀다. 방이 너무 조용해서 오스카가 눈을 깜박이며 시트를 사박사박 스치는 소리가 들렸다.

"내가 어제 어디까지 이야기했지."

"잊어버렸어?"

"아니……. 너한테 윽박지른 게 미안해서 사과하려고 샴페인이랑 마카롱 사 왔는데, 그 얘긴 안 하고 들어오자마자 잤나 봐."

"아냐, 그 얘긴 했어."

"그래?"

오스카는 얼굴을 침대 시트에 파묻고 나직하게 대답했다. 그의 이마 아래서 눈을 깜빡이는 게 보였다.

"그래서 먹었어. 그냥 두고 가면 사과를 안 받았다고 생각할까 봐."

그래서 방을 떠나지도 못하고 그 말을 하려고 아침까지 침대 끄트머리에서 새우잠을 잔걸까. 왈도는 두통으로 찌푸리면서도 피식 하고 웃었다. 그 소리에 오스카의 시선이 재빨리 올라왔다가 다시 아래로 쓱 사라졌다. 왈도는 머리를 베개 속에 파묻었다. 움직이다 뺨에 오스카의 정수리가 닿자 그는 무심코 손을 들어 그 머리카락을 쓱 한 번 쓰다듬었다.

"얼마 못 잤을 텐데 편하게 더 자."

그 말에 편해지기는커녕 오스카의 목이 뻣뻣하게 긴장했다. 오스카는 거북이처럼 머리를 움츠리더니 기듯이 침대에서 미끄러져 떨어졌다. 눈만 겨우 뜨고 자신을 보는 왈도에게서 떨어져 그는 욕실로 재빨리 도망쳤다. 가면서도 자신의 헝클어진 머리를 두 손으로 급하게 만져댔다.

"일어나게?"

아무렇지 않게 묻는 왈도의 목소리에 욕실 문 안쪽에서 응, 하는 아까와 같은 대답이 들렸다.

"커피…… 커피 좀 마시러 내려가게. 더 자!"

의식적으로 쾌활하게 대답하는 소리를 들으며 왈도는 침대에 상체를 엎드렸다. 빙금 오스카가 일어난 자리가 따뜻했다. 왈도는 그가 어수선하게 옷을 챙겨 입는 소리를 들으며 눈을 감았고, 그가 보기 좋게 상기된 얼굴로 자신을 곁눈질하다 방을 나가는 것까지는 보지 못했다. 의식이 몽롱하게 멀어지며 다시 잠에 빠져들었다.

◇ ◇ ◇

이 심란함은 맑은 날씨 때문일지도 모르겠다. 혹은 가장 어려운 레이스를 앞두고 너무 긴장했거나. 오스카는 예선 전날 밤 잠을 설쳤다. 수면 부족에다가 너무 많이 마신 커피 때문인지 토요일 아침 패독(자동차들이 코스에 들어서기 전에 주차된 상태로 레이스를 위한 준비를 하는 지역)으로 가는 내내 두근거림이 가라앉지 않았다. 이 비정상적인 심계항진에 대해 보고해야 하나 생각하다가 왈도를 맞닥뜨렸을 때 그 생각마저 잊어버렸다. 평소 같았으면 바쁘게 말부터 쏟아냈을 왈도는 오스카를 보고 새삼스럽게 머뭇거렸다. 그는 묘하게 다정한 눈으로 오스카를 보다가 의식적으로 진지한 얼굴을 하며 가자고 말했다. 좁은 개러지를 같이 걸으며 왈도의 팔이 자꾸 오스카의 어깨에 닿았다. 한 번도 의식한 적 없던 것이 전부 신경 쓰이기 시작했다. 우리는 조금 더 가까워진 걸까 아니면 오히려 더 어색해진 걸까.

이상하게 흥분한 오스카는 토요일 예선에서 6위를 했다.

왈도가 제안한 수준에는 못 미쳤지만 기대했던 것보다 훨씬 좋은 성적이었다. 예선 세 번째 세션에서 피니시 라인을 통과하자마자 왈도가 라디오로 기록을 말해줄 때, 오스카 역시도 결과를 믿지 못했다. 예선을 마치고 피트레인으로 돌아오는 길이 왠지 멀었다. 오스카는 피트월 앞으로 돌아왔다.

왈도는 평소처럼 돌아봤다. 바쁘게 오가는 팀 크루들 사이에서 그는 팔을 뻗어 오스카의 등을 가볍게 감싸 자기 쪽으로 당겼다. 그의 손이 오스카의 등을 두드렸다.

"잘했어."

그뿐이었다. 그 말을 하고는 그는 부드러운 얼굴로 조금 웃었다. 뜨거울 정도로 정수리 위에 쏟아지는 햇살, 피트레인의 소음, 휘발성 연료의 냄새로 소란한 감각 속에서 오스카는 왈도의 손길이 방염 슈트 어깨 위를 지나쳐 떨어지는 것만은 또렷하게 느꼈다. 잘 안다고 생각했던 사람의 얼굴이 오늘따라 낯설게 느껴졌다. 이 사람은 어떨 때에 웃을까. 그는 무엇을 불안해하고, 무엇을 기대하고, 또한 무엇을 아직 내게 비밀로 간직하고 있을까. 만약에 내가 우승한다면 너는 지금보다 더 크게 웃으며 나를 껴안을 수도 있을까.

지금까지 레이스 하면서 단 한 번도 달리는 것 이외에는 생각해본 적이 없었는데, 갑자기 그런 생각이 든 건 왜일까. 오스카는 스스로도 놀랐다. 그는 빠른 걸음으로 왈도의 뒤를 쫓아가며 갑작스레 불씨처럼 일어나는 기대를 누르려고 애썼다.

◇ ◇ ◇

일요일 오전, 레이스 직전이 되자 오스카는 긴장과 흥분으로 가만히 있지를 못했다. 왈도가 최선을 다해 그에게 브리핑을 하려고 하는 동안 오스카는 그 말을 듣는 둥 마는 둥 했다. 전날 저녁부터 아무것도 먹지 않은데다 평소에는 마시지 않던 커피까지 들이마신 오스카는 손을 떨었다. 오스카가 듣지도 않는 말을 쏟아내던 왈도는 문득 오스카의 잘게 떨리는 손을 발견하고는 자기 손으로 무심코 맞잡았다.

"왜 이래?"

"어?! 커피…… 커피를 너무 많이 마셨어."

"큰일이네. 많이 긴장돼?"

"아니?!"

오스카는 괜스레 소스라치며 왈도에게 잡힌 손을 힘을 주어 잡아당겼다. 왈도의 손끝에서 오스카의 손가락이 퉁, 하고 튕겨지듯 빠져나왔다. 이상하다는 듯 빤히 보는 왈도의 눈길만으로도 심장이 벌렁거렸다. 오스카는 주섬주섬 헬멧을 들어 얼굴을 집어넣었다. 정신이 너무 또렷해서 오히려 담배 한 대가 간절해졌다. 오스카는 아직 시간이 되지 않았는데도 그리드에 대기 중인 차 속에 애벌레처럼 몸을 구겨

넣었다. 좁은 콕핏이 깍지처럼 몸을 감싸자 드디어 마음이 조금 침착해진다.

눈만 들어 앞을 보자 낮아진 시야에 늘씬한 왈도의 전신이 보였다. 고개를 모로 기울이며 행동을 관찰하는 그 시선이 견디기 힘들어서 오스카는 헬멧 바이저를 내려 얼굴을 가렸다. 그러자 왈도는 허리를 숙여 헬멧 앞으로 바짝 다가왔다. 그가 바이저를 엄지와 검지로 잡아 다시 천천히 들어 올렸다.

"내가 괜한 잔소리를 했다고 답지 않게 긴장했나 본데, 잊어버려. 많이 바라지 않을 테니까 완주나 하라고."

바이저 안으로 오스카의 눈을 똑바로 보며 왈도가 말했다. 그리고 그는 창문을 닫듯 바이저를 도로 닫았다. 매끈하게 닦은 레이스 카 차체 위를 한 손으로 짚으며 일어나는 그의 몸짓에 오스카는 잠시 정신이 팔렸다. 배 안쪽에서 뜨끈한 열기 같은 게 느껴졌다. 과한 카페인 때문일 것이다. 이제 잡생각은 떨치고 집중하자. 그래, 그의 말대로 완주만 하자. 그의 말대로. 오늘은 어쩐지 할 수 있을 것 같았다.

◇ ◇ ◇

거의 매년 최악의 스타트를 자랑하는 모나코 레이스였다. 라이트 다섯 개가 꺼지는 순간 오스카는 잘해야겠다는 생각보다 그냥 살고 싶다는 생각뿐이었다. 거의 이쩔 수 없이 반사적으로 클러치를 놓고 페달을 힘껏 밟았을 때 눈앞에서 선두의 차들이 충돌했다. 오스카는 그 순간이 슬로모션처럼 보였다고 회상했다. 주마등이었는지도 모르겠다. 흰색 머신이 엄청나게 스핀했고, 누군가의 타이어가 부러져 떨어졌고, 빨간 차체가 오스카의 정수리 위를 날아 지나갔다. 억센 브레이킹으로 타이어가 연기를 뿜었고, 잠깐 눈앞이 캄캄해졌다. 죽었다고 생각하는 순간에도 오스카는 이미 수백 번은 달렸던 길을 감각으로 더듬어 달렸다. 정말 짧은 순간이었다. 2초 남짓의 순간. 오스카는 눈앞을 잠시 가렸던 연기가 싹 걷히며 시야가 밝아지는 것을 느꼈다. 첫 코너의 충돌을 통과한 것이다. 그 어떤 것도 인디고의 차에 부딪치지 않은 것 같았다. 그리고…… 앞서 달리는 차가 두 대 밖에 보이지 않았다.

"이런 미친, 뭐가 어떻게 된 거야!"

오스카는 거의 혼잣말처럼 소리쳤다. 그 말이 끝나기 무섭게 라디오로 왈도의 목소리가 들려왔다.

"오스카, 부딪쳤어?"

"몰라, 아니! 그보다도 누가 어떻게 된……."

"신경 쓰지 마. 포지션 유지해."

왈도의 목소리에 정신이 번쩍 들었다. 여기는 모나코 스트리트 서킷이다. 어떤 빠른 차를 가진 팀도 순위를 바꾸기 힘든 트랙에서 오스카는 지금 3위로 달리고 있었다. 갑자기 가슴이 걷잡을 수 없이 뛰기 시작했다.

"네가 지금 세 번째 포지션이야. 절대 놓치지 마."

오스카의 차가 터널로 빨려 들어가듯 진입하자 할로겐 등의 노란 불빛이 푸른 차체 위를 빠르게 흘렀다. 왈도의 목소리만이 오스카와 함께 하고 있었다. 집중한 녹색 눈이 깜빡이지도 않고 터널 끝의 햇살을 응시하며 돌진했다.

오스카의 머신이 터널을 고속으로 통과해 빠져나왔다. 화면에 신속하게 선두부터 이름이 표시되기 시작했을 때 개러지의 크루들은 환호했다. 피트월에도 긴장이 감돌았다. 안드레아는 거의 반쯤 일어서 있었다. 왈도는 테이블 위로 상체를 숙이며 두 손을 모았다. 집중한 그의 눈이 화면을 태울 듯이 응시했다. 오스카에게는 전달되지 않는 라디오로 왈도는 팀원들에게 말했다.

"오늘 이 포지션은 절대 못 놓쳐요. 단 하나의 실수도 안 돼. 죽을 놈들은 자기들끼리 죽으라지."

왈도는 다시 한 번 머리 위의 모니터를 향해 고개를 들었다. 이 한 번의 기회를 결과로 만들 것이다. 약 100분의 시간만 지배하면 된다. 할 수 있을 것이다.

◇ ◇ ◇

단 한 순간도 긴장을 놓지 않은 레이스였다. 78랩의 모든 순산을 최선을 나해 달린 레이스가 끝이 났을 때, 오스카는 다리가 후들거려서 서기 힘들 정도였다. 전쟁 같은 수십 분 동안 열 대의 레이스 카가 더 리타이어했고, 절반의 드라이버만 완주할 수 있었다. 오스카는 3위로 레이스를 마쳤다. 생에 처음으로 그랑프리 시상대에 올라가게 된 것이다.

카페인의 기운이 땀과 함께 배출되었는지는 몰라도 오스카는 트랙에서 돌아올 때까지만 해도 그저 얼떨떨한 상태였다. 시상대 아래 3위라는 숫자가 적힌 표지판이 서 있는 곳에 차를 댈 때까지만 해도 기쁜 건지 놀라운 건지 실감이 나지 않았다. 차에서 내려 헬멧을 벗었을 때가 되서야 쏟아지는 카메라 플래시 소리가 들려서 조금 압도당했다. 갑작스러운 시선에 약간 긴장한 오스카는 주위를 두리번거렸다. 우승한 팀의 크루들이 펜스에 잔뜩 매달려 있었다. 그 옆에는 2위한 팀의 크루들이 잔뜩……. 그러다 오스카는 누가 어깨를 툭 쳐서 돌아봤다. 제노였다. 5위를 한 그의 차가 멀지 않은 뒤쪽에 정차되어 있었다. 제노는 씩 웃으면서 오스카가 등지고 서 있던 곳을 가리켰다.

오스카는 그제서야 토로 인디고의 크루들을 발견했다. 황소 로고가 그려진 깃발을 든 그들이 펜스에 매달려 오스카를 부르고 있었다. 그 열렬한 환호를 받자 어쩐지 감격스러우면서도 쑥스러웠다. 그러다가 오스카는 그 틈에 끼어 있는 왈도를 발견했다. 짙은 푸른색 방염 슈트를 입은 피트 크루 덩치들 틈에 서서 헤드셋을 목에 걸고 있는 흰 셔츠 차림의 왈도를. 누군가의 축하에 왈도는 옆을 돌아보며 웃고 있었다. 그 남자가 그렇게 활짝 웃는 것은 처음 봤다.

오스카는 그제야 자신에게 무슨 일이 일어났는지 실감했다. 드디어 머리가 어지러울 정도로 짜릿했다. 그때 왈도가 고개를 돌려 오스카를 봤다. 그의 서글서글한 큰 눈이 잔뜩 휘어지며 웃었다. 기분이 좋으면 저렇게도 웃는구나. 그 순간은 정말로 가슴이 터질 것처럼 뛰었다.

◇ ◇ ◇

팀 크루들은 패독에 남아 요란하게 자축을 하느라 바빴다. 개러지에 시끄러운 음악을 틀고 샴페인을 따서 플라스틱 잔에 따라 나눠 마시며 마치 우승이라도 한 것처럼 흥에 취했다. 패독에서 인사만 마친 오스카는 몇 시간 남지 않은 비행기 일정 때문에 먼저 호텔로 돌아왔다.

샤워 룸의 미지근한 물 아래에 한참을 서서 그는 오늘의 경기를 떠올리려고 했으나 분명하게 기억이 나는 것은 많지 않았다. 고작 시상대에서 샴페인을 좀 마셨다고 취했을 리가 없는데, 발은 가뿐하고 감각은 따스하고 몽롱했다. 라디오로 끊임없이 말을 걸던 왈도의 목소리가 하나둘씩 생각이 났다. 그는 지금쯤 패독에서 크루들과 여운을 즐기고 있으려나. 오스카는 수건으로 물기를 닦으며 욕실에서 나왔다.

어두운색 진에 면 셔츠를 대충 입고 침대에 던져둔 팔찌를 한참 더듬어 찾아냈을 즈음에 누가 방문을 두드렸다. 왈도였다. 그는 트랙에서 곧바로 돌아왔는지 아직도 팀 셔츠와 점퍼 차림이었다. 그에게서 샴페인 냄새와 함께 타이어 탄 냄새가 났다. 내일이면 거짓말처럼 공도로 돌아갈 레이스 트랙의 흔적이 고스란히 밴 채로 왈도는 방문 앞에 서 있었다.

"왜 먼저 갔어? 어디 있나 찾았는데."

"아, 나 내일 일찍 런던에서 일정이 있어서 오늘 밤에 가야 해서. 혹시 내가 뭐 빠트렸어?"

"그런 게 아니야."

왈도는 고개를 저으면서 웃었다. 그는 자연스레 방 안으로 들어오며 문을 닫았다.

"내가 또 닦달하러 왔을까 봐? 축하한다는 말을 아직 너한테 안 한 것 같은데, 벌써 가버렸나 해서 찾으러 온 거야."

"충분히 축하받았는데 뭘 또."

오스카는 기쁜 것을 들킬까 봐 우물거리며 자신의 손을 내려다봤다. 조금 전부터 한 손으로 채우려는 팔찌가 잘 채워지지 않는다. 앉아서 하면 금방 할 텐데. 오스카는 괜히 팔찌를 고집스럽게 만지작거렸다. 오스카가 찡그리자 왈도 역시 그의 손을 내려다봤다. 그는 꾸물대는 오스카의 손목을 자신의 두 손으로 잡았다. 왈도의 길고 섬세한 손가락이 팔찌 양 끝을 가볍게 쥐었다.

"지금 공항으로 가려고 했어?"

"그건 아니고, 시간이 좀 남아서 어쩔까 하긴 했는데……."

"으음."

집중한 왈도가 입을 다문 채 콧소리로 대답했다. 그의 내리뜬 속눈썹이 새까맣다. 오스카는 그 얼굴을 잠시 보다 자신의 손으로 시선을 떨어트렸다.

"그렇지 않아도 고맙다는 말을 하고 가야 할 것 같았거든."

"누구한테?"

"너한테."

그 말에 왈도가 웃었다. 팔찌가 찰칵, 하고 엮인다.

"진심이야. 나는 항상 혼자 달린다고 생각했지, 누가 그렇게 나랑 같이 있다는 생각은…… 오늘 처음 했거든. 처음으로 긴장하지 않았어."

이런 말까지 할 수 있을 줄은 몰랐는데. 오스카는 잠자코 팔찌만 보고 있었다. 이미 팔찌는 채워졌는데도 왈도의 손이 오스카의 팔목을 감싼 채 떠나지 않고 있었다. 괜히 그 손길이 다정하게 느껴졌다. 왈도의 침묵이 길었다. 무슨 말을 하려고 이렇게 오래 생각을 하는 걸까 싶어 눈을 들자, 한참을 자신을 보고 있었던 것 같은 왈도와 눈이 마주쳤다.

그때, 왈도가 오스카에게 키스했다.

처음에는 고개를 숙이는 그의 코끝이 스쳤다. 그의 눈꺼풀이 닫혔고, 그다음에 상당한 열기를 머금고 있는 입술이 지그시 입술 위에 닿았다. 오스카는 얼결에 눈을 감았다. 그의 입술이 부드럽게 체중을 실어 닫힌 오스카의 입술 위에 밀착해왔다. 손목을 감싸 쥔 손을 놓지 않은 채로. 숨을 들이쉬자 방문에서부터 나던 그의 체취가 진하게 느껴졌다.

잠시 후 왈도의 입술이 천천히 떨어졌다. 오스카는 눈을 깜박이며 그의 살짝 벌어진 입술을 바라봤다. 처음 만났을 때부터 참 근사하다고 생각한 입술이었다. 어두운 입술 틈새로 가지런한 아랫니와 혀끝이 살짝 보였다. 방금 저 입술이 나한테 키스한 건가? 넋을 놓고 바라보고 있는데 오스카의 표정을 살피던 왈도가 입을 다물고 헛기침을 했다. 방금까지 한껏 풀어져 있던 왈도의 얼굴이 평소의 모습으로 돌아간다. 오스카는 자신이 어떤 표정으로 왈도를 보고 있는 줄은 미처 몰랐다. 그는 힘이 잔뜩 들어간 눈을 부릅뜨고 왈도를 똑바로 보고 있었던 것이다. 왈도는 당황한 듯 입술을 핥았다.

"이런, 미안."

왈도의 갈색 눈이 이리저리 굴렀다. 그러는 동안에도 오스카는 그의 입술이 움직이는 모양만 보고 있었다. 왈도의 뺨이 조금 상기됐다.

"어…… 그러니까 이게……."

오스카의 꾹 다문 입술과 놀란 표정을 거절로 받아들였는지 그는 갑작스러운 키스에 대한 변명을 찾고 있었다. 그러는 바람에 오스카도 정신이 퍼뜩 들었다. 그가 조금 전의 열정을 무마하려는 것에 조바심이 났다. 그러지 마, 아냐 그러지 마. 오스카는 자신의 손목에서 떨어지려는 왈도의 손을 급하게 붙잡았다. 그 바람에 왈도가 다시 눈을 들어 오스카를 바라봤다. 그 표정이 아찔했다. 어쩜 이 순간만큼은 다른 사람처럼 순진한 얼굴을 하고 나를 보는지. 오스카는 자기도 모르게 나머지 한 손으로 왈도의 뺨을 감싸 쥐었다. 그리고 그대로 잡아당겨 다시 키스했다.

잔뜩 벌어진 입술이 서로의 것을 끌어당겼다. 살갗이 떨어지기 무섭게 왈도가 머리를 깊이 숙이며 자신의 입술을 맞대고 빈틈없이 눌렀다. 오스카는 그의 큼직한 손이 허리와 등을 끌어안는 것을 느꼈다. 그의 가슴이 자신의 것에 맞닿았다. 키 큰 그의 무게에 밀려 오스카는 조금씩 뒷걸음질 쳤다. 어느새 등에 벽이 닿았다. 왈도의 목덜미는 조금 서늘했고, 레이스의 여운이 가시지 않은 드라이버의 손은 그보다 따뜻했다. 벌어진 옷깃 사이로 손을 미끄러트리며 오스카는 눈을 떴다. 조금 전과는 다르게 분명한 열정을 담은 왈도의 표정에 숨이 찼다. 오스카의 허리를 꽉 껴안은 채 밀착하고 있는 그의 하체에서 열기가 느껴졌다. 맞닿은 옷 너머로 그가 흥분하고 있었다. 그럼에도 불구하고 왈도는 기다리고 있었다. 긴장한 채로 명령을 기다리는 훈련된 개처럼, 그의 어두운 눈이 오스카를 응시하고 있었다.

오스카의 손가락이 그의 가슴 위를 더듬었다. 셔츠 포켓에 아직도 경기장의 플라스틱 패스가 그대로 꽂혀 있었다. 오스카는 그것을 꺼내고 패스 목걸이를 왈도의 머리 위로 벗겨냈다. 그리고 그의 등 뒤로 던졌다. 패스가 떨어지는 소리와 함께 오스카는 다시 삼키듯 입술을 맞대는 왈도의 머리를 끌어안았다. 짙은 갈색 머리카락이 믿을 수 없이 부드러웠다.

◇ ◇ ◇

한 번도 들은 적 없던 왈도의 열띤 숨소리가 귓가를 간지럽혔다. 오스카는 침대에 등을 대고 누운 채로 그 소리에 작게 떨었다. 왈도는 누운 오스카의 무릎 사이를 파고들며 올라탔다. 그의 손바닥이 옷 위로 오스카의 가슴과 배를 지그시 쓸어내렸다. 느긋한 듯 압박을 실은 손길에 오스카는 안달이 나서 꾸물거렸다. 왈도는 오스카의 벌어진 채 들린 다리 사이에 자신의 중심을 지그시 밀착하며 상체를 엎드렸다. 제법 확실하게 부풀어 오른 그의 성기가 다리 사이를 밀어올리는 것이 느껴져 오스카는 낮게 신음했다. 골반 안쪽으로 긴장이 몰린다. 문득 내려다본 왈도는 눈이 마주치자 입술을 깨물며 슬쩍 웃었다. 피트에서 봤던 것과 똑같은 차림이지만 낯설다. 그의 셔츠 안쪽이 벌어져 가슴이 보이고 있었다. 오스카는 손을 더듬어 내려 그의 셔츠 단추를 풀려고 했으나 쉽게 되지는 않았다. 아무렇게나 움켜쥐고 당기는 바람에 단추 하나가 저절로 툭 풀어진다. 그 손을 제지하고 왈도는 상체를 일으켜 세워 자신의 셔츠 단추를 마저 풀었다.

오스카는 누운 채 그 모습을 보고 있었다. 막연히 상상했던 늘씬한 왈도의 상체가 드러났다. 겉으로 짐작한 것보다는 체격이 좋았다. 더 말랐을 거라고 생각했는데. 오스카는 몸을 일으켜 그의 바지허리에 손을 갖다 댔지만 그마저도 왈도는 손을 붙잡아 그만두게 하고는 스스로 바지 버클을 풀고 지퍼를 내렸다. 그는 엎드린 채 한 손으로 자신의 속옷 밴드를 밀어 내렸다. 그리고 오스카의 손을 끌어당겨 자신의 아랫배 위에 얹었다.

손바닥에는 체온이, 손끝에는 짙은 체모가 닿았다. 오스카는 손을 천천히 아래로, 깊숙이 미끄러트렸다. 오스카의 허리 양옆에 손바닥을 짚은 채로 왈도는 고개를 숙여 오스카가 자신을 만지는 것을 보고 있었다. 오스카는 손바닥보다 뜨거운 온도로 부풀어 오른 그의 묵직한 성기 아래쪽까지 손을 집어넣어 감싸 쥐었다. 왈도의 입술에서 드디어 약한 탄식이 터져 나왔다. 손바닥에 힘을 주자 그의 어깨 근육이 섬세하게 수축한다.

"놓지 말고, 계속……."

그가 열띤 목소리로 속삭였다. 손바닥에서 더 부풀어 오르는 성기의 촉감과 그 낮은 목소리 덕에 오스카는 등줄기에 소름이 돋는 것을 느꼈다. 왈도는 오스카의 허벅지 안쪽으로 자신의 긴 손가락을 부드럽게 미끄러트렸다. 오스카는 그 손가락이 자신의 헬멧을 닦고, 그 안을 침범해 들어오고 만지던 것을 떠올렸다. 그 이상의 것을 할 거라고 생각하지는 않았던 손이다. 왈도의 손이 힘을 주어 옷 위로 오스카의 중심을 문질렀다. 저절로 가는 신음이 튀어나왔다. 오스카가 등을 동그랗게 움츠리자 왈도는 그 귓가에 입술을 가져다 대려고 했다.

"하지 마."

오스카는 뒤로 몸을 빼며 피하려고 했다. 벌써부터 귀가 간지러웠다. 자신의 다리 사이에서 오스카의 손이 멈추자 왈도는 반대로 오스카의 중심을 더 세게 문질렀다. 오스카의 허벅지가 잔뜩 오므라들었다. 귓가로 다가오는 왈도의 얼굴을 피하려다 오스카는 침대 위에 털썩 쓰러졌다. 왈도의 상체가 재빨리 오스카의 위를 덮쳐왔다. 오스카는 눈을 질끈 감았다. 그가 분명히 웃었다. 귓가에서 웃는 소리가 나더니 그의 혀가 귓바퀴 안쪽의 패인 곳을 핥았다. 오스카는 이번에는 비명에 가까운 가는 소리를 내며 몸을 뒤틀었다. 전에 한 번 귀를 습격당했을 때보다 훨씬 야릇한 접촉에 맥박이 걷잡을 수 없이 빨라졌다. 오스카는 왈도의 배 아래에 깔린 손에 힘을 주어 그의 성기를 훑어 올렸다. 왈도의 맨가슴이 오스카의 상체 위에 겹쳐졌다. 이번에는 좀 더 나긋한 왈도의 탄식이 귓가를 타고 흘러들었다.

그의 습하고 가쁜 숨이 귀에 닿았다. 오스카의 손에 의해 점차 달아오르는 그의 등이 잘게 요동쳤다. 오스카는 그가 좀 더 흥분하는 모습을 보고 싶었다. 잔뜩 달아오르고, 참지 못하고 신음을 내뱉고, 허리를 움직이는 모습을 보고 싶었다. 등줄기 가장 아래 깊은 곳까지 간지러운 열기가 침범했다. 오스카의 허리가 조금씩 들썩였다.

"옷 벗어봐. 아니면 내가 해줄까?"

왈도가 속삭였다. 그가 상체를 들어 올리는 바람에 몸을 짓누르던 무게가 한결 가벼워지자 오스카는 어쩐지 가슴이 허전했다. 오스카는 빨리 대답하지 못하고 새근거렸다. 움직이는 왈도의 성기 끝이 아랫배 위에 닿는 게 느껴졌다. 무릎 언저리에 걸려 있던 바지를 발로 밀어내며 마저 벗는 그에게 오스카는 망설이다가 대답했다.

"그러면 끝까지 해줘."

"뭐라고?"

"끝까지 해달라고."

왈도는 오스카의 허리 위에 손을 얹은 채로 잠시 가만히 오스카를 보고 있었다. 그러더니 깨달은 듯 숨을 조금 들이켰고, 그 바람에 발갛게 달아오른 그의 입술이 툭 떨어지며 벌어졌다. 그것만으로도 오스카는 단번에 달아올랐다.

"괜찮겠어?"

그 말에 대답하기도 전이었지만 왈도의 얼굴에는 이미 새로운 기대와 열기가 달아오르고 있었다. 오스카는 간신히 고개를 끄덕였고, 왈도는 상체를 숙여 오스카의 얼굴에 키스했다. 오스카는 그의 팔이 머리를 껴안고, 손끝이 귓가를 스치는 것을 느꼈다. 그의 무게가 오스카의 전신을 눌렀다. 오스카는 그의 등을 껴안았다. 손바닥에 부드러운 피부가 들러붙었다.

그는 오스카의 옷을 전부 벗겨냈다. 오스카는 왈도의 단단한 손끝을 입에 물고 빨았다. 혀끝에 짧게 잘린 손톱의 촉감이 느껴질 때, 어떤 기대도 함께 배를 타고 전류처럼 흘렀다. 왈도의 조각 같은 팔이 아래로 뻗으며 근육이 팽팽하게 긴장했다. 오스카는 그의 단단해진 팔을 붙잡았다. 왈도는 그 손가락을 오스카의 몸 안에 집어넣었고, 오스카는 그것만으로도 어깨를 떨며 몸서리쳤다. 오스카의 체지방이라고는 없는 마른 손등에 잔뜩 힘이 들어갔다. 얇은 피부 아래의 도드라진 근육들이 섬세하게 수축한다. 잠시 후 왈도는 오스카에게 성기를 머리부터 천천히 집어넣었다. 빠듯하게 벌어지는 근육이 그를 단단하게 감쌌다.

왈도는 오스카의 허리를 안으며 엎드렸다. 그 움직임만으로도 오스카의 허리가 단단하게 굳었다. 오스카가 얼굴을 찌푸리길래 눈썹 가운데를 문지르니 그는 찡그린 채로 웃음을 터트렸다. 왈도는 허리를 천천히 움직였다. 자신을 껴안는 오스카의 허벅지가 단단하게 수축하거나 풀어지는 것을 느끼며 그의 어깨 위에 끝없이 입술을 문질렀다. 오스카의 목소리가 숨을 멈추느라 종종 끊어졌다. 라디오 너머로 들렸던 것처럼, 신체에 가해지는 압박을 견디는 데에는 익숙한 몸이 자신의 깊숙한 곳을 벌리고 밀어 올리는 움직임에 숨을 멈췄다가 다시 토해내기를 반복했다. 왈도는 입술을 깨물며 아랫배에 밀려드는 강한 쾌감을 억눌렀다.

트랙에서도 마찬가지였지만 그가 느끼는 것이 무엇인지 왈도는 알 수가 없었다. 단지 지금 그가 거칠지만 달뜬 목소리로 신음하는 이유가 고통이 아니라 쾌감 때문이기를 바랐다. 습기가 조금 배어나는 가슴과 헐떡이며 오르내리는 목이 이 순간을 사랑하기를 바랐다. 생각보다 강한 악력으로 어깨를 움켜쥐는 손이 나를 더 가까이 끌어당기기 위함이기를 바랐다. 오스카는 눈을 감았다. 그의 숨은 차차 일정해지다가 어떤 순간에는 한참을 멈췄다. 그의 눈이 가늘게 열려 왈도를 마주 봤다. 왈도는 허리를 점점 더 빠르게 움직였다.

그의 아랫배가 마침내 덜컥 수축할 때 왈도는 함께 전율했다. 맞닿은 배 아래로 손을 집어넣어 오스카의 성기를 문지르자 그는 왈도의 손 위에 가득 사정했다. 거의 울음에 가까운 한숨을 쉬며 오스카의 머리가 시트 위에 축 늘어졌다. 그 순간에조차 오스카의 팔은 왈도의 어깨를 놓지 않고 있었다. 오스카의 손가락이 제각각 움직이며 왈도의 어깨 위를 만지고 있었다. 왈도는 그 간지러운 촉감을 오랫동안 기억했다. 이내 사정한 왈도는 오스카의 쇄골 위에 얼굴을 대고 누웠다. 오르내리는 가슴의 피부와 뼈 아래로 고른 숨소리가 들렸다.

모나코의 여름 하루가 저물고 있었다. 내일이면 레이스 위크의 열광은 없었던 일인 것처럼, 일상으로 돌아갈 작은 도시의 일요일 오후가 천천히 어두워져갔다.

침대 맡에 켜진 노란색 등이 부연 어둠을 한 조각 밀어내고 있었다. 오스카는 문득 잠에서 깼다.

열 오른 얼굴을 맞대고 키스하고, 격렬하게 애무하고, 땀에 젖은 피부가 식는 걸 느끼며 끌어안고 만졌던 상대가 곁에 잠들어 있었다. 오스카는 왈도가 깨지 않게 옆으로 누워 그의 얼굴을 바라봤다. 그는 소리도 없이 잔다. 오스카는 그의 감은 눈 위를 봤다. 왈도는 왼쪽 눈썹 아래에 점이 있었다. 지금처럼 눈을 감고 있지 않으면 자세히 보기 힘든 점이었다. 오스카는 그걸 한참을 바라보다 왈도의 얼굴 곁에 있는 그의 손으로 시선을 옮겼다. 옷을 벗으면서도 미처 풀지 않은 시계가 그대로 그의 늘씬한 팔목 위에 걸려 있었다. 굳은살도 흉터도 별로 없는 매끄러운 손이었다. 오스카는 거기에 자신의 손을 가만히 미끄러트려 넣었다. 손바닥의 마른 감촉이 손끝에 감겼다. 왈도는 잠결에 그걸 느꼈는지 오스카의 손을 맞잡아왔다. 그의 손가락이 오므라지며 오스카의 손을 힘주어 잡았다. 왈도가 조금 뒤척였다. 그는 나른하게 신음하며 오스카의 손을 끌어당겨 자신의 입술 위에 가져다 댔다. 오스카는 손마디에 그의 따뜻한 입술 안쪽 피부가 닿는 것을 느꼈다. 손 위에서 입술이 움직이는 감촉과 함께 왈도의 푹 꺼진 목소리가 웅얼거렸다.

"몇 시야?"

글쎄, 시간이 얼마나 지났을까. 오스카는 왈도의 손을 잡아당겨 팔목의 시계를 봤다. 얼굴의 방향이 시계와 어긋나서 그런지 몇 시인지 빨리 읽기가 어려웠다. 오스카는 고개만 일으켰다. 그는 다시 시계를 들여다봤다. 잠기운이 한꺼번에 달아났다.

"젠장."

오스카가 벌떡 일어났다. 그 바람에 왈도 역시 눈을 부스스 떴다. 오스카가 침대 밖으로 요란하게 튕겨져 나가는 소리에 왈도는 상체를 일으켰다. 오스카는 욕실로 뛰어 들어가며 소리쳤다.

"비행기!"

"뭐…… 놓쳤어?"

"아냐 아직! 내 가방 좀 마저 챙겨봐!"

"뭘 넣어야 하는데?"

"보이는 거 전부!"

미처 문을 닫지도 않은 욕실에서는 곧 샤워기 물이 쏟아지는 소리가 났다. 왈도는 이불로 허리 아래를 주섬주섬 감싸며 방을 둘러봤다. 떨어진 옷가지들이야 도로 주워 입겠지만, 방 안은 핸드폰과 충전기부터 여러 켤레의 신발들까지 오스카의 물건들로 어수선했다. 잠기운이 덜 가신 왈도 역시 침대에서 떨어지다시피 내려왔다. 그는 자신의 옷부터 주섬주섬 주워 입기 시작했다.

◇ ◇ ◇

오스카와 그의 레이스 엔지니어는 그 어느 때보다도 다급하게 호텔 주차장으로 뛰어내려왔다. 호텔에서 프랑스 니스에 있는 코트다쥐르 공항까지는 빠르면 차로 30분 만에 갈 수도 있는 거리였다. 팀 의전 차의 키를 가지고 온 왈도가 운전석 문을 열고 타려고 하자, 오스카는 재빨리 열린 차 안으로 뛰어들며 왈도에게 손을 내밀었다.

"키 이리 줘. 내가 더 빠르니까."

왈도는 얼른 납득하며 순순히 그에게 키를 넘겼다. 오스카는 시동을 걸었다. 심상치 않은 낮은 울림이 차체 아래로 흘렀다. 안락한 세단 타입의 의전 차라고 해도 이건 고성능의 마세라티였다. 왈도가 벨트 클립을 꽂기도 전에 오스카는 페달을 왈칵 밟았다. 묵직한 차체가 튕겨지듯 앞으로 뛰쳐나갔고, 타이어 미끄러지는 소리가 요란하게 주차장에 울렸다. 왈도는 갑작스러운 충격에 제법 놀라며 오스카를 돌아보았다.

"내 차가 아니라서 느낌이 익숙하지가 않네."

그 말을 흘려들어도 괜찮은 걸까. 오스카는 어깨를 으쓱하더니 피트레인을 빠져나가던 여느 때와 다름없이 페달을 있는 힘껏 밟았다. 차체는 격렬한 가속에 한 번 요동치더니 기어이 중심을 잡고 앞으로 튕겨져 나갔다. 호텔 입구를 둔하게 어슬렁거리던 다른 고급스러운 차들 사이를 오스카의 차가 날카롭게 빠져나갔다. 왈도는 중심을 잡기 위해 차의 문쪽 손잡이를 붙잡았다.

"뭐해? 핸드폰으로 GPS 켜서 길 안내 좀 해줘."

"길을 몰라?"

"내가 그걸 알겠어?"

오스카가 운전대를 잡은 마세라티는 마치 중력을 느끼지 않는 것처럼 순식간에 차도로 돌진했다. 길도 모르는 채로. 왈도는 왼손으로 핸드폰을 꺼내들었다.

이런 식의 레이스를 본 적이 있다. 내비게이터를 조수석에 앉히고 종이에 쓴 지도를 읽으면서 드라이버는 그 목소리에 의지해서 모르는 도로를 무식하게 내달리는. 그러나 레이스 트랙이라는 것은 아주 전형적이고 예측 가능한 곳이었다. 지도는 완벽하게 머릿속에 넣고, 모든 변수를 측정하며, 어시스트 하던 레이스 엔지니어에게 지금 있는 자료는 구글 지도 하나뿐이었다. GPS가 위치를 잡는 짧은 시간 동안 오스카는 같은 생각을 했는지 갑자기 키득거리는 소리를 내며 웃었다.

"좌회전이나 우회전하기 100m 전에만 말해."

오스카는 직감적으로 지도 서쪽을 향해 달렸다. 핸드폰 화면에서 좌표가 비정상적으로 빠르게 움직였다. 왈도는 핸드폰을 손에서 놓치지 않기 위해 단단히 쥐었다.

◇ ◇ ◇

시골길을 순식간에 달려온 짙은 회색의 마세라티가 공항 도로로 유순하게 미끄러져 들어갔다. 즉흥적인 랠리는 성공적이었다. 오스카는 원래 걸렸어야 할 시간을 절반 가까이 단축했다. 중간에 몇 번의 위기 상황에서 마세라티는 믿을 수 없이 날렵한 몸짓으로 다른 차들을 피했고, 왈도 역시 긴장 속에서 그 움직임에 감탄하고야 말았다. 지금까지 왈도는 슈퍼카는 사치품이라고만 생각했는데, 지금은 역시 차는 최고 사양으로 사고 봐야 하나라는 생각마저 하고 있었다. 그렇다고 해도 차를 한계 성능까지 모는 것은 비전문가가 할 수 있는 일도 아니겠지. 왈도는 순순히 감동하고 있었다.

차는 택시 승하차장의 어딘가에 브레이크의 관성을 느끼기도 어려울 만큼 부드럽게 멈춰 섰다. 조용한 실내에 비상등이 깜박이는 소리가 작게 들렸다. 드디어 긴장이 풀리자 왈도는 약간 어지러움을 느끼며 관자놀이를 두 손으로 주물렀다. 그러는 동안 오스카는 내릴 생각인지 벨트를 풀고 부산스럽게 움직이더니, 돌연 급하게 달려온 것이 무색하게 뜸을 들였다.

"팩토리에는 언제 와?"

오스카가 물었다. 왈도는 그제야 오스카의 얼굴을 봤다. 방금 레이스의 여파인지, 혹은 그보다 한 두 시간 전에 있었던 열정의 여파인지 그의 얼굴은 약간 상기되어 있었다.

"여기 정리하고, 나도 하루 뒤에 바로 가."

그 말이 좀 다정했던 것 같다. 오스카는 바깥을 잠깐 두리번거리더니 상체를 왈도 쪽으로 숙였다. 왈도에게 오스카의 입술이 닿았다.

어차피 창유리의 코팅이 어두워서 바깥에서는 안 보일 텐데. 키스를 하기 전까지 얼마나 머릿속으로 계산을 하며 망설였을까. 누가 지나가지 않았으면 해서 이렇게 어중간한 곳에 차를 세웠던 걸까. 그런 생각을 하자 웃음이 좀 나왔다. 입술을 가만히 누르는 감촉이 좋아서 왈도는 그를 이대로 오래 붙잡고 싶었다. 오스카의 얼굴이 곧 떨어졌다. 그의 생각이 많은 눈이 시야에 잠시 머물렀다. 오스카가 운전석의 문을 열었다. 그제서야 세상의 소음이 차 안으로 쏟아져 들어왔다.

왈도는 차에서 내려 오스카를 배웅했다. 따뜻한 밤바람 속에서 오스카가 조금 웃어 보이고서는 바쁘게 몸을 돌려 공항 안으로 사라졌다. 돌아보지 않는 뒷모습을 그 자리에서 보다가 왈도는 다시 호텔로 차를 몰고 돌아가기 위해 운전석에 올랐다.

오스카가 앉았던 차 안에는 여전히 온기가 남아 있었다. 그는 창문을 조금 열어 낮의 열기가 남은 바람이 얼굴을 스치게 내버려뒀다. 드라이버가 가는 모습을 보고서야 레이스 위크가 끝났다는 것이 실감이 났다. 왈도는 왔던 길을 천천히 되짚어 돌아가며 오스카를 떠올렸다. 공항으로 들어가던 그의 얼굴은 몇 시간 전 처음 키스했던 순간으로 돌아가 있는 것 같았다. 내가 네게 키스한 순간 어떤 얼굴을 하고 있었을까. 너는 그 찰나의 열정이 여전히 우리에게 남아 있음을 다시 확인하기 전까지 얼마나 망설였을까. 피부를 빈틈없이 밀착하고 껴안았던 순간의 온도가 온몸에 남아 있는 것 같았다. 왈도는 등받이에 몸을 깊이 기댄 채로 왼손으로 입술 근처를 만지작거렸다. 하루 뒤에 다시 봐도 너의 얼굴은 조금 전 떠나보냈던 그 모습 그대로일까. 설렘은 초조함과 비슷한 일렁임으로 마음을 흔들었다. 오스카의 감촉을 벌써 다시 확인하고 싶었다.

레이스 카의 콕핏이 관 같다고 말한 사람이 있었다. 그 사람은 레이스를 하다 사고로 죽었다. 오스카는 열일곱 살에 처음으로 동료의 장례식에 갔었다. 그날은 어른들의 눈을 피해서 친구들과 몰래 보드카를 잔뜩 마시고 취했다. 무언가를 잊기 위해서. 그러나 기억은 그 자리에 남아 있었고, 오스카는 해가 지날수록 친구들을 하나둘씩 잃었다. 누군가는 레이스를 그만뒀고, 누군가는 아주 먼 나라로 갔다. 누군가를 다시 만나도 어떻게든 시간이 흐르면 결국 혼자가 됐다. 오스카는 조용히 멈춰 있는 콕핏에 홀로 앉을 때마다 죽은 사람의 말을 생각했다.

레이스는 끝없이 무언가를 이루어내야 했지만 잘할수록 계속해서 곁의 사람들을 잃었다. 그런 한편 누구보다도 잘하지 않으면 레이스 끝에 도착할 오스카를 기다리는 사람은 없었다. 텅 빈 트랙의 끝이 싫어서 오스카는 누구보다도 빠르게 달렸다. 가장 빨리 달리지 않는 나를 기다릴 사람이 아직도 남아 있을까. 그러다 갑자기 레이스가 무서워졌다. 누군가는 그게 최고가 되려고 하는 과정이라고 했다. 한번은 코너에 들어가기 직전 무서워서 브레이킹을 일찍 하는 습관이 생긴 오스카에게 팀 레이스 디렉터가 "오스카, 무서운 건 알겠지만"이라고 운을 뗀 적이 있었다. 그 무신경한 얼굴을 아직도 기억하고 있었다. 당신은 내가 무엇을 무서워하는지 정말 알기나 하는 걸까. 그 코너 앞에서 무엇을 느끼는지 알기나 할까.

시간이 흐르며 두려움을 느끼는 것마저 차차 잊어갔다. 그러다 점차 아무것도 느끼지 않게 됐다. 오스카는 더 이상 예전처럼 브레이킹을 빨리 하지 않았다. 그게 그를 더 빨라지게 만들었다. 기다리면 레이스는 다시 시작됐다. 콕핏 속에 가만히 앉아 있을 때면 침묵이 그를 감쌌다. 고요는 혼자임을 다시 자각하게 하는 시간이었는데, 언제부턴가 목소리가 말을 걸기 시작했다.

"오스카, 준비됐어?"

“있잖아, 레이스 중에 저 벽에 부딪쳤던 사람들은 다 챔피언이 됐다는 이야기 알아? 저게 그 챔피언의 벽이야. 나도 여기 부딪치면 올해 우승할 수 있지 않을까?”

오스카의 목소리에 왈도는 고개를 들었다. 오스카가 말한 것은 깊은 코너 두 개가 연결된 구간 다음에 곧장 나타나는 벽이었다. 고속으로 달리다 그 짧은 연속 커브를 통과해야 하기 때문에 정말 많은 차들이 그 벽에 부딪쳤고, 그래서 타이어 방호벽을 두툼하게 세워둔 곳이었다. 오스카는 벽 앞에 쪼그리고 앉아 황홀한 얼굴로 거기에 몸을 대보고 있었다.

“어림없는 소리 하지 마.”

왈도의 까칠한 목소리에 오스카는 벽에서 떨어져 일어섰다. 팩토리로 달려가 지난 레이스를 보고하고 바로 캐나다에 도착한 왈도는 시차 때문에 며칠 잠도 제대로 자지 못했다. 더군다나 캐나다의 주말 레이스 동안 비가 내릴 예정이었다. 왈도의 걱정을 아는지 모르는지 오스카는 이상하리만치 기분이 좋았다. 한껏 가벼운 발걸음으로 쫓아온 오스카는 걸어가는 왈도의 몸에 툭 부딪쳤다. 피로로 온몸이 얻어맞은 듯 찌뿌둥했지만 왈도는 그게 싫지는 않았다. 차라리 오스카가 긴장하지 않고 있는 게 더 마음이 편했다. 다가올 레이스에 오스카까지 긴장하고 있다면 생각만 해도 감당할 자신이 없었다.

오스카의 머리가 바람에 가볍게 날렸다. 앞서 걸어가는 그의 티셔츠 한 장 아래로 드러나는 날씬한 어깨를 조금 껴안고 싶었다. 그가 얼마나 따뜻한지 알고 있었고, 그대로 안고 침대에 처박혀 잠들어버리고 싶었지만 왈도는 4km가 넘는 서킷을 절반은 더 걸어야 했다. 지난 레이스 주말은 꿈결 같았지만 지금은 완전히 잠에서 깬 기분이었다. 설명하기 어려운 초조함으로 몸이 근질거렸다. 오스카는 아는지 모르는지 트랙을 한참 앞서 걸어갔다. 그의 걸음이 산뜻했다.

◇ ◇ ◇

토요일 예선은 결국 예상대로 안 됐다. 예선 첫 번째 세션까지는 간신히 넘겼지만 그 후 트랙이 부슬비로 점차 젖기 시작했고, 오스카는 두 번째 세션에서 제대로 달리지 못했다. 오스카는 번번이 좋은 타이밍을 놓치거나 트랙 컨디션과 맞지 않는 타이어로 달렸다. 오스카의 차가 몇 번이나 달리다 제자리를 벗어났다. 마지막 랩에서는 정말로 챔피언의 벽에 닿을 뻔도 했다. 오스카의 차는 단 한 번의 랩도 완벽하게 성공을 못 한 채로 예선을 종료하고 말았다. 10위 안에도 진입을 못 해 세 번째 세션은 달릴 수도 없었다. 캐나다 서킷은 오스카가 자신하는 고속 트랙 중의 하나였던지라 왈도는 많이 낙담했다.

이렇게 된 바에야 차라리 내일 비가 많이 와서 레이스가 모두에게 어려워지기라도 한다면 회복의 여지가 있을지도 모르겠다. 예선이 전부 끝났는데도 왈도는 탄식하며 피트월에서 쉽게 내려오지 못했다. 연습 주행 때까지만 해도 자신이 있었는데. 대부분이 자신의 실책이었다. 하필 트랙이 다른 차로 가득 차 있어 기록을 내기 어려운 때에 오스카를 내보냈고, 타이어 선택도 오락가락하는 날씨에 맞추지 못했다. 어차피 돌이키지 못할 실수들을 되새기고 있을 때 팀 보스 마테오가 피트월 의자에서 내려오며 말했다.

"오늘 컨디션이 나쁜 것 같은데, 정신 차려. 내일은 더 어려울 거야."

왈도는 간신히 고개를 끄덕였다. 순간 피로감이 몰려들었다. 그는 피트월의 멤버들이 다 자리를 떠나고 나서야 팀 빌딩으로 돌아갔다.

예선 종료에 대한 인터뷰를 다 마치고 돌아온 오스카는 비를 조금 맞은 듯 젖어 있었다. 마른 수건으로 얼굴을 닦으며 오스카는 팀 빌딩 라운지에 앉아 있는 왈도에게로 다가왔다. 오스카는 의외로 많이 실망하지 않은 얼굴이었다. 원래도 항상 그런 성격이었지. 그걸 보자 왈도는 어쩐지 땅 아래로 꺼질 것 같은 기분을 느꼈다. 오스카는 왈도의 자리 옆에 앉아 그의 등을 손바닥으로 슥슥 문질렀다.

"왜 이래. 완전히 죽상이네. 오늘은 엉망이었지만 별수 없지 뭐."

오스카는 그렇게 말하고는 병 음료의 뚜껑을 땄다. 탄산이 김을 내뿜는 소리가 산뜻하게 들렸다.

"차라리 마지막 랩에는 그냥 그 챔피언의 벽에 처박아버리기라도 할 걸 그랬어. 그럼 내일 우승이라도 할지 누가 알아."

"농담할 기분 아니야."

왈도는 의자 등받이에 등을 기대며 고개를 저었다. 오스카는 여전히 대수롭지 않다는 듯 음료를 한 모금 마셨다.

"생각보다 감정 조절을 못하네. 스포츠의 기본인데."

반은 농담이었다. 평소 같았으면 그 정도에 웃을 여유는 있었을 것이다. 그러나 왈도는 전혀 웃지도 않고 냉담한 눈을 내리뜨며 짧게 한숨을 쉬었다. 슬슬 마음에 들지 않는다. 오스카는 인상을 찌푸렸다. 왈도는 테이블을 내려다보며 오스카에게만 들릴 소리로 말했다.

"감정 조절의 문제가 아냐. 작은 변수에도 이렇게 쉽게 페이스를 잃을 거면 앞으로는 물론이고 내일 레이스조차도 예측 못 해.”

왈도는 이 실내의 다른 사람들이 이 대화를 들으면 오스카의 실책을 지적하는 걸로 보일까 봐 내심 신경 쓰고 있었다. 그에게는 지금 이 순간조차도 변수였다. 그러나 정작 그 말을 듣고 있는 오스카의 표정은 누가 보든 말든 순식간에 굳었다.

“예선을 망친 건 난데 내 레이스 엔지니어의 실망도 내가 위로를 해줘야 해?”

의외의 날카로운 말이 오스카의 입에서 나왔다. 평소에는 능청스럽게 짐작할 수 없는 얼굴을 하고 있던 오스카가 지금은 감정을 숨길 생각이 없어 보였다. 예상하지 못했던 표정이었다. 화를 내는 그에게 나는 어떻게 하면 좋을까. 왈도는 음료수 병을 잡고 있는 오스카의 손가락 위에 조심스럽게 자신의 손을 얹었다.

“우리한테 필요한 건 위로가 아니라 대책이야.”

그 말에 오스카의 입술이 벌어졌다. 기가 막혔는지 하, 하는 짧은 탄식이 그 입술에서 흘러나왔다. 오스카는 갑자기 의자에서 일어섰다. 왈도는 잠시 맞잡은 손에 힘을 줘봤지만 소용없었다. 오스카는 빠르게 왈도의 손을 떨쳐버리고 뒤도 돌아보지 않고 그 자리를 떠났다.

왈도는 흐트러지는 표정을 애써 다잡으며 오스카가 나간

자리를 바라보고만 있었다. 고작 그게 위로에 가까운 말이었다. 어떻게든 내일 레이스에서 오늘의 실수를 만회해보겠다는 말을 왜 그런 식으로 했을까. 그러나 앉은 자리에서 발이 떨어지질 않았다. 방금 내뱉은 말 그대로, 너의 레이스를 이대로 망칠 수는 없다는 중압감이 그의 어깨를 눌러 자리에 주저앉혔다. 처음 느껴보는 스산한 불안감이 들었다. 오스카의 마지막 표정이 계속 맴돌았다.

◇ ◇ ◇

일요일 레이스는 길었다. 비가 내리다 그치기를 반복하며 레이스는 끊어졌다 다시 시작하기를 반복했다. 예측할 수 없는 컨디션은 드라이버와 크루들 모두 지치게 만들었다. 레이스는 거의 세 시간을 넘겨 간신히 종료됐다. 오스카의 순위는 좋지 않았다. 완주는 했지만 포인트를 획득할 수 있는 10위 안까지 순위를 올리지 못한 채로 그는 레이스를 마치고 말았다. 지난 레이스에서 포디엄에 올랐던 사람이라는 걸 믿을 수 없는 순위였다.

레이스마다 컨디션이 들쑥날쑥한 일은 신인 드라이버에게는 있을 수 있는 일이었다. 그러나 지금까지는 무슨 일이 있어도 대수롭지 않게 넘기던 오스카도 오늘은 달랐다. 레이스를 마친 그는 굳은 얼굴로 따라붙는 카메라를 무시한 채 팀으로 돌아왔다. 사람들의 시선을 피하느라 바닥을 보는 그의 눈이 피로해 보였다. 처음 만났던 날처럼, 오스카는 돌연 자신만의 세계로 한없이 파고들어가 버린 사람의 무표정한 얼굴로 돌아가 있었다. 왈도는 개러지로 들어오는 오스카의 곁에 붙어 섰다. 그의 얼굴을 마주 보고 무슨 말을 하려고 했다. 그러나 오스카는 그대로 몸을 돌려 왈도를 스쳐 지나가버렸다. 그는 개러지를 통과해 레이스 트랙 밖으로 나가버렸다.

아직 그치지 않은 비가 개러지 천정 끄트머리에서 방울져 떨어지고 있었다. 원래의 레이스 종료 시각을 한참이나 넘긴 트랙은 예상보다 빨리 어두워지고 있었다. 개러지에는 장비들을 해체하는 소음 외에는 말소리 하나 들리지 않는다. 왈도는 그 자리에 서서 오스카가 사라진 자리를 보고 있었다. 지금 그럴 생각이 아니겠지, 라고 머리로는 생각하면서도 왈도는 냉정함을 모조리 잃고 있었다. 어디서부터 잘못된 걸까. 오늘 아침, 아니면 어제의 대화. 혹은 그보다 훨씬 전인 지난 경기 종료 후 내가 네게 어떤 허점을 만들고 말았을까. 터무니없는 상상이라고 생각하면서도 왈도는 깊은 곳 어딘가에서 그런 생각을 하고 있었다. 네가 페이스를 잃은 게 혹시 나 때문일까.

◇ ◇ ◇

깊은 밤이었다. 호텔 방 침대 가장자리에 등을 대고 주저앉아 왈도는 종이 더미 사이에 깔린 핸드폰을 주워들었다. 왈도는 간단한 결정 하나를 오래도 망설였다. 그는 손안에서 핸드폰을 이리저리 굴리다 한참 만에 어디론가 전화를 걸었다. 신호음이 더디게 울리기 시작했다.

그의 비행기 스케줄 정도는 알고 있다. 지금쯤이면 방에 혼자 있을 거다. 그런 것까지 예상하는 건 너무 계획적으로 상대방에게 답을 받아내려는 걸까 생각하는 것도 잠시, 신호음이 끊어졌다. 상대가 전화를 받은 것이었다.

"왜."

오스카가 대답했다. 전화를 받고도 한참 만에 무뚝뚝하게 한 마디를 내뱉었지만, 그 낮은 목소리가 새삼스레 귀에 달라붙는다.

"방이야?"

왈도는 알면서도 물어봤다. 오스카는 무어라고 대답하지는 않았다. 그럴 법도 했다. 그를 얼마나 알고 있는지는 모르겠지만 적어도 지금까지 왈도가 알고 있는 대로의 그라면 변죽을 두드리는 대화를 받아줄 생각은 없을 것이다. 오스카는 잠시 뜸을 들이다 말을 이었다.

"너는?"

"팩토리에 가서 보고할 레이스 리포트를 정리하고 있었어. 이번 주에 대해서 뭐라고 변명할 거리는 만들어놔야 하니까.

형식적으로라도."

"그래."

오스카의 호흡이 길었고, 움직이는지 짧은 숨소리가 났다. 일어나는 걸까 혹은 어딘가에 앉았을까. 핸드폰을 귀에 바짝 대고 왈도는 그의 소리에 집중하고 있었다.

"그래서, 나한테 뭐 필요한 거라도 있어서 전화했어?"

약간은 싸늘하고, 실망도 묻어나는 목소리였다. 어쩌면 전화를 받은 일을 후회하고 있을지도 모른다.

"아니. 그런 걸 이제야 들으려고 전화한 건 아니야."

"……."

"조금 전에 네가 그렇게 그냥 갔잖아."

왈도는 거의 속삭였다. 이번에는 오스카의 침묵이 길었다. 왈도는 기다렸다.

"신경 쓰고 있었어?"

"당연하지."

"내 레이스 엔지니어로서, 아니면……."

"오스카."

"……."

"신경 써. 당연히. 너는 내 파트너잖아. 이게 우리가 하는 일이고. 일이라서만은 아니야. 당연히 사람이라면 네 기분이 그런데 신경이 안 쓰일 수가 있겠어?"

"……."

“미안해.”

“뭐가?”

“여러 가지. 내가 내 역할을 제대로 못 해서.”

오스카는 잠자코 듣고 있었다. 사과는 어렵지 않게 입에서 나왔고, 오스카는 웃는지 어떤지 알 수 없는 소리를 냈다.

“그냥 위로를 해줄 생각은 없어?”

“알아. 하지만 지금 너한테 필요한 건 레이스 엔지니어로서 내 일이잖아. 지금 나는 어떻게든 최선을 다하고 있…….”

“어제랑 똑같은 소리를 하네.”

오스카가 말을 잘랐다. 오스카의 목소리는 조금 전부터 거의 달라지지 않은 채였지만, 왈도는 갑자기 모든 것이 잘못된 것처럼 느꼈다. 귓가가 핸드폰의 열기로 미지근했다.

“나한테 필요한 건 그게 아니라고. 레이스는 끝났잖아.”

“…….”

“바빠서 오지도 못하고 전화하는 사람한테……. 미안, 방해해서. 시간 낭비하지 마.”

오스카는 그러고 전화를 끊었다. 귓가에 스미던 그의 공간으로부터의 소음이 단절되고, 핸드폰에는 반짝, 흐린 불빛이 통화 종료를 알렸다. 왈도는 잠시 그대로 앉아 있었다. 무엇을 판단하는 게 이렇게 어려웠던 적이 없었는데. 그러다 그는 벌떡 일어났다. 그 바람에 떨어진 핸드폰을 어수선하게 다시 주워들고 그는 방을 나섰다. 실수하고 있다는 생각이 들었다. 그게 무엇인지 판단하기도 전에, 왈도는 오스카의 얼굴이 보고 싶었다.

◇ ◇ ◇

"오스카, 나야. 문 열어봐."

그의 방 앞에 도착한 왈도는 문에 거의 얼굴을 대고 그를 불렀다. 문을 여러 번 두드렸지만 안에서는 아무런 반응이 없었다. 오스카, 하고 한 번 더 부르는 그의 목소리는 애원하는 듯도 했다. 안에서는 인기척도 없었다. 왈도의 손끝이 문 위에서 천천히 미끄러졌다. 톡, 톡, 그는 손가락으로 문의 묵직한 표면 위를 두드렸다.

"얼굴 좀 보고 이야기해. 오늘이 지나면 며칠 또 못 보잖아."

왈도는 들릴 듯 말 듯한 목소리로 속삭였다. 역시 대답이 없다. 그는 문가에 어깨를 툭 기댔다.

"오늘 레이스에 대해서 나를 탓하려거든 그래, 내가 책임을 질게. 네가 레이스 엔지니어로서 내가 마음에 들지 않았다면 그만두기라도 할게 그럼. 그러면 오늘이 정말 마지막일지도 모르니까 나 한 번만 봐."

말하고 보니 협박에 가까운 소리다. 아예 빈말은 아니었다. 그래도 반응이 없다. 왈도는 찡그린 채 약간 신음했다. 조금 전의 말은 하지 않는 게 나았을 뻔했다. 차라리 그냥 미안하다는 말이나 할걸. 왈도는 문 위에 얹은 자신의 손끝을 바라봤다. 용서를 구하려고 문 앞에 버티고 서 있는 남자라니. 그만할까, 생각을 할 때 즈음 갑자기 문이 달칵 하고 천천히 열렸다.

문 앞의 어두운 조명을 등지고 오스카가 서 있었다. 조금 더 화가 나 있을 줄 알았는데 맨발로 목욕 가운만 걸친 채 문 앞에 서 있는 오스카는 조금 전에 한 말에 놀라고 상처받은 얼굴을 하고 있었다. 오스카는 계속 문 앞에 서 있었던 것 같았다. 처음부터 듣고 있었겠지. 그러다 가겠다는 말에 버려진 듯한 표정을 하는 오스카의 얼굴을 보는 순간 왈도의 불안은 무너지듯 흩어졌다. 오스카는 문고리를 잡은 채 딱 한 발 떨어져 있었다. 왈도는 문가에 기댄 채 오스카를 찬찬히 시선으로 훑었다.

"들어오라고 해."

오스카의 눈이 왈도의 목소리에 반짝 마주 본다.

"와서 위로해달라고 해."

"누구한테?"

오스카가 여전히 서운함이 가시지 않은 목소리로 대답했다. 오스카의 어깨가 한숨과 함께 아래로 늘어졌다. 엉성하게 여민 옷깃 사이로 목이 깊이 드러났다. 왈도는 거기에 시선을 고정하고 있었다.

"네 애인한테."

그 말에 오스카는 할 말을 찾지 못한 채 입만 조금 벌렸다. 왈도는 만족스럽게 입꼬리를 천천히 올려 웃었다. 오스카는 의외로 표정을 숨기지 못했다. 오스카의 시선이 그 미소로부터 슬쩍 도망쳤다.

"그 사람 바쁘대. 공사 구분이 뚜렷해서 항상 일이 우선이거든."

"퇴근했어. 그래서 지금 문 앞에 와 있잖아."

"……."

"돌아갈까?"

그 말에 오스카의 눈매가 조금 더 허물어졌다. 오스카는 문손잡이를 잡고 있던 손을 천천히 놓았다. 닫히려는 문을 왈도가 손으로 가볍게 받아 다시 밀었다. 눈앞에서 오스카가 몸을 돌려 방안으로 걸어 들어갔다. 조명이 그의 머리와 어깨 위를 부드럽게 훑으며 바닥으로 떨어졌다. 왈도는 방안으로 따라 들어와 그의 팔 안쪽에 손을 넣어 허리를 끌어안았다.

오스카는 전혀 거부하지 않았다. 그의 등이 체중을 실어 왈도의 가슴에 기대왔다. 왈도는 손바닥 아래서 숨을 들이쉬는 오스카의 배가 움직이는 걸 느끼며 그의 머리카락을 코끝으로 헤집고 어깨에 얼굴을 묻었다. 오스카의 체온이 퍼지듯 가슴에 스며든다.

"혼자 둬서 미안."

"……."

"최선을 다해서 만회하려고 했던 거야. 오히려 중요한 걸 놓쳤지만."

"알아."

대답하는 오스카의 목소리가 조금 떨렸다. 목덜미 위에서 간질거리는 왈도의 숨에 오스카는 어깨를 움츠렸다. 그 몸짓에 왈도는 종일 단단하게 엉켜 있던 마음이 왈칵 쏟아지듯 긴장이 풀리는 걸 느꼈다. 팔 안에 가득 찬 오스카의 몸을 힘껏 껴안고 손바닥으로 그의 배 위쪽을 쓸어 올렸다. 엄지손가락으로 단단한 갈비뼈 가장자리의 촉감을 더듬으며 그의 살 위에 대고 숨을 깊이 들이쉬자, 오늘 종일 멀게만 느껴졌던 살 냄새가 가득 느껴졌다. 눈을 감자 물먹은 듯 무거운 피로가 내려앉는 것과 동시에 팔 안에 안겨 있는 몸에 대한 욕망이 나른하게 들고일어나 약간 어지러웠다. 옷 위로 오스카의 몸을 쓸며 왈도는 물었다.

"어떻게 해줄까."

왈도의 목 깊은 곳으로부터의 낮은 울림이 오스카의 어깨 너머로 전해졌다. 오스카의 등이 약하게 긴장했다. 왈도는 손을 오스카의 배 아래쪽으로 미끄러트렸다. 그러자 그의 등, 허리를 따라 엉덩이 위쪽의 근육이 차례로 긴장하는 것이 느껴졌다. 오스카의 골반을 따라 다리 위로 손을 뻗자 허벅지가 긴장인지 기대인지 알 수 없는 감정으로 수축했다.

"다른 생각 안 나게 해줄 수 있으면……."

품 안에서 오스카가 대답했다. 왈도는 오스카의 가운을 손으로 가득 움켜쥐었다. 허벅지 위를 덮고 있는 옷자락이 끌려 올라갔다. 두껍고 포근한 옷자락을 헤치고 왈도의 손이 파고들었다.

왈도의 손끝이 오스카의 허벅지 안쪽 근육이 갈라지는 곳을 지그시 더듬어 올라가자 오스카는 다리를 오므리며 작게 신음했다. 팔 안에서 꿈틀거리는 그의 살 느낌이 둔해서 왈도는 애가 탔다. 조그마한 뒤통수가 젖혀져 어깨에 지그시 닿았고, 귓가에서 오스카의 가는 머리카락이 바스락거렸다. 왈도는 오스카의 다리 사이 깊이 손을 집어넣어 그의 성기 안쪽 살을 훑고 아직 힘이 들어가지 않은 기둥 아래쪽을 쓸어 올렸다. 그러자 오스카가 발에 힘을 줬다. 왈도는 밀려서 뒷걸음질 쳤다. 왈도는 현관 복도의 한쪽 벽에 오스카를 안은 채로 등을 기댔다.

반대편 벽에 거울이 있었다. 왈도는 자신에게 안겨 있는 오스카의 얼굴을 거울을 통해서 마주 봤다. 그는 허리에 여민 가운 한 장이 흐트러지고, 앞섶은 벌어져 다리 사이가 깊이 드러나 있었다. 조금 전의 냉담한 표정은 어디 가고 한껏 취한 듯 가늘어진 눈으로 왈도를 보고 있다가, 문득 그는 거울에서 자신의 모습을 확인하고는 눈을 돌렸다. 순식간에 열기가 몰려 그의 귓가가 붉어졌다. 왈도는 몸을 돌리려는 오스카를 더 단단히 붙잡았다. 그는 한 손으로 오스카의 뺨을 잡아 다시 앞을 보게 만들었다.

"나 말고 내 손을 봐."

왈도가 속삭였다. 얼굴이 잔뜩 빨개진 그의 옅은 녹색 눈이 이리저리 방황하다 자신의 다리 사이를 붙잡고 있는 왈도의 손을 향해 내려갔다. 왈도는 나머지 한 손으로 오스카의 가운 허리를 여민 끈을 풀어냈다. 그나마 몸을 감싸고 있던 것이 허리 양옆으로 완전히 젖혀지며 흘러내렸다. 오스카는 자기도 모르게 아랫입술을 잔뜩 깨물었다. 왈도의 손이 허벅지 안쪽 살을 움켜쥐는 모습을 보고 나서는 아예 눈을 질끈 감았다.

"눈 감지 말고 봐."

왈도는 거울에 시선을 고정한 채로 말했다. 그의 목소리가 어깨를 타고 기어오르는 것 같아 오스카는 몸을 움츠렸다. 그의 입술이 닿은 곳으로부터 열기가 퍼지는 것 같다. 오스카는 감은 눈을 가늘게 떠서 아래를 봤다. 왈도의 손이 오스카의 가슴 위의 부드러운 살을 움켜쥐고, 쓸어내리고, 나머지 한 손은 성기를 감아쥐고 그 끝을 지그시 만지고 있었다. 그 손길을 느끼는 것과 보는 것은 달랐다. 평소답지 않은 강한 흥분이 한꺼번에 몰려들어 오스카는 몸을 비틀었다. 왈도는 오스카가 움직일수록 팔에 힘을 주며 그의 어깨를 이를 세워 깨물었다. 그 압박감에 소름이 끼쳤다.

조금씩 새어 나오는 체액에 왈도의 손끝이 젖었다. 한 번씩 세게 움켜쥐는 왈도의 손아귀 힘은 놀랄 정도로 셌고, 그럴 때마다 오스카는 발끝까지 힘을 주며 잘게 떨었다. 등 뒤에서 왈도의 가슴이 오르내리는 게 느껴졌다. 그보다 더 깊은 허리 아래에서는 맞닿은 그가 흥분하는 것도 차차 느껴졌다. 꼬리뼈 사이에 둔하게 닿는 감촉이 근지러워 안타까웠다. 오스카는 허리를 움직여 그의 중심을 지그시 문질렀다. 그러자 어깨 위를 물고 있던 왈도의 입술이 툭 떨어지며 짧게 아, 하는 신음을 내뱉었다. 거울을 통해 뚫어져라 응시하던 눈도 잠시 가늘어졌다.

그러다 왈도는 다시 거울을 봤다. 손바닥에 힘을 주어 오스카의 성기를 문지르며 그는 눈을 들어 오스카의 얼굴을 보고 있었다. 승부욕이 강한 얼굴이었다. 시선을 피하는 법 없이 압도하는 눈을 가진 사람이라고, 오스카는 처음에도 생각했었다. 원하는 것은 어떻게든 얻어내는 사람에게 기어이 문을 열고, 완전히 안겨 녹아내린다. 내가 달리는 동안에도 그는 항상 이런 얼굴을 하고 내게 속삭이고 있을까, 생각하자 온몸에 충격처럼 쾌감이 관통했다. 오스카는 왈도의 얼굴을 붙잡았다. 시선을 떼지 않는 그의 어두운 머리카락을 손가락으로 헤집자 갈색 머리가 흐트러져 매끈한 이마 위로 흘러내렸다. 숨을 들이쉬는 오스카의 입술이 약간 떨렸다. 빠르게 찾아드는 사정감에 낮게 신음하는 오스카의 얼굴이 달아올랐다. 그의 복근이 팽팽하게 긴장하고, 숨을 멈추고, 이내 왈도의 손에 사정했다.

오스카의 잔뜩 벌어진 입술에서 달콤한 습기를 머금은 소리가 흘러나왔다. 왈도는 뺨에 닿는 입김을 느끼며 오스카가 전부 사정할 때까지 그의 성기를 훑었다. 손가락 사이로 흐른 정액이 오스카의 허벅지 위에 떨어지는 것이 거울에 비쳐 보였다. 왈도는 긴장이 풀리며 늘어지는 그의 몸을 가운으로 감싸 다시 돌려세웠다. 그리고 허리와 허벅지를 안아서 들어 올렸다.

오스카의 발이 땅에서 한 뼘은 떨어졌다. 오스카는 왈도에게 안긴 채로 풀어진 눈으로 그의 얼굴을 마주했다.

"침대로 가서 마저 할게."

벌써 한 번의 사정에 나른해진 오스카와 달리, 왈도의 눈은 여전히 열기로 끓고 있었다. 왈도는 그대로 침대를 향해 걸어갔다. 그에게 이렇게 쉽게 들릴 줄은 몰랐는데, 오스카는 그의 어깨를 껴안으며 중얼거렸다.

"아직이었어?"

"당연하지."

왈도는 성큼성큼 침대로 다가갔다. 오스카는 그 짧은 순간 질척이는 허벅지 사이의 습기를 느끼고는 갑작스레 낯이 뜨거워졌다. 왈도가 그를 침대에 털썩 내려놓자 오스카는 가운을 손으로 끌어당겨 다리 사이를 가렸다. 그러나 왈도는 그걸 두고 보지 않았다.

왈도는 자신의 허벅지로 침대 바깥에 매달린 오스카의 양 무릎을 열어젖혔다. 그리고 머뭇거리는 오스카의 손을 가만히 끌어당겼다. 가운이 속절없이 몸 위에서 걷혔다. 오스카는 온몸을 드러낸 채 그의 앞에 누워 있었다. 왈도의 신중한 시선이 조금 전에 사정한 오스카의 음부를 가만히 바라봤다. 무엇을 할지 생각하는 시선, 그것만으로도 오스카는 다시 숨이 가빴다.

왈도는 시선을 고정한 채 자신의 셔츠를 잡아당겨 단추를 하나씩 풀기 시작했다. 그의 손끝이 습기로 반들거렸다. 오스카는 방금 사정한 자신의 정액으로 젖은 손톱이 움직이며 옷을 마저 벗는 모습을 지켜보고 있었다. 셔츠를 떨어트리더니, 그는 바지와 속옷까지 모조리 벗었다. 무릎 안쪽에 왈도의 맨살이 닿았다. 늘씬한 전라로 자신을 내려다보는 그의 시선에 다시 배 아래가 뜨거워졌다. 왈도의 납작한 아랫배와 깊은 허벅지 안쪽에 당장 입술을 가져다 대고 싶었지만, 오스카는 대신 두 다리로 그를 끌어안았다. 이게 조금 전까지 그를 문 밖에 세워두었던 것에 대한 사과가 되었을까. 오스카는 자신의 몸 위로 허리를 숙이는 그의 달아오른 눈가를 보며 생각했다.

왈도는 오스카의 몸을 손으로 쓸어 올리고, 무릎, 허벅지와 골반부터 배 위와 가슴까지 차례로 키스했다. 그는 오스카의 가슴 위를 혓바닥으로 누르며 애무하고 체중으로 누르며 껴안았다. 그의 맨살을 끌어안으며 오스카는 맘껏 그의 어두운 갈색 머리를 헤집었다. 왈도의 입김이 피부 위에 쏟아질 때마다 며칠 동안의 예민함이 쓸려 나갔다. 생각들은 점차 멀어졌다. 대신 왈도의 가쁜 숨결, 진득하게 달아오른 목소리와 젖은 점막의 촉감이 오스카의 머릿속을 가득 채웠다. 오스카는 왈도의 품 안에서 흔들렸다. 아주 낮은 진동으로 그와 함께 박동하며, 조금 전까지만 해도 방문 앞까지 드리워져 있던 불안의 그림자들을 머릿속에서 지워버렸다.

우리가 하려는 것은 어쩌면 불가능한 것이다. 아무런 인과관계도 없고 불가해한 흐름 속에서 짧은 미래를 예측하려는 것 말이다. 이 뜨겁게 달라붙는 피부 안에서조차 무슨 일이 일어나고 있는지 우리는 모른다. 그럼에도 불구하고 예측하려는 것이다. 박동, 숨결, 낮은 탄식과 눈가에 맺히는 습기를 통해 당신이 잠시 동안은 나를 갈망하리라고 예측하는 거다. 또한 어쩌면, 우리는 이것을 섣불리 사랑이라고 확신하려는 걸지도 모른다.

◇ ◇ ◇

왈도가 하려고 했던 것은 항공학이었다. 기체 역학을 공부하는 동안 동기들은 비행기 파일럿이나 공중에서 살아가지, 연구자는 영영 중력을 벗어나지 못하고 바닥에 붙어 살 거라고 농담을 했었다. 왈도 역시 뚜렷한 목적이 있었던 것은 아니었다. 어차피 전공을 통해 평생 직업을 찾는 사람은 1%도 되지 않는다고 하니까.

그 말대로 학교를 다니는 동안에는 땅에서 떨어질 날이 없었다. 젊음과 카페인을 연료로 학생들은 각자의 불투명한 목적을 위해 최선을 다했다. 무엇이든 열정을 쏟을 준비가 되어 있었지만, 그들에게는 사랑할 대상은 없었다. 그저 바쁘게 운동하는 분자들처럼 그들은 무언가 열정을 소비할 것을 찾아다녔다. 왈도는 하루 종일 연구실에 있다가 조금이라도 시간이 나면 목적 없이 밤거리를 쏘다니고는 했다. 사랑하려고 노력했던 것도 같다. 그러나 특별히 무언가를 사랑하지는 않았다. 그저 계속해서 누군가를 만났다. 짧게는 한두 주, 길게는 몇 개월. 짧은 관계들은 각자의 온도로 왈도의 기억에 남았지만, 그게 왈도를 바꾸지는 않았다. 그는 그런 만남을 통해 좀 더 분명하게 자신에 가까워짐을 느꼈을 뿐이었다. 서로를 서툴게 알거나, 지레 짐작하거나, 기대했다가 실망하거나 하는 관계들이 스쳐 지나갔다. 너무 가깝지도, 너무 외롭지도 않은 적당한 관계들.

그러다 그 여자를 만났다. 한나. 왈도가 그 관계를 특별하게 기억하는 이유는 그녀와는 일 년이 넘는 관계를 유지했었기 때문이었다. 같은 학교 연구실에 있던 사람이었다. 한나를 처음 만났던 날 왈도는 책이 지저분하게 쌓여 있는 그녀의 스튜디오 아파트 거실에서 잠이 깨서, 그녀가 맨몸에 왈도의 트렌치코트를 걸치고 창문을 열어 담뱃재를 털고 있는 모습을 봤다. 그때 느꼈던 감정이 사랑에 가장 가까운 것이었을지도 모른다. 왈도는 그 집에서 일 년간 그녀와 함께 살았다.

갑작스러운 시작은 낭만적이었지만 갑작스러운 마지막은 그렇지 못했다. 여름이 한창이던 화창한 어느 날, 평소와 다름없이 카페에서 늦은 아침을 먹던 한나가 말했다.

"아마 독일에 가야 할 것 같아. 인터뷰 요청이 하나 들어왔는데, 레이스 카 디자인 팀에 입사할지도 모르겠어. 에어로다이내미시스트(aero dynamicist, 공기역학자)가 필요하대."

중요한 이야기를 그녀는 커피를 마시며 아무렇지 않게 했다. 어쩌면 너는 그 사실만 중요했을 수도 있다. 그것이 우리에게 불러올 결과는 중요하지 않았겠지.

"신중하게 생각을 하느라. 미리 말 안 해서 미안. 어차피 너는 내가 싫대도 그 인터뷰를 봐야 한다고 했을 테니까."

그뿐이었다. 왈도는 그 말대로 "잘됐네"라고 대답했을 뿐이었다. 어쩌면 말하지 못한 실망이 각자의 입술 안에 머물고 있었을지는 모르겠지만, 그조차도 일방적인 기대에 불과했을지도 모르겠다. 우리는 서로를 너무 잘 알고 있었다. 만약 내게 남아달라고 말했으면 너는 가지 않았을까, 혹은 나는 너를 따라갔으면 독일에서 다른 인생을 시작했었을까, 라는 가능성들이 머릿속에 맴돌지언정 우리는 서로를 그런 불분명함에 빠트리고 싶지 않았다. 네게 남아 있는 연구, 네게 찾아온 기회마저도 너라는 사람의 삶 자체였고, 우리는 그걸 사랑했기 때문이었다.

고작 몇 주 후 한나는 집을 정리하고 슈투트가르트로 이사를 갔고 왈도는 남겨졌다. 그는 한동안 누구도 만나지 않았다. 그 후 레이스 팀 팩토리에 들어간 건 순전히 우연이었다. 한나와는 관계가 없는 일이라고, 왈도는 확신했다.

자동차의 공기역학은 비행기와는 반대로 작용했다. 고속으로 달리는 차체 위를 흐르는 공기는 차를 더욱 바닥으로 끌어당겼다. 레이스 카 팩토리 팀은 파일럿에게 중력을 더하는 일에 밤낮없이 매달렸다. 그런 일을 하다 보면 종종 친구들의 말이 생각날 때가 있었다. 연구자는 평생 중력을 벗어날 일이 없을 거라던. 그 말이 실현된 걸까. 왈도는 입사 이후 한참 동안 팩토리에 갇혀 통계, 계산, 수치와 결과들에 파묻혀 있었다. 뚜렷한 목표가 있는 삶은 조금 나았다. 무언가를 사랑하기 위해 헤맬 필요는 없었으니까. 완벽하고, 통제할 수 있고, 실수와 오차는 노력하면 복구할 수 있는 삶이었다. 기대, 실망, 불확실함 같은 것은 없었다. 왈도는 이것이 더할 나위 없이 자신에게 맞는 삶이라고 생각했다. 삶의 이느 순간보다도 지금의 자신을 확신할 수 있었다.

그러다 오스카를 만났다. 헬싱키에서 왔다는 컨버스를 신은 24세 1개월의 내 파일럿.

“염병할 영국, 비가 또 와.”

“사람들이 듣겠어.”

하늘을 보며 욕을 하는 오스카의 뒤에서 왈도가 작게 주의를 줬다. 실버스톤에는 이번 주 내내 비가 내리고 있었다. 오스카는 아예 고무장화를 레이싱 슈트 위에 신고 있었다. 예선은 당연히 시작도 하지 못하고 있었고, 이런 날씨를 예상했다는 듯 장화를 신고 온 관객들은 저마다 하염없이 가는 시간을 즐기고 있었다.

“내 차부터 업데이트하길 잘 했지. 재 줬으면 또 다 때려 부쉈겠어, 이 날씨에.”

제노가 개러지에서 나타났다. 개러지 입구에 서서 떨어지는 비를 보고 있던 오스카가 맥없이 휙 돌아봤다. 오스카는 제노의 막말에 부정도 안 했다. 한 손으로 비를 가리키며 고개를 끄덕이는 오스카를 보고 제노는 피식 웃었다.

시즌 중의 대규모 업데이트는 운이 좋다면 레이스 가의 피포먼스가 나아질 수도 있었지만, 그 반대의 경우도 드물지는 않았다. 운이 나쁘면 한 번의 레이스를 통째로 망칠 수도 있었다. 대조를 위해서라도 업데이트는 순차적으로 이루어졌는데, 경쟁하는 팀 드라이버들 사이에서는 알력 싸움으로도 번질 수 있는 민감한 일이지만 오스카는 이런 일에는 무심했다. 다행인지 불행인지 이번 주는 내내 비가 왔다. 제노 역시 업데이트에 대한 유의미한 결과를 얻을 만한 주행을 하지 못했다.

"금요일에도 비가 와서 드라이 세트 주행은 하나도 못 했지? 어차피 웨트 주행만 했으니 차라리 주말 내내 비가 오면 그 편이 다행일지도 모르겠네."

"긴장 안 하나 봐? 팀 메이트여도 라이벌인데."

"괜찮은지는 달려봐야 알지. 게다가 이렇게 비가 와서는 우리로서는 뭐……."

왈도는 조금 전의 오스카와 비슷한 표정으로 바깥을 가리켰다. 제노가 보기에 둘은 어느샌가 비슷하게 굴었다. 제노는 딱하다는 얼굴로 오스카 쪽을 바라봤다. 오스카는 어디선가 스티로폼 보드를 하나 가지고 와서는 미캐닉들에게 무어라 설명하고 있었다. 미캐닉 중 한 명이 곧 펜과 자를 가져다줬다. 제노와 왈도는 말없이 서서 오스카가 뭘 하고 있나 지켜보고 있었다. 그칠 줄 모르는 비가 조금 더 굵어졌다. 피트레인의 경사진 도로 위에는 제법 많은 물이 흘러내리고 있었다. 오스카는 폼 보드와 펜을 왈도에게 가지고 와 내밀었다.

"배를 만들 건데 에어로 다이내미시스트가 필요해."

"배?"

"뗏목 레이스라도 하게."

오스카는 제법 진지했다. 뒤에서 미캐닉들은 그새 팀을 짰는지 자기네들끼리 여벌의 부속품을 가지고 배를 디자인하고 있었다. 왈도는 팔짱을 낀 채 무심하게 대답했다.

"그냥 유선형으로 그려서 오려."

"내가 대충 그린 거 말고 네가 디자인해서 빠른 배를 그려 달라고. 공학자잖아."

"스티로폼 배 한 척 만드는데 왜 그렇게까지 고급 인력이 필요한데?"

"……잘났어."

오스카는 고개를 절레절레 흔들고 미캐닉들에게 갔다. 오스카는 곧 그의 배 디자인을 퍼스트 미캐닉과 상의했다. 오스카가 폼 보드를 오리는 걸 보고 있던 왈도는 곁에 있는 제노에게만 들릴 소리로 중얼거렸다.

"나만 그런지 몰라도 비가 오면 그냥 이대로 레이스를 그만했으면 좋겠다는 생각도 해. 맑은 날이 아닌 때에 억지로 버텨봐야 얻는 것도 없고, 드라이버만 혹사시키고……."

"세팡 일을 생각하는 거지?"

"기억하고 있었어?"

왈도는 제노 쪽을 돌아봤다. 당연하다는 듯 제노는 오스카에게서 시선을 떼지 않은 채로 말했다.

“그때 사고로 몸에 충격이 많이 갔었을 거야. 그러고도 그 다음 레이스에 퍼포먼스가 흐트러지지 않는 건 대단한 거지. 괜찮은 것 같아도 공포감을 한 번 느끼고 나면 몸이 어느새 늦게 반응하게 되거든.”

“…….”

“몰랐어? 오스카가 그런 이야기는 안 했나 봐?”

대답을 하지 못하는 왈도를 바라보는 제노의 느긋한 검은 눈에 웃음기가 잠시 흐려졌다. 순식간에 왈도의 얼굴에 생각보다 많은 감정이 드러났다. 제노는 한 손으로 왈도의 팔을 가볍게 쳤다.

“그래도 티 내지 마. 오스카 앞에서.”

왈도는 근처에서 배를 만드는 데 열중하고 있는 오스카를 한 번 봤다. 오스카는 스티로폼을 자르느라 열심이었다.

“내가 레이스 하다 사고가 나는 것을 상상하는 것보다 누가 옆에서 겁먹는 걸 보는 게 더 무섭거든. 그러니까 모른 척 해줘.”

제노의 눈이 가늘어졌다. 그는 평소처럼 느긋하게 웃으며 개러지 바깥에 쉴 새 없이 떨어지는 비를 향해 시선을 옮겼다.

오스카는 캔을 오린 알루미늄 조각으로 배에 돛을 달고 있었다. 여전히 피트레인 바깥에는 물이 계속 흐르고 있었다. 그칠 것 같지 않은 비도 분명히 그칠 것이다. 그러면 드라이버들은 다시 레이스 트랙으로 나가야 한다. 맨손으로 연장을 만지작거리고 있는 오스카 역시 다시 헬멧을 쓰고 차에 오르겠지. 왈도는 비가 떨어지는 하늘을 향해 시선을 옮겼다. 시간은 무심하게 갔다. 그는 비가 영영 그치지 않았으면 하는 생각을 했다.

◇ ◇ ◇

그날 오후 예선은 예정보다 한참 늦게 시작됐다. 하늘은 곧 해가 질 듯 아슬아슬하게 어두웠고, 간신히 비는 멈췄지만 구름은 깊이 머리 위로 가라앉아 있었다. 시야는 어두웠고 팀은 초조하게 서둘러 기록을 시도했다. 그런 불안감이 있었다. 평소에는 머리에서 지워버릴 수 있지만 몇 가지의 단서가 눈앞에 나타나는 순간 다시 깊은 곳 어딘가에서 되살아나는, 이것은 위험하다는 생각. 그러나 그 순간이 와도 아무도 그에 대해서는 입 밖으로 꺼내고 싶어 하지 않았다. 미뤄왔던 불운이 오늘 내게 닥치지 않길 바라면서. 그러나 예선 두 번째 세션 마지막에 그 일이 일어났다.

인디고의 차가 크게 스핀 했다. 빗길에 중심을 잃은 차는 트랙을 벗어나 고속으로 방호벽으로 돌진했다. 운이 없게도 차는 옆면으로 충돌하며 타이어 월 아래에 박히듯이 멈춰 섰다. 찰나에 벌어진 일이었다.

순간 인디고 팀 피트월과 개러지에 정적이 흘렀다. 그것은 제노였다. 왈도는 언뜻 화면에 잡히는 모습이 오스카가 아니라는 것을 확인하고 순간적으로 안도했다. 그리고 곧 그런 생각을 하는 스스로에게 놀랐다. 옆자리에 앉은 제노의 레이스 엔지니어가 뻣뻣하게 긴장하는 것이 느껴졌다. 그의 레이스 엔지니어는 망설일 새도 없이 제노를 라디오로 불렀다.

"제노, 괜찮아?"

좀처럼 동요하는 일이 없는 그의 맑은 음성이 제법 떨렸다. 잠시 정적이 흘렀다. 공식 카메라는 사고 현장을 멀찍이서 보여주고 있었다. 라디오로 연결되어 있어도 사실은 피트월에서 수 킬로나 떨어진 곳에 있는 드라이버의 무사를 확인하는 방법은 이것뿐이었다. 이 순간의 침묵은 어딘가 내면이 타들어가게 만들어 다시는 복구되지 못하게 하는 것 같다. 왈도는 가만히 화면을 지켜보고 있었다.

"이런, 리우."

드디어 제노가 대답했다. 단음의 성을 가진 자신의 파트너를 제노는 특이하게 그렇게 긴 소리로 늘여 불렀다. 그의 레이스 엔지니어가 그 소리에 한 줌의 숨을 토해냈다. 작은 체구의 등이 조금 더 앞으로 구부러졌다.

"괜찮아?"

"아마."

화면에는 제노의 사고 장면이 송출되고 있었다. 콕핏에서 조금씩 머리를 움직이고 있는 그를 레이스 마셜과 의료팀이 둘러싸고 있었다. 괜찮아 보이는데, 그는 빨리 콕핏에서 나오지 않고 있었다. 무언가 바라지 않는 일이 일어나고 있었다. 라디오 너머의 제노가 숨을 한 번 크게 쉬었다.

“괜찮은데, 내 다리가 조금 잘못된 것 같아. 내리지 못하겠어.”

“의료팀이 출동한 걸 보고 있어. 다른 데는 괜찮은 거야?”

“그런 것 같아. 멀쩡하게 대답할 수 있으니까 걱정하지 마.”

“계속 나한테 이야기해. 아무 말이라도…….”

“미안. 곧 닥터가 날 콕핏에서 꺼낼 것 같아. 이만 라디오 코드는 뽑을게.”

“잠깐만, 제노?”

갑자기 소리가 멎었다. 그 통신을 마지막으로 제노에게서는 답이 없었다. 그의 레이스 엔지니어는 피트월에 홀로 남겨졌다. 그는 헤드셋을 오랫동안 벗지 못했다.

구난은 생각보다 오래 걸렸다. 늦은 오후의 어둠이 서킷에 점점 내려앉고 있었다. 예선 세션은 그대로 끝이었다. 어느새 개러지로 돌아온 오스카가 헬멧을 벗고 왈도의 등 뒤로 다가왔다. 왈도는 한동안 같은 곳을 비추고 있는 중계 화면에 시선을 고정한 채 돌아보지 않았다. 자신의 허리 옆을 파고드는 익숙한 감촉에 안도하는 것이 고작 그가 할 수 있는 것이 전부였다. 왈도는 오스카의 손을 꽉 쥐었다. 오히려 오스카는 동요 없이 단단하게 왈도의 손을 맞잡아왔다. 오스카의 서늘한 눈이 무슨 생각을 하는지 제노의 사고 장면을 지켜보고 있었다.

제노는 한참 만에 콕핏 바깥으로 끌려 올라왔다. 중계 화면에 메디컬 카에 오르는 그의 모습이 짧게 비쳤다. 그는 누구를 안심시키려 했던 건지 온몸을 들것에 고정한 채로 자신을 들고 있는 마셜들 사이로 한 손을 내밀어 잠깐 흔들었다. 그는 바로 병원으로 후송되었다.

병원에서는 정강이뼈 골절 때문에 그를 콕핏에서 꺼내는 것이 그리 오래 걸렸다고 이야기했다. 병원으로 따라간 오스카는 그의 레이스 엔지니어 곁에서 그 이야기를 들었다. 아마 그 레이스 엔지니어는 그게 무슨 의미인지 이해하지 못했을 수도 있다. 드라이버 시트는 허벅지까지 연결되어 있기 때문에 그 위로는 들어 올릴 수 있어도 무릎 아래는 콕핏에서 나오기 직전까지는 부목을 대기 힘들었다. 아마 제법 고통스러웠을 것이다. 그는 일부러 통신을 끄고 나서 그 순간을 혼자 감당했겠지.

오스카는 병원을 떠나기 전에 제노를 만났다. 부상은 심각하지 않았지만 다리에 깁스를 한 채 병실에 앉아 있던 제노는 평소답지 않게 여유를 잃은 모습이었다. 그는 적어도 4주 정도는 레이스를 하지 못할 것이다. 시즌 중에 레이스를 놓치는 것은 드라이버에게 치명적이었다.

"너도 알겠지만."

제노가 이야기했다.

"나는 서른두 살이야. 이제는 한 번의 레이스만 놓쳐도 어쩌면 커리어를 완전히 중단하고 은퇴하게 될 수도 있어. 이런 걱정도 벌써 한 십 년째 하고 있는 것 같아서 완전히 노이로제에 걸리기 전에 정말 레이스를 그만하는 게 나을 수도 있겠지만……."

"……."

"지금 이런 식으로 그만하면 안 되는데."

평소답지 않게 심각한 얼굴을 하는 제노를 보고 오스카는 깁스를 한 그의 발 끄트머리를 꾹 잡았다 놓으며 말했다.

"아무 생각 없는 술 알았는데 야망 있잖아. 빨리 나아서 돌아오면 되지."

"무슨 야망이 있어서라기보다는……."

제노는 누운 채로 어깨를 으쓱했다. 오스카는 그의 어깨를 툭툭 두드리며 인사하고, 병실에서 이만 떠나려고 일어났다. 그때 리우가 병실에 들어왔다. 금방이라도 왈칵 눈물을 쏟을 듯한 얼굴을 하고 들어오는 그를 제노는 평소처럼 다시 느긋한 얼굴로 맞이했다. 오스카는 그대로 그들을 등지고 호텔로 돌아왔다. '지금 이런 식으로 그만하면 안 되는데.' 거기에 다른 의미가 더 있었던 걸까.

◇ ◇ ◇

일요일 레이스는 토로 인디고의 차 한 대가 결번된 채로 시작했다. 레이스는 길었다. 비는 조금씩 떨어지다 그치기를 반복했고, 오스카는 팀 전체의 서포트를 홀로 받으며 완주했다. 나쁘지 않았지만 그리 속 시원한 결과는 아닌 채로 오스카는 차에서 내렸다. 주말을 무사히 보낸 것만으로 감사해야 할지도 모른다. 결과에 대해서 일희일비하지 않기로 한 지도 오래된 것 같았지만, 오스카는 오랜만에 미적지근하게 불만족스러운 기분을 느꼈다. 더 잘할 수도 있었는데. 북적이는 사람들 속에서 그런 생각을 곱씹고 있을 즈음 왈도가 다가왔다.

원래도 왈도는 시상대에라도 올라가주지 않으면 좀처럼 만족스러운 반응을 보이는 사람이 아니었지만, 오스카는 그런 걸로 주눅이 든 적은 없었다. 그러나 오늘따라 다정한 얼굴로 "잘했어"라고 다독이는 그를 보자 오히려 짜증이 났다. 걱정해서일 것이다. 전날의 사고 때문에. 그런 두려움을 뒤로하고 최선을 다한 오늘은 이미 왈도의 머릿속에 없는 것 같았다. 괜찮은 게 아니었다. 더 잘할 수 있었는데.

◇ ◇ ◇

완전히 어둠이 내려앉은 빈 서킷 위에 조명이 창백하게 반사됐다. 주말의 열광이 쓸고 지나가면 서킷은 그저 차선 하나 그려져 있지 않은 낯선 빈 땅이 되었다. 오스카는 늦도록 트랙이 정리되는 모습을 보다가 서킷을 나섰다.

실버스톤 서킷이 있는 타우체스터에서 팩토리가 있는 옥스퍼드까지는 차로 한 시간 정도면 갈 수 있는 거리였다. 모처럼 비행기를 탈 일이 없는 주말이었다. 오스카는 왈도와 함께 차를 운전해서 옥스퍼드로 가기로 했다. 완전히 어두워진 도로에는 드문드문 비가 떨어지고 있었다. 느리게 움직이는 와이퍼가 앞 유리에 번지는 빛 무리를 간헐적으로 쓸어냈다. 오스카는 조수석에 있었다. 보통은 남이 운전하는 차를 타지 않지만 오늘은 더 이상 운전하고 싶은 기분이 아니었다. 그는 조수석 시트에 몸을 잔뜩 파묻고 앞 유리창에 물방울이 맺히다 반복적으로 새까만 어둠 속으로 쓸려나가는 모습만 보고 있었다.

그러다 제노를 생각했다. 조금 전까지 초조해 하던 그가 자신의 레이스 엔지니어가 들어오자 그런 적 없었다는 듯이 밝아지던 모습을. 실망시키고 싶지 않은 사람에게는 오히려 마음을 털어놓지도 못한다. 오스카는 그게 어떤 감정인지 알고 있었다. 오스카는 세팡에서 메디컬 센터로 한달음에 달려왔던 왈도를 기억하고 있었다. 비를 잔뜩 맞고 자신의 눈에 선 핏발을 들여다보던 진지한 눈이 아직도 선명했다. 그때 그에게 아무것도 내색하고 싶지 않아서 거의 숨을 참고 있었다. 나 때문에, 라는 생각은 한없이 사랑받는 것처럼 황홀할 때도 있지만 한편으로는 두려웠다. 너의 기대에 미치지 못하면 너는 어느 순간 피로를 느끼고 모든 걸 그만하고 싶어질까. 오스카는 가만히 고개를 돌려 왈도를 봤다. 무슨 생각을 하는지 앞을 보며 운전하고 있는 그의 얼굴이 고요했다.

"왈도."

"응."

"우리 집에 갈래?"

"갑자기 왜?"

"비행기 탈일도 없으니 이대로 집에 가서 독일에 가기 전까지 같이 있자."

그 말에 왈도가 가만히 웃었다. 그가 별다른 대답을 하지 않자 오스카는 조금 망설이다가 앞을 보며 더 작아진 목소리로 중얼거렸다.

"우리 집이 팩토리에서 더 가까워서 출퇴근하기 편할 거야."

이번에는 왈도는 조금 더 분명하게 웃었다. 그러더니 "그래" 하고 흔쾌히 대답했다.

"갑자기 왜 이러실까."

왈도가 기분 좋은 목소리로 나직하게 되물었다. 오스카는 그의 움직이는 입술을 하염없이 보고 있었다.

"그냥. 그러면 안 돼?"

"무슨 할 이야기가 있어서 그래?"

"아니."

잠시 침묵이 더 흘렀다. 맞은편 도로를 달리는 차의 헤드라이트가 부옇게 습한 하늘을 밝혔다가 멀어져 갔다. 왈도의 얼굴이 밝아졌다 다시 흐려졌다. 오스카는 문득 말을 이었다.

"제노는 보기보다 걱정을 하더라고."

"뭐를?"

"더 이상 누군가의 파일럿이 되지 못할까 봐."

왈도는 거기에 대답하지 않았다. 미소를 거두고, 생각이 많은 그의 눈이 가만히 어둠의 먼 곳을 응시했다.

"그래도 경력이 많은 사람이니까 한두 번 레이스를 망치는 걸로 그럴 일은 없겠지."

"……."

"실력을 그동안 많이 증명했으니까. 나는 아직 그러지 못했지만."

왈도가 문득 이쪽을 한 번 보는 게 느껴졌다. 오스카는 겉옷 속에 몸을 집어넣기라도 할 듯 움츠렸다. 왈도는 평온한 목소리로 물었다.

"갑자기 왜 그런 생각이 들어?"

기묘한 우울이 오스카의 얼굴에 떠올랐다. 그는 한참 만에 대답했다.

"오늘 레이스는 실망스러웠어 사실은."

"……."

"일부러 위로해줄 필요 없어 오늘처럼. 걱정해서 그러는 거 알지만…… 나도 내가 어땠는지 알아. 그러니까 그냥 평소대로 대해도 괜찮아. 실망 안 한 척하는 게 더 보기 힘들어."

네가 그때처럼 기뻐하는 모습을 다시는 못 볼까 봐 사실은 무서워. 그런 낯간지러운 말을 할 용기는 나지 않아 오스카는 입을 다물었다. 말을 하고 나니 어쩐지 더 우울해졌다. 오스카는 한 손으로 눈가를 문질렀다. 왈도는 운전대 위를 손으로 쓸며 생각에 잠겼다. 기분이 상했으려나 생각했는데 왈도는 뜻밖에도 다정한 목소리로 대답했다.

"나는 너한테 실망하지 않아."

오스카는 다시 고개를 돌려 왈도의 얼굴을 바라봤다. 먼 곳을 바라보는 그의 얼굴은 조금 전부터 한결같았다. 두려운 마음에 늘어놓는 엉뚱한 변명을 그는 눈치챈 것이다. 원래도 정말 머리가 좋은 사람이니까. 오스카는 더 이상 대답하지 않았다. 불안한 눈빛을 하고 있던 사람이 겨우 몇 달 만에 낯설 정도로 달라져 있었다. 그는 생각보다 더 빨리 많은 것을 이해하고 있었다. 여전히 성격이 급하고 생각이 너무 많은 사람이긴 했지만. 한결 가깝게 느껴지는 그가 운전하는 차 안에 아늑하게 안긴 채로, 오스카는 조금 울컥한 기분이 들어 얌전히 창밖으로 고개를 돌렸다. 차는 천천히 도시를 향해 가고 있었다. 어두운 고속도로의 끝에서 점점이 불빛이 다가오고, 다시 지나온 어둠 속으로 사라져갔다.

◇ ◇ ◇

겨우 매트리스 하나만 들여놓은 작은 아파트는 며칠을 비워져 있어 조금의 온기도 없이 싸늘하게 손님을 맞이했다. 일 년에 200일이 넘는 시간을 호텔에서 보내는 사람들에게 집이라는 것이 어떤 좌표에 불과한 곳인지는 몰라도, 오스카는 세계를 여행하며 하나둘씩 사다 놓은 잡동사니를 침실 한 구석에 무질서하게 모아두는 걸로 돌아올 곳을 표시해두었다. 생활감이 없는 집에서는 카펫과 나무의 냄새만 났다. 둘은 짐을 아무렇게나 풀어 던져두고 밖에서 사 온 음식으로 저녁을 먹고, 씻고, 침대 위에 나란히 누웠다.

아무 채널이나 켜놓은 작은 TV가 깜빡이며 벽에 그림자를 만들고 지우기를 반복했다. 서늘한 방 안에서 둘은 그렇게 몸을 꼭 붙이고 밤이 깊어지길 기다렸다. 왈도는 한 주 동안의 피로가 몰려오는지 조금씩 졸았다. 오스카는 그의 머리를 어깨에 얹어두고 TV를 보다가 인터넷을 하며 시간을 보냈다. 아늑한 온기에 파묻혀 깜박 잠이 들었던 왈도가 오스카의 뒤척임에 문득 잠이 깼다. 그는 오스카의 허리를 껴안으며 꿈결처럼 중얼거렸다.

"어제 사고가 났을 때, 네가 아니어서 다행이라는 생각을 했어."

"……."

"그리고 곧바로 제노에게 좀 미안했지."

오스카는 피식 웃었다. 그래도 제노가 무사하기 때문에 이런 이야기를 하고 있는 거겠지. 그런 생각을 하고 있을 때 왈도는 오스카의 허리를 안은 채로 잠에 취한 목소리로 말을 이었다.

"상황이 최악이었다고 해도, 나는 그렇게 생각했을 거야."

왈도는 자신의 뺨을 오스카의 어깨 위에 기댔다. 그리고 그는 정말로 잠에 빠져들었다. 오스카는 한참을 더 깨어 있었다. 밖에는 비가 내리고 있었다. 제노가 입원해 있는 병원에도 지금쯤 비가 내리고 있을까, 그의 레이스 엔지니어는 거기서 차가운 밤을 보내고 있지 않을까, 생각하면서.

◇ ◇ ◇

영국의 실버스톤 레이스로부터 독일의 뉘르부르크링 레이스까지는 3주의 공백이 있었다. 왈도는 그동안 계속 오스카의 집에서 머물렀다. 왈도는 새벽이면 집에서 나가 거의 밤이 깊어 팩토리에서 돌아오고는 했다. 오스카는 종종 팩토리에 그를 따라 출근해서는 하루 종일 트레이닝 하며 시간을 보냈다. 낮에 팩토리에서의 왈도는 항상 깨끗한 셔츠와 바지에 구두 차림이었고, 오스카는 운동을 하다 유리창 너머로 걸어가는 그런 왈도의 모습을 발견하고는 했다. 그러다 집에 가면 왈도는 티셔츠 차림으로 노트북을 켜놓은 채 아무 데나 머리를 대고 졸다 잠들었고, 오스카는 그를 깨워 침대로 끌고 들어갔다. 그런 날이 계속됐다. 그러다 출근하지 않는 날에 왈도는 나신으로 오스카의 침대 위에 엎드려 쉬다 팩토리에서 온 전화를 받기도 했다. 낮에 왈도는 여름의 햇빛을 가린 베이지색 커튼 앞에 서서 그 뒷모습으로 한참 동안 통화를 하고는 했다. 그의 등줄기 위에 햇빛이 부드러운 그림자를 만들었다. 오스카는 그 모습이 좋았다. 레이스를 시작한 후로 우리의 시간은 계속해서 여름이었다. 옥스퍼드의 팩토리에도 7월은 왔다.

◇ ◇ ◇

영국 레이스로부터 3주가 지났다. 제노는 부상으로 4주를 쉬어야 했다. 그는 골절상은 3주 만에도 복귀할 수 있다고 우겼지만 의사는 그의 출전을 승인하지 않았다. 결국 제노는 다리에 깁스를 한 채로 뉘르부르크링에 나타났다.

"내가 너만 한 나이였어도 이번 레이스에 그대로 달릴 수 있었을지도 모르는데."

제노는 개러지 한쪽 선반에 다리를 올리고 앉아 오스카에게 투덜거렸다. 오스카는 펜을 들고 그의 조금 지저분해진 깁스 위에다가 그림을 그리고 있었다. 그 모습을 하고도 트랙에 나타난 제노는 오히려 다른 어느 드라이버들보다도 주목을 받았다. 그는 방송사 카메라가 자길 주목할 때마다 환하게 웃어 보였고, 모두가 그에게 다음 레이스에서 보자고 위로의 말을 건넸다.

제노의 빈자리를 채우기 위해 팩토리에서 다른 드라이버가 왔다. 베네수엘라 국적의 22세의 드라이버라고 했다. 리우는 그 때문에 오늘은 특별히 더 분주했다. 새 드라이버의 레이스 카 시트가 햇빛 아래에 놓여 있었다. 제노의 것보다는 확실히 작은 체형의 시트였다.

"그 애 알아? 오늘 온다던."

분주한 자신의 레이스 엔지니어를 바라보던 제노가 먼저 말을 꺼냈다. 오스카는 고개를 들지 않은 채로 응, 하고 대답했다. 오스카는 그를 대충 기억은 하고 있었다. 제노가 말을 이었다.

"완전히 어린 애라던데."

"나보다 두 살밖에 안 어려. 예전에 같은 경기에서 달렸던 적은 있어."

"어디에서?"

"마카오 레이스에서. 그 이후로는 직접 경쟁한 적은 없었는데…… 몰라. 그때도 늙은이들을 주렁주렁 곁에 달고 다니더니 인디고랑 어떻게 계약을 했었나 보네."

"잘해서? 아니면 돈이 많아서?"

"글쎄. 무슨 사업 한다는 사람들을 끌고 맨날 전세계를 다니는 거 보면 돈은 많나보지."

오스카는 그가 인디고와 리저브(reserve, 예비 선수) 계약을 했다는 것을 기사로만 한 번 본 적 있었다. 그러나 그 후에도 팩토리에서 실제로 얼굴을 마주친 적은 없었다. 시즌 동안 경쟁했던 적은 없지만 오스카는 몇 해 전 그와 마카오 그랑프리에서 단 한번 달렸었다. 오스카가 우승한 레이스였다. 그러나 그 애도 존재감이 두드러지는 사람이기는 했었다. 본능적이고, 공격적이었다. 그는 그때도 2위를 했음에도 불구하고 나이 많고 결정권이 있는 사람들에게 둘러싸여 오스카보다 더 주목을 받는 것처럼 보였었다. 항상 모두의 기대를 받는 것 같은 애였지. 그러나 그는 아마 그 재능을 가지고 지난 몇 개월을 인디고 팩토리의 지하에 갇혀 시뮬레이터만 탔을 것이다.

"모처럼의 햇빛이겠다."

오스카는 제노의 깁스 위에 펜을 꾹꾹 누르며 중얼거렸다.

"뭐가?"

"너 대신 이번 주에 레이스 하러 오는 드라이버. 그동안 팩토리 지하에 갇혀서 시뮬레이터 좀비가 되어 있었을 텐데."

시뮬레이터 좀비라는 말에 제노는 웃음을 터트렸다. 드라이버에게 개발 기간의 시뮬레이터 작업은 길고 지루하고, 피곤한 작업이었다. 차라리 레이스를 하는 편이 낫다고 생각할 정도로. 오스카가 깁스에 그림을 다 그리고 펜 뚜껑을 닫을 때쯤 개러지 한쪽에서 누군가가 불쑥 튀어나왔다.

제노가 앞쪽을 뚫어져라 보는 탓에 오스카도 따라서 고개를 들었다. 인디고의 드라이버 슈트를 입은 사람이 개러지를 가로질러 걸어오고 있었다. 오스카는 그를 알아볼 수 있었다. 곱슬거리는 검은 머리에 크고 어두운색의 눈을 한 사람이 이쪽을 봤다. 찌르는 듯한 시선이 오스카와 마주쳤다. 분명히 오스카와 제노를 알아봤을 텐데도 그는 무심하게 시선을 거두고 지나갔다. 그 표정을 보고 오스카는 그를 좀 더 선명하게 기억해냈다. 조엘 소사. 몇 년 전에도 마찬가지로 누구에게도 친절하게 인사하는 법이 없었던 사람이었다.

조엘은 마치 원래 이 팀에 있었던 사람처럼 피트월에 능숙하게 다가가 인사를 건넸다. 리우가 소음 속에서 목소리를 들으려고 조엘에게 상체를 기울이고 있었다. 제노는 그 모습을 가만히 지켜봤다. 손끝으로 턱을 괴고 바라보는 제노의 얼굴이 기묘하게 침울해졌다. 오스카는 그의 발치에 앉아서 작은 목소리로 소곤거렸다.

"쟤 이번 레이스에 몇 랩이나 달리는지 내기할까?"

"무슨 소리야. 이왕이면 완주해야지."

"그럴 리가 있나. 쟤도 오늘 레이스가 일생의 첫 그랑프리인데"

"……."

"내가 했던 것보다는 못하지 않겠어?"

오스카의 대답에 제노가 드디어 약간 웃었다. 그 대화를 들을 리가 없는 조엘은 이 한 번의 기회를 놓칠 리가 없다는 듯 자신만만한 얼굴로 피트레인 반대편에 서 있었다. 금요일 아침이었다. 7월의 두 번째 주, 마른 햇살은 뜨거웠고 바람은 순조로웠다. 레이스를 하기에는 더할 나위 없이 좋은 날씨였다.

◇ ◇ ◇

여러 대의 레이스 카가 화창한 날씨 속을 달리고 있었다. 굉음이 맑게 트인 공기 속으로 퍼져 나갔다. 가벼운 몇 랩의 주행을 마친 오스카가 개러지로 돌아와 있는 동안 제노의 차를 탄 조엘은 한참 동안 트랙에서 분투하고 있었다. 그러다가 그는 스핀 했다. 차는 잔디 위로 나가떨어지긴 했지만 어딘가가 부서져서 손쓸 수 없게 된 정도는 아니었다. 오스카는 개러지에서 그 모습을 중계 화면으로 봤다. 잔꽃이 드문드문 피어 있는 잔디밭 위에 인디고의 차가 멈춰 서 있었다. 그의 타이어 네 짝에는 푸릇한 풀과 흙이 잔뜩 묻어 있었다.

조엘은 내려서 이해할 수 없다는 얼굴로 자신의 차를 내려다보고 있었다.

"차가 이해가 안 되겠지. 나도 그랬는데."

제노가 앉은 채로 말했다. 근처에 있던 리우가 조금 원망스러운 얼굴로 제노를 물끄러미 돌아봤다. 오스카는 키득거리고 웃었다. 아무런 걱정할 일도 일어나지 않을 것 같은 개러지는 평화로워 보였다. 그때 왈도가 나타났다.

"뭘 웃고 있어, 이제 네 차렌데."

왈도는 완벽하게 평소의 모습으로 돌아가 있었다. 지난 3주간 오스카의 집과 팩토리를 왕복하며 오늘 레이스를 준비한 그는 여전히 피곤하고 조금은 신경질적이었지만 다시 여유를 되찾고 있었다. 그게 원래 왈도의 모습이었다. 오스카는 그 말에 적당히 대꾸하며 주머니에 구겨져 있던 이어폰을 꺼내서 주섬주섬 폈다. 그가 이어폰을 꽂기 위해 끄트머리에 침을 바르고 있을 때 왈도가 오스카의 곁으로 가까이 다가왔다.

"이번에는 오래 달릴 테니까 중간에 무리해서 차를 부수지만 말고 잘 좀 해봐."

그러면서 왈도는 무심코 오스카의 엉덩이 위쪽을 툭 쳤다. 오스카는 그러든지 말든지 고개를 끄덕였다. 둘 다 그 행동을 의식하고 있지 않은 것 같았다. 얼결에 그걸 목격한 제노의 눈썹 사이가 좁아졌다. 오스카가 헬멧을 쓰며 되물었다.

"왜?"

"……어? 아니. 뭐가 좀 변했나 해서."

"뭐가? 차?"

"……."

"업데이트 엄청 했지. 완전히 다른 차야."

오스카는 대꾸하며 얼굴을 헬멧 속으로 집어넣었다. 그는 곧 개러지에서 대기하고 있는 자기 차에 올라탔다. 조금 전 왈도가 그 큼직한 손으로 두드린 작은 엉덩이가 콕핏을 기어오르더니 곧 안으로 쏙 사라졌다. 제노는 여전히 인상을 잔뜩 쓴 채 그걸 보고 있었다. 뭔가 잘 모르는 업데이트가 오스카에게만 더 있었던 모양이었다.

오스카는 왈도가 걱정했던 것보다는 훨씬 순조롭게 잘 달렸다. 조엘이 슬슬 차에 적응하는 동안 오스카는 연속해서 많은 랩을 달리고 있었다. 업데이트가 효과적이었던 건지는 좀 더 지켜봐야 알겠지만 일단은 오스카가 어렵지 않게 주행을 하는 모습을 보고 왈도는 시름을 어느 정도 놓았다. 그러나 느긋함을 느낄 새도 없이 팀 메이트 드라이버가 꽤 페이스를 찾고 있었다. 재능 있는 신인이라고 들었다. 여기에 재능 없는 드라이버는 한 명도 없기는 하지만. 왈도는 펜을 손가락으로 돌리며 오스카에게 말을 걸었다.

"오스카. 좋아 잘하고 있어. 타이어를 완전히 쓸 때까지 이대로 조금 더 진행하자."

"물통에 물이 다 떨어졌어!"

"그래?"

"그래가 아니고 마실 물이 없다니까. 그리고 벌레가 너무 많아. 헬멧에 부딪쳐서 잔뜩 터지고 있어."

"그래."

"무심하네."

"잘하고 있으니까 그대로 조금만 마무리하고 들어와. 차는 어때?"

"어떻긴. 좁고 뜨겁고 반응은 예민하고……."

마지막 건 괜히 물어봤다. 오스카는 그러고도 한참 뭐라고 중얼거렸다. 어쨌든 오스카는 기운이 넘치고 있었다. 이번 주는 순조로울 것 같았다. 왈도는 약간은 자아도취가 섞인 확신을 하며 의자 등받이에 상체를 느긋하게 기댔다. 옆의 신인 팀 메이트가 단 한 세션 만에 감을 완전히 잡지만 않았어도 왈도는 훨씬 자신감에 도취된 채 레이스를 시작할 수도 있었을 것이다.

세션이 종료되고 오스카와 조엘은 거의 동시에 개러지로 돌아왔다. 피트월에서 자신만만하게 내려온 왈도는 텔레메트리 프린트를 받아 들고 수석 레이스 엔지니어에게로 다가갔다. 오스카는 근처에서 수건으로 땀이 배어난 머리를 아무렇게나 문질러 닦고 있었다. 그러는 동안 조엘이 헬멧을 벗고 심각한 얼굴로 차에서 내렸다. 왈도는 레이스 리포트를 하러 이쪽으로 다가오는 그에게 세련된 인사를 건넸다.

"오늘 첫 주행인데 수고했어."

그러나 그는 고개만 끄덕할 뿐 별다른 반응이 없었다. 오히려 그는 곧바로 오스카의 랩타임을 체크했다. 기록을 확인한 조엘의 눈이 왈도와 마주쳤다. 그 어린 드라이버는 고개를 돌려 자신의 레이스 엔지니어에게 가서 무어라고 속삭였다. 왈도 역시 그의 기록을 봤다. 아직 예선 컨디션이 아니긴 했어도 오스카와 크게 차이가 나지 않았다. 단편적인 결과에 불과했지만 이대로라면 그 애가 예선에서 오스카와 맞먹는 승부를 할지도 모를 일이었다. 조엘은 주행이 끝나자마자 자신의 팀 쪽으로 가서 이야기를 나누고 있었다. 명백하게 경쟁 의사를 보이고 있었다. 왈도는 침착한 척 그 모습을 바라보며 한쪽 눈썹을 들어 올렸다. 그러는 사이 오스카가 너털너털 걸어왔다.

"3주나 쉬었더니 휴가에서 복귀한 첫날 같네. 아이고, 덥다."

오스카는 수건으로 얼굴을 문지르며 가볍게 내뱉었다. 오스카는 오늘의 주행이 만족스러운 모양이었다. 왈도 역시 만족했었다. 조금 전까지는.

"오스카."

"왜?"

"너 내일은 예선 제대로 하자. 업데이트를 했으니 최고 기록을 한 번 뽑아봐야 되겠어."

"새삼스럽게 무슨 소리야. 언제는 안 그랬나……."

"농담하는 거 아니야."

왈도는 오스카의 귓가에 얼굴을 가까이 대고 지옥에서 온 듯한 목소리로 속삭였다.

"내가 얼마나 애를 썼는데. 이대로 저쪽한테 지는 꼴은 못 봐."

◇ ◇ ◇

예선 당일 아침, 개러지에는 괜한 팽팽한 긴장감이 감돌았다. 평화로운 오전에 평소와 다름없이 출근한 크루들은 누구보다도 일찍 도착해 개러지에서 인디고의 차를 태울 듯이 노려보는 왈도를 마주쳤다. 윙과 타이어가 분리된 채 작업대에 올라가 있는 푸른 차체는 먼지 한 톨 없이 반짝이고 있었지만, 왈도는 기록을 떨어트릴 수 있는 기름때 한 점이라도 있다면 눈으로 태울 기세로 차체를 노려보고 있었다. 그 곁에서 오스카는 잠이 덜 깬 얼굴로 바나나를 먹고 있었다. 작업을 준비하는 미캐닉들에게도 그 시선이 닿았다. 그들은 이유 없이 대단히 긴장한 채 작업을 시작했다.

오전의 연습 세션에서 오스카는 연료를 최소한으로만 넣고 예선 컨디션으로 한 랩을 주행하는 플라잉 랩을 수차례 반복했다. 왈도는 오늘따라 의욕이 가득했다. 세션이 종료되자마자 프린트를 낚아채듯 받아든 왈도는 모니터에 뜨는 조엘 소사의 기록과 오스카의 것을 재빨리 비교했다. 오스카의 기록은 분명히 좋은 편이었다. 오스카는 변화한 차에 문제없이 적응했고, 올해 시즌 중에서는 눈에 띄게 향상된 주행을 보이고 있었다. 그러나 업데이트가 한쪽 차에만 끝내주게 잘 될 리가 없었다. 조엘 역시 처음으로 이 레이스 카로 트랙을 달려보는 것치고는 굉장히 좋은 결과를 보이고 있었다. 몇 번의 플라잉 랩 중에서 어떤 것은 오스카보다 근소한 차이로 빨랐다. 왈도는 노골적으로 인상을 썼다. 치프 레이스 엔지니어는 고개를 절레절레 흔들었지만 안드레아의 생각은 달랐다.

"두 드라이버의 사이가 평화로우면 팀이 레이스를 못한다는 뜻이지. 둘이 멱살을 잡기 시작한다는 건 우리에게도 그만큼 빠른 차가 생겼다는 거거든."

안드레아는 개러지로 급하게 돌아가는 왈도의 뒤통수를 보며 말했다.

"이대로 괜찮을까요?"

치프 레이스 엔지니어의 목소리에는 의심이 가득했다. 안드레아는 팔짱을 끼고 피트월에 기대며 대답했다.

"둘이 자폭하지만 않으면 최고의 주말이 될 거야."

예선 세션1에서 두 드라이버는 상당히 빠른 기록으로 순위 상위권에 진입했다. 결과는 근소한 차이였지만 오스카가 조금 더 빨랐다. 예선 세션2에서도 둘은 상위권이었다. 그러나 마지막 순간 조엘이 정말 작은 차이로 빠르게 피니시 라인을 통과하며 오스카보다 높은 순위로 체커를 받았다. 이대로라면 예선 세션3에서 승부를 가르는 수밖에 없다. 일이 이렇게 되자 오스카 역시 몸이 잔뜩 달아올랐다.

예선 세션2가 끝나자마자 개러지로 돌아온 오스카는 헬멧을 쓴 채로 콕핏에 앉아 기록 프린트를 받아 봤다. 조엘이 조금 더 빨랐다. 마지막으로 달린 랩은 그렇게까지 완벽하지는 않았다고 생각하긴 했지만, 평소보다는 훨씬 가뿐한 컨디션으로 달렸는데도 오늘 처음 예선을 하는 그가 더 빠르다니. 오스카는 종이를 차 바깥으로 휙 집어 던졌다. 얇은 종잇조각이 팔랑거리며 바닥으로 떨어졌다. 아직 세 번째 세션이 남았다. 정말 딱 한 랩만 더 달리면 될 것 같았다. 한 번만 더 하면. 오스카는 왈도에게 소리쳤다.

"소프트 타이어를 전부 준비해줘! 남은 거 전부!"

그 말에 왈도가 미캐닉들에게 지시를 전달하려는데 안드레아가 재빨리 개러지로 걸어 들어오며 왈도를 막았다.

"지금도 두 드라이버 모두 기록이 아주 좋아. 하지만 이미 세션2에서 타이어를 너무 많이 사용했다고. 이런 식으로 하면 내일은 완전히 새 타이어는 한 세트도 없이 달려야 할 수도 있어."

"그렇지만……."

"둘 다 딱 한 세트씩. 내일은 차를 머리에 지고 달릴 셈이야?"

안드레아는 냉정했다. 그녀는 양쪽 개러지에 그렇게 지시하고 빠르게 피트월로 몸을 돌려 걸어갔다.

"들었지? 오스카."

왈도는 차체 위로 허리를 숙이며 말했다. 오스카는 곧바로 고개를 저었다. 왈도는 무시하고 말을 이었다.

"어차피 지금 기록이 좋기 때문에 예선 세션3에서 할 수 있는 최대한의 기록을 당겨놓고 내일 추월할 수 있는 여분의 타이어는 더 남겨놓는 게 나을 거야. 그리고 내일 스타트에서 소프트 타이어로 초반 랩을 많이 벌면……."

"타이어 새 거 줘."

"뭐?"

"알았으니까 타이어 새 거 주라고. 내가 한 랩 만에 기록을 당겨버릴 테니까."

"안드레아 이야기 못 들었어?"

그렇게 말하면서도 왈도 역시 단호하지 못했다. 순간 고민하는 얼굴을 보고 오스카는 빠르게 받아쳤다.

"내가 폴(예선 1위)이라도 하면 어쩔 건데?"

"너 정말 자신 있어?"

"한다니까! 몇 번 말해."

"타이어만 다 박살 내고 못 했을 때에는 어쩔 건데?"

"내가 못 하면 개다 개. 하루 동안 네 개라고. 내기할까?"

오스카의 도발에 왈도의 입꼬리가 꿈틀했다. 세션을 알리는 카운트다운 시계가 빠르게 줄어들고 있었다. 결정을 내릴 시간은 일 분 남짓이었다. 왈도는 팔짱을 끼며 오스카의 차체 위에 상체를 얹었다.

"그러면 오늘 세션 종료부터 내일 레이스 시작 전까지?"

"좋아."

"대신 네가 폴 포지션을 하면 반대로 내가 하루 동안 너 하자는 대로 다 해준다."

"그 약속 지켜."

오스카는 바이저를 탁 하고 내렸다. 왈도는 상체를 일으켰다. 바로 옆의 개러지에서 조엘도 세 번째 세션을 준비하고 있었다. 아니나 다를까 그 팀도 새 타이어를 장착하고 있었다. 왈도는 미캐닉들에게 손짓했다. 오스카의 차에도 뜨거운 새 타이어가 신속하게 얹혔다.

십 분의 카운트다운이 마무리되고 세션을 알리는 초록색 신호등이 켜졌다. 왈도는 빠르게 피트월로 가 자신의 자리에서 모니터를 주시했다. 머릿속으로는 폴 포지션까지는 무리라는 계산을 하고 있었지만, 왈도는 스스로도 믿을 수 없을 만큼 불합리한 기대를 하고 있었다. 오스카가 트랙으로 달려 나가는 소리가 등 뒤에서 들렸다. 곧이어 조엘의 차가 요란한 소리로 뒤따랐다.

플라잉을 시작하는 오스카의 차가 피트레인을 빠르게 통과했다. 왈도는 그를 주시했다. 트랙 상황은 좋았다. 첫 번째 섹터는 그린. 오스카는 거침없이 두 번째 섹터도 통과했다. 오스카는 흔들림 없이 세 번째 섹터를 질주하고 있었다. 두 번째까지는 현재 트랙 기록들 중에서는 가장 빨랐다. 이대로라면……이라고 생각할 때 즈음 오스카가 마지막 코너를 크게 돌며 피니시 라인을 통과했다. 순식간에 그의 이름 'HAN'이 순위표에서 제일 꼭대기로 올라갔다. 그의 기록에 초록색 등이 깜박였다. 현재 최고 기록이었다. 인디고의 개러지가 잠시 술렁였다. 그러나 얼마 가지 않아 다른 상위권 팀의 드라이버가 오스카의 기록을 근소한 차이로 앞당기며 보드 위로 올라섰다. P2. 아직까지는 유지할 수 있을 것 같은 기록이었다. 그때, 조엘이 오스카의 기록을 추월했다. 그의 이름이 오스카를 밀어내고 P2에 등장했다. 믿을 수가 없었다. 왈도는 피트월에서 숙이고 있던 상체를 벌떡 일으켰다.

"지금 피트레인으로 들어갈 테니 타이어 다음 세트를 줘!"

순간 오스카가 소리쳤다. 오스카는 곧바로 한 랩을 더 시도하려다가 다른 차들에 가로막혔는지 이리저리 그들을 피하며 달리고 있었다.

"오스카, 아니야. 지금 그대로 차라리 한 랩만 더……."

"나 들어간다?"

오스카는 이미 섹터3을 향해 돌아오고 있었다. 피트레인 입구가 코앞이었다. 왈도는 바로 몸을 돌려 크루들에게 재빨리 타이어 교체를 지시했다. 안드레아가 약간 인상을 쓰며 이쪽을 보는 게 눈에 보였지만 망설일 틈이 없었다. 솔직히 말해서 내일 레이스를 포기하더라도 이 순간만큼은 지고 싶지 않은 것은 왈도도 마찬가지였다.

오스카의 차가 빠르게 피트레인으로 돌아왔다. 크루들은 차를 들어 올려 개러지에서 신속하게 새 세트의 타이어로 교체하고 대기했다. 왈도는 트랙을 주시했다. 마지막 세션은 겨우 10분이었다. 보통은 기껏해야 두 번, 운이 좋으면 세 번 이상의 기록을 시도해볼 수 있었다. 벌써 한 번의 플라잉을 시도했고, 남은 시간은 4분. 오스카는 지금 당장 나가더라도 한 랩, 혹은 겨우 두 랩을 달릴 수 있을 것이다. 그마저도 트랙에 다른 차가 얼마나 있느냐에 따라 다르다. 왈도는 조금 더 기다렸다. 그대로 트랙을 통과할 것 같던 몇 대의 차가 마지막 한 랩을 더 시도하기 위해 피트레인으로 들어왔다. 메인 스트레이트가 순간 한산해졌다. 지금이었다. 왈도는 등 뒤쪽의 개러지에 손으로 나가라는 신호를 했다. 미캐닉들이 오스카의 차를 땅에 덜컹 내려놓고, 오스카는 튕겨지듯 피트레인으로 달려 나갔다. 지금으로부터 오스카가 한 바퀴를 돌아 출발선까지 오는 데 걸릴 시간이 일 분 하고도 30초. 왈도는 손끝을 모으고 그 위에 턱을 가져다 댔다.

"오스카."

"어?"

"이 타이어가 우리가 가진 마지막 세트야. 너 정말 이번 랩에 기록을 단축시키지 못하면 우리에게 내일은 없어."

"어어."

"이번에 네가 내기에서 이기면 정말 네 뜻대로 해줄게. 하지만 반대로 네가 내기에서 지면 정말 가만 안 둘 거야. 내가 아주 눈물 쏙 빠지게 제대로 굴려줄 거라고."

"……진짜?"

오스카의 대답이 약간 이상했다. 그의 차가 트랙의 중간쯤을 지나고 있었다.

"어…… 어떻게?"

"왜 기대하는 거야?"

"아."

멍청하게 대답하는 것치고 오스카의 차는 산뜻하게 빨랐다. 푸른 차가 마지막 코너를 향해 돌진했다. 포지션이 좋다. 그리고 충분히 빨랐다. 오스카는 이상한 라디오의 여운을 남기고 스타트라인으로 돌진했다. 오스카의 차가 경쾌하게 직선주로를 질주했다. 굉음이 스탠드와 피트월 양쪽을 뒤흔들었다.

◇ ◇ ◇

그런데 정말 그 일이 일어나버렸다. 오스카는 누구보다 빠르게 피니시 라인을 통과했다. 그 후에 오스카보다 빠르게 체커를 받은 사람은 아무도 없었다. 왈도는 세션이 끝나서 화면에 체커기가 뜨고 나서도 상황을 이해하지 못했다. 예선 1위를 한 건가, 오스카가?

등 뒤의 개러지는 순식간에 열광의 도가니가 됐다. 안드레아도 이번만큼은 자리에서 일어나 환호하며 소리쳤다. 왈도는 믿을 수가 없어서 인상을 쓴 채 기록을 다시 봤다. 다른 사람하고 헷갈린 게 아니다. 보드의 맨 꼭대기에 있는 것은 분명히 'HAN'이었다. 그 이름을 보며 자기도 모르게 욕을 중얼거렸던 것도 같다. 기적 같은 첫 폴인데, 어쩐지 순수하게 기뻐할 수가 없었다. 얼떨결에 한 내기에서 진 것이다.

완벽하게 기쁘지 않기는 오스카도 마찬가지였다. 조엘 소사는 4위로 예선을 마무리했지만 오스카는 이제 그런 것은 눈에 들어오지도 않았다. 다만 생에 처음으로 폴 포지션을 했는데, 하필이면 그 마지막 랩을 시작하기 직전 들었던 왈도의 말이 너무 신경이 쓰였다. '눈물 쏙 빠지게 제대로 굴려준다'던 그의 말이 이상하게 강렬했었다. 찰나 입 밖에는 꺼낼 수 없는 많은 상상이 오스카의 머릿속에 떠올랐고, 그 때문에 심장이 과하게 뛰었다. 그 탓일까. 오스카의 플라잉 랩은 정말 완벽했다. 너무 완벽했던 것이다. 환상적인 결과였지만 어쩐지 바랐던 무언가는 아니었다. 오스카는 피트레인으로 돌아왔다. 차에서 내리는 그에게 환호와 카메라 플래시가 쏟아졌다. 오스카는 떨떠름한 얼굴로 애매하게 웃었다. 피트월에서 축하를 받는 왈도 역시 마찬가지였다.

내일 레이스는 아직인데도 팀은 폴 포지션만으로 벌써 축하 분위기가 됐다. 레이스가 다 끝난 것 같은 개러지를 뒤로 하고 왈도는 오후가 되어서야 겨우 호텔에 돌아올 수 있었다. 그는 도착해서야 오스카가 한 시간 전에 보낸 '왜 안 와?'라는 문자를 발견했다. 그는 약간 심란함을 느꼈다. 어쨌든 오스카에게 오늘 일을 축하는 해줘야지. 그는 겨우 걸음을 떼 오스카의 방으로 향했다.

"문자를 봤으면 답을 좀 해."

오스카는 문을 열어주며 투덜거렸다. 어딜 다녀왔는지 그는 반팔 티셔츠에 청바지 차림이었다. 바람을 잔뜩 쐰 그의 머리가 보송보송했다. 그는 방 안으로 먼저 몸을 돌려 뛰어갔다. 문득 모나코 레이스가 생각이 났다. 그날 이후로 이런 분위기도 오랜만이었다.

"미안. 여기 도착해서야 봤어. 오늘 폴 포지션 축하해."

"으응."

"뭐 하러 그렇게 바쁘게 먼저 갔어?"

별생각 없이 물으며 방 안으로 걸어오던 왈도가 침대 앞에서 걸음을 멈췄다. 오스카는 푹신한 침대 위로 뛰어올랐다. 마주 보고 서 있는 왈도의 눈이 있는 대로 가늘어졌다. 눈썹을 찡그리고 오스카가 침대 위에 올려둔 물건을 뚫어져라 보던 왈도가 겨우 입을 열었다.

"뭐, 뭐야 그건?"

침대 위에 2m는 될 것 같은 체인이 있었다. 무겁고 묵직한 체인의 끝에는 나일론 천을 튼튼하게 박아 만든 핸들이 달려 있었다. 그리고 나머지 한쪽 끝에는 금속 버클이 달린 목걸이가 있었다. 누가 봐도 개 줄이었다. 쿠션 처리까지 된 빨간색 나일론 줄은 섹시한 분위기를 내기 위해 얄궂게 만든 소품이 아니라 진짜 개 줄이었다.

"이거 사느라 20km나 운전해서 갔다 왔잖아. 펫 숍 주인한테 우리 개가 70kg이 넘는다니까 이걸 주더라고. 입마개도 같이 줄까 하던데 그건 됐다고 했어."

"뭐?"

"이리 와."

오스카는 앉은 채로 손가락을 까닥했다. 한 손에는 목줄을 들고서. 왈도는 어처구니없다는 얼굴로 그 자리에 꼼짝 않고 서 있었다. 셔츠 소매를 걷은 그의 팔이 자신의 허리 위로 올라갔다.

"너 만나서 샴페인이라도 마시고 축하해주려고 왔는데 개 줄을 사 왔어?"

"나랑 내기했잖아. 내가 지면 개라고 했지? 그런데 네가 졌잖아."

"나는 네가 하자는 대로 다 한다고 했지, 개 한다고는 안 했어."

"그게 그거 아냐? 그러니까 하자고. 개."

오스카는 다시 손가락을 까닥거렸다. 평소에는 뭘 해도 흐느적거리더니 이럴 때는 단호하다. 왈도는 섣불리 다가가지 못하고 망설였다. 오스카가 들고 있는 그것은 섹시한 플레이와는 정말 거리가 멀었다. 차라리 그런 것을 사 왔더라면 모른 척 넘어가줄 수 있었을 것이다. 왈도는 한 손으로 얼굴을 쓸었다.

"네가 개라고 할 때 나는 이런 걸 생각한 건 아니었는데, 대체 뭘 상상한 거야 너는?"

"어……."

오스카는 잠시 눈을 굴리며 생각했다. 그러더니 왈도를 보며 씩 웃었다.

"보여줄 테니까 이리 와 봐."

오스카는 한 손으로 침대를 두드렸다. 웃는 입술 사이로 그의 짧은 아랫니 치열이 보였다. 손에 든 건 흉흉해도 그건 귀여웠다. 그제야 왈도는 못 이기는 척 침대로 가서 앉았다. 자신에게로 바싹 당겨 앉는 오스카를 보며 왈도는 입고 있던 셔츠의 단추를 하나 더 풀었다. 느슨해진 옷깃을 벌리며 목을 내밀자 오스카는 목걸이를 풀어 대보더니 사이즈를 조절했다. 목걸이를 조금 줄이는가 싶더니 그는 왈도의 목둘레에 그것을 둘렀다. 버클이 달칵, 잠기는 소리가 났다. 피부 둘레를 적당히 누르며 감싸는 나일론 쿠션의 감촉이 부드럽고 기묘했다. 오스카는 목줄 안으로 손가락을 집어넣어 당기며 말했다.

"손가락이 두 개 들어갈 정도의 여유는 남기고 채우래."

얼굴이 닿을 정도로 가까이 대고 소곤거리는 연인의 대화치고는 내용이 이상하지만, 집중하는 오스카의 머리카락은 기분 좋게 왈도의 코끝을 간질였다. 조금 전까지만 해도 이런 것을 상상하지는 않았지만, 왈도는 만약 오늘 예선이 이렇게 잘되지 않았으면 상황이 반대가 되었을 수도 있겠다는 생각을 했다. 그것도 나쁘진 않을 것 같았다. 그런 생각을 하고 있는데 오스카의 손에서 체인이 차르르 소리를 내며 아래로 떨어졌다.

"음."

오스카는 만족스러운 미소를 지으며 왈도의 목줄에 달린 체인을 가볍게 잡아당겼다. 목걸이가 조이고 쇄골 위에 차가운 체인의 촉감이 닿았다. 의외로 이것도 기분이 나쁘진 않았다. 왈도는 당기는 힘에 끌려 오스카 쪽으로 상체를 숙이며 낮은 목소리로 말했다.

"튼튼하긴 하네. 버릇없는 개도 충분히 제압할 만큼."

"응. 빨간색이 역시 잘 어울린다."

"이제 뭘 하면 될까 나는?"

"글쎄."

오스카는 코를 꿈틀거렸다. 생각을 하고 있는 모양이었다. 왈도는 좀 더 오스카의 얼굴에 가까이 다가갔다. 뭘 그렇게 열심히 생각하는지 다문 입술이 꿈틀거렸다. 왈도는 그 입술 가장자리에 자신의 입술을 꾹 눌렀다.

"어느 개가 이렇게 키스를 해?"

오스카가 중얼거렸다. 그러거나 말거나 한 번 더 키스하려는데 오스카가 얼굴을 뒤로 쑥 뺐다. 잠시 그 얼굴을 보던 왈도는 이번에는 혀로 오스카의 닫힌 입술 위를 핥았다. 왈도의 혀끝이 오스카의 얇은 입술 사이를 지그시 가를 듯 문질렀다. 오스카는 목 안쪽에서 이상한 감탄사를 냈다.

"개들은 이렇게 핥아?"

"개 안 키워봤어?"

"응."

왈도는 양팔을 오스카의 허리 옆에 짚은 채로 얼굴을 들었다. 그는 말없이 오스카의 얼굴을 잠깐 응시했다. 미묘하고 애틋하기도 한 웃음이었다.

"어릴 때 집에서 강아지 안 키웠어?"

"나 요만할 때부터 카트 타서 집에 있어본 적이 없는데 강아지는 무슨."

"팍팍한 유년시절이었겠네."

그렇게 말하고 왈도는 오스카의 뺨을 기볍게 입술로 물고 빨았다. 촉촉하고 말랑한 입술의 감촉에 오스카는 조금 진저리 쳤다. 분위기가 곧 말랑해질 것도 같은데 오스카는 다시 파고드는 왈도의 얼굴을 밀어냈다.

"잠깐만, 무슨…… 그래도 이상하네. 어느 집 개가 이렇게 농염하게 주인을 핥아?!"

"그러게, 어느 집 갠가……."

왈도는 오스카의 허리를 안아 천천히 침대 위에 그를 뉘었다. 오스카의 가슴 위로 체인이 찰랑거리며 떨어졌다. 목이 적당히 당겨지는 감촉도 그런대로 좋다. 품 안의 오스카는 슬슬 보드랍고 신선한 흥분이 몰려드는 참이었다. 왈도는 오스카의 몸 위에 엎드렸다. 그러나 그때, 오스카는 왈도의 허리를 붙잡아 안고 벌떡 몸을 일으켰다. 왈도는 손쓸 새도 없이 그대로 뒤집혀 침대 위로 쓰러졌다. 등을 대고 누운 왈도의 몸 위로 오스카가 올라왔다. 몸을 일으키려는데 오스카가 목줄을 짧게 감아쥐고 침대 위로 내리눌렀다.

"시키지도 않았는데 어디서 버릇없이."

허리 위에 앉은 오스카의 무게와 목줄을 팽팽하게 잡아 누르는 손길 때문에 왈도는 숨이 조금 찼다. 왈도의 가슴이 크게 오르내렸다. 이런 식의 플레이는 생각하지 않았는데, 오스카의 눈빛이 제법 진지했다. 낯설지만 이상하게 기대도 됐다. 왈도의 가슴 위로 오스카가 양팔을 대고 엎드렸다.

"개가 있으면 내가 제일 해보고 싶었던 게 뭔지 알아?"

오스카의 흘러내린 앞머리가 눈 위에 그늘을 만들었다. 그의 음색이 짙었다. 심장이 뛰기 시작해서 왈도는 조금 긴장했다. 그는 허리 위에 있는 오스카의 허벅지를 손으로 안으며 대답했다.

"뭔데?"

"산책."

뜻밖의 대답이었다. 지금 분위기 괜찮은데 이건 또 무슨 소린가. 오스카는 왈도의 몸 위에서 벌떡 일어나더니 줄 끝을 잡고 갑자기 침대 저편에 제멋대로 던져뒀던 운동화를 신었다. 산책이라니. 농담이겠지. 그러나 왈도가 침대에서 부스스 상체를 일으키기 바쁘게 오스카는 줄을 잡아당기며 문으로 향했다.

"너 지금 그 모습 끝내줘. 이대로 나랑 트랙 한 바퀴 돌고 오자. 오늘 내 승리의 전리품을 모든 사람들에게 보여줄 거야."

"뭐라고? 미쳤어?"

"산책 가자 멍멍아."

"오스카, 잠깐만……."

왈도는 정말 문으로 가려는 오스카를 막기 위해 체인의 중간을 잡았다. 그대로 줄을 끌어 손잡이 끝에 달려 있는 오스카를 다시 침대로 던져 넣을 생각이었다. 그러나 오스카는 생각처럼 끌려오지 않았다. 오스카는 왈도가 줄의 중간을 삽은 채 버티자 정말로 인상을 쓰고 짜증을 냈다.

"가자니까?"

"이 꼴로 가긴 어딜 가!"

"오늘 누가 왕이지?"

"아니…… 저기, 하지만……."

왈도가 뭐라 말릴 새도 없이 오스카는 눈앞에서 체인을 두 번 손에 감아쥐더니 세차게 당겼다. 잠시 잊고 있었다. 오스카는 힘이 셌다. 왈도는 그대로 침대 아래로 떨어졌다. 그는 카펫 바닥에 무릎을 꿇으며 정신을 차렸다. 힘으로는 오스카를 이길 수 없었다. 왈도가 일어나려고 하자 오스카는 바닥에 흘러내린 줄을 한쪽 발로 지그시 밟았다. 그리고 그는 왈도 앞에 상체를 숙이고 앉았다.

"내 말 들어야지. 안 그러면 호되게 혼나."

두 손으로 바닥을 짚은 채로 왈도는 오스카를 올려다봤다. 줄 끝을 꽉 움켜쥔 오스카의 팔뚝에 근육이 보기 좋게 두드러져 있었다. 그렇다. 저 팔에는 못 이긴다. 왈도는 당황한 채 숨을 몰아쉬고 있었다. 왈도의 눈이 바닥으로 떨어졌다. 벌써 고분고분해진 건가. 오스카는 만족스럽게 그의 얼굴을 내려다봤다. 그러다 그의 잘생긴 이마와 눈썹에 정신이 팔렸다. 어둡게 굽이치는 머리카락을 감탄하며 보고 있는데 왈도가 오스카의 발목을 낚아채 잡아당겨 주저앉혔다.

"아앗……, 이 못된 개!"

오스카는 뒤로 넘어지며 다시 그를 밀치려고 했지만, 왈도는 체중을 실어 오스카를 눌렀다. 그러다 오스카가 체인의 손잡이를 놓쳤다. 왈도는 뒤로 쓰러진 오스카의 몸 위로 올라탔다. 티셔츠 한 장 입은 배 위로 체인이 쏟아졌다. 갑자기 훅 끼치는 왈도의 체취에 오스카는 어깨를 움츠리며 긴장했다.

뭐라도 할 줄 알았는데 왈도는 오스카의 다리 사이로 흘러내린 체인으로 손을 뻗어 손잡이를 찾아내서는 다시 오스카의 손에 쥐어줬다. 그리고는 오스카의 가슴 위로 기어오르듯 올라와 오스카를 뚫어져라 마주 봤다. 조각같이 매끈한 얼굴이 유혹하듯 천천히 웃었다.

"산책이라니 실망이네. 나는 우리가 좀 더 은밀한 개와 주인 놀이를 할 줄 알았는데."

얄궂은 인간. 오스카는 그의 미소에 질색하면서도 한편으로는 감탄했다. 왈도는 자기가 불리해질 때마다 이런 얼굴을 했고, 오스카는 넘어가지 않은 적이 없었다. 왈도는 턱을 오스카의 가슴 위에 올리고 치아를 세워 가슴팍의 티셔츠를 살짝 물었다. 옷을 잡아당기는 그 모습에 심장이 마구 뛰었다. 오스카는 그 모습에 순식간에 계획이 바뀌었다. 산책을 하려고 했던 것도 진심이었지만, 은밀한 놀이도 좋을 것 같았다. 왈도는 오스카의 한쪽 갈비뼈 위로 입술을 차차 옮겼다. 그의 늘씬한 목 근육이 목걸이 안에서 섬세하게 움직였다. 오스카는 그 모습을 내려다보며 싱싱했다. 목걸이를 한 채로 선라가

된 그의 모습은 또 얼마나 아찔할까. 오스카는 카펫 위에 등을 대고 털썩 누웠다. 입술과 치아, 혀로 티셔츠 위를 아슬아슬하게 지분대는 그의 촉감이 간지러워 소름이 끼쳤다.

"은밀한 놀이……. 그래 좋아. 뭘 할 건데?"

오스카는 천장을 보며 말했다. 그 말에 왈도는 오스카의 배 위에 엎드렸다. 살짝 말려 올라간 티셔츠 아래로 왈도가 손끝을 집어넣어 허리의 살을 만지작거렸다. 그 모든 손짓에 바짝바짝 애가 탔다. 오스카는 놀이고 뭐고 이쯤에서 다 때려치울까도 싶었다.

"음, 일단은."

왈도는 오스카의 배 위에 손을 올리고 턱을 괴었다. 이 순간만큼은 정말 충직한 강아지 같은 얼굴로 왈도는 큰 갈색 눈을 느리게 깜박였다.

"오늘은 네가 내 주인이니까 너한테 복종하는 법부터 배웠으면 좋겠는데."

그러면서 왈도는 오스카의 티셔츠를 밀어 올려 드러난 배 위를 혀로 살짝 핥았다.

"원하는 건 뭐든지 말만 해."

왈도가 상상한 것은 그 말에 자신을 리드하는 오스카였다. 물론 조금 전까지만 해도 목걸이를 한 채 산책이나 가겠다고 하는 그였지만, 왈도는 그가 침대에서 리드한다면 하자는 대로 끌려가고 싶은 마음도 있었다. 거친 그에게 모두 맡긴 채 감각에만 온 정신을 집중하는 것을 상상했는데, 뜻밖에도 오스카는 그러지 않았다. 일어나 왈도를 바닥에 눕힌 채 그 위에 올라탄 오스카는 한참 동안 왈도의 얼굴을 만지기만 했다. 이마 위로 풍성한 머리를 쓰다듬고, 손끝으로 머리카락을 조금씩 잡아 매만지고, 귓가를 손가락으로 조몰락거렸다. 왈도는 그의 손길에 얼굴을 맡긴 채 얌전히 있었다. 오스카가 뺨에 손바닥을 대볼 때는 그 안에 입술을 마주 대기도 했다. 손바닥을 핥으니 오스카가 손가락을 잔뜩 펼쳤다. 간지러운지 그가 소리 내서 웃었다.

오늘 세상의 누구보다도 빨랐던 드라이버가 가슴 위에 엎드려 있었다. 왈도는 그에게 무엇을 해도 거절하지 않겠다는 약속을 했지만, 오스카는 그저 왈도를 바라보고만 있었다. 왈도는 그의 허리를 안고 등을 쓱쓱 문질렀다. 오스카는 기분이 좋은지 왈도의 셔츠 사이로 손을 집어넣었다. 따뜻한 그의 손바닥이 가슴 위에 닿았다.

"나는 네가 처음에 나랑 스쳤을 때도 네 피부가 너무 부드러워서 좋았어."

"언제부터 그런 생각을 하고 있었어?"

"음, 호주에서부터."

오스카의 손이 옷깃을 잡아당겨 왈도의 가슴 안쪽을 좀 더 깊이 만지작거렸다. 왈도는 누운 채로 천장을 보며 말했다.

"개가 있으면 하고 싶었던 거는 만져보는 게 다야?"

"아니…… 그런데 복슬복슬하지 않은 건 좀 아쉽네."

왈도가 고개를 번쩍 들었다.

"가슴에 털이 좀 더 있었으면 좋겠어?"

"뭐? 그렇다는 건 아니고."

오스카는 그대로 왈도의 명치 위에 한쪽 뺨을 대고 누웠다. 그 머리의 촉감이 간질간질했다. 숨을 쉬느라 오르내리는 왈도의 가슴 위에서 오스카의 얼굴도 따라서 천천히 오르내렸다.

"너도 레이스 할 때 심장이 빨리 뛰어?"

오스카의 목소리가 몸을 타고 울렸다. 그는 귀를 대고 심장 소리를 듣고 있는 것 같았다.

"아니. 거기 앉아 있는 것보다는 팩토리에서 계단 오르내릴 때 더 빨리 뛸걸."

"그래?"

오스카가 눈썹을 찌푸리며 고개를 들었다. 시선을 마주치며 웃는 왈도를 조금 노려보다가 오스카는 왈도의 가슴 위에 다시 머리를 내려놓으며 중얼거렸다.

"나는 레이스 할 때 심장이 엄청나게 빨리 뛰어."

"……."

"심장이 더 빨리 뛰는 동물들은 수명이 짧잖아. 그게 좀 더 빨리 몸이 산화되게 만들어서 그런 게 아닐까. 남보다 좀 더 빠른 속도로 살게 만들어버리는 거지.”

“그럴 리가.”

왈도는 오스카의 뒤통수를 쓰다듬었다.

“네 말대로라면 계단도 한 번에 3층 이상 올라가기 싫어하는 내가 제일 오래 살아야 돼.”

“그러게. 그건 말도 안 된다.”

오스카는 웃으며 고개를 들었다. 그러더니 왈도의 허리춤 속으로 손을 집어넣어 옆구리를 더듬거렸다. 옷을 밀어 올리더니 오스카는 왈도의 배를 드러내놓고 손바닥으로 쓰다듬었다. 복종 훈련이라고 상상한 건 겨우 이건가. 왈도는 일부러 가볍게 신음하며 중얼거렸다.

“그냥 반지는 거 말고 좀 더 못된 짓을 해도 되는데. 다른 해보고 싶었던 건 없어?”

“있어.”

오스카는 왈도의 몸 위로 기어 올라와 그의 귓가에 대고 대단히 비밀스럽고 몹쓸 짓이라도 고백하는 양 한 마디를 소곤거렸다.

“목욕.”

◇ ◇ ◇

오스카가 요구한 건 말 그대로 목욕이었다. 그는 욕조에 따뜻한 물을 가득 받고 입욕제까지 풀었다. 오스카의 75kg이나 나가는 장신의 개는 옷을 전부 벗고 욕조에 들어갔다. 왈도는 목걸이 체인을 등 뒤로 늘어트린 채 욕조로 들어갈 때 신나서 사진을 찍으려는 오스카를 말려야 했다. 잔뜩 기분이 좋아진 오스카는 욕조 곁에 앉아서 정말로 왈도를 씻겨주기 시작했다. 그는 샴푸를 덜어 거품을 잔뜩 내 왈도의 머리부터 감겼다. 왈도는 욕조에 기대앉아 오스카가 하는 대로 몸을 맡기고 있었다.

"샴푸를 할 데가 머리밖에 없어서 아쉽겠네."

왈도가 눈을 감은 채 중얼거렸다. 오스카는 작은 유리컵으로 물을 떠서 왈도의 이마에 부으며 물었다.

"개 키워본 적 있어?"

"응. 어릴 때부터 집에는 항상 개가 있었어. 지금도 할아버지 댁에 두 마리 있어. 검고 덩치 큰 애들인데, 둘 다 이젠 나이가 많아서 점점 회색이 되어가."

"씻겨봤어? 나는 그 털 많은 애들을 씻기는 모습을 볼 때마다 해보고 싶었어."

"왜 사서 고생을 해. 걔네 샴푸할 때나 잠깐 얌전하지, 나중엔 털고 날뛰고 보통 일이 아니라고."

그 말을 하고는 왈도는 갑자기 눈을 떠서 오스카를 봤다. 오스카는 왈도의 머리카락을 작은 컵으로 헹구느라 여념이 없었다. 얼굴로 물이 흘러내려 눈을 찌푸리자 오스카의 손바닥이 왈도의 얼굴을 훔쳐냈다. 왈도는 갑자기 그 손을 덥석 입으로 물었다.

따뜻한 물에 젖은 오스카의 손이 부드러웠다. 왈도는 그의 엄지손가락을 입안에 깊숙이 넣고 혀를 지그시 눌러 빨았다. 왈도의 혀가 오스카의 엄지손가락의 손바닥 안쪽부터 위까지 천천히 핥아 올렸다. 오스카가 어깨를 움츠리는 게 보였다. 그는 기분이 좋으면 항상 그렇게 움츠렸다. 왈도는 손가락을 깊이 삼켰다가 천천히 다시 빨며 놓기를 반복했다. 입안에서 오스카의 엄지가 왈도의 혀를 꾹 누르는 게 느껴졌다. 오스카의 나머지 손가락이 그의 턱을 감싸 쥐었다. 오스카의 손에 턱을 붙잡힌 채 왈도는 눈을 떴다.

연한 녹색의 눈이 뜨겁고 습한 온기에 느슨하게 내려온 눈꺼풀 아래서 자신을 내려다보고 있었다. 무표정하면 차가워 보이는 눈이었다. 그러나 품에 안고 있을 때만큼은 뜨겁게 한껏 녹아내리기도 하는 눈이었다. 왈도는 그 비밀스러운 차이를 좋아했다. 그는 욕조에서 몸을 일으켜 젖은 팔로 오스카의 허리를 안았다. 주르륵 흐르는 물기에 오스카의 얇은 티셔츠와 바지가 순식간에 젖어 달라붙었다.

"안 돼."

오스카가 혼내듯 왈도의 팔을 밀어내며 말했지만 왈도는 듣지 않았다. 그는 오스카의 상의를 그대로 끌어올렸다.

"들어와."

왈도의 어깨를 밀어내는 오스카의 얼굴이 그 한마디에 단번에 달아올랐다. 비눗물에 젖은 왈도의 따끈한 팔이 등에 감기자 오스카는 몸을 좀 더 움츠렸다.

"잠깐 놔 봐, 옷이 다 젖잖아."

"벗어 얼른."

"이 못된 개, 놔, 놔."

오스카는 왈도의 팔을 찰싹 때려 기어코 밀어내더니 잠시 머뭇거렸다. 그의 얼굴은 욕실의 온기 때문인지 방금 전의 애무 때문인지 보기 좋게 발그레해져 있었다. 오스카는 머뭇머뭇 자신의 바지를 벗었다. 그 행동이 굼떠서 왈도가 허리에 손을 가져가자 그는 "됐어"라고 소리치며 왈도의 손을 밀어냈다. 그는 새삼스럽게 부끄러워하고 있었다. 욕조 가장자리에 걸터앉은 채 엉성한 자세로 바지를 주섬주섬 아래로 벗어 떨어트린 그는 허리를 숙여 티셔츠도 벗었다. 그의 등허리가 비눗물에 조금 젖어 반들거리고 있었다. 왈도는 입을 크게 벌려 그의 옆구리를 물었고, 오스카는 괜히 소스라치며 몸을 비틀었다. 오스카는 곧 나체가 됐다. 왈도는 그의 허리를 안아 욕조 안으로 끌어당겼다.

물기가 흥건한 손으로 머리카락을 넘기니 머리카락이 어둡게 젖어들며 그의 동그란 머리통에 들러붙었다. 맞닿은 피부가 미끈거렸다. 왈도는 오스카의 몸을 꼭 끌어안은 채 욕조에 등을 기대고 누웠다. 가슴 위에서 미끄러져 내려가는 오스카의 발끝이 욕조 맞은편에서 툭 튀어나와 욕실 벽을 짚었다. 굳은살이라고는 별로 없는 매끄러운 발가락이었다. 왈도는 그걸 입에 넣고 싶다는 생각을 하며 그의 허벅지 사이에 손을 넣어 말랑한 피부를 쓰다듬었다. 오스카의 발가락이 하나하나 섬세하게 움직이며 오므라들었다. 왈도는 따끈하게 열이 오른 오스카의 귓바퀴를 입술로 물었다.

"씻겨주다 말고 왜 이렇게 되는 거지."

약간 숨이 가빠진 목소리로 오스카가 중얼거렸다. 왈도는 그의 유두 근처를 손가락으로 둥글게 쓸었다.

"개 씻기다 보면 원래 같이 샤워하게 되는 거야. 몰랐어?"

왈도의 손길에 오스카는 끙끙거리며 품 안에서 앓았다. 따뜻한 물 아래서는 그의 꿈틀거리는 등허리가 왈도의 아랫배와 다리 사이에 뭉클거리며 닿고 있었다. 가슴 주변을 만지는 손길에 점차 기분이 이상해지는지 오스카는 머리를 젖히며 신음했고, 그의 젖은 머리카락이 왈도의 목덜미에 감겼다. 흥분하게 되는 건 항상 그런 작은 부분 때문이었다. 왈도는 달아오르는 스스로를 느끼며 오스카의 관자놀이에 입술을 갖다 댔다.

"이런 거는 예정에 없었는데."

오스카가 가쁘게 숨을 헐떡였다. 그는 이미 왈도의 손이 몸 이곳저곳을 파고들도록 내버려둔 채 느끼고 있었다. 오스카는 기분이 좋은지 자기 입술을 한껏 물었다. 엉덩이 뒤에서 흥분하는 왈도의 존재감을 느꼈는지 그는 나른하게 물었다.

"할 거야?"

그 목소리가 참 달콤했다.

"아니?"

그러나 왈도의 대답은 뜻밖이었다. 그 소리를 듣더니 눈을 감고 한껏 감각에 집중하고 있던 오스카가 고개를 번쩍 들어 뒤를 봤다. 그의 휘둥그레진 눈이 묻고 있었다. '왜?' 라고.

"하긴 뭘 해?"

"지금……."

"나는 그냥 만지고 있는 건데."

"어?"

"그냥 애정 표현하는 거라고. 오늘은 너의 개니까."

그렇게 대답하고 왈도는 오스카를 다시 안고 귓바퀴를 물고 빨았다. 잠시 멍하니 안겨 있다가 오스카는 다시 번쩍 고개를 들었다. 그 결에 물이 가볍게 찰랑였다.

"무슨 꿍꿍이야?"

"꿍꿍이? 그런 게 어디 있어. 그냥 마음 가는 대로 하고 있는 거야."

"너, 조금 전까지만 해도 내 손을 이렇게 빨고 또…… 방금 날 만졌잖아. 분명히, 당장이라도 할 것처럼……."

"어떻게?"

왈도는 욕조 가장자리에 팔을 얹고 머리를 괴었다. 오스카는 설명하려다 말고 입을 벌린 채 왈도를 멍하니 마주 보다, 곧 얼굴을 더 붉혔다. 왈도의 의도를 눈치챈 것이다. 기어이 그걸 입으로 설명하게 만들려고 한다는 걸. 오스카의 그 얼굴을 보고 왈도는 정말 재미있다는 듯이 웃었다. 왈도는 웃으며 혀끝으로 의기양양하게 자기 입술을 핥았다.

"나는 오늘 네가 구체적으로 하라고 하지 않은 건 안 해. 그러기로 했잖아. 계속하고 싶으면 뭘 할 건지 하나하나 네 입으로 말해줘야 해."

"너 진짜……."

오스카가 질색했다. 그러면서도 그는 욕조 바깥으로 뛰쳐나가지도 못했다. 지금까지야 몸은 적극적이었을지 몰라도, 오스카는 섹스 중에 말을 많이 하는 편은 절대 아니었기 때문에 왈도는 짐작하고 있었다. 그는 그런 말들을 입에 담을 만큼 과감하진 못했다. 내성적인 편에 가깝지. 왈도는 두 다리로 욕조 안에 앉아 있는 오스카의 허리를 감싸 안았다. 오스카는 끌려오며 바쁘게 눈을 굴리더니 두 손으로 그만 얼굴을 가려버렸다. 왈도는 그 손목을 잡아 끌어내렸다. 그리고 할 수 있는 최대한 나긋한 목소리로 말했다.

"구체적으로 말해줘. 자 이제 어떻게 해줬으면 좋겠어?"

"……."

"말해봐. 어떻게 했으면 좋겠는지."

"어음……."

"자세하게 나한테 이야기해줘."

"나는 그냥, 네가 나를 만지고…… 해줬으면 좋겠어."

"구체적으로."

"그 손으로 나를…… 흥분하게…… 으으, fuck."

오스카는 품 안에서 몸을 비틀면서 얼굴을 감쌌다. 마치 말을 처음 배우는 사람처럼 무언가를 말하려다가도 오스카는 결국 욕을 내뱉으며 그만뒀다. 왈도는 그러면서도 더듬는 손길에 하나하나 반응하는 오스카를 흥미진진하게 보고 있었다. 그 얌전한 입이 얼마나 더 난잡한 말을 할 수 있을지 내심 기대하면서.

"내 손이 좋아?"

"으아악……."

오스카는 대답 대신 이상한 소리를 내지르며 들썩였다. 유난스러운 반응이 긍정하는 것 같기도 했다. 왈도는 오스카를 뒤에서 껴안은 채 두 손으로 오스카의 가슴 위를 둥글게 매만졌다. 오스카는 조금 전보다 더 허리를 꿈틀거렸다. 평소 같으면 슬슬 아래로 손을 뻗었을 텐데 왈도는 고집스럽게 그의 가슴만 주무르고 있었다. 손바닥으로 힘을 주어 누르고 그의 뼈가 느껴지는 가슴 가운데를 훑자 오스카는 참을 수 없다는 듯이 신음했다.

"뭔가 슬슬 달아올라서 참기 힘들어 보이는데."

"으으……."

"어떻게 해줄까 이제."

"손…… 손으로, 으응……."

"손으로?"

오스카는 뭐라고 중얼거리면서 왈도의 어깨에 뒷머리를 꾹 대고 눌렀다. 그의 헐떡거리는 어두운 입술 안쪽이 기다리는 것 같아서 왈도는 무심코 입술을 가져다 대려다가도 조금 더 인내심을 가지고 기다렸다. 수면 위로 솟은 오스카의 무릎이 꽉 붙으며 움츠러들었다. 얇은 살갗 아래의 근육이 팽팽하게 도드라졌다. 왈도는 오스카의 무릎 사이를 한 손으로 천천히 벌렸다.

"자 어떻게?"

왈도는 오스카의 관자놀이에 입술을 문지르며 말했다. 그때였다. 오스카는 더 이상 참을 수 없는지 상체를 벌떡 일으켰다. 그의 몸에서 물이 요란한 소리를 내며 쏟아져 내렸다.

"아 염병 진짜, 사람 감질나게 구네."

오스카는 욕조 바깥으로 나갈 생각인지 비틀거리며 일어났다. 중심이 잘 잡히지 않는 몸을 겨우 일으켜 그는 욕조 머리맡의 선반 위에 놓인 수건을 버둥거리며 집어 들었고, 욕조 밖으로 거의 기듯이 나갔다. 갑자기 오스카를 놓친 왈도의 손은 부질없이 오스카의 수건 자락 끄트머리를 붙잡았을 뿐이었다. 오스카는 수건으로 대강 몸을 둘렀다. 그는 수건 끝을 잡고 버티는 왈도의 손으로부터 냉정하게 그것을 낚아챘다.

“뭐야 갑자기?”

“뭘 이래라저래라 나더러 주절주절 말을 해달래.”

오스카는 수건을 빼앗아 자신의 몸을 닦으면서 왈도에게도 나머지 하나를 던졌다. 왈도는 욕조에 빠지려는 수건을 간신히 받아 들었다.

“나와.”

“어?”

“목욕 끝났어. 여기서 이러지 말고 침대로 가자고.”

“재미없었어?”

“아니, 그런 게 아니라…….”

달아오른 아랫도리 때문에 오스카는 끄응, 하고 자세를 들썩거리며 이마를 짚었다. 오스카가 뛰쳐나가자 왈도는 그야말로 놀이가 끝난 강아지 같은 얼굴을 했고, 오스카는 고작 그것 때문에 더욱 심장이 벌렁거렸다. 오스카는 잠시 호흡을 고르더니 또박또박 말을 이었다.

“가서 침대에서 개처럼 섹스하자고.”

“뭐……?”

“가서 침대에서 네 지금 적당하게 데친 소시지를 내 뒤에다 박든가 아니면 그 잘생긴 손가락을 넣든가, 아무튼 이제 집어넣고 짐승처럼 흔들자고. 주둥이로 할 게 얼마나 많은데 말하는 데 그만 쓰고.”

왈도의 입이 벌어졌다. 찌푸리고 오스카를 바라보던 그는 고상하게 입술을 움직여 한 마디를 했다.

"방금 그거 정말 천박하다."

왈도는 욕조 가장자리를 짚은 팔 위에 수건을 얹고 턱을 괴었다. 오스카는 되물었다.

"뭐, 싫어?"

"아니."

"빨리 안 나오고 뭐 해?"

왈도는 갑자기 웃음을 터트렸다. 날씬하고 길쭉길쭉한 손이 그의 눈가를 감쌌다. 축축한 머리카락을 넘기며 웃는 그의 치아가 매끄럽게 반들거렸다.

"나 지금 너무 흥분해서 거기까지 잘 걸어갈 수 있을지 모르겠다."

"이제 보니 이거 취향이 완전……. 침대까지 업어줘?"

"아니, 아니야."

왈도는 욕조에서 몸을 일으켰다. 그가 젖은 몸을 대충 닦는 동안 오스카는 앞서가기 시작했다. 왈도는 곧 그 뒤를 따랐다. 그는 수건으로 몸을 싸매고 걸어가는 오스카의 몸을 낚아채서 들어 올렸다. 소리를 지르며 덜렁 들리는 그를 안고 왈도는 침대로 몸을 던졌다. 오스카의 따뜻하고 보송하게 마르기 시작한 피부가 온몸에 달라붙는 느낌에 아랫배가 뭉클해졌다. 그는 숨을 몰아쉬며 오스카의 맨살 위에 키스를 퍼부었다.

왈도의 젖은 머리가, 옅은 주근깨가 드문드문한 오스카의 어깨 위에 물 자국을 남겼다. 익숙한 신음이 왈도의 정수리 위에 쏟아졌다. 익숙한 촉감, 익숙한 반응, 마음을 안심시키는 익숙한 소리에 푹 잠겨들며 왈도는 그의 품 안으로 파고들었다. 오스카의 뜨거운 허벅지 안쪽 살이 왈도의 허리를 감아왔다. 물기를 머금은 오스카의 시선이 왈도에게 와 부딪쳤다. 누구도 본 적 없고, 아마도 누구도 볼 일 없을 열띤 너의 순간. 레이스에서 돌아와 팔 안의 좁은 틈에서 맞는 이 순간의 너는 나만의 것이었다. 왈도는 희열을 느끼며 그의 입술 위를 짓누르듯 키스했다. 달아오른 성기를 그의 몸 안에 밀어 넣고 허리를 움직이는 동안 오스카는 그 힘에 흔들리고, 만지는 대로 반응했다. 오스카의 가빠지는 숨소리가 왈도의 모든 감각을 집어삼켰다. 그에게 확인시켜주고 싶었다. 내가 이 순간을 얼마나 기다리는지, 이 순간 얼마나 네게 유일한 사람이 되고 싶은지, 네가 확신할 수 있다면 나는 무엇이든 할 수 있다고. 왈도는 그의 피부를 입술로 물며 간절하게 바랐다. 어떻게 하면, 어떻게 하면 네가 이 감정을 알 수 있을까.

이 숭배에 가까운 감정을 나는 사랑이라고 확신해도 괜찮을까.

◇ ◇ ◇

레이스 당일 오전은 구름 한 점 없이 화창했다. 그러나 왈도는 어제 비라도 맞은 듯 피곤한 얼굴로 라운지 의자에 늘어져 있었다. 그에게 오스카는 커피와 타이레놀을 동시에 먹이려고 하고 있었다. 곁에 있다가 그걸 발견한 제노가 얼른 오스카를 저지했다.

“왜 이렇게 된 거야? 어제 술 마셨으면 타이레놀은 아직 안 먹는 게 좋은데.”

그 말에 약 포장을 까다가 제노를 올려다보는 오스카는 얼굴이 온천이라도 한 듯 분홍빛이었다. 어제 폴 포지션의 여파로 기분이 좋은 것인지, 오스카는 맑고 매끈거리는 얼굴로 약을 손바닥에 올려놓으며 왈도 대신 대답했다.

“술은 안 마셨어. 아침에 일어났더니 감기 몸살 기운이 좀 있는 거 같대.”

“약을 먹을 거면 커피는 따로 마시는 게 좋을걸.”

“그런가?”

그렇게 말하며 오스카는 왈도의 손바닥에 타이레놀을 올려놓았다. 레이스를 앞둔 건 오스카지만 육체적으로는 왈도가 더 힘든 주말을 보내고 있는 것 같았다. 제노는 그의 어깨를 두드리며 물었다.

“괜찮아?”

"레이스 못 할 정도는 아니야."

그러는 사이 생수병을 하나 가져온 오스카가 유리잔에 물을 따라서 왈도에게 내밀었다. 커피를 먹이려고 하는 건 무리한 처방 같아 보였지만, 그는 나름대로 정성을 다해서 왈도를 간호하고 있었다. 오스카는 왈도가 약을 삼키는 모습을 턱을 괴고 바라보고 있었다. 걱정하는 거라고 봐도 무방할까, 애틋하게 보는 그 시선이 좀 유별났다.

"팩토리에서 철야해도 멀쩡하던 사람이 어제 뭘 했길래 이렇게 수척해졌어?"

"별일 아냐. 좀 못 자서 그래."

"……."

오스카는 그 말에 덩달아 끄덕였다. 순간 여러 가지 상상이 머리를 스쳤지만, 제노는 스스로 억측이라고 일축하며 생각들을 떨쳐버렸다. 레이스 하는 건 오스카인데 그만 멀쩡하면 된 거 아닌가. 제노는 뭐라고 더 말하려다 말았다. 라운지 저쪽에서 조엘 소사가 이쪽을 노려보다가 고개를 절레절레 젓는 모습이 보였다. 오스카는 전혀 신경 쓰고 있지 않았다. 그래, 레이스만 잘하면 된 거지.

그날 오후 2시, 오스카는 그리드의 스물네 대의 레이스 카 중의 가장 앞에 있었다. 왈도는 어느 순간보다도 긴장했다. 로켓포라도 있었으면 뒤에 서 있는 차들을 다 쏴버리고 싶은 심정이었다. 겉보기엔 침착했지만, 그는 제정신이 아니었다.

다섯 개의 빨간색 라이트가 카운트다운 되며 하나씩 켜지고, 한꺼번에 꺼지는 순간, 왈도는 기도하는 심정으로 모니터를 주시했다.

차들이 일제히 달려 나가는 순간 드라이버들은 각자 혼자였다. 그 순간만큼은 그들의 본능에 모든 걸 맡긴 채 지켜보는 수밖에 없었다. 스타트와 함께 몇 개의 코너를 통과하는 그 순간이 레이스의 승부를 결정지었다. 차들이 굉음과 함께 앞으로 튀어나가고, 땅을 있는 힘껏 박차며 미끄러진 타이어 타는 냄새가 일순간에 피트월을 뒤덮었다. 왈도는 눈 한번 깜빡이지 않고 가장 앞의 오스카가 코너를 향해 달려드는 모습을 지켜봤다.

오스카는 첫 번째 코너에 닿자마자 안쪽을 향해 재빠르게 차체를 비틀었지만 그의 바깥쪽에 있던 드라이버가 빠른 속도를 주체하지 못하고 오스카의 차에 거의 가까이 붙었다가, 닿을 듯 스쳤다. 그리고 다시 그 뒤의 드라이버가 오스카의 차 뒤쪽을 맹렬하게 쫓았다.

"저리 가, 저리 가!"

오스카는 혼자 소리치며 뒤의 차에 닿을 듯 흔들리는 차체를 얼른 바로잡았다. 그럼에도 불구하고 속도를 늦추지 않았다. 바로 이어지는 두 번째 코너로 들어가려는 순간 뒤의 차가 오스카에게 나란히 따라붙으며 같이 코너로 파고들었다. 그를 피하려고 오스카가 멈칫하는 순간, 조엘 소사의 푸른 자가 오스카의 뒤에 바짝 붙었다. 너무 빠르고, 너무 가까웠다.

닿는다고 생각한 순간 푸른색 플레이트가 눈에 보이지 않을 정도로 빠르게 하늘로 튕겨져 올랐다. 오스카의 차 뒤쪽이 잠시 비틀, 흔들렸다 다시 중심을 잡았다. 그러는 사이에 두 대의 차가 순식간에 오스카를 앞질렀다. 오스카는 눈 깜짝할 새에 3위로 주저앉았지만 멈추지 않았다.

"뭐야?!"

"조엘이었어. 오스카, 데미지는 없어?"

"걘 괜찮아?"

오스카의 물음에 왈도는 빠르게 모니터를 확인했다. 조엘은 그 충돌로 앞쪽 윙 플레이트가 일부 손상되었지만 문제없이 달리고 있었다. 다만 그 때문에 주춤거리느라 순위는 몇 계단이나 더 떨어져 있었다.

"다행히 아직 달리고 있어. 오스카, 포지션을 놓쳤지만 지금 이걸로 레이스의 마지막이 결정되는 것은 아니니까 좀 더 집중하고 추가적인 데미지가 없는지 확실하게……."

"워, 진정해."

오스카의 목소리가 소음을 가르고 왈도에게 닿았다. 헤드셋 바깥으로 모든 소리를 묻어버리는 레이스 카의 엔진 소리가 공기를 가득 메우고 있었지만, 오스카의 목소리는 라디오를 타고 또렷하게 왈도의 귀에만 속삭였다. 왈도는 쏟아내던 말을 멈추고 모니터를 올려다봤다.

"안 쫄아. 괜찮으니까 진정하고 나한테 맡겨."

짐승처럼 서로를 추격하며 달리는 첫 랩의 혼돈 속에서 오스카는 바람같이 가벼운 목소리로 말했다. 바로 곁에서 서로를 마주하고 있을 때처럼 평화롭게. 왈도는 잠시 할 말을 모두 잊어버린 채 모니터를 바라봤다.

오스카의 푸른 차가 민첩한 움직임으로 코너를 통과하고 직선주로를 향해 가고 있었다. 그의 차가 어두운색의 트랙 위를 눈부시게 가로지르고 있었다. 데워진 지표를 부유하던 공기를 뒤로 모조리 밀어 올리며 달리는 차체 위로 햇빛이 잘게 부서졌다. 바람 한 점 없는 낮의 공기가 그 차 위를 흐르고 있을 것이다. 오스카가 늘 설명하고 싶어 했던 공기가.

보이지도 않는 속도로 쏟아지는 숫자에 정신이 팔려 여태 잊고 있었지만, 오스카가 달리는 모습은 아름다웠다. 설명할 수 있는 모든 것들로 만들어진 순간이었지만 결국 레이스 트랙에서 벌어지는 일은 운명에 가까웠다. 통제할 수 없는 순간이 우리의 앞으로 다가오고 있었다. 그 운명을 향해 오스카는 온몸을 내던졌다. 예측할 수 있다고 생각했던 모든 것이 바람처럼 흩어져갔다. 그러나 왈도는 오스카의 그 목소리를 믿고 싶었다. 불가해한 믿음이 그의 가슴을 뛰게 했다. 두려움에 가까운, 전율이었다. 사람은 확신을 주는 것만으로 당연한 한계도 뛰어넘을 수 있을까.

모니터에 빠르게 드라이버들의 이름이 표시되기 시작했

다. 레이스는 이제 시작이었다. 예측할 수 없는 59랩이 우리에게 남아 있었다. 바람은 잠을 잤고, 왈도는 직감에 모든 것을 내맡겼다.

독일 그랑프리에서 오스카는 결국 2위로 레이스를 마쳤다. 시간이 지나면 이 레이스도 시작과 끝만이 기록으로 남겠지만, 오스카의 그날의 질주는 모든 랩 하나하나까지 왈도에게 가장 생생한 기억으로 남았다. 환호하는 사람들 속으로 돌아와 오스카는 숨김없이 웃으며 헬멧을 벗었다. 여전히 조금은 내성적인 표정이었지만, 눈이 가득 휘어지며 크게 웃는 그의 얼굴은 많은 이들을 열광하게 만들기에 충분했다. 카메라 셔터 소리가 박수갈채처럼 쏟아졌다. 뜨거운 7월의 태양 아래서 오스카는 샴페인을 흠뻑 뒤집어쓴 채 포디엄 아래 몰려든 관중들에게 손을 흔들었다. 여름이 깊어져가고 있었다.

오스카가 인터뷰를 하러 들어가 있는 사이 왈도는 개러지 뒤쪽에서 아직 자리를 뜨지 못하는 조엘의 모습을 발견했다. 레이스가 종료된 지는 한참이었다. 조엘은 매니저에게 무슨 이야기를 듣고 있다가 그가 전화 통화를 하느라 멀어지자 곧 혼자가 되었다. 오스카와 비슷한 체구의 청년은 레이스 팀이 짐을 싸기 위해 쌓아둔 커다란 컨테이너들 사이에 혼자 앉아 있었다. 앳된 얼굴에 실망이 가득 묻어났다. 10위로 마무리하고 적게나마 득점을 했음에도 불구하고 그게 그가 원하는 결과는 아니었던 모양이었다.

"조엘."

왈도는 그를 부르며 가까이 다가갔다.

"잘했어 오늘."

위로가 아니고 축하였다. 대부분은 자신의 첫 그랑프리를 완주조차 못 하니까. 그러나 그는 멀리 바닥을 내려다볼 뿐이었다. 주말 동안 오만할 정도로 자신감 넘치던 기세를 잃어버린 그가 왈도는 안쓰럽기도 했다. 뭐라고 말을 더 할까 생각하고 있는데, 조엘이 먼저 입을 열었다.

"그런 식으로 위로하지 말아요. 이 정도면 처음치고는 잘했다고. 그런 소리를 들으려고 여기 와 있는 게 아니니까."

오스카도 저런 말을 했던가. 왈도는 생각하며 컨테이너에 몸을 기댔다. 조엘은 가라앉은 목소리로 덧붙였다.

"오늘 그에게 부딪치지만 않았어도 이것보다 더 나을 수 있었어요."

"그게 레이스지. 네가 아무리 완벽해도 다른 사람들이 네 뜻대로 달려주지는 않아."

"내 탓이라는 거예요?"

"누구의 탓도 아냐."

조엘의 큰 눈이 그제야 왈도를 올려다봤다.

"실망할 필요 없다는 이야기를 하려는 거야. 오늘 정도만 해도 충분히 잘해냈으니까."

"충분히 만으로 안 되는 걸 알잖아요."

조엘이 말했다. 왈도는 할 말을 잃은 채 가만히 서서 그를 바라보고 있었다. 경쟁심이라고 생각했던 눈이 갈 곳 없는 간절함으로 왈도를 마주 보고 있었다.

"모든 순간 내가 할 수 있는 한계를 뛰어넘지 않으면, 우리 같은 사람들에게 다음 기회는 주어지지 않아요."

그러고 나서 조엘은 고개를 숙였다. 매니저의 통화는 길어지고 있었다. 한 시간이나 걸리는 포스트 레이스 인터뷰를 하러 간 오스카는 패독 빌딩 안에 있을 것이다. 레이스는 한 사람만의 이야기가 아니었다. 언제나처럼, 냉정하지만 결과에는 공존할 수 없는 각자의 삶이 교차했다. 조엘의 시간은 여기에서 흘러가고 있었다. 길어진 오후의 햇살이 따가웠다. 왈도는 더 이상 그에게 아무 말도 하지 않았다.

"어릴 때는 헬싱키에서 살았어요. 아무래도 거기는 겨울이 너무 길죠. 예전엔 오프 시즌에 거기서 겨울을 보냈는데, 사실 지긋지긋하게 춥거든요. 떠도는 것이 피곤할 때 있으면 모를까, 돌아다닐 수만 있으면 따뜻한 곳으로 돌아다니고 싶어요. 본격적으로 레이스를 시작하고 나서는 전 세계의 여름을 쫓아서 여행하는 것 같아서 그것만큼은 좋네요."

한 달간의 오프 시즌이 다가와 있었다. 오스카는 방송사 인터뷰에서 그런 말을 했다. 그것을 왈도가 확인한 것은 한참 나중의 일이었지만, 그는 수요일 낮에 오스카가 방송사 크루들과 빈 레이스 트랙을 걸으며 인터뷰하는 모습을 봤었다. 부다페스트의 화창한 햇살 아래서 오스카는 반팔 팀 셔츠에 반바지 차림으로 그늘 한 점 없는 트랙을 천천히 걸었다. 레이스 카로는 순식간에 스쳐 지나갈 길을 느릿하게 걸어가는 그의 모습이 지평선의 열기 속으로 차차 작아지는 게 패독 창 너머로 보였다. 한참 뒤에 게리지로 돌아온 오스카는 목덜미와 종아리 위쪽이 달아올라 발그레했다. 팔꿈치 위의 주근깨가 좀 더 짙어지겠지만 그는 신경 쓰지 않았다. 방금 겨울잠에서 깨어난 사람처럼 그는 햇빛 아래 서는 걸 좋아했다.

제노는 다시 복귀했다. 반바지를 입고 보스가 운전하는 차의 지붕을 열고 매달려 마치 교황처럼 영광스럽게 트랙에 등장한 그를 미캐닉들은 요란하게 축하해줬고, 그 역시도 당장 승리라도 할 듯 자신감에 차 있었다. 제노를 반기는 리우의 표정은 완벽하게 밝지는 않았지만, 언제나 가까이에 와 있는 걱정은 서로의 앞에 함부로 꺼내놓지 않는 것이 우리가 할 수 있는 최선이었다. 원래도 감정을 잘 드러내지 않는 리우는 아무 일도 없었다는 듯이 일상으로 돌아가 있었다. 모든 게 제자리에 있었다. 다시 시작이었다.

그때 오스카는 개러지 밖에 서 있었다. 붉거나 푸른, 또는 화살이라는 이름을 가진 은빛의 레이스 카 커버들이 저마다 강렬하게 빛나고 있는 피트레인에 서서, 오스카는 작열하는 빛에 눈을 가늘게 뜬 채 왈도를 봤다. 오스카가 미소 지었다. 누구에게도 자신을 잘 드러내지 않는 사람인 것은 여전했지만, 오스카는 더 이상 2월 헤레즈에서 봤던 연약하고 어린 얼굴을 하고 있는 사람은 아니었다. 누구도 보지 않고 홀로 어딘가를 부유하던 시선은 이제 왈도를 바라보고 있었다. 단단해진 눈빛으로 그는 자신이 달릴 트랙 너머를 바라봤다.

긴장과 두려움, 레이스 하기 직전의 바닥이 없는 위태로움이 이제는 너에게서 조금 지워진 걸까.

상반기 시즌의 마지막 레이스, 일요일이었다. 레이스 시작 오 분 전, 피트레인을 가득 채웠던 수백 명의 크루들이 레이스 카를 드디어 땅에 내려놓고 자리를 떠나는 시간이었다. 깨끗하게 손질된 레이스 카들이 그리드에 도열한 채 빛나고 있었다. 왈도는 가장 마지막으로 오스카의 차 위에 엎드려 콕핏 바깥으로 내민 그의 장갑 낀 손등 위에 입술을 대서 인사했다. 다녀와. 시동을 건 레이스 카의 진동이 땅을 울리고 있어서 왈도의 목소리는 가볍게 묻혀버렸지만, 오스카는 입 모양만으로도 알 수 있었다. 레이스 카가 천천히 앞에서부터 포메이션 랩(한 랩의 대형 주행)을 시작했다. 크루들은 트랙의 콘크리트 벽 바깥의 각자의 위치로 가 레이스를 준비했다. 왈도는 피트월에 앉아 헤드셋을 썼다. 벽 너머의 세계에서 숨이 트이듯 오스카의 소리가 들려왔다. 수만 인파의 환호와 창공을 흔드는 엔진 소리 속에서 왈도는 오스카에게 말했다.

"준비됐지?"

◇ ◇ ◇

헝가리 레이스에서 오스카는 포디엄에 올랐다. 복귀하자마자 2위를 한 제노와 함께 오스카는 3위를 기록했다. 인디고의 크루들은 그 어느 때보다도 열렬하게 환호했다. 구름 한 점 없이 짙은 하늘에 샴페인이 흩뿌려졌다. 달궈진 피트레인 위로 잔 물방울이 잔뜩 떨어졌다. 왈도는 레이스를 끝낸 인디고의 차 바로 곁에 서서 제노와 오스카가 팀 크루들을 향해 뿌리는 샴페인을 함께 맞았다. 레이스 타이어의 일그러지고 벗겨지다 다시 뭉친 표면 위에도 물방울이 수없이 떨어지며 반짝였다. 완벽한 일요일이었다.

그날 오후 공항에서 오스카는 왈도의 노트북을 펼쳐 기사를 보고 있었다. 인터넷에 바로 업데이트된 레이스 기사에는 팀 인디고의 엄청난 회복에 대한 이야기가 절반 이상이었다. 그중 반은 부상으로부터 복귀해서 레이스를 완주한 제노의 이야기였고, 나머지는 데뷔 첫해에 엄청난 결과를 연달아 보여주고 있는 오스카에 대한 이야기였다.

왈도는 시계를 확인했다. 시간은 꽤 저녁이었는데도 해가 길어진 유럽의 여름 덕에 밖은 아직 밝았다. 이미그레이션을 통과하지 않아도 되지만, 보안 검색대를 지나 비행기를 타려면 시간이 좀 필요할 것이다. 오스카의 보딩 시간이 가까워져 있었다. 왈도는 오스카에게 말했다.

"너 이제 슬슬 비행기 타러 가야 해."

"벌써?"

오스카는 공항 실내의 벤치에 엎드리다시피 하고 있던 몸을 일으켰다. 왈도의 노트북을 그대로 닫아서 그에게 건네주고 오스카는 자리에서 일어났다.

둘은 터미널 복도를 한참 동안 같이 걸었다. 이제 저 문을 통과하면 오스카는 혼자 비행기를 타고 곧장 헬싱키로 돌아갈 것이다. 그를 배웅하려고 서 있는데 오스카가 얼른 가지 않고 왈도 앞에 섰다.

"가기 싫다. 언제 런던으로 가?"

"나는 바르셀로나에 갔다가 며칠 뒤에 갈 거야. 거기서 보면 되지."

"응, 그래."

오스카는 바닥을 보며 대답하고는 왈도를 한 번 안았다. 어깨를 두 손으로 포근하게 안았다가 떨어지는 그의 몸이 따뜻했다. 작은 캐리어 가방 하나뿐인 짐을 들고 오스카는 돌아서 게이트 안으로 사라졌다. 왈도는 한참 동안 서서 오스카가 가는 모습을 보고 있었다.

지평선 위로 떨어지기 시작하는 해가 노랗고 따스한 빛을 길게 드리웠다. 왈도는 오스카를 배웅한 길을 그대로 다시 돌아와 방금 함께 앉아 있던 곳까지 왔다. 넓은 유리창 밖에서 기체들이 느리게 움직이거나 게이트에 대기하고 있었고, 그 흰색 페인트와 조그마한 창문 위로 저녁 햇빛이 내려앉아 있었다. 노을이 질 것 같았다. 어쩐지 곧바로 떠나기 아쉬워서 왈도는 잠시 벤치에 앉았다.

왈도는 노트북을 펼쳤다. 조금 전까지 오스카가 보던 기시가 화면에 그대로 있었다. 왈도는 짧은 문단으로 된 그 기사를 읽었다. 기사는 신인인 오스카 한니넨이 전통 있는 강팀도 아닌 신예 팀에서 아무도 예상하지 못한 퍼포먼스를 기록하는 것에 대해 서술하며, 시즌 내로 그의 우승 가능성까지도 확신하고 있었다. 섣부른 기대일 수도 있었다. 포디엄과 우승은 딱 한 순위 차이인지는 몰라도, 정말 하늘에 있는 별을 따는 것처럼 어려운 일이었다. 그것이야말로 운명이 허락해야 했다. 왈도는 그런 생각을 하며 기사를 마저 읽었다. 기사는 그 놀라운 신인의 등장에 주목한 좀 더 큰 팀이 그를 스카웃하기 위해 눈독을 들일 거라는 구체적인 가능성에 대해 이야기하며 마무리하고 있었다.

얼마든지 가능성 있는 이야기였다. 왈도도 생각해보지 않은 것은 아니었다. 실은 생각을 하지 않으려 했던 것에 가깝지만. 데뷔 첫해에 오스카처럼 해내는 사람은 실제로도 드물었다. 아무리 쟁쟁한 하위 카테고리 기록을 가지고 데뷔하더라도 처음 몇 해는 실력 발휘를 못 하다가 운이 나쁘면 그대로 은퇴하는 경우도 이 세계에선 많았다. 오스카는 운이 좋은 편이었다. 모두가 그렇게 말을 하지만 왈도는 그가 제대로 자신의 가치를 보여준 것뿐이라고 생각했다. 그는 충분히 재능이 있는 사람이니까. 만약 인디고가 아니라 지금 연승을 기록하고 있는 팀의 차를 오스카가 탄다면 오스카는 지금까지의 기록들보다 더한 기적을 일으켰을지도 몰랐다. 그래서 지금의 오스카에게 그다음 해라도 그런 자리에 갈 자격이 있냐고 묻는다면, 왈도는 그렇다고 확신할 수 있었다.

왈도는 노트북의 전원을 끄고 멀리 창밖을 내다보았다. 숲 너머의 활주로에서 비행기 한 대가 솟아오르고 있었다. 주말의 전율이 아직도 손바닥 안에 남아 있는 것 같았다. 그 함성과 열광 속에 서 있는 오스카의 모습이 아직도 또렷했다. 텅 빈 공항 안에 밀려드는 고요한 노을 속에서 왈도는 조금 전까지 자신의 심장을 뛰게 만들었던 레이스의 잔상을 떠올리고 있었다. 그러나 레이스는 어떻게든 끝나게 마련이었다. 우리는 여름을 쫓아 달리지만 계절은 반드시 끝날 것이다. 나를 확신에 가득 찬 눈으로 보는 너의 재능은 어쩌면 빠른 시일 내에 우리가 지금 할 수 있는 것을 뛰어넘게 될지도 모른다. 모두가 말하는 것처럼 오스카는 언젠가는 정말 우승을 할지도 몰랐다.

시간이 지날수록 두려움을 느끼게 됐지만 그게 오스카가 레이스를 망치거나 다칠 수도 있다는 생각 때문만은 아니었다. 왈도는 오스카가 가장 눈부시게 달리는 순간, 문득 그가 그렇게 자신을 떠나는 날이 올지도 모른다는 생각을 했다. 너는 언젠가는 좀 더 좋은 팀에서 포디엄이 아닌 챔피언을 쫓아 달리게 되겠지. 그게 내가 너를 떠나보내는 일이 되더라도. 그래야만 하겠지. 정말로 우리에게도 그런 날이 올까.

왈도는 한참 동안 그 자리를 떠나지 못했다. 친친히 해가 기울었다. 땅에 맞닿은 하늘의 가장자리가 옅은 보랏빛이 되고, 구름에 짙은 금빛이 황홀하게 물들었다. 다시 한 대의 비행기가 먼 하늘로 솟아올랐다.

왈도는 하늘이 어두워지기 시작할 때쯤 자리에서 일어났다. 공항은 오가는 사람도 없이 한산했다. 긴 복도를 따라서 천천히 걷기 시작했는데, 갑자기 뒤에서 누가 바쁘게 달려오는 소리가 들렸다.

"왈도!"

들릴 리 없는 목소리였다. 그 목소리에 왈도는 가던 걸음을 멈춰 뒤를 돌아봤다. 오스카가 다시 달려오고 있었다. 작은 캐리어를 끌고 그가 돌아오고 있었다.

"오스카?"

의아해 하는 왈도의 앞에 그가 섰다. 뛰어왔는지 숨이 조금 가빴다. 그의 상기된 얼굴 위에 한껏 지평선 가까이 낮아진 태양의 붉은빛이 비쳤다. 그의 두 눈이 어느 때보다 선명한 녹색이었다.

"왜 돌아왔어?"

"비행기 안 탔어."

오스카는 한 손에 여권과 비행기 티켓을 그대로 쥐고 있었다. 더 다가오지 않고 선 채로, 오스카는 가쁜 숨을 고르며 겨우 말했다.

"바르셀로나에 같이 가도 돼?"

복도 바닥에 하늘이 비치고 있었다. 저무는 부다페스트의 하늘 속에 우리가 서 있었다.

"헬싱키에는 안 가도 돼. 너랑 같이 있고 싶어."

오스카의 상기된 목소리에는 너무 많은 감정이 묻어 있었다. 사랑한다는 말을 그는 그렇게 했다. 그의 앞에 서면 모든 계획도, 후회도 그냥 이렇게 허물어져버렸다. 오스카에게는 우리의 현재만 있었다. 이 창밖의 아름다운 광경을 두고 그저 일어날 리 없는 일을 걱정하며 떠나려던 나를 돌려세워, 그는 눈부신 빛 속에 서 있었다. 왈도는 한 손에 들고 있던 가방을 바닥에 내려놓았다. 그리고 가서 오스카의 몸을 두 팔로 껴안았다. 어깨를 마주 안아오는 오스카의 손바닥에는 아직 햇살의 열기가 남아 있었다. 왈도는 눈물이 날 것 같은 감정을 추스르며 그의 허리를 안은 손에 힘을 주었다.

"그래, 여름 내내 함께 있자."

창밖으로 또 한 대의 비행기가 날아올랐다. 어쩌면 그건 오스카가 갔어야 할 목적지를 향해 흐르는 또 하나의 시간일 것이다. 빛이 지평선에 모두 닿아 사라지도록, 둘은 그 자리에 그렇게 서 있었다.

PART 2

왈도의 할아버지는 농장을 했다. 검은 머리를 뒤로 빗어 묶고 붉은 의상을 입는 투우사였던 그의 모습을, 왈도는 본 적이 없었다. 왈도에게 할아버지는 아침이면 리넨 셔츠에 두꺼운 면바지를 걷어붙인 차림으로 천장이 높은 헛간에 앉아 작두로 건초를 써는 노인이었다. 그의 머리카락은 검었던 적이 있었을까 싶을 정도로 희었다. 거실 액자 속에는 그의 젊었던 시절의 사진이 있었지만, 그 총명하고 두려움 없는 눈을 한 젊은이는 할아버지와 같은 사람처럼 보이지는 않았다.

아주 어릴 때 왈도는 바르셀로나에서 학교를 다니다가 여름방학이면 할아버지 집에 가서 지냈다. 할아버지에게는 거대한 덩치의 나이 든 수소가 한 마리 있었다. 늙은 소는 목에 주름이 가득했고, 등 쪽의 털은 색이 바래서 희끗희끗했다. 소는 집 근처의 빈 초원에서 생풀을 뜯다가 밤에는 헛간 안에 있는 자신의 아늑한 외양간에서 잠을 잤다. 느긋한 생이었다.

아홉 살 때 여름이었다. 왈도는 그 해를 유난히 생생하게 기억했다. 부모님과 함께 할아버지의 농가에 도착해 하룻밤을 자고 아침 일찍 일어난 왈도는 헛간에 할아버지를 따라가 건초를 썰었다. 왈도는 날카로운 칼날에 종이처럼 사각 사각 썰리는 건초를 써는 재미에 푹 빠져 있었다. 그걸 발견한 아버지가 와서 말리기 전까지.

"아홉 살짜리 애한테 이런 위험한 걸 시키면 어떡해요."

"재도 이제 자기 손가락이 어디쯤 붙어 있는지 알 정도의 지능은 돼."

"다치면 어쩌려고 그래요. 그리고 아버지도 이런 수고로운 일은 그만하시고, 소한테도 사료를 먹여요. 간편하잖아요."

"저건 틈만 나면 지 애비 하는 일이 못마땅해서 잔소리야."

아버지와 할아버지가 티격대는 사이 왈도는 건초 더미를 수북하게 두 손으로 들어 소의 여물통에 내려놓았다. 그러는 동안 아버지가 "왈도, 소에게 차일라, 물러서" 같은 말을 했던 것도 같다. 왈도는 그러거나 말거나 소의 거대하고 단단한 이마를 손으로 만졌다. 늙은 소는 어린애의 손길을 피하지 않을 만큼 순했다.

"아주 애를 머리에 지고 다녀라. 난 너를 그렇게 안 키웠어. 어쩌다 재는 저렇게 호들갑스럽고 겁 많은 녀석이 됐지."

할아버지는 괴팍하게 불평했다. 왈도의 아버지는 그 소리에 손사래를 치고 집 쪽으로 돌아가며 곧 아침을 먹을 테니어서 들어오라는 말만 남겼다. 할아버지는 왈도를 불러 바닥에 수북이 쌓여 있는 건초를 손바닥으로 쓸어 모아 한 아름 안겨줬다. 팔 안쪽으로 건초가 파스스, 하는 마른 소음을 내며 바스라져 떨어졌다. 손가락이 건초 사이로 파고드는 촉감이 포근했다.

아침을 간단하게 먹고 나서 왈도는 할아버지를 따라 들판에 소를 풀어주러 나갔다. 산을 등지고 있는 인적 드문 농가 앞은 울타리도 없는 평원이었다. 소의 목에 엉성하게 줄을 걸어 데리고 나가면 소는 줄을 잡아끌지도 않고 곁에서 천천히 걸었다. 그러다 초원에 도착해 줄을 놓아주면 소는 멀리 가지도 않고 선 자리에서 무심하게 풀을 뜯기 시작했다. 바랜 등에 햇빛을 잔뜩 지고 머리를 숙인 채 풀을 뜯는 소의 곁으로 어린 개들이 뛰어다녔다. 할아버지는 조그마한 손자의 어깨를 안고 말했다.

"사람들은 소가 얼마나 오래 사는지 몰라. 그렇게 보이지 않겠지만 저 애는 벌써 나이가 스무 살이 넘었어."

왈도는 할아버지의 두툼하고 마른 손바닥 안에 안겨 자기보다 훨씬 오래 산 소에 대한 이야기를 들었다.

"저 애도 아주 젊고 용맹하던 시절이 있었어. 저 애는 투우사의 칼에 찔리고도 죽지 않았단다. 창을 이만큼 등에 매달고도 네 발로 버티고 서 있었어. 자신의 생을 위해서 최선을 다해서 싸웠지."

“그게 언제 이야기예요?”

“네가 태어나기도 전의 일이야. 정말 아주 오래 전에.”

할아버지는 왈도에게, 젊고 자신감에 차 있었던 투우사가 어느 날 쓰러지지 않는 소와의 긴 싸움 끝에 큰 상처를 입고, 그날로 자신의 생의 전부였던 투우를 그만두기로 결심했던 이야기를 해줬다. 병원에 실려 갔던 투우사는 낫지도 않은 몸으로 일어나 도살장으로 가던 그 소를 쫓아가 샀다고 한다. 그날로 그는 가지고 있던 재산을 털어 농가 집을 마련해 소와 함께 왔고, 다시는 투우장에 돌아가지 않았다. 그건 할아버지 자신의 이야기였을 것이다. 그날로 오랜 세월이 흘렀다. 아버지를 잃을까 봐 무서워 투우장에는 나타나지 않던 아들이 결혼을 하고 손자를 낳아 데려올 때까지 투우 소는 오래 살았다. 그 세월 동안 할아버지는 매일 소에게 여물을 썰어 먹이고, 여름이면 초원의 비와 바람을 맞게 했다. 평화로운 삶이었다. 서로의 생을 다투던 그날 이후로 계속된.

“내가 그날 멈추지 않았다면 나는 아마 좀 더 많은 것을 잃고 살았을 거야. 그동안 내 앞에 단 하루 섰던 젊고 무자비한 황소들이 이토록 긴 생을 평화롭게 살 수 있는지, 나는 평생 모른 채로 고독하게 살았을 거다.”

“…….”

“내게 너무나 중요한 삶이었지만, 한순간에 아무것도 아닌 것처럼 손에서 놔버렸단다. 그렇지만 그걸 한 번도 후회하지는 않았어."

할아버지는 왈도를 껴안고 그런 말을 했다.

"아가, 너한테도 그런 순간이 올까."

할아버지는 그렇게 말하며 왈도의 이마를 쓰다듬었다. 자신의 발등 위에 올라서는 어린애의 작은 머리를 만지며, 할아버지는 그날따라 혼잣말처럼 그런 이야기를 했다. 바람은 뜨겁고 발밑의 무성한 풀은 서늘하게 바스락거리던 날이었다.

소는 그 이듬해 나이가 들어 죽었다. 키가 허리밖에 안 오던 손자는 시간이 흐르며 어느새 할아버지보다 더 크게 자랐다. 할아버지는 자신의 젊은 날을 떠올리게 하는 짙은 머리카락과 총명한 눈의 청년으로 자라난 왈도에게 더는 그날의 이야기를 하지 않았다. 머리가 하얗게 센 할아버지는 붉은 물레타(투우사의 붉은 천)와 검, 과거의 사진들로 장식된 벽 앞에서 남은 날들을 보냈다. 그는 더 이상 이른 아침에 건초를 썰지도 않았고, 초원의 별 아래에 나가지도 않았다. 그의 시간은 아주 천천히 흘렀다. 왈도는 종종 그가 고독하다고 느꼈다.

◇ ◇ ◇

"너는 할아버지를 정말 닮았네."

거실 한가운데 서서 오스카가 벽에 걸린 사진을 들여다보고 있었다. 오래 닫아둔 창을 열자 화창한 한낮의 햇살이 거실 가득 밀려들어왔다. 부유하는 먼지가 햇빛에 반짝였다. 먼지가 쌓이고 바랜 물레타와 검 앞에 선 오스카는 벽에 걸린 작은 액자 속의 사람을 한참 들여다보고 있었다. 그 자리에 걸려 있은 지도 벌써 40년은 됐음 직한 할아버지의 사진이었다.

"지금은 어디 계셔?"

"올여름에 건강이 안 좋아져서 요양 시설에서 지내신대."

"그럼 이 가여운 애들은 이제 누가 봐준담."

창가로 다가온 오스카가 밖을 내다봤다. 집 앞에서 개 두 마리가 두 사람이 타고 온 차 근처를 뛰어다니고 있었다. 왈도가 이야기했던 검은 털북숭이들이었다. 한 마리는 긴 검은 털에 얼굴이 희끗하고, 한 마리는 얼룩이 있었다.

"한동안은 부모님이 계속 데리고 있어야지 뭐."

"우리가 데려갈까?"

"우리도 집에 들어오질 않는데 어떡해."

왈도의 부모님 집에서 데려온 개들은 오랜만에 온 자기의 고향 집이 좋은 건지 주위를 바쁘게 뛰어다니고 있었다. 왈도가 창틀에 기대자 오스카 역시 그의 어깨에 턱을 기댔다. 주변은 새 소리 하나 없이 고요했다. 멀리 펼쳐진 들판이 푸르게 반짝이고 있었다.

"일단은 부모님 없이 이 별장에 우리 둘만 있는 거네."

"그렇지."

"나쁜 짓 하기 딱 좋은 여름방학이다."

"음."

왈도는 고개를 끄덕였다. 오스카는 왈도의 허리를 두 팔로 꼭 껴안았다.

◇ ◇ ◇

둘은 열흘 정도를 그 집에서 보냈다. 오스카는 아침에 일찍 일어나는 편이었고, 해가 뜨기 전의 흐린 안개 속을 두 시간 가까이 달리다가 돌아오고는 했다. 왈도는 개들이 언덕 너머까지 배웅을 나갔다가 오스카를 만나서 짖는 소리를 듣고 자리에서 일어났다. 수십 킬로나 떨어진 곳의 마트에서 사 온 것들로 이른 점심을 만들어 먹고 나면 오스카는 낮잠을 잤다. 그러다 해가 지면 침대에서 껴안고 시간을 보내기도 했고, 오스카가 먼저 잠이 들면 왈도는 늦게까지 무언가를 읽었다. 아무도 찾아오지 않는 집에서 오스카는 종종 나체로 활짝 열린 창문 앞에 서서 초원을 바라보고는 했다. 그대로 나가서 개들과 숲속까지 달려가려고 했었지만 그것만은 왈도가 막았다. 오스카의 피부가 햇살에 천천히 익어갔다. 매일이 이런 시간이었다.

열린 창문으로 미약한 바람이 들어와 커튼을 조금씩 흔들었다. 런던으로 돌아가기 전의 마지막 날 아침이었다. 밤새 느리게 섹스 하고, 새벽에 잠깐 잠이 들었다 깨니 5시쯤이었다. 바깥은 희미하게 동이 트고 있었다. 그 빛처럼 서늘한 바람이 불었다. 미처 가방에 집어넣지 않은 짐이 어지럽게 흩어진 방 한가운데에서 둘은 알몸으로 끌어안고 매트리스 위에 누워 있었다.

“어제 저녁에 책장에서 사진첩을 하나 꺼내서 봤어. 너 어릴 때 사진이 있더라.”

오스카가 왈도의 곁에 누운 채 속삭였다. 엎드린 왈도의 어깨 위에 머리를 기댄 오스카가 추운지 이불을 조금 더 끌어 올렸다.

“안경 쓰고 있던데?”

“나 어릴 때는 원래 시력이 안 좋았어. 그러다 얼마 전에 시력 교정 수술을 한 거야.”

“안경 쓴 거 보고 싶네.”

“상상하지 마. 별로야.”

오스카의 손이 왈도의 귓바퀴를 쓰다듬었다. 더 이상 잠은 오지 않았지만 왈도는 가만히 눈을 감은 채 그 손길에 몸을 맡겼다. 그러다 푹 꺼진 목소리로 물었다.

“너 어릴 때 사진 가지고 있는 건 없어?”

“집에 가면 있지.”

“궁금하다.”

“나는 내 옛날 사진 별로 안 좋아해. 머리색이 너무 밝아서 눈썹은 아예 없어 보이고 머리도 대머리처럼 보인다고."

그 말에 왈도가 고개를 들고 돌아누웠다. 오스카의 얼굴을 양손으로 잡고 귓가의 머리를 만지며 그는 대답했다.

"지금도 그렇게까지 두피가 비쳐 보이진 않는데."

"이런 머리는 어릴 때는 엄청 색이 밝아. 그러다 나이가 들면서 점점 어두워져서 불투명한 잿빛이 돼."

"잘 상상이 안 되는걸."

"잘 봐. 매년 눈에 띄게 달라 보일 거야."

오스카는 왈도의 가슴 위에 머리를 내려놓고 누웠다. 왈도는 그의 등을 끌어안았다. 오스카의 등이 바람을 많이 쐬었는지 차갑게 식어 있었다.

"추워? 창문 닫을까?"

"괜찮아. 이 정도는."

그 말에 왈도가 조금 웃었다.

"맞아. 넌 헬싱키에서 왔지."

"그래. 정말 길고 눈이 많이 오는 겨울의 나라에서 왔지. 가볼 생각 있어? 별로 추천하지는 않지만."

"스페인에는 눈이 별로 안 와서 가보고 싶기는 한데."

"그럼 나랑 같이 이번 겨울에 핀란드의 제일 꼭대기까지 가서 한 3개월간 눈 속에 파묻혀 있을래? 오도 가도 못하고 꼼짝없이 거기서 겨울을 나는 거지."

"캐리어에 콘돔만 채워 가면 되겠네."

오스카가 웃음을 터트렸다. 그 소리를 들었는지 개들이 코로 문을 밀고 들어왔다. 침대 위로 뛰어오른 개들이 꼬리를 흔들며 이불 아래의 오스카와 왈도의 몸을 마구 밟았다.

"난도, 와플, 저리 내려가."

"내버려둬."

왈도가 개들에게 손을 휘젓자 오스카가 몸을 일으키며 말렸다. 그는 고개를 들었다. 조금 길어진 머리카락을 한 손으로 쓸어 올리며 창밖을 내다봤다.

"해가 뜨려나 보다."

날이 밝아오고 있었다. 창문 안으로 희미하게 밀려들던 빛에 선명한 경계가 생기기 시작했다. 부연 푸름 속으로 고개를 들고 밖을 바라보는 오스카를, 왈도는 아래에 누운 채로 지켜봤다. 오스카가 일출을 바라보는 동안 빛이 그의 움푹한 쇄골 위에 선명한 그림자를 만들고 입술과 코끝의 얇은 피부를 통과했다. 이 모습을 매일 다시 보기 위해 이 시간에 일어날 수도 있을 것 같았다. 왈도는 그 머리카락이 어두운 잿빛으로 변해가는 모습을 상상했다. 분명히 그것도 근사할 것이다.

"오 루즈로 가자."

오스카는 창밖을 바라보며 말했다. 백 년 전부터 그곳에 있던 '오 루즈' 언덕으로 우리는 갈 것이다. 오스카는 레이스카를 타고 가장 빠른 속도로 그 길 위를 달리겠지. 8월의 마지막 주가 다가오고 있었다. 다시 레이스 위크였다.

오스카는 체중이 조금 빠졌다가 쉬면서 다시 붙었다. 오스카는 운동 때문에 근육이 늘었다고 주장했지만 왈도는 믿지 않았다. 벨기에의 스파-프랑코샹 서킷에 먼저 도착한 오스카는 화창한 뙤약볕 아래 트랙으로 나가 얼굴이 벌겋게 달아오를 때까지 달렸다. 주말까지 급한 감량이라도 해볼 생각이었던 것이다. 검푸르게 우거진 숲을 흔드는 바람이 달아오른 머리카락 밑을 파고들어 땀을 식혔다. 높은 코너 언덕인 오루즈의 위까지 한달음에 달려 올라간 오스카는 턱까지 차오른 숨을 몰아쉬며 뒤를 돌아보았다. 패독 건물과 숲 너머로 이어지는 긴 트랙이 한눈에 보였다.

스파-프랑코샹은 고속 서킷이었다. 숲을 가로지르며 끝없이 뻗어나가는 언덕길을 레이스 카가 할 수 있는 최대한의 속력으로 통과하는 곳이었다. 도움닫기 하듯 달려와 단 한 번의 브레이크도 밟지 않고 이 언덕을 통과해 숲으로 달려가면 가파른 내리막과 산중 도로 같은 코너가 기다리고 있었다. 오스카는 선 자리에서 고요한 서킷을 돌아봤다. 바람이 강하게 일어 나무를 흔들었다. 머리 위로 헬기 한 대가 지나가고 있었다. 그때 오스카의 핸드폰이 울렸다.

"여보세요?"

"트랙 상황은 어때? 뛰기에 너무 덥진 않지?"

"남 일이라서 쉬워 보이겠지만 그게 아냐. 아침인데도 해가 제법 뜨거워. 너였으면 반도 못 가서 쓰러졌어."

"아직 안 쓰러졌으면 열심히 뛰어. 서 있지 말고."

"너 어디야?"

오스카는 트랙 한가운데에 서서 고개를 두리번거렸다. 어디를 봐도 사람의 흔적은 보이지 않았다. 패독에서 이쪽을 보기엔 너무 멀었다. 그때 왈도가 대답했다.

"네 머리 위."

그제서야 오스카는 하늘을 올려다보았다. 트랙 먼 곳을 한 바퀴 유연하게 돌아 헬기가 이쪽으로 다가왔다. 다시 땅 위에 뜨거운 바람을 불러일으키며 헬기는 요란하게 오스카의 머리 위를 지나쳤다. 검은 지면에 점처럼 서 있던 오스카의 옷자락이 가볍게 휘날렸다. 헬기는 패독 건물 뒤의 착륙장으로 이동하고 있었다. 오스카는 그쪽을 향해 뛰었다.

착륙장에 검은색 헬기 한 대가 사뿐히 내려앉았다. 바람을 정면으로 맞으며 오스카가 다가가자 헬기의 문이 열리고 왈도가 내리는 게 보였다. 선글라스를 쓴 채 한쪽 손에 팀 점퍼를 걸치고 그는 자신의 캐리어를 들어 땅에 내렸다. 목숨 같이 여기는 노트북과 장비가 든 작은 캐리어를 끌고 왈도는 오스카를 향해 걸어왔다. 그 모습은 대단히 시선을 끌었다.

"누구 사람이라도 죽였어?"

웃지도 않고 패독을 가로질러 걸어오는 그에게 오스카가 물었다.

"아직."

오스카는 그 대답을 선 채로 곱씹었다. 아직. 조만간 방해가 되면 죽일 생각인가 보다. 패독에 드문드문 서 있던 다른 팀의 크루들이 질색한 얼굴로 왈도의 등장을 보고 있었다. 오스카는 그를 바쁜 걸음으로 뒤따르며 물었다.

"웬 헬기로 등장해서, 이제는 날 하늘에서 감시하는 거야?"

"제노야. 공항에서 만나서 여기까지 좀 얻어 탔어."

그 말에 오스카는 뒤를 돌아보았다. 정말 제노다. 그가 조종석에서 내리고 있었다. 그가 차뿐만이 아니라 별걸 다 운전하는 줄은 알았지만 헬리콥터까지 가지고 있을 줄은 몰랐다. 팀의 직원인 왈도가 연예인처럼 헬기에서 내리는 동안 정작 헬기의 부유한 주인은 반바지에 조리 차림으로 조종석 문을 열고 나타났다. 같은 팀이라고는 해도 라이벌인 레이스 엔지니어를 무사히 땅에 내려주고 그는 평화롭게 자신의 기체를 둘러보고 있었다. 팀 메이트가 평화주의자여서 다행이었다. 점퍼 자락을 날리며 걷는 왈도는 위풍당당했다. 오스카 역시 그런 그의 자신감이 든든했다. 그는 왈도의 뒤를 바람에 날리는 새끼 오리 같은 걸음으로 열심히 쫓았다.

◇ ◇ ◇

서킷이 복잡해서 민첩하게 움직일 필요가 있는 경기가 아니라면, 레이스 카는 고속 주행 셋업을 한다. 빠른 바람을 정면으로 받아서 차체를 누르던 힘을 줄이기 위해 뒤쪽 윙은 바람과 수평하게 더 각도를 눕힌다. 그래서 조금 더 빨리 공기 속을 통과할 수 있게, 다른 차가 공기를 밀어내고 지나간 자리의 인력을 더 쫓을 수 있게. 날렵하게 셋업 된 차들이 개러지에서 그르렁거리며 예선을 준비하고 있었다. 멀리 숲이 소리를 내며 흔들리고 있었다. 바람이 좀 부는 날이었다. 왈도는 피트월 위에 설치된 조그마한 풍속계가 빠르게 도는 모습을 올려다보고 있었다. 첫 세션을 알리는 그린 라이트가 켜지기 몇 분 전이었다. 그때 차 안에 앉아 있는 오스카가 왈도의 모습을 봤는지 라디오로 물었다.

"바람 때문에 신경 쓰는 거야?"

"글쎄. 심한 정도는 아니지만."

"걱정 마. 나 여기서 우승한 적도 있어."

오스카는 여유로웠다. 왈도는 개러지를 돌아봤다. 차 안에 앉아서 오스카는 헬멧 정수리만 반쯤 내밀고 있었다. 그의 바이저가 열려 이쪽을 보고 있었다. 오스카는 꾸물꾸물 팔을 바깥으로 빼 왈도에게 엄지를 척 들어 보였다. 왈도는 살짝 미소 지어 답했다.

피트레인 입구의 신호등에 드디어 초록색 불이 켜졌다. 20분의 세션 시계가 카운트다운 되기 시작했다. 오스카는 천천히 개러지 바닥으로 내려섰고, 피트레인을 유연하게 빠져나갔다. 먼저 기다리고 있던 몇 대의 차가 가속하며 언덕을 향해 달려갔다.

숲속으로 사라지는 차들의 소리가 공중에 울려 퍼졌다. 오스카에게는 여름 이전에는 없었던 침착함이 느껴졌다. 시즌 절반을 달려오며 팀에도 어떤 확신이 생겨 있었다. 각자의 자리에서 집중한 채 예선의 시작을 주목하는 개러지에는 정적이 흘렀다. 제노가 뒤를 따라나서 화면에 두 대의 푸른 차가 함께 잡혔다. 느낌이 좋았다.

세션1에서 두 드라이버는 두 번의 플라잉으로 상위권의 순위를 지켜내며 가볍게 커트라인을 통과했다. 세션2 역시 어렵지 않게 통과하게 된 것도 최근의 일이었다. 총 15분의 두 번째 세션에서 제노와 오스카는 거의 폴에 가까운 기록을 냈다. P2를 기록한 오스카를 체커 플래그가 떨어지기 직전 제노가 0.002초 정도의 차이로 밀어냈다. P2와 P3이었다. 오스카의 제대로 된 기록은 한 랩이었다. 왈도는 내색하지 않은 채 긴장했다. 이번에는 제노에게 밀렸지만 오스카는 충분히 더 빨라질 수 있었다.

예선 세 번째 세션은 최상위 기록의 드라이버 열 명만 달릴 수 있었다. 단 한 번의 랩을 시도하더라도 완벽하게 해내야 했다. 몇 달 전까지만 해도 도저히 이길 수 없을 거라고 생각했던 쟁쟁한 팀의 차들이 인디고와 함께 시동을 건 채 마지막 세션을 기다리고 있었다. 정교한 무기물로 조합된 차들은 마치 생명체처럼 개러지에서 열기를 뿜었다. 세션이 시작되기 직전이 되자 차들이 피트레인의 입구로 하나둘 나갔다. 조금이라도 빨리 시작하기 위해서다. 오스카의 차가 그 행렬의 뒤를 따랐다.

"투우사를 관객들이 뭐라고 부른다고 했지?"

오스카가 갑자기 물었다. 그때 신호등의 불빛이 파란색으로 바뀌었다. 맨 앞에 있던 제노의 차가 튕겨지듯 앞으로 달려 나가고, 다른 차들이 그 뒤를 따라 속도를 높이고 있었다.

"뭐라고?"

"달려드는 황소를 빨간 깃발로 보내고 나면, 관객들이……."

"깃발이 아니고 그건 물레타야."

"아 맞아. 나한테는 깃발이니까 습관이 돼서."

오스카는 뜬금없이 그렇게 중얼거렸다. 그러는 사이 오스카의 차는 트랙의 중간까지 달려갔다. 타이어 온도가 떨어지지 않게 지면에서 차를 이리저리 흔들어대면서 오스카는 플라잉을 하기 위해 앞차와 간격을 벌리고 있었다. 오스카의 푸른 차가 페달을 밟아 튀어나갔다가 멈추고를 반복하고 있었다. 금방이라도 달려들 것 같은 황소처럼. 그의 차체 위에 그려진 검은 소 그림이 이리저리 흔들렸다.

"토레로 말하는 거야?"

"아, 그거. 흰 손수건을 흔들면서. 맞지?"

"갑자기 그게 생각났어?"

오스카는 트랙의 절반을 넘게 달려왔다. 그의 차는 점점 자세를 갖추고 속도를 높였다.

"오스카, 이제 집중해."

"저 앞에 네가 서 있는 거야. 물레타를 들고."

오스카는 갑자기 그렇게 말했다. 마지막 연속 코너를 향해 오스카의 차가 빠르게 뛰어들었다. 플라잉을 시작하기 직전이었다. 오스카의 타이어가 가볍게 코너 모퉁이에 부딪치며 튕겨져 올랐다. 그리고 다시 자세를 다잡았다. 그의 차가 직선주로를 향해 속도를 높였다. 모니터에 표시되는 오스카의 속도계가 가파르게 올라가기 시작했다.

"너한테 달려드는 거야. 잘 봐."

오스카의 차가 직선주로를 꿰뚫듯 순식간에 통과하며 왈도의 앞을 스쳤다. 충격과도 같은 바람이 피트월을 흔들었다. 스톱워치의 숫자가 올라가기 시작했다. 왈도는 오스카가 달려간 흔적을 따라 고개를 획 돌렸다. 그의 차가 날카롭고 높은 소리를 내며 인딕을 향해 날아올랐다. 끝없이 밀어짐과 동시에, 돌아오고 있었다.

숲을 가로지르는 헬기 카메라가 오스카를 뒤쫓았다. 한 섹터나 더 앞에 있는 제노의 기록을 오스카가 뒤쫓고 있었다. 제노의 기록이 그린, 그러나 오스카가 근소한 차이로 그를 쫓아서 화면에 다시 그린. 그렇게 오스카는 돌아오고 있었다. 오스카의 뒤를 따라 달리고 있는 드라이버들의 기록은 섹터2에서부터 그보다 느려 하나둘씩 노란색으로 표시되고 있었다. 제노가 스타트라인을 통과했다. 푸른 차가 메인 스트레이트의 텀들을 빠르게 통과했다. 그러나 바로 그다음 오스카가 스타트라인을 향해 돌아오고 있었다. 왈도는 지열로 일렁이는 시야 속에서 그의 차가 반짝이며 나타나는 모습을 눈으로 봤다. 그 차는 순식간에 가까워지더니, 굉장한 소음을 내며 인디고의 피트월을 지나 날아갔다.

P1, 초록색으로 오스카의 기록이 보드 맨 위에 표시됐다.

"올레!"

오스카의 기분 좋은 목소리가 귀를 간지럽혔다. 왈도는 몸을 돌렸다. 그가 지나간 자리에 바람이 파도처럼 밀려와 왈도의 머리카락을 흔들었다.

왈도는 직감했다. 오스카는 오늘 누구보다 빠를 것이다.

◇ ◇ ◇

긴 8월을 보내고 돌아온 오스카의 폴 포지션은 모두를 열광하게 만들기에 충분했다. 기자들은 오스카의 사진을 찍기 위해 빠르게 몰려들었다. 차에서 내린 오스카가 헬멧을 벗자 강력한 흥분이 파동처럼 그 자리를 휩쓸었다. 인파 속에서, 오스카의 바로 다음을 기록한 제노가 먼저 오스카의 등을 두드리고 지나가는 것이 먼발치에서도 보였다. 왈도는 그에게 다가가려다 인파에 밀려 멀찍이 서 있었다. 오스카는 차 위에 올라서서 두리번거렸다. 요란한 카메라 소리와 햇살에 오스카가 눈을 조금 찡그렸다. 인파의 머리 위에 솟은 채로 오스카는 왈도를 발견했다. 그가 무언가를 외치려고 했던 것 같은데, 사람들이 오스카의 이름을 부르는 소리에 다른 소리는 전부 묻혔다. 왈도는 멀찍이 떨어져 서서 그에게 손을 흔들어줬고, 오스카는 그제야 찌푸린 채로 좀 웃었다. 오스카는 몸을 돌려 관객들을 향해 팔을 크게 흔들며 환호에 대답했다. 시즌 두 번째 폴 포지션 이었다.

◇ ◇ ◇

"소는 자신의 운명을 선택할 수가 없잖아. 명예는 남들이 거기에 붙여준 것뿐이고. 사람들의 열광 속에 있지만, 그저 한순간의 젊음과 강함을 보여주다 천천히 죽는 거야."

"그렇게 생각해?"

"응."

"그래. 그게 현대적인 의미의 투우지. 스테이지 위에서 벌어지는 둘만의 싸움이라고 해도 애당초 공평하지는 않아. 물론 마타도르도 목숨을 걸고 있긴 하지만 어차피 승자가 결정된 싸움이라고 항상 생각했거든."

"그럼 마타도르의 명예를 위해서 소는 죽는 거야? 잔인하네."

"죽는다면."

"……."

"살아남는다면 이야기가 달라지지."

"그게 스무 살까지 살다 죽었다던 소의 이야기야?"

"응."

"왈도."

"왜."

"할아버지는 왜 그때 멈췄을까."

일요일 새벽 그는 그렇게 물었지만 왈도는 대답하지 않았다. 세상에는 그렇게 태어나고 그렇게 살아갈 운명인 것들이 있는데, 왜 생은 항상 숙명을 거부하려 몸부림치는 것일까.

◇ ◇ ◇

파도 같은 함성이 일었다. 한 무리의 레이스 카가 서로를 추격하며 메인 스트레이트를 통과했다. 레이스는 겨우 열 랩 정도 남아 있었다. 차들은 여느 때보다도 격렬한 속도로 운명의 끝을 향해서 달렸다. 오스카는 300km가 넘는 거리를 달리며 여러 차례 다른 차들과 싸웠다. 피트 스톱에서 흔들리고 맨 앞에서 출발했던 포지션을 잃었지만, 오스카는 다시 잠시도 멈추지 않는 대열 속으로 뛰어들어가 선두를 회복하기 위해 분투했다. 44랩의 경기 중 지금까지 34번, 오스카는 자신이 할 수 있는 가장 눈부신 속도로 달렸다. 모든 코너에서 다른 드라이버의 뒤를 쫓고, 실패하면 다시 다음 랩에 한 번 더 상대를 향해 달려들었다.

오스카는 소프트 타이어로 나머지 아홉 랩의 승부를 위해 달리고 있었다. 수십 랩을 달린 후 제노는 오스카로부터 14초나 벌어져 있었지만 그조차도 실은 찰나의 거리에 불과했다. 대열의 가장 앞에서 달리고 있는 오스카의 바로 뒤에서 흰색의 차가 그를 쫓고 있었다. 2초도 차이 나지 않는 거리에 있는 흰 차는 오스카의 미러에 보일 정도로 가까웠다. 흰 차가 가까이 붙었다가 다시 멀어졌다. 그와의 거리는 점차 가까워지고 있었다. 앞으로 여덟 랩.

"타이어 성능이 떨어지기 시작해서 오스카의 랩타임이 늘고 있어요. 랩당 0.5초씩 따라잡혀 네 랩 후면 완전히 따라잡힙니다."

안드레아가 라디오로 피트월에 말했다. 마테오가 침착하게 되물었다.

“상대방은?”

“완벽하게 새 타이어는 아니지만 소프트로 열한 랩째. 마지막까지 달릴 거예요. 오스카보다 오래 유지할 겁니다.”

“제노의 위치는.”

“리드에서 14초 뒤에 P3. P4와는 1.5초 이상 차이로 유지 중입니다.”

“피트 스톱 한다면…….”

“오스카를 P2로 트랙에 내보낼 수 있어요. P3는 제노가 충분히 방어할 수 있습니다.”

마테오가 잠시 손끝에 턱을 괴었다. 오스카는 계속해서 달리고 있었다. 뒤의 추격자에게 쫓기며 달리느라 오스카의 타이어는 예상보다 더 빠른 속도로 성능이 떨어지고 있었다. 이대로라면 잡힐 게 분명했다. 만약 따라잡힌다면 오스카가 방어해야 하는 것은 네 랩. 도박을 시도하기에는 너무 많다. 보스의 신중한 눈이 흔들림 없이 경기를 지켜보고 있었다.

“자칫하면 오스카가 완주하지 못합니다. 완전히 순위를 잃는 것보다 2위로 득점하는 것이 중요해요.”

안드레아의 냉철한 목소리가 생각할 틈을 주지 않고 끼어들었다. 마테오는 고개를 끄덕였다. 결정한 듯했다. 곧바로 안드레아가 라디오를 통해 말했다.

“오스카를 불러. 타이어를 교체한다.”

“잠시만요.”

왈도가 재빨리 대답했다. 안드레아의 시선이 빠르게 오른쪽의 왈도를 향했다.

"조금만 더 싸워보고 불러도 늦지 않습니다."

"망설이고 나면 늦어."

"아니요, 버틸 수 있습니다."

왈도는 즉시 대답했다. 피트월의 누구라도 알고 있었다. 이것은 도박이다. 하지만 왈도는 오스카가 타이어 성능의 한계까지 차를 통제할 수 있다는 걸 알고 있었다. 완전히 따라잡히고도 다섯 랩, 혹은 그 이하의 랩이라면 오스카는 해낼 수 있을 것이다. 오스카는 뒤를 쫓는 드라이버를 막아낼 수 있다. 그것은 믿음이었다. 합리적인 방어책이 아닌 믿음. 그러는 사이 오스카의 차가 메인 스트레이트를 통과했다. 그의 차가 흐트러짐 없이 완벽한 포물선을 그리며 첫 코너를 지나 가속했다. 이제 일곱 랩.

"할 수 있습니다."

왈도는 다시 말했다. 오스카의 뒤를 쫓던 차가 1초대로 들어서고 있었다. 현재로서는 1.8초, 곧 1.5초 이하로 들어오고, 두 바퀴 이후에는 0.5초 이내로 쫓아오고 말 것이다. 반 초 이내로 앞차가 지나간 자리에 따라붙기 시작한 레이스 카는 조금 더 빨라지기 때문에 적극적으로 방어하지 않으면 안 된다. 그러기엔 남은 싸움이 너무 길었지만, 안드레아 역시 신속하게 판단할 수밖에 없었다. 도전이었다.

"좋아. 해보자고."

그녀가 다시 몸을 돌려 앉았다. 왈도는 거의 의자에서 일어서다시피 했다. 바람이 불고 있었다. 지나간 레이스 카의 여파인지 여름의 숲을 타고 내려온 바람인지 구분할 수 없는 파동이 피트월을 쓸고 지나갔다. 왈도는 라디오로 오스카에게 말했다.

"오스카, 상태는?"

"아직 괜찮아."

오스카의 가쁜 숨소리가 왈도의 귀에 들렸다. 지금 그의 심장은 누구보다도 빨리 뛰고 있을 것이다. 숲을 통과한 오스카가 믿기 어려운 속도로 가파른 다음 코너 언덕을 내려오는 게 중계 화면에 보였다. 코너를 조금 전보다 더 깊은 각도로 통과하는 그의 몸이 더욱 강한 중력을 버티고 있을 것이다. 오스카의 호흡이 끊어졌다가, 짧게 다시 숨을 내뱉었다.

"막을 수 있어. 할 수 있어."

"그래."

왈도의 목소리가 가볍게 떨렸다. 더 이상 뜨거워질 수 없을 만큼 뜨거워진 레이스 카가 달궈진 땅을 박차며 끊임없이 돌진했다. 다시 긴 직선을 향해 달려 나가는 레이스 카는 살아서 숨을 몰아쉬듯 차오른 열기를 바람에 씻어 보냈다. 오스카가 다시 이쪽으로 돌아오고 있었다. 관객들이 하나둘 일어섰다. 왈도는 기도하듯 속삭였다.

"멈추지 마. 마지막까지 달려 오스카."

오스카가 다시 한 번 메인 스트레이트를 통과했다. 여기 있는 모두의 시선이 그를 쫓았다. 그의 엔진이 한계까지 속도를 높인다. 이제 여섯 랩. 카메라가 오스카의 푸른 차를 쫓고 전 세계 수십 개의 언어가 지금 그의 이름을 이야기하고 있었지만, 왈도의 귀에는 오로지 오스카의 가쁜 숨소리만 들렸다. 승부가 결정되기까지 이제 고작 몇 분.

오스카는 자신의 생애 첫 번째 우승을 향해 질주했다.

◇ ◇ ◇

앞으로 얼마나 시간이 흐른들 오스카의 차가 피니시 라인을 통과하는 순간을 잊을 수 있을까. 머리 위에서 체커 플래그가 오스카의 푸른 차를 기다리던 그 순간을. 흰 색의 차는 네 랩 동안이나 오스카를 뒤쫓았고 거의 마지막 순간 한 번, 오스카를 추월할 뻔 했지만 마모된 타이어로 버티지 못하고 흔들린 찰나 오스카가 다시 그를 앞질렀다. 단 몇 초 후 오스카는 정말 아슬아슬하게 피니시 라인을 1위로 통과했다. 섬광처럼 그가 지날 때 함성이 관중석을 관통했다. 쏟아지는 환호. 왈도는 눈을 감았다.

24세 8개월, 오스카의 우승이 그의 삶에 기록됐다. 그가 피니시 라인을 통과하는 그 짧은 어떤 순간이 그를 이전과는 다른 사람으로 바꿔놓았다. 단 한 랩도 더 달릴 수 없을 만큼 완전히 기진맥진한 그의 차가 천천히 트랙을 다시 한 바퀴 돌아 출발했던 곳으로 돌아오고 있었다. 개러지의 미캐닉들이 모든 걸 내려놓고 우승한 드라이버를 맞이하기 위해 시상대로 달려갔다.

피트월에 그대로 앉아 있던 왈도는 갑자기 커진 함성에 고개를 들었다. 작은 모니터 속에서 오스카의 차에 부착된 카메라가 그를 비추고 있었다. 그랑프리 우승자에게 환호하는 관객들 속을 지나가는 오스카가 한 손에 조그마한 흰색 손수건을 들고 있었다. 느리게 그의 차를 통과하는 바람이 그것을 부드럽게 흔들고 있었다. "토레로!" 어디선가 외침이 들렸다. 왈도의 가슴에서 작은 열기가 번졌다. 확률이 완벽해지기 전까지 그는 무언가를 확신해본 적이 없었다. 그는 엔지니어였다. 그러나 이 순간만큼은 그는 운명을 믿지 않을 수 없었다. 자칫하면 모든 것을 잃을 수 있는 판단을 했지만, 오스카는 그걸 해냈다. 조금 전까지 확률에 불과했던 순간이 지금 눈앞에 있었다.

오스카가 돌아오는 모습을 보고 서 있는데 누군가가 왈도의 등을 떠밀었다. 안드레아였다. 그녀는 왈도를 시상대 쪽으로 밀며 말했다.

"팀 트로피를 수상하는 건 자네가 해야겠는데? 올라가."

좀처럼 웃지 않는 안드레아가 기분 좋게 활짝 웃고 있었다. 레이스를 우승한 차들이 드디어 갈채를 받으며 시상대 아래로 천천히 돌아오고 있었다. 피트레인은 이미 발 디딜 틈 없이 붐비고 있었다. 1위라고 쓰인 팻말 아래에 오스카가 자신의 차를 갖다 댔다. 그 팻말이 오스카의 레이스 카 윙에 밀려 살짝 뒤로 까딱였다. 드디어 여정이 끝난 것이다. 완전히 마모되고 일그러진 타이어와 먼지, 그리고 오일이 튀어 지저분해진 레이스 카의 표면이 지난 90분의 사투를 온몸으로 증명하고 있었다. 여전히 열기를 뿜는 차에서 오스카가 내렸다. 가뿐하게 빠져나온 그는 차 위로 올라섰다. 왈도에게는 그 순간이 아주 느릿하게 보였다. 오스카가 허리를 세우며, 레이스 카 엔진 소리보다 더 큰 함성에 파묻히는 순간. 오스카는 가볍게 한 손을 머리 위로 들었다. 그의 손끝에서 흰색 손수건이 가볍게 팔랑이며 떨어졌다. 카메라 플래시가 별빛처럼 쏟아졌다.

헬멧을 벗은 오스카가 완전히 땀에 흠뻑 젖은 얼굴로 웃었다. 인디고의 검은 황소가 그려진 깃발을 흔드는 사람들 속에서 오스카는 왈도 한 사람을 보고 웃고 있었다. 왈도는 더 이상 생각할 겨를도 없이 인파의 사이로 들어갔다. 펜스 안에 서 있는 그를 향해. 오스카는 그런 왈도를 보고 차에서 뛰어내려 한달음에 달려왔다. 그리고 왈도를 껴안았다.

그렇게 가쁜 숨을 쉬며 달리던 그가 드디어 팔 안에 안겼다. 오스카는 고무 타이어이 탄 냄새와 휘발성 연료의 냄새를 뒤집어쓰고 엔진의 복사열에 잔뜩 달궈져 뜨거워져 있었다. 왈도의 뺨에 더운 여름의 공기보다 더 뜨거운 오스카의 살이 닿았다. 그의 웃음이 맞닿은 가슴을 타고 울렸다. 왈도는 그가 손에서 빠져나갈까 봐 더 강하게 끌어안았다. 자신이 아닌 것을 사랑한다는 일은 두려운 일이었다. 예측할 수 없는 존재를 꽉 끌어안고 있는 이 순간을 멈출 수 있다면 얼마나 좋을까. 사라져버리는 게 두려울 정도의 황홀감이 왈도를 압도했다. 왈도는 소음 속에서 오스카의 존재만을 느끼기 위해 그를 더 힘주어 안았다.

처음으로 포디엄 가운데에 오른 오스카는 은빛의 트로피를 자신 있게 들어 올렸다. 제노는 3위로 함께 포디엄에 올랐고, 그 덕에 시즌 최고의 순간을 맞이한 인디고는 두 드라이버가 샴페인을 터트릴 때 폭발적으로 호응했다. 오스카의 곁에 서서 팀 트로피를 받은 왈도는 오스카와 제노가 뿌리는 샴페인을 함께 뒤집어썼다. 흰색 반팔의 팀 셔츠 차림인 그가 높이 솟구치는 포말에 흠뻑 젖었다. 젖은 앞머리를 하고는 관객에게 손으로 키스하는 왈도의 사진은 오스카의 것만큼이나 많이 찍혔다.

포디엄에서 내려오자마자 오스카는 인터뷰를 하기 위해 건물 안으로 들어왔다. 드디어 쏟아지는 카메라와 중계 카메라의 시선으로부터 벗어나자 왈도가 오스카를 은근슬쩍 복도 한쪽으로 밀었다. 다른 드라이버들이 내려가고 나서 잠깐 계단이 비는 순간, 왈도는 오스카를 구석진 통로 문 쪽으로 밀고 주위를 살폈다. 그러더니 오스카의 입술에 키스했다.

잔뜩 들이킨 샴페인 때문인지 오스카는 순간 머리가 아찔했다. 갑작스러운 키스에 오스카는 겨우 손 하나만 들어 왈도의 목깃을 살짝 붙잡았다. 한 손에 트로피를, 한 손에 오스카의 허리를 안고 한 번 깊게 입을 맞춘 왈도는 금방 고개를 들었다. 얼결에 그 입술을 따라가던 오스카가 눈을 휘둥그렇게 떴다.

"나머지는 있다가 하자. 인터뷰 끝나자마자 와."

샴페인 때문인지 왈도의 뺨이 약간 상기되어 있는 것 같았다. 그 말에 왈도가 빨았다 놓은 입술에 열기가 확 몰리는 것 같았다. 오스카는 얼결에 자신의 얼굴을 손으로 감쌌다.

"티 내지 말고 빨리 가."

왈도는 소곤거리며 오스카의 등을 떠밀었다. 계단 아래에 컨퍼런스 룸으로 들어가려고 기다리는 기자들이 보였다. 오스카는 키득거리며 웃는 소리를 내고 계단을 빠른 걸음으로 내려갔다. 그러다 뒤를 돌아봤다. 눈썹을 찡그리며 빨리 가라고 손짓하는 왈도 때문에 오스카는 더 이상 아무 말도 하지 않고 잽싸게 컨퍼런스 룸으로 사라졌다. 오스카를 따라 한 무리의 기자들이 들어가고 나서 복도는 잠깐 조용해졌다. 왈도 역시 아무 일도 없었다는 양 개러지를 향해 태연하게 계단을 내려갔다.

나중에 영상을 보고 알았지만, 기자회견을 하는 오스카의 입술이 빨갛게 달아올라 있었다. 두 사람은 이후에도 그 영상을 볼 때마다 복도에서의 그 순간을 생각해냈다.

하루가 저물었다. 서킷을 채 떠나지 않은 인파들이 인디고 팀이 우승을 축하하는 현장을 함께 즐겼다. 개러지를 마무리하는 동안 요란한 비트의 음악이 흘러나왔고 크루들은 맥주나 샴페인을 마음껏 마셔댔다. 패독 빌딩 뒤에는 짐을 나르는 지게차가 바쁘게 돌아다니고 있었기 때문에 팀 매니저는 술에 취한 채 작업하는 크루들이 어디서 떨어지거나 차에 치이지 않는지 노심초사 지켜보느라 분주했다. 우승의 흥분 속에서도 개러지를 다시 정리하는 크루들의 손길은 정확하고 신속했다. 오스카는 인터뷰 일정을 모두 마치고 한참 동안 기다린 팬들에게 사인까지 해주고 나서야 풀려날 수 있었다. 그는 왈도가 기다리고 있는 주차장으로 왔다. 왈도는 이미 시동을 건 채 오스카를 기다리고 있었다. 드디어 오스카가 그 차에 올라탔다.

오스카가 크게 한숨을 쉬었다. 드디어 정적이 찾아왔다. 둘 다 앞을 본 채 말이 없었다. 기울기 시작한 햇살이 아직 주차장에 조각조각 남아 있었고, 시끄러운 소음들은 멀었다.

"끝났네."

오스카가 겨우 한 마디를 했다. 왈도는 고개를 끄덕였다.

오스카는 뚫어져라 앞을 보며 말했다.

"이제 뭘 해야 할까?"

"다음 레이스를 하는 거지."

"아니 그 전에……."

"저녁 먹을까?"

왈도의 말에 오스카는 아, 하고 작게 감탄하며 고개를 돌렸다. 그제서야 갑자기 허기가 느껴졌다. 왈도 역시 오스카 쪽을 돌아봤다.

"피자 어때."

"아, 좋지."

"갑자기 엄청 배고픈데."

"우리 한 사람당 한 판씩 먹자. 맥주랑."

"감자튀김에 마요네즈도."

"아……."

왈도의 말에 오스카는 거의 전율했다. 그는 의자 등받이에 머리를 내려놓으며 말했다.

"감자튀김과 마요네즈 진짜 최고지. 섹스랑 감자튀김 중에 선택해야 된다면 감자튀김에 마요네즈를 선택할래."

왈도가 휙 돌아봤다.

"진심이야?"

"일단 먹고 나면 다시 생각해볼게."

오스카는 잎을 가리켰다.

"빨리 출발하세요. 피자, 감자튀김과 마요네즈."

◇ ◇ ◇

오스카와 왈도는 근처의 리에주까지 달려가 이탈리안 레스토랑에서 피자와 감자튀김을 잔뜩 사서 주섬주섬 먹으며 호텔로 돌아왔다. 누가 뭐라고 먼저 말하지 않았는데도 그들은 먹을 것을 테이블에 내려놓고 침대로 뛰어들었다. 하루 종일 밖에서 시달렸다며 샤워를 하겠다는 왈도를 오스카는 그냥 침대로 밀어붙였다. 레이스가 끝나고 패독에서 이미 찬물을 한 번 뒤집어쓴 오스카의 보송한 살에, 왈도의 습하고 조금은 끈적한 살이 달라붙었다. 오스카는 그것만으로도 흥분했다.

왈도의 귓가에서 아침에 뿌린 향수의 옅은 잔향과 살 냄새가 뒤섞여 풍겼다. 더운 바람에 시달린 그의 머리카락은 건조하고 거칠었다. 조금 전에 가게에서 마신 탄산 주스의 단맛이 나는 그의 입술을 빨고, 오스카는 성급한 손길로 그의 셔츠를 쥐어뜯었다. 몇 시간을 트랙의 바람을 맞고 서 있던 왈도를 지금 이대로 안고 싶었다. 샴페인에 젖고 나서 갈아입은 그의 팀 셔츠가 손 아래서 바삭거렸다. 오스카는 그가 여벌의 속옷을 가지고 가지 않았을 거라는 생각이 들어 그의 바지 안으로 손바닥을 밀어 넣었다. 역시나. 트랙에서 팀 셔츠와 바지만 얼른 갈아입으며 그는 속옷을 입지 않았다. 그 맨살을 만지며 오스카는 만족스럽게 웃었다. 이미 그 손길에 한껏 달아오른 왈도가 두 손으로 오스카의 얼굴을 감싸고 깊게 키스했다.

피자 박스 위에 뒀던 콘돔은 적당히 뜨끈했다. 둘은 한참 동안 열정적으로 섹스 했다. 오스카의 몸은 한 번의 레이스로도 일시적으로 체중이 3kg이나 줄었고, 근육은 달아올라 구석구석 유연해졌다. 하루 종일 먹은 것도 없는 우묵한 배는 왈도의 손으로 감싸 쥐면 거의 한 손바닥 안에 다 잡혔다. 아직 더 흘릴 땀이 있다는 것도 놀라웠지만, 오스카는 다시 한 번 숨 가쁘게 흔들리며 땀에 흠뻑 젖었다. 오스카는 다소 지친 신음을 토해냈다. 왈도 위에 올라앉은 채 힘들어하는 그를 안아 눕히고 왈도는 한껏 유연해진 그의 몸 안으로 아주 깊이 삽입했다. 오스카의 팔과 허벅지가 잘게 떨렸고, 그것마저도 사랑스러웠다. 그가 완전히 기진맥진해질 때까지 왈도는 멈추지 않았다.

드디어 뜨거운 물로 샤워한 왈도가 침대로 돌아왔을 때, 오스카는 침대 위에 피자 박스를 펼쳐놓고 먹고 있었다. 왈도는 그 곁에 털썩 누웠다. 오스카는 감자튀김의 종이 박스를 열고 있었다.

“감자튀김과 마요네즈가 섹스보다 더 좋다는 말은 역시 거짓말이있어.”

"여태 그걸 신경 쓰고 있었어?"

오스카가 질색했다. 그는 기진맥진해 쓰러질 줄 알았더니 그래도 고픈 배를 채울 기력은 남은 모양이었다. 밥을 먹고 나면 새벽까지 실컷 자겠지. 왈도는 졸음이 밀려와서 누워 있었다. 그 입에 오스카가 감자튀김을 넣어줬다.

오스카는 마요네즈 포장을 뜯어서 누워 있는 왈도의 가슴 위에 짰다. 왈도는 눈을 힐끔 들어 그 모습을 봤지만 하지 말라고 할 기력은 없어서 그대로 누워만 있었다. 오스카가 그의 가슴 위에 감자튀김 박스까지 내려놓았다. 시간이 좀 지나 덜 바삭했지만 두툼하게 썰어 튀긴 감자는 여전히 먹을 만했다. 오스카의 손이 부지런했다. 가슴 위에서 오스카의 손이 마요네즈를 찍느라 간질거리며 오갔다.

바쁘게 감자튀김을 먹는 것 같더니 오스카가 고개를 숙여서 왈도의 피부 위를 입술로 빨았다. 가슴 위의 마요네즈를 핥는 것이었다. 샤워로 한껏 부드럽게 달궈진 피부 위에 닿는 촉감이 새삼스럽게 미묘했다. 왈도는 가볍게 몸을 비틀며 한숨을 쉬었다.

"맛있어?"

"나 원래 마요네즈 좋아해. 식탁에 짰으면 식탁까지 빨아먹었을걸."

"식탁이 아니라서 다행이네. 많이 먹어."

"음. 그 말 좀 이상하게 들린다."

오스카는 손가락으로 왈도의 맨살 위를 문질렀다. 왈도는 눈을 감은 채 피식 웃었다.

"그런 뜻도 없지는 않고."

"와, 더 할 수 있겠어?"

오스카가 물었다. 오스카의 손가락이 잘게 움직이며 피부 위를 두드리는 게 느껴졌다. 왈도는 앉아 있는 그의 무릎 위에다가 이마를 가져다 댔다. 허벅지 위를 손으로 끌어당겨 안으며 왈도는 나른한 목소리로 대답했다.

"얼마든지 네가 원하는 대로 해. 나 지금 그랑프리 우승자의 침대에 있는 거잖아."

왈도는 오스카의 무릎 위에 입술을 지그시 댔다. 오스카의 머리가 왈도 쪽으로 푹 쓰러졌다. 묵직하고 부드러운 몸이 왈도 위를 덮쳐왔다. 왈도는 팔을 벌려 오스카의 등을 안았다. 빈 음식 박스가 조금 너저분하게 침대 위를 굴러다녔지만 상관하지 않았다. 긴 하루의 고단함과 함께 아늑함이 밀려들었다. 오스카는 몸을 조그맣게 말아 왈도의 가슴 위에 파고들었다. 왈도는 그의 등을 천천히 쓰다듬었다. 그의 허리 가운데에 마른 척추의 요철이 느껴졌다.

"필요한 건 다 말해봐. 해줄 수 있는 건 다 해줄게."

"아냐. 이거면 돼."

오스카가 가슴 위에 머리를 대고 속삭였다.

"나는 너만 있으면 돼. 정말이야."

진심일 것이다. 왈도는 나른하게 숨을 내쉬며 오스카를 쓰다듬었다. 낮에 레이스를 마치고 돌아온 그를 벅차게 끌어안았던 순간이 벌써 먼 일 같았다. 그리 많은 것이 필요하지도 않은 너는 어떻게 그렇게 세상에서 가장 치열하게 달릴 수 있었을까.

오스카는 움직이지 않았다. 그렇게 안겨 한참 숨만 새근거렸다. 왈도는 그를 끌어안은 채로 한참 동안 그 숨소리를 듣고 있었다. 잠들고 싶지 않았다.

이탈리아 레이스는 벨기에 레이스의 바로 다음 주였다. 왈도가 팩토리에 잠시 돌아가 있는 동안 오스카는 먼저 밀라노로 가 있었다. 몬차 서킷에서는 이미 먼저 출발한 팀이 벨기에 레이스가 끝나기 전부터 개러지를 설치하고 있었다. 전의 레이스 이후 새로운 전략을 구상할 시간은 부족했지만 어차피 비슷한 환경의 서킷이라 다행이었다. 몬차 시가지 안에 자리 잡은 서킷은 거의 타원형에 가까웠다. 또 한 번의 고속 레이스가 기다리고 있었다.

왈도는 수요일 낮에 밀라노에 도착했다. 곧바로 몬차로 이동하려는데 오스카가 굳이 밀라노에서 만나서 가자고 우기는 탓에 그는 밀라노의 중심가로 가는 중이었다.

'우승 기념 선물로 너한테 줄 게 있어서 그래.'

오스카는 그 말만 하고는 주소 하나를 덜렁 주며 거기서 만나자고 했다.

그림처럼 화창한 날이었다. 주말까지 날씨는 맑을 예정이었다. 조금 전에 내린 기차역의 가판대에서 레이싱 매거진을 팔고 있었다. 왈도는 무심코 잡지를 집어 들었다. 타이밍 좋게 나온 신간이었다. F 레이싱 팀의 홈경기인 이탈리아 그랑프리였다. 이만큼 관객의 관심이 뜨거운 곳도 드물었다. 돌아올 주말 레이스의 열기는 밀라노까지 영향을 미쳐 거리는 드문드문 붉은색과 그 팀의 심벌로 장식되어 있었다.

왈도는 한참 길을 걷다가 상점과 카페가 가득한 거리 한가운데에서 멈춰 섰다. 오스카가 알려준 주소는 1층에 입점한 피어싱 숍을 정확하게 가리키고 있었다.

"피어싱 숍?"

왈도는 그 앞에 서서 들어가지는 않고 한참을 바라보고만 있었다. 뭔가를 착각했나? 그가 생각하는 사이 오스카가 눈앞에 나타났다.

"왔어?"

오스카는 선글라스를 쓴 채 1L는 돼 보이는 음료를 빨대로 빨고 있었다. 영락없이 관광객의 모습이었다. 오스카는 먼저 피어싱 숍의 문을 열고 들어갔다. 주소를 착각한 것은 아닌 모양이었다. 왈도는 의심을 거두지 않은 채로 따라 들어갔다.

오스카는 안쪽에서 숍 주인과 무언가를 한참 이야기했다. 그러는 동안 왈도는 잡지를 팔락거리며 건성으로 넘겨봤다. 그러다 오스카의 기사가 있는 곳에서 눈이 멈췄다. 자신감 있는 미소를 짓는 오스카의 모습이 지면의 절반을 차지할 만큼 크게 인쇄되어 있었다. 포커스가 나간 샴페인 포말이 날리고 있는, 포디엄에서의 모습이었다. 벨기에 레이스를 리포트 하는 기사 아래에는 팀 트로피를 수상하러 올라간 왈도의 마지막 전략에 대한 이야기도 조금 있었다. 자신을 승리로 인도한 레이스 엔지니어에게 바치는 오스카의 투우사 세리머니에 대한 이야기는 그보다 좀 더 구체적으로 묘사되어 있었다. 지면의 중앙에 굵고 묵직한 글씨체로 헤드라인이 쓰여 있었다.

[인디고의 '풀려난 황소'—그의 마타도르와 함께한 압도적 우승]

"비유가 잘못된 거 아냐? 황소와 투우사라니. 투우사는 같은 소랑 다시 만나지 않잖아."

왈도는 중얼거렸다. 외국인들이란. 그러는 사이 오스카가 숍 주인에게 무언가를 받아들고 왈도에게 다가왔다.

"왈도, 이것 봐."

오스카는 왈도의 어깨 옆에 붙어서 그의 앞에 반지 상자만 한 것을 내밀었다. 전형적으로는 다이아몬드 반지라도 등장할 듯한 새틴 상자를 열자, 안에는 조그마한 바벨 피어싱이 하나 들어 있었다. 매끈한 금속 원형으로 만든 바벨의 한쪽에는 검은 오닉스 조각이 납작하게 세공되어 있었다. 왈도는 그것을 집어 들었다.

"웬 거야?"

"잘 봐. 우리 우승 날짜를 둘레에 새겼어."

오스카의 말에 왈도는 바벨을 가까이서 들여다봤다. 원통형의 가장자리에 새겨진 섬세한 무늬처럼 보이는 것은 글씨였다. '9. 7. SPA–FRANCORCHAMPS'라는 긴 글씨가 가장자리를 꽉 채워 돌려 새겨져 있었다. 왈도는 그것을 얼굴 높이로 들어 햇빛에 비춰보다가 자신의 귀에 가져다 댔다.

"나보고 하라고?"

"아니, 답답한 인간아."

오스카는 자신의 왼쪽 귀를 가리켰다.

"내가 할 거야. 어디에 할지를 네가 골라줘."

오스카가 말한 우승 선물이라는 건 이것이었나 보다. 왈도는 손에 들고 있는 바벨을 오스카의 귀에 가져다 대봤다. 지름이 새끼손톱만 한 검은색의 바벨이 매끈하게 반짝였다.

"우승 기념 선물이라는 게 이거야? 나한테 주는 게 아니잖아."

"선물 맞아. 어디서 봤는데, 투우사가 좋은 경기를 하면 소의 귀를 선물로 준대. 그러니까 내 한쪽 귀에 자리를 주겠다는 거지."

그 말에 왈도가 눈을 크게 떴다. 왈도는 드디어 선물이 마음에 드는지 씨익 웃었다.

"헬멧에 여기가 눌리면 아프지는 않을까?"

"괜찮아."

왈도는 엄지와 검지로 피어싱을 잡은 채로 오스카의 귓가를 한참 매만졌다. 오스카의 귀는 앞으로 많이 기울어져 있어서 귓바퀴가 정면에서 많이 보였다. 그래서 조그맣고 둥근 얼굴 양쪽으로 귀가 툭 튀어나온 것처럼 보였다.

왈도는 오스카의 얇고 단단한 귓바퀴 가장자리를 만지다가 마음을 정했다. 네가 꼭 선물로 이걸 하겠다면 조금 더 확실하게 귀에 고정하는 것도 좋겠지.

"오스카, 나는 귀 안쪽이 좋을 것 같은데 연골에 해도 돼?"

"헉, 아프면 어떡해?"

조금 전까지만 해도 어디에 구멍을 내도 좋을 것처럼 굴던 오스카가 놀라며 어깨를 굳혔다. 왈도는 그 반응에 더 만족하며 웃었다. 왈도는 그의 귓바퀴 정중앙에 피어싱의 자리를 잡아 보며 태연한 척 중얼거렸다.

"여기에 하면 이어폰 몰드는 당장 새로 떠야겠다."

숍 주인이 작은 쟁반을 테이블에 내려놓았다. 알루미늄 쟁반 위에는 소독용 거즈와 윤활연고, 피어싱을 위한 도톰한 굵기의 바늘이 있었다. 조그마한 테이블에 왈도와 마주 앉아 거울을 들여다보던 오스카는 그 쟁반을 보고 새삼 놀라는 듯했다.

"시술 준비됐고요, 어느 분이 하실 거죠?"

반팔 티셔츠 밖으로 드러난 팔과 목에 문신을 한 마르고 젊은 숍 주인이 물었다. 오스카는 쟁반에 얼굴을 대다시피

하고 안을 들여다봤다. 지금은 누가 봐도 그가 시술을 할 대상자로 보였다.

"왈도, 바늘 봐!"

"하하, 괜찮아요."

숍 주인은 정말 대수롭지 않은 일이라는 듯 맥없이 웃었다. 피시술자의 걱정은 아랑곳하지 않고 그는 다시 무심하게 물었다.

"어느 쪽이죠?"

"왼쪽이요. 펜으로 표시해놨어요."

이번에는 왈도가 얼른 대답했다. 오스카의 귀를 가리키며 펜으로 찍어둔 자리를 보여주려는데 오스카가 냉큼 손으로 자기 귀를 감쌌다. 시속 300km/h가 넘는 속도로 달리는 드라이버도 연필심만 한 바늘 앞에서는 겁이 나는 모양이었다.

"아플까요? 저 귀 한 번도 안 뚫어봤는데."

"여긴 그렇게 아픈 데는 아니에요."

숍 주인은 다시 심드렁하게 말했다. 안심시키려는 의도는 전혀 아닌 듯했다. 그에게는 그게 아마 정말 별일 아니기 때문일 것이다. 그러면서 그는 오스카의 귀를 살펴보고 뚫을 자리를 소독제를 묻힌 거즈로 한 번 닦았다.

"문신을 그렇게 잔뜩 한 사람이 말하면 안 믿겨."

오스카는 귀를 잡힌 채로 중얼거렸다. 이미 많은 사람이 이 의자에 앉아 그런 소릴 했는지 숍 주인은 마른 소리를 내며 웃었다. 그는 바늘 포장을 벗기고 연고를 중간까지 발랐다. 그 소리를 듣고 있던 오스카는 한 번 심호흡을 하더니 왈도에게 손을 내밀었다.

“손 잡아줘.”

왈도는 턱을 괴었던 손을 내밀어 오스카의 손을 맞잡았다. 오스카가 왈도의 손을 단단하게 쥐었다. 자신의 귀 쪽에 닿는 감각에 집중하는 오스카의 눈이 아래를 향했다. 정신이 팔렸는지 그의 입술이 자기도 모르게 살짝 떨어져 있었다. 숍 주인은 라텍스 장갑을 낀 손으로 오스카의 귓바퀴를 단단하게 잡았다. 바늘을 수직으로 피부 위에 세우고 그는 오스카의 귓가를 들여다보며 말했다.

“들어가요. 잠깐 아플 거예요.”

그가 아주 조용히 중얼거렸다. 그리고는 망설임 없이 바늘을 오스카의 귓바퀴 연골 위에 찔러 넣었다. 바늘은 아주 부드럽고 소리 없이 피부를 통과했지만, 오스카의 귀에는 무언가가 파열되는 소리가 들렸을 것이다. 짧은 찰나 피부를 꿰뚫고 상처를 만들어 그 자리는 지금 뜨겁게 달아오르고 있을 것이다. 그 때문일까, 오스카의 손이 왈도의 손바닥 안에서 움찔하며 작게 수축했다. 왈도는 자신의 트로피가 그의 귓바퀴에 손상을 남기는 과정을 조용히 지켜보고 있었다.

“자, 다 됐어요.”

바늘이 빠져나간 자리에 바벨을 통과시키고 뒤쪽 고리를

꽉 잠근 숍 주인이 대답했다. 그가 손을 놓자 오닉스 장식의 피어싱이 앞에서도 잘 보였다. 오스카의 옅은 머리와 귓가에 자리 잡은 어둡고 검은 장식은 다른 사람들의 눈에도 띌 것 같았다.

"어때, 괜찮아?"

왈도는 그렇게 물으며 한 손으로 오스카의 턱을 가볍게 잡아 돌렸다. 자신의 선물이 꽂힌 귓바퀴를 감상하는 그의 표정이 진지했다.

"으, 아파. 욱신욱신해."

오스카는 인상을 쓰며 투덜거렸다.

"그런데 참을 만해."

오스카는 눈을 들어 왈도를 마주 봤다. 귓가의 그 자리로부터 점차 타는 듯이 통증이 퍼져 나갔다. 귓바퀴에서 심장이 뛰는 것 같기도 했다. 왈도는 손가락으로 그런 오스카의 귀를 조심스럽게 앞쪽으로 당겨 감상했다. 조금 전까지만 해도 대수롭지 않은 척하던 왈도의 얼굴에는 숨길 수 없는 만족감이 번지고 있었다. 오스카는 왈도의 손바닥에 뜨겁게 느껴지는 귀를 가만히 댔다. 두근거리는 감각이 그의 손바닥으로부터 오는 것 같은 착각이 들었다. 손바닥에 뺨을 대고 왈도를 가만히 보면서 오스카는 생각했다. 그런 네 얼굴을 볼 수 있다면 나는 몇 번이고 우승할 거라고. 그리고 다시 몇 번이고 귀에 네 트로피를 찔러 넣을 자리를 내줄 거라고.

◇ ◇ ◇

"금요일 주행은 조엘 소사가 달릴 거야. 자네가 준비해주게."

마테오의 연락은 일방적이었다. 왈도는 목요일 아침에 그로부터 금요일 연습 주행에서 오스카의 차를 조엘 소사가 대신 탄다는 것을 통보받았다. 레이스 팀에서 금요일 연습 주행에 팀의 리저브 드라이버를 내보내는 일은 흔한 일이었지만, 이 소식은 수요일 밤까지만 해도 우승의 여운에 잠겨 있던 왈도에게는 아침잠이 한꺼번에 달아날 정도로 갑작스러웠다.

"오스카에게도 몬차 서킷에 적응할 시간이 필요할 텐데요."

"어차피 토요일 오전 주행은 오스카가 하게 될 거니까 상관없어. 완전히 처음 달리는 서킷도 아니니 오스카도 그 정도면 적응하는 데 무리 없을 걸세. 조엘은 오늘 곧바로 서킷으로 출근할 테니 자네가 트랙 워크부터 같이 데리고 가."

"오스카는 지난 레이스를 우승했어요. 의아하다는 생각이 들어서요. 조금 더 철저하게 오스카에게 이번 레이스를 준비할 시간을 줘도 모자랄 텐데 하필이면 우리 차를 태우는 이유가 있어요?"

"자네가 이런 질문을 할 줄은 몰랐는데. 이유는 충분히 이해하고 있을 거라고 생각하고 있었어."

마테오의 대답은 미묘했다. 왈도는 무어라고 더 말하려다가 "알겠습니다"라고 말하며 대화를 마무리했다.

전화를 끊은 후 그는 호텔 룸에 앉은 채로 생각에 잠겼다. 제노는 인디고 팀에서 달린 지 오래된 드라이버였다. 왈도와 오스카의 겨우 일 년도 안 되는 경력을 합쳐봐야 그가 인디고 팀에 기여한 세월에는 절반의 반도 미치지 못했다. 그러나 마테오는 기여만으로 파트너십이나 신뢰 관계라는 추상적인 약속을 지킬 만큼 몽상가도 아니었다. 그는 지금 당장이라도 오스카가 제노보다 더 많은 스폰서십을 끌어올 수 있다면 필요하면 제노를 버리는 판단이라도 할 수 있는 사람이었다.

사실은 그랬다. 제노가 인디고 팀에 끌어오는 스폰서십의 지분은 어마어마했다. 그리고 이탈리아는 그의 홈 그랑프리였다. 단 하루라도 이탈리안 드라이버인 제노가 달릴 시간을 빼앗았다간 아주 많이 곤란해질 것이다. 왈도는 허탈함을 느꼈다. 그는 마테오의 말대로 이유를 전부 알고 있었고, 마테오는 그렇다는 것을 잘 알고 있었던 것이다.

트랙에 도착하자 레이스 카는 조립 중이었다. 반짝이는 카본 파이버 커버 위에 미캐닉이 스티커로 조엘 소사의 이름을 붙이고 있었다. 막상 그 모습을 보자 왈도는 미묘하게 심기가 뒤틀렸다. 벌써 서킷에 도착해 있던 오스카는 왈도가 말하기 전에 소식을 이미 알고 있었는지 별로 대수롭지 않은 척하고 있었지만, 막상 왈도가 자기 입으로 오스카에게 금요일에는 조엘 소사가 달릴 거라고 전했을 때에는 굳어지는 표정을 감추진 못했다.

"잘됐네. 어제 피어싱 해서 이어폰 몰드를 새로 뜰 시간도 필요했고."

오스카는 얼른 아무렇지 않은 것처럼 대답했다. 실은 아무것도 아닌 일이었다. 그래야만 했다. 오스카는 괜찮다는 듯이 웃었다. 왈도는 여전히 기분이 풀리지 않은 채로 그 얼굴을 마주 보고 있다가 말했다.

"있다가 소사가 오면 트랙 워크는 같이 해야 해."

"뭐? 걔랑 같이?"

오스카가 목소리를 낮추며 노골적으로 인상을 구겼다.

"싫은데……. 나 어색한 사람이랑 레이스만 못 하는 게 아니고 걷는 것도 못하는데."

"나 살려주는 셈치고 같이 걷는다고 생각해. 너 없으면 그 애랑 한 시간 내내 이야기해야 하는 쪽은 나야."

왈도가 그렇게 말하자 오스카가 기묘한 얼굴로 고개를 기울였다. 조금 전까지 갖은 표정을 구깃구깃 짓던 얼굴에 묘하게 화색이 돌았다.

"지금 나한테 어리광 부린 거야?"

왈도는 대답 대신 어깨를 한번 으쓱하며 모른 척 개러지 바깥으로 눈을 돌렸다. 오스카는 조금 전의 그 말 때문에 기분이 좋아진 것 같았다. 그는 왈도의 팔목을 슬쩍 잡았다 놓았다. 우연인 척 남들이 눈치채지 못하게, 오스카는 종종 보는 눈이 많은 곳에서 그런 식으로 왈도의 몸을 만졌고 왈도는 그걸 모를 정도로 둔하지는 않았다.

"그럼 오늘만 같이 걷고 내일은 혼자서 개랑 잘 해봐. 난 실컷 쉴 거야. 트랙에 안 올지도 모르니까 알아서 해."

오스카는 산뜻한 목소리로 말했다. 그것만으로도 왈도는 기분이 좀 풀렸다. 복잡하게 떠오르는 여러 갈래의 과장된 예측들은 확률에 불과했다. 어차피 아주 작아서 일어날 리 없는 확률. 거기에 마음을 뺏기기엔 오스카가 곁에 있었다.

◇ ◇ ◇

조엘이 나타난 이유는 새 브랜드와의 스폰서십 계약 때문이었다. 베네수엘라 출신의 레이스 드라이버가 유럽에서 영향력을 끼치는 방법은 자본뿐이었는데, 그가 몰고 다니는 팀의 수완은 생각보다 좋은 편이었다. 그의 옷에는 원래는 팀 셔츠에 없었던 브랜드 로고가 하나 더 붙어 있었다.

조엘은 언제나 그랬듯이 사람들을 잔뜩 몰고 트랙에 등장했다. 그가 달리는 것은 금요일 연습 주행 세션에 불과했지만, 그의 무리는 마치 레이스라도 나가는 것처럼 잔뜩 긴장감을 조성했다. 분위기는 사뭇 분주한지 몰라도 조엘은 실은 팀의 누구와도 직접 이야기하지는 않고 개러지에서 그냥 기다리고 있을 뿐이었다. 그는 어른들이라는 대기에 둘러싸인 작은 행성처럼 이번에도 혼자였다. 그의 곁이 바쁘게 돌아갈 때에는 눈치채기 어렵지만 왈도는 독일 레이스가 끝난 주말 개러지 뒤편에 혼자 앉아 있던 조엘을 본 이후로 그가 사람들 속에서 종종 고립된다는 것을 알고 있었다. 왈도는 차를 가만히 내려다보고 서 있는 그에게 다가갔다. 긴장인지 고독인지, 혹은 냉철한 전략이라도 세우는 건지 알 수 없는 표정으로 아래를 보고 있던 그가 고개를 들었다.

"잘 부탁해. 한 세션이라도 최선을 다해보자고."

왈도는 오른손을 내밀었다. 그 순간 새삼스럽게 눈을 동그랗게 뜨고 보기만 하던 오스카와의 만남이 기억났다. 하지만 조엘은 그런 것은 익숙하다는 듯이 자신의 손을 내밀어 악수에 응답했다. 그 애의 마른 손바닥이 뜨거웠다. 좀처럼 말을 먼저 하는 법이 없는 것은 누구와도 직접 대화할 필요가 없기 때문일까, 아니면 원래 성격이 그런 걸까 생각을 하다 왈도는 한마디를 했다.

"머리 모양이 많이 바뀌었네."

말 그대로였다. 조엘은 못 본 새 길었던 머리를 잘랐다. 새까맣고 짙게 곱슬거리는 정수리의 머리카락을 이마 한쪽으로 흘러내리게 내버려둔 반면, 귀 옆과 목 뒤는 아주 짧게 잘랐다. 뜻밖이었는지 조엘이 갑자기 왈도의 얼굴을 똑바로 쳐다봤다. 우묵한 눈썹 아래로 잔뜩 말려들어 가는 그의 눈꺼풀에서 윤기가 났다. 대답할 말을 찾지 못하고 있는 그에게 왈도가 다시 말했다.

"대답하라는 건 아냐. 오스카도 자기가 대답하기 싫은 건 안 해. 주행 중에도 어려워할 거 없으니까 내가 무슨 이야기를 하든 너는 평소 하던 대로 해."

"네."

대화다운 대화는 아니지만 이마저도 지난 레이스 이후 그와 처음으로 나눈 말이었다. 너무 일방적이지 않았을까 싶었는데 조엘은 의외로 곧바로 그렇게 대답을 했다. 조엘은 입을 다물었다. 처음 봤을 때 막연히 거만하다고 생각했는데, 지나치게 방어적이어서 그런 것은 아닐까 싶었다. 고독한 편이 차라리 덜 두려울 수도 있다. 왈도는 그냥 그렇게 받아들였다. 왈도는 그의 시선이 자신에게 얼마나 머무르는지 모른 채로 무심히 몸을 돌려 피트월로 향했다.

◇ ◇ ◇

오스카는 오지 않을 것처럼 굴었지만 금요일 주행에도 나타났다. 조엘이 트랙에서 달리는 동안 오스카는 개러지에서 미캐닉들이 비워둔 선반 위에 올라앉아 무릎을 끌어안고 모니터를 보고 있었다. 피트월에 앉아 있는 왈도는 한 번씩 중계 카메라가 오스카의 모습을 비출 때 그가 아직 그 자리에 있는 것을 확인했다. 그러는 동안 왈도의 목소리를 듣고 있는 것은 전혀 다른 사람이었다. 잠시 정신을 팔다가도 왈도는 한 번씩 익숙하지 않은 낯선 목소리가 라디오 너머로 들려오면 그가 오스카가 아니라는 것을 새삼 의식했다.

왈도는 오래 랩을 달리고 있던 조엘을 개러지로 불렀다. 조엘이 타이어 교체를 위해 돌아왔을 때에서야 왈도는 피트월에서 몸을 돌려 개러지를 바라봤다. 몇 명의 미캐닉들이 레이스 카를 들어서 능숙하게 옮기는 동안 왈도는 개러지 안쪽을 빠르게 살폈다. 조금 전까지 거기서 보고 있던 오스카는 어디로 갔는지 보이지 않았다. 세션은 아직 한참이나 남아 있었다. 트랙 안은 달리고 있는 차들의 소리로 분주했다. 왈도는 다시 몸을 돌렸다. 등 뒤에서 조엘의 차가 길지 않은 정비를 마치고 다시 개러지에서 나오는 소리가 들렸다.

총 90분의 연습 주행이 종료되었을 때였다. 9월 낮의 공기는 생각한 것보다 더웠지만 조엘은 엔지니어가 요구하는 대부분의 것을 성공적으로 수행했다. 조엘은 개러지에 돌아와 헬멧을 벗었다. 그는 피트월에서 내려온 왈도가 텔레메트리를 받아드는 모습을 보고 그 자리에 서 있었다. 왈도가 성큼성큼 걸어오길래 오스카에게 했던 것처럼 무슨 말을 곧장 쏟아내려나 생각하고 있는데 조엘 앞까지 와서 그는 자신의 팔 안에 있는 프린트를 뒤적이며 겨우 한 마디를 했다.

"수고했어. 이따 팀 빌딩에서 회의할 거니까 씻고 와."

왈도의 시선이 아주 잠깐 조엘에게 머물렀다. 왈도는 걸음을 늦추지도 않고 그를 지나쳐 개러지를 통과했다. 어차피 레이스도 아니고 지금 당장 무슨 이야기를 해야만 하는 것도 아니었지만 조엘은 어쩔 수 없는 실망감을 느꼈다. 그는 왈도가 나간 자리를 물끄러미 바라봤다. 이 자리에 서 있는 게 오스카였어도 당신은 그렇게 무심하게 지나쳤을까.

◇ ◇ ◇

팀 빌딩 2층에서 샤워를 마친 조엘은 다시 아침에 입고 왔던 팀 셔츠로 갈아입었다. 깨끗한 옷의 촉감이 건조했다. 운동화에 발을 구겨 넣다시피 하고 그는 좁게 창이 난 복도 가장자리에 걸터앉았다. 그는 머리의 남은 물기를 바람에 말릴 생각으로 창문을 열었다. 벌어진 창틈으로 들어오는 바깥의 공기는 생각보다는 서늘했다. 창가에 등을 대고 앉은 조엘은 주머니에서 조그마한 크기의 향수병을 꺼냈다. 뚜껑을 돌려 열고 손목에 향수를 가볍게 뿌린 후 냄새를 맡아보다가 조엘은 창 아래의 인기척에 고개를 빼고 밖을 봤다. 옆 건물과 마주한 좁은 벽 사이로 1층 출입구 쪽이 보였다.

거기에 오스카가 있었다. 오스카는 팀 빌딩 앞에서 누군가와 이야기를 나누고 있었다. 오스카를 멈춰 세운 사람이 명함을 내밀었다. VIP 패독 패스를 맨 사람은 선글라스를 벗지도 않은 채로 오스카에게 가까이 서서 무어라고 이야기를 한 후에 누가 볼세라 몸을 돌려 그 자리에서 사라졌다. 조엘은 그가 누구인지 알고 있었다. 오스카에게 말을 건 사람은 드라이버 매니지먼트 사업을 하는 사람이었다. 그는 지금은 다른 팀에서 챔피언 경쟁을 하는 드라이버 하나를 전폭적으로 어시스트 하고 있었다. 패독 앞쪽의 은빛 개러지에서 레이스 때마다 빠짐없이 자리를 지키고 있는, 모두가 아는 바로 그 사람이었다.

오스카는 햇빛 때문인지 인상을 쓴 채 그 명함을 잠시 바라보다가 주머니에 집어넣었다. 오스카에게도 개인 미디어 어시스트 정도는 있었지만 오스카는 매니지먼트 회사 없이 혼자 일했다. 드라이버 계약에 관한 일은 보통은 매니지먼트 쪽으로 눈에 띄지 않게 연락을 하는 편이지만 오스카에게 연락을 하려면 직접 패독에서 명함을 주는 수밖에 없었을 것이다. 그것도 이렇게나 눈에 띄는 방식으로. 조엘은 방금 만남이 의미하는 바를 생각하고 있었다. 아마 패독에서 그 모습을 목격한 다른 사람이 있다면 그 역시도 무슨 일이 일어나는지 예상할 수 있었을 것이다. 다른 팀에서 오스카를 탐내고 있는 것이다. 그것도 아주 적극적으로.

조엘은 스스로도 의아할 정도로 희열을 느꼈다. 좀 더 큰 팀에서 달릴 기회가 찾아올지도 모르는 그가 부러워야 정상이었지만, 오스카가 어쩌면 이 팀을 나가지 않을까라는 사실 하나만으로도 조엘은 불가사의한 기대를 품고 있었다. 그래, 어쩌면 이게 내가 그랑프리 드라이버가 될 수 있는 기회일지도 모른다. 그 때문일 거다. 조엘은 그렇게 생각했다.

◇ ◇ ◇

예선 날 오전의 마지막 연습 주행 세션은 오스카가 달렸다. 몬차 서킷은 토요일 이른 아침부터 관객석이 가득 차 있을 정도로 여타의 그랑프리보다 인기가 대단했다. 대부분의 팬들이 붉은 옷을 입고 한 팀에 열광하며 다가오는 그랑프리를 기다리고 있었다.

조엘은 토요일에도 개러지에 있었다. 조엘은 기묘한 활기를 띠는 왈도를 어제 오스카가 앉아 있던 자리에서 종일 지켜봤다. 개러지 안에는 오스카를 위해 따로 놓아둔 의자가 있었고, 그 위에는 오스카가 던져둔 핸드폰과 헤드폰 등이 어지럽게 놓여 있었다. 조엘의 시선이 화면이 꺼진 오스카의 핸드폰 위에서 잠시 머물렀다. 그 안에서 어떤 균열이 일어나고 있는지는 아무도 모르는 일이다. 조엘은 개러지 바깥을 향해 고개를 돌렸다.

오스카가 주행을 마치고 개러지로 돌아오는 모양이었다.

조엘은 피트레인 건너편에서 왈도가 자리에서 일어나는 모습을 보고 그걸 눈치챘다. 차 한 대가 우렁찬 소리와 함께 개러지로 빠르게 가까워져 왔다. 오스카의 차가 개러지 앞에 우뚝 멈춰 서자 미캐닉들이 좌우로 달라붙어 차를 들어 올려 안으로 밀어 넣었다. 움직이는 차 안에서 오스카가 내릴 준비를 하고 있었다. 장갑을 먼저 벗어 차 위에 올려놓는 손길이 능숙했다. 차가 들어오기 바쁘게 왈도가 그 곁에 와서 섰다. 그렇다. 그는 항상 오스카가 내리도록 기다렸다가 오스카가 헬멧을 벗으면 그와 이야기를 나눴다. 주행이 끝날 때마다 왈도는 분명히 그렇게 했다.

오스카가 헬멧을 벗었다. 조엘 쪽으로 등을 돌린 채 오스카는 귀 한쪽에서 유난히 조심스럽게 이어폰을 빼려고 했고 왈도가 그걸 도왔다. 왈도가 그의 목소리를 듣기 위해 등을 구부정하게 숙이고 오스카의 얼굴을 들여다보는 것이 조엘 쪽에서 보였다. 개러지 바깥의 작열하는 햇빛이 오스카의 귓가를 불그스름하게 통과했다. 오스카의 귓바퀴 뒤쪽에서 조그마한 피어싱 끄트머리가 반짝였다.

◇ ◇ ◇

예선은 기대한 것만큼은 수월하지 않았다. 오스카는 P4로 예선을 마무리했다. 제노는 홈 그랑프리에서 조금 너 기내에 부응하려 했는지 오랜만에 P2를 기록했다. 항상 무슨 일이 일어나도 그리 의욕을 보이는 것 같지는 않은 사람이었지만 이번 주만큼은 제노도 위화감이 느껴질 만큼 힘이 들어가 있었다. 인디고의 개러지는 언뜻 보기에는 평소와 같았지만 눈치채기 어려울 정도의 기묘한 긴장감이 이번 주 내내 감돌고 있었다.

예선이 다 끝나고 방송국 사람들마저 대부분 퇴근하고 나자 서킷에는 팀의 크루들만 드문드문 남아 있었다. 저녁 7시를 넘긴 시각이었다. 오스카는 트랙에 조금 오래 남아 있었다. 아마 팀 빌딩 2층에서 내려올 줄 모르는 왈도를 기다리는 것 같았다. 더 이상 관객도 기자도 남아있지 않은 팀 빌딩 뒤쪽에서 오스카는 담배에 불을 붙였다. 엉성하게 말은 종이 끝이 빠르게 타들어갔다. 오스카는 얼굴을 찌푸리며 순식간에 너무 자욱해진 담배 연기를 손으로 흔들어 쫓았다. 그의 긴 한숨에 연기가 섞였다.

오스카는 바지 주머니에 손을 집어넣었다. 낮에 받은 명함이 아직도 거기에 있었다. 두껍고 빳빳한 종잇조각을 꺼내서 오스카는 엄지와 중지로 모서리를 잡고 종이를 천천히 손안에서 돌렸다. 그리고는 생각에 잠긴 채로 담배를 다시 한 모금 깊이 빨았다. 눈앞이 살짝 어지러워지며 아주 잠깐 동안은 생각이 멈췄다. 붕 뜬 듯 가벼워진 머리로 오스카는 명함에 적힌 글씨를 잠시 들여다봤다. 부질없이 숫자들을 하나하나 읽고 있는데 누가 곁으로 다가왔다. 조엘이었다.

“여기서 담배를 피우면 2층의 창문으로 연기가 들어와.”

“몰랐어.”

오스카는 그쪽을 제대로 보지도 않고 대답했다. 그는 담배를 손에 든 채로 그의 다음 말을 기다리고 있었다. 조엘이 어이없다는 듯이 눈썹을 움찔했다.

“내가 아까 저기 창문 앞에 앉아 있었거든.”

“다음엔 창문을 닫아.”

말을 마친 오스카가 입술 끝에 머무는 연기를 훅 하고 불었다. 무슨 담배인지 조엘에게는 냄새가 지독하게 느껴졌다. 30년 전의 레이싱 스타들이라면 몰라도 몸 관리를 철저하게 하는 요즘의 드라이버들 중에서 흡연을 하는 사람은 드물었다. 그뿐만이 아니라 오스카 한니넨은 술도 마신다고 들었다. 조엘은 가느다랗게 피어오르는 연기 사이로 눈 한 번 안 깜박이고 자신을 보는 오스카의 얼굴을 한참 동안 마주 봤다. 속을 짐작하기 어려운 표정이었다. 조엘은 오스카의 손가락 사이에서 떨어질 듯 위태롭게 빙글거리고 있는 명함 쪽으로 시선을 옮겼다.

“낮에 네가 그 명함 받는 걸 봤어. 2층에서.”

“아.”

“드라이버 매니지먼트 하는 사람이지?”

오스카가 그제서야 손장난을 멈추고 명함을 봤다. 그는 그

명함을 받을 때처럼 눈썹을 찌푸렸다. 그러더니 셔츠 주머니에 명함을 다시 집어넣었다.

"너 말고도 다른 사람들도 보긴 했을 거야. 짜증나게 쓸데없는 소문이나 나게 하려고."

"……."

"다른 사람한테 말하지 마."

오스카는 그렇게 말하며 담배를 벽에 문질러서 껐다. 벽에 지저분하게 탄 자국이 남았다. 조엘은 그걸 보며 인상을 썼다.

"특히 왈도한테."

오스카는 그렇게 말하며 숨을 길게 한 번 쉬었다. 남은 담배 연기를 허공에 뱉고 그는 조엘의 어깨를 멋대로 툭 쳤다. 그 힘이 다소 셌다. 자신을 스쳐 지나가는 오스카 때문에 조엘의 몸이 가볍게 밀려 흔들렸다. 체취에 섞인 짙은 연기 냄새가 위협적이었다. 햇빛 속에 서서 왈도에게 끝없이 무언가를 이야기하던 오스카는 가까이서 보니 완전히 다른 사람 같았다. 조엘은 다소 망연자실해졌다. 그에게 무슨 말을 하려고 했던 걸까. 오스카가 떠나고 나서도 조엘은 그 자리에 한참은 더 서 있었다.

◇ ◇ ◇

자정이 넘어 시계는 1시를 향해 가고 있었다. 일요일 새벽이었다. 짙은 어둠이 호텔 창밖에 소리도 없이 깔려 있었다. 오스카는 바닥까지 이어진 유리창 곁에 앉아 있었다. 조금 열린 커튼 너머로 보이는 새벽의 도로는 인적도 없이 비어 있었다. 유리의 온도가 미지근했다. 오스카는 핸드폰의 화면을 다시 한 번 들여다보았다.

왈도는 지금까지 서킷에 남아 있는 듯했다. 퇴근하면 연락하겠다던 그에게선 여태 소식이 없었다. 여러 번 고민하다가 오스카는 전화를 걸었다. 조용히 신호가 울렸다.

"여보세요."

왈도는 금방 전화를 받았다. 팀 빌딩 2층의 책상에 앉아 있겠지. 오스카는 유리에 등을 기대며 대답했다.

"어디야?"

"아직 서킷이야."

"여태 퇴근 안 했어?"

"몇 시지?"

"1시 방금 지났어."

"그러네."

모니터의 시계를 확인했던 건지 왈도가 움직이는 소리를 냈다. 그의 주변이 고요했다. 아마 서킷에도 사람이 많이 남아 있지 않은 모양이었다.

"바빠?"

"내일 레이스 때문에 신경 쓰이는 게 여러 가지 있어서.

왜?”

“나 할 이야기가 있는데.”

“지금?”

왈도가 되물었다. 무언가에 정신이 팔린 목소리였다. 오스카는 잠시 망설이다가 곧 대답했다.

“아니야. 나중에 이야기해도 돼. 이따 봐.”

“내일 레이스잖아, 기다리지 말고 먼저 자. 푹 쉬어야지.”

“그래.”

오스카는 전화를 끊었다. 왈도의 지쳤지만 다정한 음색이 귓가에 맴돌았다. 오스카는 핸드폰을 무릎 위에 놓고 다시 창밖을 내다봤다. 생각이 많았다. 별로 잠이 올 것 같지는 않았다.

전화를 끊은 지 한 시간쯤 지났을 때였다. 침대에 올라가서 오지 않는 잠을 청하고 있었는데 누가 방문을 급히 두드렸다. 오스카는 침대에서 겨우 비틀비틀 나와 문을 열었다. 문 앞에는 왈도가 서 있었다. 오스카는 손으로 자기 얼굴을 비볐다.

“어떻게 된 거야, 갑자기…….”

왈도는 오늘 낮에 트랙에서 봤던 모습 그대로 문 앞에 서 있었다. 미처 벗지도 않은 패독 패스는 상의 주머니에 펜과 함께 엉성하게 꽂혀 있었고, 그 위에 팀 점퍼를 대충 걸친 그는 트랙에서 당장 달려온 듯한 모습이었다. 무슨 급한 일이 있어서 자기 방에 가지도 않고 이리로 왔을까, 오스카는 그를 위아래로 살폈다.

"왜 전화를 그렇게 끊어."

왈도는 뜬금없이 말했다. 오스카는 조금 전의 통화에 대해서 거의 잊어버리고 있다가 왈도의 말에 눈만 깜빡였다.

"너무 신경이 쓰여서 트랙에서 겨우 빠져나왔는데 방에 와 보니까 너도 없고……."

"뭐라고?"

"네 전화를 그렇게 끊고 나니 아무것도 손에 안 잡히잖아."

"왜 이래? 정신 차려."

오스카는 당황해서 왈도의 숙인 얼굴을 들여다보며 말했다. 오스카는 그가 말한 대로 잠을 자려던 참이었다. 통화에서 무슨 중요한 말을 했었는지 기억나지 않았고, 그저 쉬라는 왈도의 말에 착실하게 쉬려던 참이었는데. 횡설수설하는 왈도의 얼굴이 어쩐지 울상이었다. 일이 너무 피곤했던 건지도 모른다.

오스카는 출근 복장을 그대로 입은 채 새벽 2시에 간신히 퇴근해서 헛소리를 늘어놓고 있는 레이스 엔지니어의 옷깃을 잡아 안으로 끌어당겼다. 왈도는 비틀거리며 방 안으로 끌려 들어왔다. 호텔 방문이 부드럽게 닫혔다.

"내가 또 널 내버려뒀어?"

딜러오는 동안 무언가 자신이 중대한 잘못을 저지른 상상을 하고 있었던 걸까. 자신감 넘치던 그의 얼굴이 잔뜩 풀이 죽어 있었다. 신중하게 묻는 얼굴이 순진해 보였다. 어이가 없어서 웃음이 좀 나왔다. 오스카는 고개를 저었다.

그제야 왈도의 눈이 피곤한 듯 감겼다. 그는 한숨을 쉬며 오스카의 어깨에 머리를 툭 기댔다. 오스카의 몸을 끌어안는 왈도의 팔 힘이 생각보다 셌다. 오스카는 압박감에 끙 하는 소리를 냈다. 왈도의 손이 오스카의 날개뼈 아래를 가만히 더듬었다.

"미안, 늦은 시간에."

왈도의 숨이 은근하게 흐트러졌다. 뚜렷한 성적 함의를 담은 손길이 오스카의 등을 쓸어내렸다. 묵직한 왈도의 체중이 오스카에게 쏟아질 듯 기댔다. 낮 동안의 긴장이 풀리는지, 그는 손안에 오스카의 몸이 안기자 점차 흥분하고 있었다. 오스카를 욕망하고 있었지만 그 손은 내일 레이스를 해야 하는 드라이버를 다시 놓아줘야 하는지 망설이고 있었다.

왈도는 피곤할수록, 스트레스에 몰릴수록 좀 더 성적으로 강하게 흥분했다. 오스카는 이미 알고 있었다. 그는 왈도의 가슴에서 고개를 들었다. 왈도를 똑바로 보며 오스카는 그의 뺨을 한번 쓰다듬었다. 허락의 의미였다. 여전히 망설이고 있지만 더 이상 욕망을 참을 수 없는 눈을 한 왈도는 오스카의 입술에 키스했다.

오스카의 발이 뒤로 밀렸다. 왈도는 오스카의 허리를 안은 채로 침대로 걸어가 조심스레 그를 침대 위에 앉혔다. 오스카의 손이 기대감으로 왈도의 옷자락을 움켜쥐었다. 움직이느라 입술이 떨어지면 오스카는 다시 왈도의 입술을 쫓았다. 왈도가 천천히 침대 위로 올라왔다. 묵직하고 느린 거대한 동물처럼 그가 오스카의 위를 덮치고, 오스카는 등을 대고 누워 그의 팔 안에 갇혔다. 그러더니 왈도는 그대로 배를 깔고 오스카의 위에 누웠다.

왈도가 머리를 오스카의 어깨에 파묻었다. 푹신한 침대 위에 엎드려서 왈도는 오스카의 팔을 쓰다듬고, 그의 뺨과 턱이 이어지는 부분에 키스했다. 그의 무겁고 습한 호흡이 귀 아래에 축축하게 맺혔다.

"내가 원래 이런 적이 없었는데."

왈도가 중얼거렸다. 오스카는 고개를 돌리려다 말고 그의 머리를 한 손으로 쓰다듬으며 그대로 누워 있었다.

"요즘은 점점 자신이 없어져. 네 앞에서 이러면 안 되는데."

무슨 이야기를 하려는 걸까. 오스카는 천장을 비추는 약하고 노란 불빛을 바라봤다.

"네가 없으면 어떡하지, 자꾸 그런 생각을 해. 그래서 무서워. 나는 이제는 정말 네가 없으면 안 될 것 같아."

말을 마친 왈도의 눈이 깜박이는 소리가 귓가에서 조그맣게 들렸다. 축 늘어져 안긴 그의 몸이 고르게 숨을 쉬는 소리가 부드러워 오스카는 그만 울컥 숨이 막혔다. 오스카는 두 팔을 들어 왈도의 머리를 껴안았다. 조심스러운 왈도의 손은 오스카의 어깨만 하염없이 만지작거리고 있었다. 오스카는 조금 시야가 일렁이는 눈을 질끈 감았다가 다시 떴다. 숨을 가다듬고 얼굴을 돌려 왈도의 귓바퀴에 키스했다.

"잠이 너무 안 와. 푹 자게 해줘."

오스카의 목소리가 아주 달콤했다.

레이스 직전의 초조함과 불안은 종종 왈도를 강렬하게 달아오르게 했다. 왈도는 그중에서도 오늘은 조금 더 격정적이었다. 갈증이 난 그의 거친 손길에 오스카는 파도 위에 떨어진 것처럼 휘말렸다. 한껏 약해진 표정을 짓던 조금 전 그의 얼굴이 계속해서 오스카의 마음속을 지배했다. 오스카는 왈도의 손길에 온몸을 맡겼다.

왈도는 치아를 세워서 오스카의 살을 깨물고 소리가 나게 빨았다. 평소라면 자국을 남길 만큼 충동적으로 물지는 않는 그였지만 오스카는 "더 세게"라고 말했다. 더 세게, 살갗이 아플 정도로. 그 말에 왈도는 오스카의 허벅지를 껴안고 그 안을 베어 물듯 강하게 빨았다. 연한 피부가 금세 빨갛게 달아올랐다. 아픔과 쾌감이 동시에 오스카를 몸서리치게 했고, 그는 입술을 깨물며 낮게 신음했다. 왈도는 고개를 숙여 풍성한 검은 머리를 오스카의 다리 사이에 파묻었다. 끌어당기는 손길에 오스카의 엉덩이가 바닥으로부터 들렸다. 왈도의 뜨겁고 축축한 입술이 오스카의 성기와 그 아래, 엉덩이 사이의 더 깊은 곳까지 파고들었다. 오스카는 차마 그의 머리를 밀어내지 못하고 움켜쥐었다. 낯설었지만 동시에 숨 막히는 감촉이었다. 왈도는 목구멍 깊이 오스카의 성기를 삼켰다. 숨결이 오스카의 허벅지 안쪽을 간질였다. 몸이 떨렸다. 오스카는 왈도의 머리카락 속에 손을 깊숙이 집어넣어 움켜쥐었다. 그 머리카락이 오스카의 허벅지 안쪽에 규칙적으로 쓸렸다.

쾌감을 견디는 오스카의 숨이 멈췄다가 다시 쏟아졌다. 그의 어깨가 전율하듯 크게 떨릴 때 왈도는 손으로 오스카를 사정하게 만들었다. 왈도의 입술과 턱, 목 위로 정액이 타고 흘렀다.

왈도는 아무렇게나 벗어 던져뒀던 팀 셔츠에 얼굴을 닦아 버리고 오스카의 몸 위로 타고 올라왔다. 갈비뼈 아래로 우묵한 허리와 발달한 어깨가 유연하게 움직이며 오스카의 몸을 뒤덮었다. 어두운 조명이 왈도의 땀이 배어난 가슴 가운데에서 숨을 쉴 때마다 반짝였다. 깊이를 알 수 없는 어두운 눈에는 원초적인 감정만이 남아 있었다. 그의 흠뻑 젖은 입술이 숨 쉬는 걸 보며 오스카도 생각하기를 멈췄다.

오스카의 무릎을 들어 올려 자신의 어깨에 걸치고, 왈도는 완전히 단단해진 자신의 성기를 삽입했다. 짓누르는 그의 상체 때문에 잔뜩 들린 하체의 모든 근육이 팽팽하게 당겼지만 오스카는 그의 어깨를 더욱 세게 붙잡은 채 버텼다. 왈도의 성기가 깊숙이 들어왔다. 오스카는 입술을 깨물었다. 참는 것으로 보였을까, 그마저도 왈도는 허락할 생각이 없다는 듯이 엄지손가락으로 오스카의 아랫입술을 문질러 벌리게 만들었다.

“좀 더 소리 내줘, 더.”

왈도는 그렇게 속삭였다. 온몸을 압도하는 쾌감을 느끼는 오스카의 목소리에는 울음에 가까운 탄식이 섞였다.

왈도는 오스카가 달아오르고, 근육 하나하나가 풀어지고, 흥건하게 땀에 젖어 완전히 지칠 때까지 멈추지 않았다. 그는 오스카를 몰아붙이고 몰아붙여 다시 한 번 절정에 이르게 만들었다. 마지막 순간 그는 오스카의 몸을 끌어당겨 엎드리게 만들고는 아주 깊은 곳까지 삽입했다. 뒷머리를 움켜쥐는 손길에 오스카도 흥분으로 몸이 떨렸다. 그는 한참 만에 오스카의 땀이 배어난 허리 위에 사정하고서야 잡았던 머리를 놓아주었다. 턱밑까지 차오른 숨을 몰아쉬며 왈도는 오스카의 등 위로 무너지듯 엎드려 그를 안았다. 오스카의 호흡이 천천히 가라앉는 동안 그는 끝없이 오스카의 뒤통수와 어깨 위에 입을 맞췄다. 그제야 눌린 왼쪽 귀가 지끈거리며 아픈 게 느껴졌다.

따뜻한 물로 샤워를 하고 왈도는 곧 잠이 들었다. 그의 달아올랐던 피부가 침대 위에서 서서히 식어갔다. 깊이 잠이

든 그는 오스카가 침대에서 떨어진 옷가지를 걷어가는 동안에도 깨지 않았다. 오스카는 그의 맨 등을 손으로 한 번 쓸었다. 왈도의 엎드린 등이 작게 뒤척였다.

오스카는 소파에 앉은 채로 조금 더 깨어 있었다. 어느덧 4시가 지나 있었다. 오스카는 핸드폰으로 조금 전 저녁에 주고받았던 메일을 다시 확인했다. 낮에 연락처를 받았던 매니지먼트 쪽 사람이었다.

"저희 쪽 계약서를 보냅니다. 구체적인 별지 사항은 팀과 미팅하면서 조율하게 될 거예요. 우선 기본적인 조건을 검토해보시고 연락 주시면 M팀과의 자리는 빠른 시일 내에 마련해보도록 하죠. 마음에 드는 조건일 겁니다. 연락 기다리고 있겠습니다."

간단한 내용과 함께 메일에는 PDF 파일이 하나 첨부되어 있었다. 이것도 이미 읽었다. 개인 어시스트에게 전달할까도 생각했지만 오스카는 왠지 내키지 않아 메일을 확인만 하고 내버려뒀다. 그는 다시 핸드폰을 소파 위에 내려놓았다. 왈도는 미동도 없이 자고 있었다. 눈을 감은 그의 얼굴이 평온해 보였다. 어쩐지 그에게 이 일을 상의하기가 망설여졌다. 조금 전에 왈도가 한 말들이 메아리처럼 마음속을 떠돌았다. 이젠 네가 없으면 안 될 것 같다던. 여름밤은 짧아서 새벽은 속절없이 흘러갔다.

◇ ◇ ◇

오스카의 레이스 컨디션은 그리 좋지 못했다. 잦은 실수와 함께 그의 순위는 생각보다 많이 밀렸고, 하필이면 피트 스톱조차도 늦었다. 레이스가 중반 이후로 접어들었을 때 제노는 1위를 뒤쫓기 위해 타이어를 교체하고 다시 트랙으로 나와 3위로 달리고 있었다. 그 1위와 조금 떨어진 곳에서 오스카가 달리고 있었다.

새 타이어를 신은 제노가 오스카보다 훨씬 빠른 속도로 어느새 그를 따라잡았다. 같은 타이어로 한참을 달리고 있던 오스카는 벌써 속도가 떨어지기 시작할 때였다. 그럼에도 불구하고 오스카는 버티고 있었다. 이미 성능 저하가 시작된 타이어로 가능한 오래 버티는 것은 오스카의 특기였다. 그러나 지금 이 순간에는 그것이 최선은 아니었다.

제노가 오스카의 뒤로 아주 가까이 달라붙었다. 그가 오스카를 지나가려고 시도하자 오스카의 차가 제노의 앞에 미끄러지듯 붙으며 길을 가로막았다. 제노의 차가 지나가지 못하고 조금 더 거리를 두고 떨어졌다. 그 모습을 본 마테오가 피트월에 전달했다.

“제노와 싸우지 말라고 해.”

우회적으로 말하고 있지만 마테오는 속도가 훨씬 느린 오스카에게 제노와 순위 다툼 하지 말고 자리를 내주라는 요구를 직접적으로 하고 있었다. 두 드라이버는 한 경기에서 순위를 다투는 라이벌이기도 했지만, 작전상 한 팀이기도 했다. 무리한 레이스로 어느 한쪽이라도 영향을 받아 실점하면 팀으로서는 손해에 불과했다.

왈도는 그 말에 잠시 망설이며 모니터를 봤다. 오스카는 여전히 버티고 있었다.

"오스카, 배틀 하지 마."

왈도가 그렇게 말하자마자 오스카의 뒤를 다시 바짝 쫓아온 제노의 타이어가 오스카의 뒷바퀴에 거의 닿을 뻔했다. 그 모습에 피트월이 일제히 긴장하는 게 느껴졌다. 오스카가 한 번 더 제노를 막아내고 앞서갔다. 중계 카메라가 그들을 갑자기 주목하기 시작했다. 오스카는 왈도의 말에 대답도 없었다. 왈도는 차라리 그 편이 더 좋았다. 오스카가 얼마나 더 할 수 있을지는 아무도 모를 일이었다.

"에두아르도, 멈추게 해."

치프 레이스 엔지니어가 초조한 목소리로 다시 말했다. 왈도는 입술을 조금 깨물었다. 치프의 판단이 옳다. 무의미한 싸움이었다. 왈도는 나름대로의 차선책을 생각했다.

"차라리 지금 피트 스톱을 하게 부르면……"

"아니, 지금 제노의 랩타임을 떨어트리고 있잖아."

왈도의 말은 치프에게 가로막혔다. 오스카가 만약에 수월하게 비켜준다면 제노는 영 점 몇 초라도 더 빨리 달려 1위를 추격할 수 있을 것이다. 그는 우승을 바라볼 수도 있는 확률 안에 있었다. 왈도는 다시 라디오 버튼을 눌렀다. 입이 쉽게 떨어지지 않았다.

"오스카."

그는 겨우 그렇게만 말했다. 오스카에게서는 여전히 대답이 없었다. 그러나 무슨 생각인지 응답도 없이 달리고 있던 오스카는 다음 순간 코너 안쪽으로 파고드는 제노에게 그냥 자리를 내줬다. 제노의 차가 안쪽으로 밀고 들어오지 않는 오스카의 곁을 수월하게 지나쳤다. 제노의 차가 다음에 나타나는 긴 직선 코너를 빠르게 멀어져갔다. 오스카와 그 차의 거리가 차차 눈에 띄게 벌어졌다.

오스카의 순위는 공식적으로 3위로 떨어졌다. 조금 있다 피트 스톱을 하고 나면 아마 더 떨어지겠지. 왈도는 한숨을 쉬었다. 어차피 일어날 일이었지만 오스카는 분명히 실망할 것이다.

오스카는 결국 4위로 레이스를 마쳤다. 제노는 레이스의 끝에 가서는 한참 벌어져 있던 1위의 차에 바짝 따라붙는 데까지는 성공했지만 끝내 그를 추월하지는 못했다. 그래도 홈그랑프리에서 2위로 포디엄에 오른 그를 관객들은 뜨겁게 환호했다. 시상대 아래가 발 디딜 틈 없이 관객들로 가득 찼다. 그 환호 속에 오스카의 자리는 없었다. 시작부터 예견된 일이었다.

어수선한 패독에서 오스카가 인터뷰를 마치고 돌아왔다. 전날 밤을 새웠다시피 한 게 영향이 있었을지도 몰랐다. 왈도는 아침에 허벅지 여기저기가 불그스름한 채 옷을 입던 오스카를 보고 그제서야 아차 하는 생각을 했었다. 그를 피곤하게 만들어서는 안 되는 거였는데. 입안이 썼다. 왈도는 걸어오는 오스카를 보며 그 짧은 찰나에도 무슨 말을 해야 할지 머릿속으로 열심히 생각하고 있었다. 그러나 오스카의 표정은 뜻밖에도 대수롭지 않은 일이라는 듯 태연했다. 그는 상기된 얼굴로 평소와 다름없이 왈도를 마주 보고 섰다. 왈도는 입술을 핥다가 어렵게 말을 했다.

"미안해. 오늘 엉망이었지 내가."

"아냐."

오스카는 고개를 저었다. 체념이라기에는 조금 더 편안한 얼굴이었다. 자기 뜻대로 되지 않으면 예민해지기 일쑤인 그였는데, 오늘따라 무슨 일인지 레이스에 미련이 없어 보였다. 지난 경기를 우승하고 나서 더 욕심을 부릴 줄 알았는데, 오히려 목표를 놓아버린 사람처럼 오스카는 아무렇지 않은 얼굴로 왈도의 팔꿈치를 위로하듯 한 번 쓰다듬었다. 왈도는 갑자기 뱃속 깊은 곳에서부터 화가 치밀어 오르는 것을 느꼈다. 오스카를 향한 감정은 아니었다.

개러지는 설치물을 다시 정리하느라 분주했다. 마테오는 방송사와 긴 인터뷰를 마치고 개러지를 통과하기 위해 들어오고 있었다. 크루들 사이를 피해 느리게 걷는 그에게 왈도가 재빨리 따라붙었다. 마테오는 왈도를 힐끔 한 번 볼 뿐 별다른 말이 없었다. 조금 전 레이스 중의 지시에 대해서 일말의 미안한 시늉이라도 할 생각은 없는 걸까. 시끄러운 소음 속에서 왈도가 그의 곁에 바짝 붙어 말했다.

"오스카의 기회를 일부러 뺏을 필요는 없었어요. 어차피 얼마 가지 않아 제노라면 자연스럽게 그를 추월했겠죠. 오스카가 버틸 만큼 버티게 놔두셨어야 했어요."

"나에게 따지는 건가?"

마테오는 걸음을 멈추지도 않고 말했다. 왈도는 자신보다 키가 작은 그를 성큼성큼 따라갔다.

"제 역할은 그의 레이스를 최선까지 끌어올리는 일이니까요."

마테오가 입꼬리를 올려 웃었다. 작은 안경 유리 속의 눈은 왈도 쪽을 볼 생각도 하지 않았다.

"자네는 오스카 한니넨의 레이스 엔지니어이지만, 나는 자네의 감독이야. 무엇이 내게 최선인지는 자네도 알고 있을 텐데."

"……."

"자네는 답을 알면서도 나에게 여러 번 말하게 하는 버릇이 있어."

마테오는 그렇게 말했다. 처진 눈꺼풀 속의 조그마한 눈이 왈도를 한 번 보더니 그대로 가던 길을 갔다. 왈도는 그 자리에 멈춰 서서 그가 팀 빌딩으로 가는 것만 보고 있었다. 그가 말한 대로 왈도는 언제나 답을 알고 있었다. 보스의 생각을 간파하고 있으면서도 왈도는 재차 그것을 확인하는 것 외에 아무것도 바꾸지 못했다. 지금까지 아무것도.

Singapore GP

2주 후, 싱가포르 레이스 주말이었다. 나이트 레이스 일정은 해가 지고 시작돼서 자정이 다 되어야 끝났다. 금요일 저녁 주행이 모두 끝난 후 패독에서 인터넷 매체 인터뷰를 하다 일어난 일이었다. 표면적인 이야기들만 오가고 있을 때에 한 기자가 오스카에게 단도직입적으로 질문했다.

"지난 레이스 결과는 기대했던 것보다는 실망스러웠을 텐데, 이것이 내년 이적을 결심하는 데에 변수가 될까요?"

그 질문 때문에 인터뷰가 뚝 끊겼다. 앞선 질문들에 답하던 오스카가 하던 말을 멈추고 그 기자를 뚫어져라 봤다. 냉정한 표정이 다소 이성을 잃었다. 오스카는 상대가 불편해지고 주변의 다른 기자들마저 몸을 들썩일 때까지 질문한 기자를 바라보다가 갑자기 자리에서 일어났다. 약속된 인터뷰 시간은 10분이나 더 남아 있었다. 미디어 직원이 말려보려고 했는데도 오스카는 그대로 그 자리를 떠나버렸다. 기자의 자극적인 질문이 원인이었지만, 갑작스러운 오스카의 행동에 함께 인터뷰를 하러 온 기자들로서도 당황스럽기는 마찬가지였다. 이 일에 대해서는 금세 소문이 퍼졌다. 덕분에 사람들의 추측은 조금 더 힘을 얻었다. 인디고 팀이 지난 경기에서 제노를 더 서포트 하는 것처럼 보였던 건 오스카가 곧 다른 팀으로 이적하기로 했기 때문이라고.

왈도는 얼마 지나지 않아 트랙에 나타났다. 미디어 직원은 왈도를 마주치자마자 저녁에 있었던 이야기를 했다.

"온라인 매체 인터뷰 약속을 20분이나 잡아놨었는데 절반도 안 돼서 오스카가 인터뷰를 하다 말고 일어나버렸어요. 그런 적이 없었는데 진땀 뺐지 뭐예요."

"오스카가요? 왜?"

"기자 하나가 조금 불쾌한 질문을 했어요. 이적에 관해서 조금 많이 넘겨짚은 질문을 했는데…… 사전에 저한테 통보하지 않았던 내용이라 제가 빼달라고 할까 했었지만 그 말을 하기도 전에 오스카가 일어나버렸죠. 결과적으로 인터뷰는 못 나가거나 절반만 나가지 않을까 싶네요."

"이적에 관한 질문이요?"

"그냥 이맘때면 뻔하게 나오는 추측들 있잖아요. 이적이 이미 예약되어 있어서 팀이 서포트를 덜 해주는 거 아니냐, 뭐 그런 거."

미디어 직원은 정말 대수롭지 않게 그렇게 말했다. 그러나 이 업계에서 뜬소문들은 그렇게 근거 없이 돌아다니지는 않았다. 벨기에 그랑프리를 우승하는 바람에 온갖 추측들이 난무하는 것도 이해하지 못하는 바는 아니었지만, 왈도는 기자가 팀의 태도를 그렇게 확신하는 이유가 뭘까 문득 궁금해졌다. 물론 기자다운 추측일지도 모른다. 조금 더 자극적인 질문으로 사람들의 상상력에 날개를 달아주는.

"오스카는 어디 있어요?"

"모르겠어요. 2층 개인실에 있는지."

왈도는 팀 빌딩 쪽을 향해 가기 시작했다. 밤이 깊어가고 있었다.

◇ ◇ ◇

조엘이 팀 빌딩 라운지에서 커피를 내리고 있을 때였다. 일정이 다 끝난 라운지에는 팀 크루 말고는 사람도 없었다. 그때 오스카가 2층에서 내려왔다. 호텔로 돌아갈 생각이었는지 가방을 들고 내려오던 오스카는 라운지에 있는 조엘을 발견하자마자 성큼성큼 그쪽으로 왔다. 오스카는 조엘에게 거의 부딪칠 듯 다가와 얼굴을 똑바로 쳐다보며 물었다.

"너야?"

"무슨 말이야?"

"명함 받은 일에 대해서 소문낸 게 너냐고."

조엘은 공격적으로 가까이 다가오는 오스카 때문에 천천

히 찌푸렸다. 그는 오스카로부터 한 발짝 물러서며 손에 든 커피를 한 모금 마셨다. 오스카는 눈을 떼지 않은 채로 계속 해서 그를 몰아붙였다.

"일부러 이러는 거지? 내가 이적하기로 한 것처럼 소문이 돌면 여기에 네 자리라도 생길까 봐."

"내가 왜 그런 짓을 해. 그러지 않아도 어차피 다른 사람들도 다 봤을 텐데. 패독에서 남들이 다 보는 앞에서 명함을 받아놓고 왜 내 탓을 해?"

"고작 그걸 보고 기자가 나한테 이적 계약을 한 게 아니냐는 질문을 해?"

"그러니까 그걸 왜 나한테 따지는 거냐고."

조엘은 신경질적으로 대답했다. 그러다가 그는 무엇을 생각했는지 곧 눈을 가늘게 뜨며 낮은 목소리로 물었다.

"진짜 제안 받았어?"

오스카는 재빨리 대답하지 못했다. 조엘의 눈이 놀라움으로 커졌다. 그의 표정이 미묘하게 흔들렸다.

"네가 알 바 아냐."

"……."

"그런 건 내가 결정해. 남들이 뭐라고 하든 나는 그렇게 쉽게……"

초조해진 오스카가 무언가를 말하려는데 그때 빌딩 안으로 알도가 들어왔다. 조엘의 눈이 오스카의 어깨 너머로 그쪽을 바라보는 탓에 오스카도 돌아봤다. 왈도가 목에 헤드셋을 건 채로 이쪽으로 오고 있었다.

“무슨 일 있었어?”

왈도가 물었다. 아무것도 모르고 있는지 그의 목소리는 평소와 다름없었고, 오스카는 그것만으로도 마음이 한결 가라앉았다. 방금 전까지는 한 대 치기라도 할 듯 했던 오스카의 표정이 거짓말처럼 풀렸다. 그저 하루가 너무 길어 조금 고단해 보이는 기색으로 오스카는 왈도를 향해 고개를 저어 보였다. 그 모습을 조엘이 보고 있었다.

“아니야. 이제 호텔로 돌아가려던 중이야. 너도 지금 갈 거야?”

“그래도 되는데……. 별일 없지?”

왈도는 무언가를 물어보려다가 조엘 쪽을 의식했는지 그냥 그렇게만 말했다. 오스카는 왈도의 얼굴을 보며 한 번 싱긋 웃었다.

“돌아가서 얘기하자.”

오스카는 조금 서두르며 말했다. 조엘이 보고 있는 시선이 탐탁지 않았다. 석연찮은 불안이 뒷덜미를 잡아당기는 듯했다. 오스카는 급하게 왈도를 지나쳐 팀 빌딩 정문 쪽을 향했다. 그때였다.

“너무 거만한 거 아니야?”

조엘이 오스카의 뒤에다 대고 말했다. 오스카는 직감적으로 그가 무슨 말을 하려는지 알았다. 가슴이 철렁했지만, 돌아보자마자 그 말은 쏟아지듯 조엘의 입에서 나왔다.

"너 같은 신인한테 그런 팀으로부터 이적 제안이 왔다면 거절할 입장이 아닌 거 아니냐고."

조엘은 오스카를 똑바로 보고 있었다. 조엘의 목소리는 미묘한 긴장과 분노가 섞여 떨렸다. 오스카가 돌아본 것은 왈도였다. 왈도의 표정이 순식간에 굳어져 있었다. 그의 신중하고도 영리한 눈이 그 말의 의미를 깨달았는지 오스카를 천천히 돌아봤다. 오스카는 땅이 꺼지는 듯한 기분을 느꼈다. 네가 이렇게 알아서는 안 되는 거였는데.

◇ ◇ ◇

서킷 주차장으로 도망치듯 가는 오스카의 뒤를 왈도가 따라왔다. 주차장은 이미 많은 차들이 빠져나가 캄캄하게 어두운 빈 땅 위에 가로등 불빛만 드문드문 떨어지고 있었다. 왈도는 돌아보지도 않고 차 문을 열어 가방을 던져 넣는 오스카의 뒤에서 말했다.

"이러지 말고 나한테 이야기해. 무슨 일이 있었던 거야?"

오스카는 몸을 돌렸다. 빨리 대답을 안 하고 난처해하는 그 얼굴에 왈도는 좀 더 답답해졌다. 오스카는 머리만 쓸어 넘겼다. 이럴 때일수록 말문이 더 막히는 오스카였지만 왈도는 지금은 기다릴 수가 없었다.

“왜 내가 너에 대해 모르는 게 있어?”

그렇게 묻는다면 어디부터 설명해야 할까. 오스카는 망연자실하게 눈썹을 찌푸렸다.

“정리되고 나면 너한테 이야기하려고 했어. 적당한 시기를 보고 있었다고.”

“언제?”

“그렇게 중요한 일 아니야. 남들이 멋대로 이적에 관해서 소문을 내고 다니나 본데 사실 아무것도 아니라고. 네가 신경 쓸 일은 하나도 없어.”

“적당한 시기라는 게 언제인데? 너 혼자 결정하고 나면 말하려고 했어? 다른 팀이랑 계약이라도 하고 나면?”

의외로 날카로운 말이 왈도의 입에서 튀어나왔다. 먼저 내뱉은 건 그였는데도 그는 오히려 상처받은 표정을 하고 있었다. 오스카는 한숨을 쉬었다. 입안이 바싹 마르는 것 같았다.

“계약이라도 할 거였으면 당연히 너한테 제일 먼저 말했을 거야.”

“…….”

“연락을 받았어. 몬차에서. M팀으로의 이적에 대해서 그냥 나한테 일방적으로 제안만 해왔어. 그쪽에서 무슨 소문을 내고 다니는지는 내가 알 게 뭐야. 이게 내가 멋대로 결정할 수 있는 일이기나 해? 그냥 그뿐이라고. 그쪽에 아직 구체적인 이야기를 한 것도 아니고. 그래서 너한테 이야기하지 않았던 거야."

"하지만 그걸 어떻게 다른 사람 입에서 듣게 해?"

"말할 필요가 없었으니까. 어차피 거절하면 끝날 일인데 이런 걸로 널 방해하고 싶지 않았어. 우리 레이스 컨디션을 망치고 싶지 않았다고!"

"날 방해하고 싶지 않았던 게 아니라 네가 방해받고 싶지 않았던 거겠지!"

왈도의 마지막 말에 오스카는 무언가를 말하려다 멈췄다. 오스카는 갑자기 불안해졌다. 왜 이렇게까지 화를 내는 걸까. 나는 어디에도 가지 않는데. 하필이면 지금 네가 없으면 안 될 거 같다고 속삭이던 그의 얼굴이 떠올랐다.

"조엘 소사도 알고 있는 일을 나한테 상의하지 않고서도 우리 레이스를 망치고 싶지 않았다고?"

"왈도……."

"내가 너한테 방해가 될 결정을 할 리가 있다고 생각해?"

"이 얘긴 그만하자. 말했잖아. 안 간다고."

"아마추어처럼 굴지 마!"

놀란 오스카가 입을 다물었다. 왈도의 입에서는 뜻밖의 말이 흘러나왔다.

"너 혼자서 거절하기로 해버려도 되는 일이 아냐 오스카."

오스카의 눈이 순식간에 얼어붙었다. 그럼에도 불구하고

왈도는 멈추지 않았다.

"그렇게 거절해버려서는 안 된다고. 너는 프로 레이스 드라이버야. 어떤 기회든 닥치는 대로 전부 붙잡아도 가질 수 있을지 없을지 확신할 수 없는데, 무엇 때문에 그렇게 쉽게 거절한다는 말이 나와?"

"내가 없으면 안 된다고 했잖아."

오스카의 목소리가 가늘어졌다. 고개를 드는 그의 눈에 부연 주차장의 가로등 불빛이 비쳤다. 그건 부다페스트에서 봤던, 사랑에 대한 확신으로 가득한 눈이었다. 왈도의 다문 입술이 조금 떨렸다.

"네가 그랬잖아."

"……."

"그러니까 너 없이는 레이스 하지 않을 거야 나는."

왈도는 눈을 질끈 감았다. 방금 조엘의 말을 듣고 주차장까지 오스카의 뒤를 쫓아온 이유는 익숙한 불안 때문이었다. 한껏 사랑한 사람이 어느 날 아무렇지 않게 다시 떠날지도 모른다는. 그런 한편 왈도는 어쩌면 그에게 벨기에 레이스 우승보다 더한 행운이 찾아올지도 모른다는 기대를 했다. 뒤엉킨 감정 속에서 아무렇게나 날카로운 말을 내뱉고 말았지만, 돌아오리라고 기대한 대답 역시 이런 게 아니었다. 오스카의 고백은 황홀한 동시에 왈도를 상처 입혔다.

"그건 우리가 결정할 수 있는 게 아냐."

이런 말을 하게 되는 날이 올 거라고는 생각했었다. 왈도는 최대한 감정을 다잡으려 애썼다. 덜컥 두려운 마음이 들었다.

"네가 없으면 안 된다고 했던 건, 나랑 그냥 여기서 영원히 함께하자는 대책 없는 소망으로 이야기한 게 아니야. 이러면 안 돼. 무엇이 너한테 최선인지 안다면 나는 당연히 네 결정을……"

"내가 그 제안을 받아들여야 한다는 소리구나."

오스카는 갑자기 허탈하게 웃었다. 조금 전까지만 해도 열정적인 고백을 하던 표정은 온데간데없이 사라지고 오스카의 시선이 공허하게 허공을 헤맸다. 왈도는 그가 화를 내고 있다는 걸 알았다. 왈도는 고통을 느끼는 사람처럼 눈가를 일그러트렸다.

"운이었겠지? 인디고의 차로는 우승할 수가 없는데."

"오스카……."

"우연이었던 거야 그날은. 너와 내가 해낸 모든 게."

"……."

"그러니 여기서 이러지 말고 가서 진짜 우승할 수 있는 차를 타라고, 그래서 지금까지 우리가 레이스 하며 이뤘던 그 시간들을, 그 무의미한 기록들을 다 짓밟고 올라서서 우승하라고, 그 말을 나한테 하고 싶은 거지?"

오스카의 눈가가 조금 젖었다. 습기로 미끄러워진 눈가에서 조명이 반짝이고 있었다. 왈도는 목이 꽉 막히는 기분이었다. 아니라고 하고 싶었다. 지금 너를 여기서 끌어안고 나는 영원히 너와 함께하겠다고, 어차피 희망 없는 거짓말이라도 할 수 있었으면.

"나한테 그 말이 잔인하게 들릴 거라는 생각은 안 들어?"

왈도는 대답하지 못했다. 그 침묵을 견디지 못한 쪽은 오스카였다. 오스카는 차에 올라타기 위해 몸을 돌렸다. 그러나 왈도는 차 문을 여는 오스카를 붙잡았다. 그에게 무슨 변명을 하려는 것도 아니었고, 그가 그저 상처받은 얼굴로 몸을 돌리는 걸 내버려둘 수 없었기 때문이었다. 오스카가 왈도를 돌아봤다. 훨씬 가까워진 곳에서 오스카의 울 듯한 얼굴을 보자 왈도는 그를 무작정 끌어안고 싶었다. 그러나 무의식적으로 그쪽을 향하던 왈도의 손은 오스카를 붙잡아 안지는 못하고 다시 떨어졌다.

"그게 우연이 아니었다는 것은 내가 제일 잘 알아. 나는 우리 사이의 문제를 이야기하자는 게 아냐. 그저 너한테는 좀 더 나은 기회를 가질 자격이 있다는 말을 하려는 것뿐이야."

그 말에 오스카는 정말 화가 났다. 오스카의 치켜뜬 눈이 왈도를 똑바로 봤다.

"너는 내가 무엇 때문에 그렇게까지 할 수 있었는지 모르겠어?"

오스카의 손이 왈도의 가슴을 밀었다. 왈도가 한 걸음 뒤로 밀렸다.

"내가 왜 레이스 하는지 모르겠어? 내가 왜 매일 새벽마다 근육통에 시달리며 일어나서도 달리고, 속이 뒤집혀가면서 죽을 것 같은 트레이닝을 하는지, 내가 왜 자칫하면 내 몸이 부서질 수도 있는 공포를 잊어버리려고 애쓰면서 달리는지 정말 모르겠냐고. 내가 이 미친 짓을 지금까지 해왔던 건 네가 거기에 있기 때문이었어!"

"……."

"왈도 네가 나한테 말을 하고 있으니까. 중력이 내 폐를 눌러서 숨을 쉴 수 없는 순간에조차 네가 나와 함께 있으니까…… 나는 널 위해서라면 그 모든 걸 할 수 있었다고."

오스카의 숨이 잔뜩 가빠졌다. 힘이 들어간 그의 눈가에 넘칠 듯 눈물이 고여 있었다. 눈앞이 아찔해지는 말들이었다. 언제부터 이렇게 된 걸까. 이렇게나 사랑에 빠져서 더 이상 움직이지 않겠다는 너를 어떡하면 좋을까.

"차라리 나보고 레이스를 그만하라고 해. 애초에 나에겐 의미 없었으니까. 진짜 이젠 지겨워. 이딴 거 다 그만둘 거야."

오스카는 머리를 저었다. 그가 눈을 깜빡이는 탓에 굵직한 눈물이 그의 눈에서 뚝뚝 떨어졌다. 그는 얼른 왈도에게서 고개를 돌렸다. 왈도는 그의 팔을 붙잡으려 했지만 소용없었다. 오스카는 왈도의 팔을 세차게 뿌리쳤다.

오스카는 그 말을 마지막으로 운전석에 올랐다. 차는 시동을 걸자마자 주차장을 망설임 없이 빠져나갔고, 왈도는 그 자리에 우두커니 남겨졌다. 오스카의 차 라이트가 어둠 속으로 아주 빠르게 멀어져 갔다. 습하고 무거운 열대의 하늘이 땅 위까지 내려와 있었다. 창백하고 밝은 가로등 불빛 속으로 날벌레들이 수도 없이 날아들고 있었다. 비가 쏟아질 것 같았다.

◇ ◇ ◇

토요일 저녁이 되도록 오스카는 어디에도 보이지 않았다. 금요일 자정 왈도와의 말다툼을 마지막으로 그는 하루 동안 감쪽같이 사라졌다. 무슨 일이 일어났는지 모르는 다른 사람들도 오스카가 토요일 주행 시간이 다가오도록 보이지 않자 하나둘씩 의아해하고 있었다. 오스카가 연락이 두절되었다는 사실을 아는 것은 왈도와 보스, 둘뿐이었다.

오스카의 핸드폰은 전원이 꺼져 있었다. 왈도는 그렇다는 걸 알면서도 부질없이 그에게 한 번 더 전화를 걸어봤다. 응답이 없는 통화를 막 종료한 왈도가 앉아 있는 동안 마테오는 어디론가 연락하고 있었다. 그는 오스카의 건강 상태를 핑계로 일단 예선 직전의 연습 주행 세션을 건너뛰고 시간을 벌어보려고 하고 있었다. 이야기가 끝났는지 마테오는 왈도를 돌아봤다. 마테오에게 한 번도 오스카와의 관계에 대해

사적으로 이야기를 한 적은 없었지만 그는 이미 모든 것을 짐작하고 있다는 눈으로 왈도를 가만히 바라봤다. 그가 잠시 생각에 빠졌다가 남들에게는 들리지 않을 작은 목소리로 왈도에게 말했다.

"자네는 어떻게 된 일인지 알고 있지?"

왈도는 화면이 꺼진 핸드폰을 괜히 만지작거렸다.

"어제 늦게까지 같이 있었던 건 맞습니다만 저조차도 연락이 되지 않습니다. 솔직히 말씀드리자면 저도 모르겠어요."

마테오는 그 말에도 이렇다 할 반응이 없었다. 왈도는 차라리 그가 화가 나서 다그치면 속이 편할 것 같았다. 마테오는 바닥을 내려다봤다. 오후에 비가 한차례 내린 서킷 바닥은 여전히 습기가 조금 남아 검게 번들거리고 있었다. 야간의 서킷을 대낮처럼 밝히고 있는 조명이 발밑에 햇빛처럼 선명한 그림자를 만들고 있었다. 마테오는 그 여러 개의 그림자가 겹치는 어둠을 응시하며 말했다.

"통제할 자신이 없다면 처음부터 몰입하게 해서는 안 되는 거였는데."

왈도는 고개를 들었다. 마테오의 말이 의미심장했다. 어제로부터 하루 동안 왈도를 괴롭히던 생각이 다시 수면 위로 떠올랐다. 나는 오스카를 망치고 있는 것일까.

"제 탓입니다. 죄송합니다."

"오스카 이야기가 아니야. 자네 말이야."

마테오는 일말의 감정도 묻어나지 않는 목소리로 즉시 대답했다. 의아해하는 왈도에게 마테오는 한 마디를 더했다.

“드라이버에게 너무 몰입하지 말게.”

그뿐이었다. 마테오는 어떤 설명도 하지 않았다. 드라이버 한 명이 연락 두절된 채 나타나지 않는데도 그는 피트레인에 서서 아무 일도 없다는 듯 자신 이외의 사람들을 무디게 둘러봤다. 그는 여전히 짐작할 수 없는 사람이었고, 그가 바로 토로 인디고의 비밀이었다. 왈도는 문득 그를 모른다는 생각이 들었다. 눈부신 나이트 서킷의 화려한 장관 아래 무슨 일이 일어나는지는 실은 아무도 모른다. 연락을 받지 않는 연인을 기다리고만 있는 왈도의 근심 역시 그랑프리의 북적임 속에 파묻힌 보이지 않는 조각에 불과했다. 여기 있는 모든 이의 오늘이라는 시간 아래 어떤 상실과 비밀이 있는지, 사실은 모른다. 각자의 고독은 밤의 열기 속에서 점멸하는 조명처럼 어둠을 자기 몸집만큼 밀어냈다가 다시 힘을 잃고 사라지고 있을 뿐이었다. 갑자기 외로움이 그림자처럼 왈도의 발밑에 붙었다.

오스카는 연습 주행 시간 직전까지 돌아오지 않았다. 왈도는 이 모든 것에 대한 책임감을 느꼈다. 태연한 척했지만 왈도의 마음은 불안으로 타들어가고 있었다. 애당초 사람의 마음을 통제할 수 있을 거라고 착각했던 오만에 대한 벌인지도 모른다. 실종을 염두에 두고 있었지만 혹시 모를 오스카의 일탈을 걷잡을 수 없이 큰 실책으로 만들고 싶지 않아 마테오는 기다리는 중이었다. 거의 한숨도 잠들지 못한 왈도의 시간이 그렇게 속절없이 갔다.

그러나 오스카는 거짓말처럼 주행 시간이 되자 트랙에 나타났다. 마테오가 오스카의 결장을 거의 결정하려던 시점에 그는 주행을 준비하고 있는 개러지에 조금 전까지 아무 일도 없었던 것처럼 나타났다. 오스카는 레이스 슈트를 입고 있었고 한 손에는 자신의 헬멧을 들고 있었다. 조금은 지친 듯한 얼굴의 그는 자신을 기다리고 있는 레이스 카로 성큼성큼 다가왔다. 모두가 말없이 그가 차에 오르는 모습을 지켜봤다. 그 자리에 있던 조엘 소사조차도. 조엘의 얼굴에서 어떤 미약한 기대가 무너졌다.

오스카는 태연하게 차에 올랐지만 만 하루에 가까운 균열은 그의 레이스에 영향을 미쳤다. 오스카는 예선에서 전에 없이 욕심을 부렸다. 싱가포르 스트리트 서킷은 그렇지 않아도 보통의 트랙보다 좁고 방호벽은 부딪칠 듯 가깝고, 밤이라 어두워 조명이 길을 새하얗게 밝히고 있다고 해도 태양 아래를 달리는 것과는 달랐다. 모나코와 거의 비슷한 조건의 공간이었다. 낯선 트랙에서 오스카는 조심성 없이 질주했고, 그의 차는 몇 번이고 흔들리고 부딪쳤다. 오스카의 차체가 콘크리트 벽을 긁어 어둠 속으로 불꽃이 파스스 튀어 올랐다. 그럴 때마다 피드월에는 신경을 옥죄는 듯한 긴장이 흘렸다.

예선이 끝났을 때 오스카의 순위는 P7이었다. 시즌 상반기의 기록들을 기억한다면 처참한 결과였다. 제노 역시 P3으로, 지난 경기에서는 우승까지 했을 정도로 빨라진 토로 인디고 팀으로서는 실망스러운 결과였다.

오스카는 자신에게 달라붙는 기자와 방송국 카메라 어느 쪽에도 대꾸하지 않은 채로 묵묵히 피트레인을 걸어 돌아왔다. 따라오는 거대한 카메라 장비 사이에 파묻힌 오스카의 몸이 유난히 작아 보였다. 쫓기듯 돌아오는 그를 보고 왈도가 재빨리 다가가 옆에 붙으며 몸으로 오스카를 감쌌다. 왈도가 방송국 사람들을 막아서서 따돌리는 동안 오스카는 멈추지도 않고 개러지를 향해 계속 갔다. 왈도는 그런 오스카의 뒤를 재빨리 쫓았다.

"어떻게 된 거야. 어디 있었어."

왈도가 물었다. 오스카는 멈추지 않았다. 그는 한 손에는 헬멧을 든 채로 팀 빌딩을 향해서 계속 무시하고 걸어갈 뿐이었다.

"오스카, 잠깐만 나 좀 봐."

빌딩 입구에 다다르기 직전, 더 이상 따라붙는 기자와 카메라도 없어질 즈음 오스카는 몸을 돌렸다. 피로한 표정으로 바라보는 그의 얼굴이 낯선 사람 같았다.

"너한테 화내는 거 아냐."

하고 싶은 말은 많았지만 그 말부터 나왔다. 왈도의 목소리가 한껏 부드러웠는지 순간 오스카의 표정이 흔들렸다. 그러다 오스카는 정말로 서글픈 얼굴로 고개를 저었다. 더 이상 아무것도 견딜 수 없다는 듯이.

"날 내버려둬."

오스카는 그대로 몸을 돌렸다. 고개를 돌리는 그의 얼굴이 아주 느릿하게 왈도의 시선에서 사라졌다. 오스카는 건물 안으로 들어갔다. 더위에 젖어 귓바퀴의 곡선을 따라 들러붙은 머리카락이 눈앞에서 멀어져 갔다. 오스카에게서 담배 냄새가 났다.

◇ ◇ ◇

왈도는 징크스를 믿지 않는 사람이었다. 그러나 언제부턴가 그는 레이스 출발 직전 그리드에 혼자 남겨진 오스카의 장갑 낀 손 위에 입술을 대고 인사하곤 했었다. 그러지 않은 적이 있다면 오늘이었다.

포메이션 랩을 한 바퀴 마친 레이스 카들이 자신의 출발 위치에 하나씩 천천히 도열했다. 맨 마지막 차가 제자리를 잡는 순간, 기대로 부푼 관객의 함성이 잠시 치솟았다. 어둠을 밀어내기라도 할 듯 환하게 빛나고 있는 스트리트 서킷 위는 저마다의 색으로 빛나는 레이스 카들이 뜨거운 열기를 내뿜으며 출발을 기다리고 있었다. 오스카는 잔뜩 예민해진 상태였다. 어쩌면 그것이 그에게 초인적인 출발을 가능하게 했던 걸지도 몰랐다.

빨간색 라이트 다섯 개에 차례로 불이 켜지고 한꺼번에 그것이 꺼지는 순간, 모든 레이스 카가 동시에 요란하게 땅을 박차고 앞으로 튀어나갔다. 오스카의 차는 그중에서도 눈에 띄게 빨랐다. 황소 문양의 푸른 차가 두 줄로 선 레이스 카 무리의 가운데로 튀어나오는 순간 강렬한 흥분이 패독과 관객석을 휩쓸었다. 그때였다.

오스카가 첫 코너로 공격적으로 파고들면서 앞서가던 다른 차들과 거세게 충돌했다. 너무 빠르게 앞으로 튀어나온 오스카를 피하지 못한 선두 그룹의 차들이 한데 뒤엉켰던 것이다. 브레이킹 하는 누군가의 타이어에서 일어난 연기가 현장을 뒤덮었다. 누구의 것인지 알 수 없는 차체의 파편들이 이리저리 튀었다. 순식간에 여러 대의 차가 사고에 뒤엉키고, 오스카의 차는 앞바퀴가 들린 채 크게 한 바퀴 굴렀다. 피가 식는 장면이었다.

일순간 찬물을 끼얹은 듯 피트레인에 정적이 찾아왔다. 사고에 엉켜 그 자리에 우뚝 멈춰 선 차만 해도 셋. 데미지를 입은 채로 그 자리를 지나간 차는 몇 댄지 파악도 되지 않는 상태였다. 오스카의 차가 구른 후 방호벽에 부딪치며 섰다. 그 사고에 얽힌 제노의 차 역시 거기서 멀리 떨어지지 않은 곳에 멈춰 섰다. 모니터에는 순식간에 노란색의 경보가 반짝였다. 그 자리를 가까스로 지난 차들의 속도가 줄어들고, 응급 구난차와 세이프티 카가 재빠르게 피트레인을 빠져나가 현장으로 갔다.

엄청난 사고의 잔해들이 레이스 트랙에 흩뿌려진 가운데 마셜들이 바쁘게 사고 현장으로 뛰어가는 게 중계되고 있었다. 오스카로부터 멀리 떨어지지 않은 곳에 선 제노로부터 성난 통신이 피트월로 넘어왔다.

"뭐였어?! 미친 거 아냐? 어떻게 그 틈새로 멈추지도 않고 들어와?"

제노는 자기 콕핏에 앉은 채로 화를 내고 있었다. 그의 목소리가 필요 이상으로 격양되어 있었다. 그만큼 사고가 컸다. 어느 때보다도 출발할 때 긴장하는 드라이버들에게는 충격이 컸을 것이다. 왈도는 그 목소리를 전해 들으며 피트월에서 오스카를 보고 있었다. 의료진들이 아직 콕핏에서 나오지 않는 오스카 쪽으로 가고 있었다.

"오스카, 괜찮아?"

왈도의 물음에 오스카는 곧 응, 하고 대답했다. 대답하는 오스카의 숨이 가빴다. 그러더니 그는 분을 참을 수 없다는 듯이 앉은 채로 소리를 질렀다. 더 이상 엉망일 수도 없었다.

여러 명의 인원이 바쁘게 트랙을 수습하는 동안 오스카는 차에서 나왔다. 충격으로 조금 비틀거렸지만 그는 결국 걸어서 피트레인으로 돌아왔다. 헬멧도 벗지 않고 걸어가는 오스카의 모습을 카메라가 멀리서 비췄다. 하늘에서 보는 싱가포르 트랙은, 산산이 부서진 누군가의 비극은 아무렇지도 않다는 듯이 화려하게 빛났다. 인디고 팀에게 오늘 레이스는 겨우 이렇게 끝이었다. 왈도는 피트월에서 내려왔다.

◇ ◇ ◇

"벨기에 그랑프리에서 그렇게 눈부셨던 선수인데, 그 기세를 다 잃어버린 것 같아요. 물론 신인이라 기세가 들쭉날쭉할 수도 있지만, 어쩌면 너무 섣불리 앞을 내다본 걸 수도 있고요. 그가 얼마나 자신의 재능을 보여줄지 좀 더 지켜봐야겠군요."

메디컬 센터 입구에 서 있는 직원의 핸드폰에서 방송국의 중계 음성이 흘러나오고 있었다. 트랙에서는 레이스가 진행 중이었다. 왈도는 안으로 들어가려다가 문 앞에서 지루한 얼굴로 중계를 보고 있는 직원 덕분에 그 소리를 들었다. 왈도는 못 들은 척 지나쳐 건물 안으로 들어갔다.

오스카는 슈트 상체를 벗은 채로 메디컬 센터 실내에 앉아 있었다. 왈도는 문을 열었을 때 입구 쪽으로 등을 돌린 채 앉아 있는 오스카의 뒷모습을 마주쳤다. 그의 등이 레이스 카의 열기에 빨갛게 익어 있었다. 맨살 위에는 카시트에 눌린 자국이 군데군데 있었다. 보호 장비 없이는 저렇게 연약한 몸이다. 보통의 자동차 사고 같았으면 중상을 입었을 일이었다. 왈도가 온 걸 눈치챘는지 오스카는 어깨 너머로 뒤를 한 번 봤다. 그가 말없이 다시 고개를 돌렸다. 등이 좀 더 앞으로 구부러졌다. 어딜 다치진 않은 것 같아 다행이었다.

메디컬 체크가 끝나고 오스카가 나설 때까지 왈도는 곁을 지켰다. 복도는 비어 있었고, 건물 밖에서 들리는 요란한 레이스 카의 소음이 유리창 안까지는 들어오지 못하고 있었다. 드문드문 들리는 장내 방송이 레이스가 끝을 향해 가고 있는 것을 알리고 있었다. 밤이 깊어가고 있었다. 계단 쪽을 향해 난 창으로는 서킷이 아닌 반대쪽 풍경이 보이고 있었다. 먼 곳에서는 어두운 공도 위로 평범한 자동차의 조명이 느릿하게 움직이고 있었다. 불빛이 실내를 스치고 지나갔다.

오스카는 계단을 내려가려다가 멈췄다. 왈도가 뒤에서 그의 등허리를 한 손으로 쓸었다. 거절할까 봐 그의 손은 오스카의 허리 우묵한 곳에 멈춰 더 움직이지 못하고 있었다.

"안아봐도 돼?"

왈도가 뒤에서 물었다. 오스카는 선뜻 대답하지 못했다. 왈도는 조금 기다리다가 오스카의 양팔을 가만히 쥐고 자기 머리를 오스카의 어깨에 기댔다. 오스카는 어깨에 다정하게 닿는 왈도의 뺨을 피하려 슬그머니 몸을 비틀었지만, 왈도는 팔을 조금 더 당겨 오스카를 가슴에 기대게 만들었다.

"싫어하지 마. 이러고만 있을게."

왈도는 손을 조금 더 내밀어 오스카의 상체를 안았다. 그 새 손의 기억이 흐려져 오스카의 촉감이 새삼스러웠다. 그가 얼마나 상처를 받았을지 가늠할 수가 없었다. 돌이킬 수나 있으려나. 왈도가 생각하는 동안 오스카가 말했다.

"우승하지 말았어야 했는데."

그동안 계속 그 생각을 하고 있었던 모양이었다. 그 말에 왈도는 그를 안은 손에 힘을 줬다.

"돌아오지 말았어야 했어. 정말 이 짓을 끝내버려야 되는데, 그러지도 못하고."

한숨을 쉬는 오스카의 목에 왈도는 뺨을 문질렀다. 지난번에도 떠나겠다고 해놓고서는 멀리 가지도 못하고 돌아왔던 그였다. 오스카는 이번에도 그를 남겨두지 못해 기어이 돌아오고 말았다. 왈도는 그게 사랑스러우면서도 마음이 무거웠다. 애틋해진 오스카의 목소리가 말했다.

"나한테 실망해도 상관없어."

"차라리 그랬으면 좋겠어?"

하나도 진심이 아닌 이야기에 왈도는 그렇게 대답했다. 어쩌면 마지막 것은 반쯤은 진심일지도 몰랐다. 그는 떠나버린 마음 탓을 하며 지금까지의 노력을 다 그만둘 생각이었을지도 모른다. 하지만 왈도는 눈을 감으며 대답했다.

"말했잖아. 너한테 실망 안 한다고."

오스카는 낮게 탄식했다. 그는 결국 한 손으로 자기 허리 위에 있는 왈도의 손등을 감쌌다.

그에게 족쇄가 된들 상관없었다. 2월에 팩토리에 와서 서 있던, 그렇게나 재능 있는 드라이버가 자신 때문에 잘못된 선택을 하는 게 왈도에게는 더 두려운 일이었다. 왈도는 조금 전의 사고에서도 털끝 하나 다치지 않은 오스카의 몸을 더 꽉 끌어당겨 안았다. 건물 바깥에서 폭죽 터지는 소리가 들렸다. 우리가 달리지 않은 레이스가 끝난 모양이었다. 건물 반대쪽 하늘에서 터지는 불빛의 색깔이 이쪽 하늘을 물들여 창문 바깥에 번지다 사라졌다.

오스카는 왈도의 숨소리를 들으며 계단 아래를 내려다봤다. 계단 아래에 조엘이 있었다. 올라오다 말고 이쪽을 조용히 보고 있는 그의 얼굴 위로 폭죽의 붉은 불빛이 비쳤다가 사라졌다. 폭죽의 소리가 멎을 때쯤 조엘은 몸을 돌려 계단 아래로 사라졌다.

◇ ◇ ◇

미디어 직원이 나가지 않을 거라고 했던 기사는 결국 온라인 매체에 업데이트됐다. 이적 질문에 대한 오스카의 대답은 자리를 뜨는 것이었다고 실린 기사는 레이스를 완주한 다른 모든 드라이버들의 이야기를 제치고 주목을 받았다. PR팀은 그 일로 난리가 났지만 정작 중요한 이적 질문에 대한 진짜 답은 누구도 알지 못했다. 스캔들은 소문내기 좋아하는 사람들의 입에 쉽게 오르내렸다.

한편 옥스퍼드의 팩토리를 실제로 괴롭힌 것은 오스카의 사고에 대한 페널티였다. 스튜어드(경기심판)는 오스카가 일으킨 사고에 대해 고의성을 인정해서 가장 높은 수준의 페널티인 다음 레이스 출장 정지 처분을 내렸다. 왈도는 팩토리에 돌아오자마자 FIA(국제자동차연맹)에 강력하게 항의하려고 시도했지만 마테오의 반응은 미지근했다. 어딘가 다른 계획이라도 있는 사람처럼.

일본 스즈카에서 열리는 다음 레이스가 코앞이었다. 왈도는 모든 일이 속수무책으로 손가락 사이를 빠져나가는 것만 같았다. 팩토리를 뒤집고 다니던 왈도는 이 모든 게 우연이 아닌 하나의 견고한 계획 같다고 느꼈다. 기자들이 소문을 내기 시작했다던 시점부터 느꼈던 의문은 어느덧 하나의 구체적인 질문으로 수렴했다. 마테오는 정말로 오스카를 이대로 팀에서 내보낼 생각을 하고 있는 게 아닐까.

왈도는 늦은 오후 마테오를 간신히 개러지에서 만날 수 있었다. 이미 스즈카로 레이스 카들을 보내 팩토리의 작업장은 비어 있었다. 먼지 한 톨 없이 닦인 흰 바닥 위로 해가 기울고 있었다.

"FIA에 항의하지 않는 것은 그 때문인가요? 오스카가 레이스를 나가지 못하게 되면 그 차를 조엘 소사가 대신 탈 수 있으니까?"

왈도는 마테오에게 단도직입적으로 물었다. 마테오는 대답하지 않고 창밖을 물끄러미 봤다.

"잘됐다고 생각하십니까? 애쓰지 않아도 소사에게 시즌에 두 번이나 레이스에서 달릴 기회가 손에 굴러 들어와서. 그의 스폰서들이 뭘 얼마나 제안했는지는 모르겠지만 적어도 그 애보다는 오스카가 이 차에 훨씬 능숙해요. 브랜딩, 노출…… 언제부터 그게 스포츠보다 우선이었습니까? 상식적으로 레이스에서 득점을 하려면 오스카가 달려야 한다고요!"

왈도는 끝에 가서는 거의 언성을 높였다. 마테오는 작업장 선반에 몸을 기대선 채로 그런 왈도를 보고 있었다. 왈도의 항의를 듣기보다는 젊고, 여전히 확신에 차 있고, 그런 한편 화가 나 있는 왈도를 보고 있는 것에 가까운 얼굴이었다. 마테오는 한참 만에 입을 열었다.

"항의해도 이번 페널티를 무효화시킬 순 없네. 알고 있을 텐데."

"저도 모르는 게 아닙니다. 적어도 팀이라면 시도라도 해야 된다는 거죠. 항변하는 척이라도 해야 된다고요."

"팀이라면."

마테오가 팔짱을 꼈다. 그는 다소 복잡한 얼굴로 자신의 발끝을 잠시 바라보다 왈도에게 대답했다.

“제노가 이번 일에 대해 가장 강력하게 페널티를 주장했네.”

왈도의 말문이 막혔다. 거기까지는 생각이 미치지 못했는지 왈도는 놀란 표정으로 한 손으로 얼굴을 쓸었다.

“자네가 팀이라고 생각하는 사람들은 자네와 오스카를 이기려고 최선을 다해. 자네가 이럴수록 라이벌의 위협이라고 느끼지.”

“…….”

“제노가 사고를 당하고 한 경기를 소사에게 내준 일로 이미 오스카에게 득점에서 뒤처져 있는데, 햇병아리 같은 신인이 와서 자기보다 매번 앞서가는 것을 그대로 보고만 있을 줄 알았나? 그런 사람이었다면 인디고에서 이렇게나 오래 달릴 수 있었을 것 같아? 왈도. 이것도 경쟁이네. 이것 역시 레이스야.”

마테오는 침착하게 말했다. 그는 그런 일을 이미 지난 수년간 지켜본 사람이었다. 망연자실함보다는 조금 더 큰 좌절감이 왈도의 등줄기를 서늘하게 했다. 설마 했던 일들이 실제로 일어나고 있었다. 단 두 개의 드라이버 자리를 두고 제노는 지금까지 얼마나 많은 팀 메이트가 짧은 시즌을 거쳐가도록 수단과 방법을 가리지 않고 자리를 지켜냈을까. 그러는 동안 조엘 소사는 이 자리를 차지하기 위해 제노보다 조금 더 쉬운 타깃인 오스카를 밀어내야겠다고 생각한 것이다. 누가 시작했든, 기자들이 쓰는 소설의 근원은 분명히 누군가의 마음속에는 구체적인 계획으로 존재하고 있었다. 왈도는 드디어 그 질문을 해야만 했다.

"경쟁을 내버려두는 척하시면서 결국엔 누굴 선택하실 생각인가요?"

마테오의 색이 옅은 눈이 안경 속에서 깜박였다.

"조엘 소사에게 기회를 주고 싶으신 거죠?"

마테오가 가볍게 한숨을 쉬었다. 그는 안경을 벗어 상의 주머니에 집어넣었다. 지금 묻지 않았다면 마테오는 이 일을 혼자서만 생각하다 왈도에게 통보했을 것이다. 그랬다면 이미 결정된 결과를 모른 채, 우리는 가능성을 보여주려고 얼마나 최선을 다했을까. 처음부터 승리할 확률이 없는 레이스였는데도.

"그 애가 베네수엘라 자본을 엄청나게 끌어들였어. 몬차에서 한 번의 금요일 주행을 하기 위해 그 애가 팀에 얼마나 많은 돈을 지불했는지 아나? 물론 오스카는 실력 있는 드라이버지만, 혼자서 일하는 핀란드인에게 사업 수완을 기대했을 리가 있겠나? 오스카는 어쩔 수 없는 선택이었네. 소사는 우리가 거절할 수 있는 옵션이 아니야. 그가 우리 팀에서 데뷔의 가능성을 생각하고 있는 것만으로도 행운이라고 생각해야 해. 그 애를 다음 해에 드라이버로 데뷔시키지 못하고 더 기다리게 하다가 다른 팀에 뺏길 수는 없어."

"오스카가 한 해 만에 얼마나 해낼 수 있는지 보시고도 그런 말을 하는 겁니까?"

"자네는 얼마나 많은 사람들이 이 일에 매달려 있는지 알기나 해? 레이스 카 한 대가 그랑프리를 출발하게 만드는 데 얼마나 많은 자본이 필요한지 아냐고. 지금도 수십 명의 개발자가 저 위에서 일하고 있어."

마테오는 그답지 않게 빠른 어조로 말을 쏟아냈다. 그의 냉정한 눈이 왈도를 똑바로 쳐다보고 있었다. 원래의 그였다면 이조차도 마지막 순간이 올 때까지 말하지 않았을 것이다. 그러나 왈도는 지금 이 이야기를 듣고 있었다. 마테오가 말을 멈추자 숨 막히는 정적이 둘을 휘감았다. 어쩌면 마테오는 왈도의 경력조차 끝장내버릴 것을 상상하고 마지막 선포를 하는 것일지도 모른다. 방해가 된다면 너조차도 잘라버릴 거라고. 그러나 왈도 역시 물러날 수 없었다.

"그러니까 우리가 해야 되는 것은 우승이 아닌가요."

마테오는 갑자기 웃었다. 자조적인 마른 웃음이었다.

"에두아르도. 정신 차리게. 우리 차로는 우승 못 하네."

"할 수 있다는 걸 보셨잖아요!"

"자네의 만용이 단 한 번 우연히 실패하지 않았다는 거로 자만하지 마. 우리는 공학자야. 그런 우연에 기도나 하라고 자네를 그 자리에 앉혀놓은 게 아니란 말이야!"

처음으로 마테오의 언성이 높아졌다. 왈도는 그 말에 적잖이 충격을 받았다. 그랬다. 그 우승은 부정할 수 없는 우연이었다. 왈도는 우승이라는 확률을 100%로 만들기 위해 다른 팀들이 얼마나 많은 자본을 쏟아붓는지도 알고 있었다. 냉정하지만 사실이었다. 레이스는 그런 스포츠였다. 왈도는 그제서야 자신이 그 100%를 만들 수 없는 사람이라는 것을, 마테오의 말 앞에서 인정할 수밖에 없었다. 잔인하게도 마테오는 처음부터 알고 있었던 것 같았다. 눈앞이 어지러웠다. 흐린 시선 속에서 마테오가 조금은 동정을 담은 눈길로 자신을 바라봤다.

"이건 사업이야."

그의 말이 왈도를 땅 위로 끌어내렸다. 찰나에 운명이라는 낭만적인 불가사의함에 기대하고 있던 그의 심장이 바닥으로 내동댕이쳐졌다.

"우리에게 필요한 건 투자야. 자본을 가진 선수 말이야. 지금은 재능이 아니라 돈이 필요하네."

"……."

"이러니 드라이버에게 몰입하지 말라고 했는데도."

마지막 그 말은 마테오의 입안에서 조금 뭉그러졌다. 그조차도 말을 망설이는 때가 있는 걸까. 왈도는 상처받은 표정을 감출 생각도 없이 그를 다시 봤다. 마테오는 천천히 시선을 거뒀다.

"올해 시즌이 끝나면 선수가 바뀔 거야. 자네가 밀어주게."

그 말을 하는 마테오의 얼굴은 처음으로 돌아가 있었다. 조금 전의 감정적인 대화들은 잊어주겠다는 듯이, 그는 평소처럼 속을 알 수 없는 보스로 돌아가 있었다. 마테오는 인사도 없이 자리를 떠났다. 그가 작업장 문을 닫는 소리가 조그맣게 울렸다. 왈도는 혼자 남겨졌다.

오스카를 처음으로 만난 곳이었다. 지면 위로 기울기 시작한 해가 길게 흰색 바닥 위로 들어와 있었다. 벌써 몇 년은 된 것 같은 지난 일들이 꿈결처럼 멀게 느껴졌다. 마테오의 마음을 바꿀 수는 없을 것이다. 몇 번의 짧은 레이스에 반복해서 매달리는 동안 보지 못했던 더 긴 레이스가 끝을 향해 가고 있었다. 왈도는 이제야 그 결말을 예상했다. 거의 바꿀 수 없는 결말을.

왈도는 레이스 엔지니어의 본능처럼 한 가지 생각을 하고 있었다. 감상이 파도처럼 몰아치는 이 순간조차도 그는 머릿속으로는 다른 방법을 생각하고 있었다. 오스카를 더 달리게 해야 했다. 그러기 위해서 우리가 속삭이고 꿈꿨던 약속들을 다 깨트리는 수가 있어도 이대로 포기할 수는 없었다. 왈도는 금빛으로 물드는 빈 작업장의 바닥을 보며 생각했다. 오스카에게 말해야 한다.

◇ ◇ ◇

오스카는 지하의 차고에 있었다. 작업장이 아닌, 지난 시즌 인디고의 레이스 카들을 모아둔 곳이었다. 레이스 카에게는 각자 일 년씩의 시간이 주어졌다. 경주가 끝나면 규정도, 기술도 바뀌게 마련이었고 과거의 레이스 카는 더 이상 같은 조건에서 달릴 기회가 주어지지 않았다. 각자의 기록은 그야말로 각자의 시간 속에서나 유효했다.

시뮬레이터 룸에 있다 왔는지 오스카는 레이스 슈트를 입고 있었다. 형광등의 창백한 빛이 더 이상 달리지 않는 유물들 위에 머물러 있었다. 지금 이 순간에도 건물 위층에서는 내년 시즌을 위한 레이스 카를 테스트하고 있을 것이다. 이번 시즌을 달렸던 차 역시 언젠가는 여기에 들어와 다시는 트랙에 나가지 않을 것이다.

왈도를 본 오스카는 벽에 등을 기대고 천천히 앉았다. 그 어떤 것도 흔들 수 없어 보였던, 그의 외투 속에 단단히 싸여 있던 얼굴이 이제는 여름의 고비를 넘기고 더 이상 숨길 수 없이 무르익은 감정을 담아 왈도를 보고 있었다. 왈도는 조그맣게 몸을 구부리고 앉아 있는 오스카 앞에 한쪽 무릎을 꿇고 앉았다. 오스카는 더 이상 사랑할 수도 없다는 얼굴로 왈도를 마주 보고 있었다. 멈춰버린 레이스 카들과 함께 자리에 주저앉아버린 파일럿은 사랑스러운 동시에 가슴 아팠다. 왈도는 오스카의 무릎을 쓰다듬으며 말했다.

"스즈카에 다녀올 거야. 이번에는 니 혼자."

오스카는 고개를 끄덕였다. 페널티에 대해서는 그도 이미 알고 있었다. 오스카는 한참 동안 생각을 가다듬는 듯하더니 대답했다.

"미안해."

그가 사과할지는 몰랐기 때문에 왈도는 그의 얼굴을 다시 봤다. 오스카는 그 말에 갑자기 감정이 북받쳤는지 두 눈에 왈칵 눈물이 고여 있었다. 오스카는 감정을 다잡으려 애쓰는 것 같았다.

"그 레이스를 망쳐서는 안 되는 거였는데."

"네 잘못이 아냐 오스카."

"더 잘했어야 했는데, 완벽했어야 했는데……."

잔뜩 인상을 쓰고 말하는 오스카의 눈에서 굵직한 눈물이 뚝뚝 떨어졌다. 오스카는 한 손으로 뺨 위로 떨어지는 눈물을 훔쳤다. 화가 난 것 같기도 한 얼굴로 오스카는 계속해서 말했다.

"나는 최선을 다했어. 너한테 필요한 사람이 되고 싶어서. 사실 그뿐이었어. 그러면 될 줄 알았는데…… 그것도 부족했어. 나는 더 이상 어떻게 해야 네 곁에 있을 수 있는지 모르겠어."

오스카의 얼굴 위로 계속해서 눈물이 떨어졌다. 더 이상 우리가 얼마나 더 최선을 다해야 할까. 우리는 이미 할 수 있는 한계를 넘었는데도. 이런 그에게 왈도는 이제 우리가 할 수 있는 것이 없다는 것을 말해야 했다. 아무런 가능성이 없는 이 순간에 대해 말해야만 했다.

"만약에 우리가 계속 함께 레이스 하지 못한다고 해도, 걱정하지 말고 최선을 다해."

왈도는 오스카의 무릎을 쓰다듬었다.

"이 팀이 아니라도 넌 계속 레이스 할 수 있을 거야."

오스카가 고개를 들었다. 잠시 혼란스러워하다가 그는 곧 왈도가 무슨 말을 하려고 하는지 이해한 것 같았다. 슬픔을 숨길 생각도 없는 눈에서 하염없이 눈물이 떨어졌다. 최선을 다했는데도 팀이 자신을 선택하지 않을 거라는 것을 안 오스카가 상처받는 모습은 잠시 왈도를 흔들었다. 오스카는 자신의 무릎 위에 있는 왈도의 손을 잡았다.

"나는 네가 아니면 싫어."

오스카는 이 순간에도 그런 말을 했다. 그가 바라는 것은 정말 그뿐일지도 몰랐다. 왈도는 무릎을 꿇고 오스카를 끌어당겨 안았다. 오스카의 머리가 힘없이 왈도에게 안겨왔다. 작은 소리를 내며 우는 그의 어깨가 떨렸다.

"오스카, 넌 더 빨리 달릴 수 있어. 너는 더 좋은 팀으로 가야 해."

왈도는 기이할 정도의 떨림으로 스스로에게 하듯 말했다. 그 말을 실현하길 바라는 사람처럼, 그는 오스카의 등을 쓰다듬었다.

"널 이렇게 멈추게 할 순 없어. 내가 있으니까 걱정하지 마. 절대 이대로 안 끝날 테니까 걱정하지 마."

Japanese GP

10월이었다. 스즈카에는 조금 늦게까지 해양성 기후의 여름이 머물렀다. 습하고 더운 열기가 일렁이는 서킷은 화창했다가도 갑자기 하늘이 어두워지며 비가 쏟아지고는 했다. 갑작스러운 비는 종종 햇살 속에서 내렸다. 그게 지나고 나면 서킷은 바닥으로부터 미지근한 습기를 내뿜었다.

토요일 예선 낮에 비가 왔다. 출발 직전에 내린 비로 차들은 우왕좌왕했고, 다들 시간을 많이 허비하고 말았다. 비가 그쳤음에도 불구하고 트랙에는 물이 흥건해 첫 번째 세션은 웨트 세트로밖에 달릴 수 없었다. 하지만 차라리 그편이 나았다. 트랙이 점차 마르기 시작한 두 번째 세션의 시간은 고작 15분이었다. 그사이에 상황이 얼마나 변할지 몰라 팀들은 최대한 기록을 서두르려 했고, 그 때문에 트랙에는 너무 차가 많았다. 세션을 5분 정도 남기고는 차들이 달린 라인을 따라서 트랙이 마르는 게 눈에 보이기 시작했다. 드라이 세트로 달리기에는 아직 말끔히 마르지 않아 위험했지만 너 바르길 기다릴 시간도 없었다. 왈도가 고민하는 동안 조엘이 트랙에서 대답했다.

"드라이 세트를 시도할 수 있을 것 같아요. 마지막 한 랩 정도는 달릴 시간이 있어요."

왈도는 옆을 힐끔 봤다. 제노는 웨트 세트로 마지막까지 달릴 생각인지 타이어를 교체할 것 같지 않았다. 드라이 타이어로 한 번 더 달린다면 분명히 기록이 단축될 수도 있었지만 자칫하면 차가 미끄러질 수도 있었다. 다른 팀들이 드라이 세트로 시간을 단축하려고 시도한다면 몰라도 지금 기록으로도 세 번째 세션은 진출이 가능해 보였다. 하지만 다른 어떤 팀이라도 기록을 단축하기 위해 드라이 세트를 시도한다면, 지금 망설이다가는 완전히 늦는다.

"좋아. 바로 피트로 돌아와."

왈도는 개러지에 타이어 교체를 지시했다. 치프 엔지니어가 리우에게도 제노의 타이어를 바꿀 것을 지시했다. 미캐닉들이 드라이 세트를 들고 나와 기다리는 인디고의 개러지가 중계에 노출됐다. 다른 팀들은 그것을 보고 재빨리 자신의 드라이버도 드라이 세트로 타이어를 교체하기 위해 호출했다. 지금부터가 진짜 싸움이었다. 딱 한 랩의 싸움.

조엘이 먼저 개러지로 돌아오고 곧이어 제노가 돌아왔다. 신속하게 타이어를 교체한 조엘이 먼저 개러지를 빠져나갔다. 세션은 4분 정도 남아 있었다. 운이 좋다면 두 번까지 시도할 수도 있었다. 첫 랩보다는 두 번째 랩에 트랙이 조금 더 말라 있어서 오히려 두 번째 랩에 집중한다면 기록을 내기 수월할 수도 있었다. 왈도는 그런 생각을 하며 조엘을 내보냈다. 조엘이 빠르게 트랙을 한 바퀴를 돌아 스타트라인을 통과했다. 스톱워치의 숫자가 올라가기 시작했다.

조엘은 확실히 빨랐다. 섹터1을 통과하는 그의 기록이 지금까지의 어떤 기록들보다 빠르게 초록색으로 화면에 송출됐다. 왈도는 초조한 기분으로 트랙을 바라봤다. 섹터2는 비구름이 마지막까지 머물다 간 곳이라 다른 곳보다는 조금 덜 말라 있었다. 차들이 달린 구간은 꽤 선명하게 마른 것처럼 보이지만 만약 다른 차들이 달린 라인을 조금이라도 벗어나 트랙의 젖은 구역을 밟는다면 드라이 타이어는 틀림없이 중심을 잃는다. 조엘은 서슴없이 섹터2를 통과해 나아가고 있었다. 그 경험 없는 드라이버에게는 이번이 겨우 두 번째 그랑프리였다. 그가 이걸 해낼 수 있을까.

"조엘, 아직 한 랩 더 시도할 시간이 남아 있으니 신중하게 해."

왈도는 불안함에 그에게 말했다. 하지만 겁 없는 신인은 곧장 대답했다.

"괜찮아요. 할 수 있어요."

그렇게 말하며 조엘은 섹터3을 향해 진입했다. 그의 차가 아슬아슬하게 차 한 대 너비만큼 마른 띵을 밟고 달리고 있었다. 속도는 빨랐다. 어쩌면 기록을 경신할 수 있을 것 같았다. 그때였다.

거의 마지막 코너를 향해 들어오다가 조엘이 트랙 바깥쪽의 젖은 연석 위를 밟고 크게 미끄러졌다. 트랙은 색이 어둡기 때문에 구분할 수 있어도 바깥쪽에 페인트를 칠한 연석은 물기를 눈으로 구분할 수 없어 상대적으로 더 미끄러웠다. 조엘의 차가 휘청했다. 조엘이 재빨리 차의 중심을 잡으려고 애쓰는 모습이 중계에 보였다. 어떻게든 위기를 탈출할 것이라고 생각한 찰나 조엘의 차 앞쪽이 콘크리트 벽에 부딪쳤다. 앞쪽 바퀴가 그 바람에 부러져 꺾였다. 조엘의 차가 멈춰 섰다. 세션을 겨우 2분 남짓 남기고 조엘이 옐로 경보를 발령시켰다.

다른 차들이 감속했다. 바로 한 칸 떨어진 옆 팀의 피트월에서는 누군가가 테이블을 치며 큰 소리로 화를 냈고, 어떤 사람들은 환호했다. 남은 2분은 이렇게 흘러버릴 것이다. 세션2는 종료나 마찬가지였다. 어쩌면 기록을 경신했을지도 모르는 마지막 시도들은 전부 실패했고, 세션3에 진출할 순위는 이대로 결정됐다. 제노는 그 순위 안에 있었다. 그러나 안타깝게도 조엘은 아니었다.

조엘의 차는 다음 세션을 위해 트랙에서 들어내기만 한 채 서킷 바깥쪽 어딘가에 방치되어 있었다. 머지않아 세션3이 시작됐다. 트랙에는 제노를 포함한 나머지 드라이버들이 달리기 시작했다. 왈도는 피트월에서 내려왔다.

개러지를 통과해서 팀 빌딩 쪽으로 나오자 방송국 사람들이 한산한 패독에 모여 서서 나머지 예선이 끝나길 기다리는 게 보였다. 개중 한 팀이 방금 조엘의 인터뷰를 마쳤는지 그의 이야기를 하고 있었다. "오스카 한니넨이었으면 조금 나았겠지" 같은 이야기들이 카메라가 꺼진 그들 사이에서 오갔다. 왈도는 그들을 지나쳐 팀 빌딩으로 갔다. 방금 도착한 듯한 조엘이 거기 있었다.

"그 정도면 수리할 수 있어. 내일 레이스에는 지장 없을 거야."

위로를 하려고 했던 건지는 모르겠지만 왈도는 그렇게 말했다. 어차피 지금 조엘이 걱정할 건 그것밖에 없기도 했다. 그러나 조엘은 아쉬움을 감추지 못했다. 원래도 욕심이 지나치다 싶을 만큼 많은 사람이었으니까. 왈도는 그의 곁을 지나 냉장고에서 물 한 병을 꺼냈다.

"죄송해요."

뜻밖에도 조엘은 그렇게 말했다. 차를 부순 것 때문에 그러는 걸까. 왈도는 고개를 저었다.

"네가 미안해할 필요 없어. 드라이 세트는 너무 일렀어. 더 확실하게 판단했어야 하는데 내가 괜히 너무 기대를 했어."

조엘의 눈이 무슨 생각을 하는지 이리저리 굴렀다. 무슨 말을 더 하고 싶었던 것 같은데 그는 거기서 그만 입을 다물었다. 조엘은 자기 손안의 물병만 뚫어져라 바라봤다. 그에게 왈도는 위로에 가까운 목소리로 말을 했다.

"그만 신경 쓰고 내일 레이스만 생각해. 잊어버리고 쉬어."

조엘은 그 말이 서운한 것 같았다. 아니면 예선에 너무 실망을 한 건지 그의 표정이 한층 더 어두워졌다. 조엘은 땅을 내려다보며 고개를 끄덕였다. 왈도는 먼저 그 자리를 떴다.

◇ ◇ ◇

일요일 그리드에서 제노는 꽤 앞에 있었다. 여름휴가 시즌을 지나고 인디고의 퍼포먼스는 폭발적으로 나아졌지만 그마저도 경기를 거듭하며 조금씩 다른 팀에게 따라잡히고 있었다. 그 때문인지 팀에는 미묘한 불안이 감돌았다. 조엘의 차는 12위의 자리에서 출발을 기다리고 있었다. 왈도는 조엘의 자리에서 한참 앞 그리드에 있는 제노 쪽을 찾아 봤다. 레이스 할 때는 모르겠지만 트랙에 서서 바라보니 실제로는 참 먼 거리였다. 시즌 내내 멀었던 적이 없다고 생각했던 제노가 처음으로 멀어 보였다. 레이스가 시작되기 10분 전.

왈도는 전날 저녁 호텔 로비에서 오스카에게 전화를 걸다가 제노를 만났다. 자정이 가까워가는 때였다. 신호 너머의 오스카가 전화를 받지 않고 있을 때 제노가 왈도를 발견하고 다가왔다.

"그쪽은 몇 시려나? 시차가 있어서."

평소와 같이 말을 거는 제노에게 대답하지 않고 왈도는 오스카가 전화를 받기를 기다렸다. 낮일 텐데도 오스카는 바쁜지 전화를 받지 않는다. 왈도는 포기하고 핸드폰을 내려놓았다. 왈도는 탐탁지 않은 얼굴로 앉은 채 제노를 올려다봤다.

"누구한테 전화하는 줄 알고 그래?"

"내가 그걸 모를까 봐."

제노는 왈도의 맞은편 소파에 앉았다. 제노는 평소와 다름이 없었지만 둘 사이엔 돌이킬 수 없는 균열이 생겨 있었고, 그도 그걸 모르지는 않을 것이다. 그럼에도 불구하고 태연하게 말을 거는 이유가 뭘까. 모르는 척하기가 생각보다 힘들었다.

"같이 못 와서 아쉽겠네."

그 말에는 왈도도 화가 났다. 왈도는 인상을 쓴 채 대답했다.

"출장 정지 처분을 해버려야 한다고 항의한 건 너잖아."

그 말에 제노가 잠시 왈도를 기묘하게 바라보더니 고개를 숙이며 긴 한숨을 쉬었다. 그의 긴 머리카락이 얼굴 위로 쏟아져 표정을 보기가 어려웠다.

"그래. 너 같은 사람이 그걸 모를 거라고 생각하면 안 되지."

"이러니까 속이 시원해? 경쟁자를 한 그랑프리라도 제거하면?"

제노는 소파에 돌연 등을 깊이 기댔다. 웃음기 없는 그의 얼굴이 천장을 올려다봤다. 언제나 아무 일도 일어나지 않는 것처럼, 매일이 한결같은 것처럼 태연한 성격인 그도 실은 드라이버였다. 그의 태연함은 타고난 것이 아니라 어쩌면 오스카보다 더 오래 단련되어 단지 노련해진 것일 수도 있었다. 대답할 생각이 없어 보이는 그에게 왈도는 일방적으로 다시 말했다.

"지금까지 이런 식으로 자리를 지키고 있었는지는 모르지만 내가 반격하지 않을 거라고 생각했어?"

"할 수 있다면 그렇게 해."

제노는 천장을 가만히 응시한 채로 말했다. 그의 목소리에는 피로감이 느껴졌다.

"그렇게 해서 날 밀어낼 수 있다면 나도 도리가 없으니까 그렇게 하든지……."

"……."

"하지만 나도 버텨야 되는 이유는 있어. 너만큼 지켰으면 하는 게 있다고."

제노는 자신의 귓가를 문질렀다. 잠시 무거운 침묵이 흘렀다. 배신당했다는 기분을 느낄 만큼 순진하지는 않았다. 하지만 어째서 이렇게 된 걸까, 하는 허무한 기분이 들어 왈도는 한참 제노를 봤다. 그러다 문득 마테오가 생각났다. 이 거대한 레이스 팀을 굴리면서 당연한 듯, 스스로 우승할 수 없다는 말을 하는.

"네가 그런다고 해서 우승하지는 못 해."

왈도의 말에 제노가 고개를 들었다. 알고 있었다는 듯이, 그는 다시 왈도를 봤다. 한 팀으로서의 유대 관계나 믿음, 그런 건 처음부터 존재하지 않았다고 생각하는데도 제노의 시선에는 묘한 애틋함 같은 것이 있었다.

"우승하기 위해서였으면 진작 다른 팀에 갔지."

제노는 아주 오래전부터 그런 것쯤은 알고 있었다는 듯 담담했다.

"이게 우승하기 위해서인 줄 알아? 아니, 왈도. 이 팀은 그렇게 오래 못 가. 그렇지만 끝까지 버티고 있어야 하는 이유가 하나라도 있으면 어쩔 수 없는 거지 뭐."

제노는 어젯밤, 그렇게 말하며 맥없이 웃었다. 제노는 늘 결과가 어찌 되든 상관없는 것처럼 굴었는데 어쩌면 속을 알 수 없는 그도 그것만큼은 진심이었을지도 모른다. 제노의 이유라는 것은 짐작하는 어떤 사람에 대한 것일까, 왈도는 생각했다. 우리는 이것을 유대라고 해도 좋을까.

왈도는 출발 5분 전을 알리는 신호에 고개를 들어 앞을 봤다. 수십 명의 미캐닉들이 우르르 물러나며 차들이 혼자 그리드에 남겨졌다. 스즈카 서킷의 첫 번째 코너가 가파르고 긴 내리막 저편에 있었다. 왈도는 뒤를 돌아봤다. 조엘이 바이저를 닫았다. 그에게 고개를 끄떡하며 인사했지만 바이저에 가려진 헬멧 속의 그가 이쪽을 봤는지는 모르겠다. 왈도는 몸을 돌려 피트월에 가기 위해 그 자리를 떠났다. 차들이 요란한 소리를 내며 자신의 그리드를 하나둘 떠나기 시작했다. 레이스가 시작되고 있었다. 아니, 어쩌면 끝을 향해 가고 있는 것일지도 몰랐다. 매 순간이 시작이라고 생각했지만, 우리는 어쩌면 멈춘 적이 없었을지도 모른다. 왈도는 피트월에 앉았다.

긴 내리막을 달려가 아주 깊게 굽은 커브를 지나야 하는 스즈카 서킷의 첫 코너는 모든 그랑프리 레이스 트랙 중에서도 어려운 편에 속했다. 그러나 이미 한 그랑프리를 완주해낸 조엘이었다. 모든 차들이 좁은 코너로 뛰어들 때 조엘은 동물적으로 그 순간을 헤쳐 나갔다. 그의 차는 황소보다는 조금 더 재빠른 육식동물처럼 움직였다. 조엘은 주저 없이 달렸다. 마치 이번이 일생 단 한 번의 그랑프리인 것처럼.

선두 그룹은 레이스를 거듭하며 점차 더 빨라졌다. 인디고 팀이 따라잡았다고 생각한 격차는 어느덧 다시 조금씩 벌어지고 있었다. 조엘은 그 변화 속에서 자신의 포지션을 지키기 위해 최선을 다했다. 마지막 피트 스톱 후 그의 순위는 P9이었다. 득점할 수 있는 순위 안이었다. 많은 사람들이 단 두 그랑프리를 달리면서 완주는 물론이고 두 번 다 득점을 해내는 조엘에게 주목하고 있었다.

레이스는 몇 랩 남아 있지 않았다. 조엘이 바로 앞의 차를 쫓고 있었다. 조엘의 타이어 상태가 좋았기 때문에 그는 눈에 띄게 앞선 차와 거리를 좁힐 수 있었다. 추격 중인 조엘이 눈앞의 상대에 너무 집중하느라 잠시 트랙을 제법 벗어났다. 왈도가 그 모습을 보고 있었다.

"조엘. 집중하고 포지션 유지에 최선을 다해. 무리하지 마."

"전 괜찮아요!"

조엘이 급하게 대답했다. 그의 차가 다시 자세를 다잡고 앞으로 튀어나갔다. 앞선 차는 인디고보다 엔진 성능이 더 좋았다. 직선주로에 들어가면 상대는 조엘이 코너를 지나는 동안 쫓으며 좁혀둔 간격을 다시 크게 따돌리며 멀어져 갔다. 조엘은 벌써 두 랩째 그 차를 쫓아갔다가 멀어지기를 반복하고 있었다. 상대는 잡힐 것 같으면서도 쉽게 잡히지 않았다. 더군다나 상대는 조엘이 바짝 붙더라도 코너에서 자신의 옆을 지나가게끔 자리를 내줄 만큼 만만한 사람이 아니었다. 추월의 가능성이 없는 것은 아니지만 낮았다. 조엘의 컨트롤은 아직 그렇게 완벽하다고 확신할 수 없었다. 조엘이 무리하게 상대의 차 옆을 파고들었다가 상대가 방어라도 해서 조금 전처럼 흔들렸다가는 충돌하기 십상이다. 그래도 조엘은 포기하지 않았다.

"내버려둘까요."

왈도가 옆의 크루들에게 물었다. 인드레아는 잠시 고민하다 아주 작게 고개를 끄덕였다. 해볼 만한 싸움이었다. 무리하지만 않는다면. 직선주로가 지나고 코너 구간으로 접어들면서 조엘은 다시 상대와의 거리를 좁히고 있었다. 왈도는 조엘이 달리는 모습에 집중하며 피트월의 다음 지시가 있을 때까지 기다렸다. 그를 방해하고 싶지 않았다. 그런데 그때 조엘이 말했다.

"무슨 말이라도 하세요."

왈도는 조금 놀랐다. 조금 전 무리하는 그에게 한 말을 여태 신경 쓰고 있었던 걸까. 조엘이 다음 말을 기다리고 있었을 거라고는 생각하지 않았기 때문에 왈도는 이제 와서 무슨 말을 할지 새삼 고민했다. 조엘의 차가 다시 한 번 앞선 차에 가까워졌다.

"괜찮아. 계속해."

그 말에 푸른 차가 치열하게 가속했다. 앞으로 남은 것은 두 랩, 그 안에 그가 8위를 따라잡을지는 확신할 수 없었다. 왈도는 다만 그가 무사히 레이스를 마치기만을 바랐다. 그랑프리가 끝을 향해 가고 있었다.

◇ ◇ ◇

조엘은 결국 8위를 추월하지는 못했다. 상대는 조엘보다 타이어 성능이 떨어지더라도 더 빠른 차를 방어해낼 수 있을 만큼 경험이 많은 드라이버였다. 그를 상대로 과감한 싸움을 몇 번이나 시도한 조엘은 추월에 성공하지는 못했지만 많은 주목을 받았다. 조엘은 P9으로 체커를 받았다. 그러나 조엘이 혼신의 힘을 다한 레이스의 마지막 랩을 돌아 들어오기 직전, 제노가 긴 배틀 끝에 P3으로 체커 플래그를 받으며 들어왔다. 인디고 팀의 크루들이 일제히 제노에게 박수와 축하 인사를 보냈다. 성공적인 레이스였다. 조엘 소사 개인을 제외한 팀 모두에게.

시상대에 오른 드라이버들에게 수만 명의 관중이 환호를 보냈다. 왈도는 시상대 아래에 가지 않고 개러지에 남아 있었다. 돌아온 조엘은 말없이 헬멧을 정리했다. 미캐닉들은 대부분 제노를 축하하기 위해 시상대 아래로 갔고 남은 몇 명의 인원이 개러지를 정리하다 말고 조엘의 등을 두드리며 잘했다는 인사를 건넸다. 조용한 축하였다. 그 인사에 고개를 끄덕이는 조엘의 땀에 젖은 얼굴이 지쳐 보였다. 왈도는 그의 그랑프리가 끝난 풍경을 가만히 지켜봤다.

스즈카 그랑프리의 여운은 길었다. 관객들은 쉽게 트랙을 떠나지 못하고 짧아진 가을 해가 기울도록 트랙에 남아 있었다. 해가 지평선에 떨어지며 트랙에 그림자가 길게 졌다. 왈도는 팀 빌딩에서 가방을 들고 주차장으로 가기 위해 내려왔다. 그는 오늘 밤 나고야에서 출발하는 항공편으로 바로 런던으로 돌아갈 계획이었다. 조엘이 아직 라운지에 있었다.

조엘은 조금 전 저녁을 먹었는지 커피 한 잔을 앞에 두고 혼자 앉아 있었다. 아마 자신의 매니저를 기다리느라 아직 가지 않은 듯했다. 그래도 그랑프리를 완주한 드라이버에게는 조금 쓸쓸한 저녁 풍경이었다. 왈도는 그에게 다가갔다.

"수고했어. 이게 우리에게는 올 시즌 마지막 레이스기도 하네."

왈도는 조엘의 어깨를 한 손으로 다독였다. 조엘의 고개가 그쪽으로 훽 돌아갔다. 손이 떨어지고 나자 그가 물끄러미 서 있는 왈도를 봤다. 할 말이 많은 눈이었다.

"바로 출국하세요?"

"지금 나고야로 갈 거야."

왈도가 곧바로 출국하는 이유를 오스카 때문이라고 생각했는지 조엘의 눈이 기이하게 일그러졌다. 오늘 레이스의 열기는 어디로 갔는지, 서늘하게 마른 눈으로 조엘은 왈도의 손에 든 가방을 봤다.

"그는 엉망이고 제멋대로인데 왜 모두 그에게만 더 주목할까요."

조엘은 앉은 채로 그렇게 말했다. 왈도는 그게 오스카 이야기라는 것을 알았다. 오늘 레이스를 완주하고 득점까지 한 드라이버가 라운지에 앉아서 하필 오스카를 생각하고 있었던 모양이었다. 집념과 승부욕이 강한 사람이라고는 생각했지만 왜 그 타깃이 오스카일까. 조엘의 말에 왈도는 그나마 잠시 잊을 뻔했던 마테오와의 대화가 떠올라 더 이상 감정을 숨기고 싶지 않았다. 왈도가 조금 지긋지긋하다는 듯 한숨을 쉬었다. 그 소리를 들은 조엘이 고개를 들었다.

"어떻게 해야 그처럼 당신을 사로잡을 수 있을까요?"

항의에 가까운 얼굴이라고 생각했다. 지금 오히려 나에게 화를 내는 걸까. 왈도는 무감동한 얼굴로 조엘을 마주 보며 말했다.

"네가 이 팀의 자리를 차지할 수 있을 거라고 확신해?"

"내가 내년에 이 팀의 선수가 될 수 있다는 걸 아는데도 방금 제게 이번 레이스가 우리의 마지막이라고 하신 거예요?"

"……."

"나는 내가 목표한 건 꼭 가져요. 반드시 해내요. 지금까지 그러지 못했던 적이 없었거든요."

조엘은 왈도가 무어라도 반응을 보이길 바랐는지도 모른다. 그러나 왈도는 웃지도 않았다. 그저 그런 것에는 무심한 얼굴로 왈도는 조엘의 자신감 혹은 질투로 타는 시선을 마주 보고 있을 뿐이었다. 왈도는 눈을 한 번 느리게 깜빡였다. 레이스 하는 동안 라디오에서 흘러나오던 그의 부드러운 음성이 냉정한 말을 했다.

"네가 상황을 통제한다고 착각하지 마. 지금은 모두가 네 손바닥 안에 있는 것 같겠지. 네가 이 자리를 차지하면 오스카보다 더 잘할 수 있을 것 같을 거고. 그래, 그럴 수노 있을 거야. 하지만 어차피 너도 똑같아. 잠시 필요했다가 이용 가치가 떨어지면 네 커리어가 어떻게 되든 말든 너도 내동댕이쳐질 거야. 여긴 너 같은 애들의 야망을 먹고 굴러가거든."

조엘의 눈빛이 조금 떨렸다. 그의 눈은 원래도 항상 무언가를 갈망하고 있었지만, 왈도는 지금 타는 듯한 그 시선이 파일럿이라면 당연한 야망이라고 생각했다. 조엘은 항의하듯 말했다.

"그래서 내가 말했잖아요. 실력만으로 되는 세계가 아닌 건 나도 알고 있다고요."

치열한 시선이다. 그러나 열정은 반드시 상실을 동반했다. 원하는 것을 손에 넣지 못한다는 걸 알고 나서야 그도 오만했다는 것을 깨달을 것이다. 왈도는 고개를 돌렸다. 어차피 무슨 말을 해도 지금의 조엘은 듣지 않을 것이다. 왈도가 자리를 떠나려는 걸 알았는지 조엘은 앉아 있던 의자에서 일어섰다.

"나는 내 기회를 잡으려는 것뿐이에요. 나는 그처럼 순진해지고 싶지 않은 것뿐이라고요."

조엘의 말에 왈도는 마지막으로 한 번 더 그를 돌아봤다.

"사람의 마음도 그런 식으로 네가 가로챌 수 있을 거라고 생각해?"

"안 될 것 같나요?"

조엘이 대답했다. 조엘은 왈도가 결국 대답 없이 고개를 돌리는 모습을 그 자리에 선 채 봤다. 달리는 동안은 자신에게 허락된 것 같던 그가 조엘에게서 떠나고 있었다. 눈앞에 있지만 붙잡을 수 없는 그가 가까워졌다가 다시 멀어졌다. 조엘은 그런 것을 참을 수가 없었다.

◇ ◇ ◇

겨울이 다가오고 있었다. 레이스 팀은 지구 어딘가에서 남은 여름을 쫓고 있었다. 런던에서 소사는 결국 테이블에 앉았다. 지금까지 팀을 거쳐간 드라이버들의 헬멧이 모두 전시된 마테오의 사무실 테이블에. 그의 매니저가 서류에 사인을 하는 동안 마테오는 이제 자신의 선수가 될 젊고, 모든 것을 가질 수 있는 드라이버에게 물었다.

"마지막으로 내게 특별히 요청하고 싶은 것은 있나?"

검정의 실크 정장을 입은 조엘은 유리 테이블 위에 두 손을 조용히 올려놨다. 지난 레이스 이후, 그가 원하는 것은 한 가지였다.

"에두아르도 코르테즈를 제 레이스 엔지니어로 주세요. 저는 그거면 돼요."

Chinese GP

와이탄 강 위로 시야를 부옇게 만드는 비가 내렸다. 상하이의 까마득하게 높은 빌딩 꼭대기는 무겁게 내려온 구름 속에 가려져 있었다. 강 건너편의 건물 외벽을 미끄러지듯 유영하는 창백하고 우아한 불빛이 소리 없이 어둠을 밝혔다가 흐려졌다. 강변에 늘어선 별처럼 밝은 건물들의 발밑 지상은 온통 어둠이었다. 빛이 채 닿지 않는 어둠 속으로, 혈관처럼 뻗은 좁은 골목 위로 빗방울이 떨어졌다. 어느 창문에서 흘러나온 희미한 금빛 조명이 검게 젖은 땅 위에 드문드문 스몄다.

한 경기를 쉬고 돌아온 오스카는 무성한 소문이 무색하게 압도적인 예선을 해냈다. 누군가는 그가 무모하기 때문에 그런 주행이 가능하다고 했다. 경험이 없기 때문에, 그래서 무엇을 잃을 수 있는지 모르기 때문에 그런 과감한 주행이 가능하다고, 그를 모르는 사람들은 그렇게 이야기했다. 그러나 오스카는 많이 변해 있었다. 일 년도 되지 않는 시간 동안 그는 조금 더 예리해지고, 조금 더 빠르게 반응하고, 두려움의 한계를 조금씩 넘었다. 오스카는 체중이 줄었다. 그는 조금 더 왈도가 원하는 완벽에 가까워져갔다. 그리고 그렇게 멀어져갔다.

새가 바람 속을 날고 있었다. 와이탄의 탁한 강물 위를 지나는 뱃고동 소리가 축축한 공기를 가로질렀다. 토요일 밤이었다. 오스카는 호텔의 루프톱 레스토랑에서 테라스 난간에 서서 밖을 내다보고 있었다. 검은색 정장을 입고 서 있는 오스카의 등이 전보다 더 말라 보였다. 그의 목덜미 위를 가로지르는 흰색 셔츠 깃이 어둠 속에서 또렷하게 보였다. 왈도는 그에게 다가갔다.

오스카의 재킷 어깨가 물기로 약간 젖어 있었다. 레이스 전날이면 누구와도 만나려 하지 않는 드라이버는 조금 전까지 자신의 레이스 엔지니어와 마주 앉아 와인을 마셨다. 오스카가 고개를 돌리자 그의 왼쪽 귀에서 피어싱이 반짝였다. 오스카는 슈트를 입은 왈도의 타이를 물끄러미 보다가 한 손을 들어 조금 옆으로 비껴간 매듭을 밀어 제자리에 돌려놓았다. 그러고는 다시 무표정하게 먼 곳을 응시했다.

“네 피어싱을 볼 때마다 네가 내 드라이버라는 생각이 들어.”

왈도가 문득 말했다. 오스카는 웃는 듯했다.

“언제까지 그럴까?”

"글쎄. 네가 그걸 하고 있는 한은."

오스카는 대답이 없었다. 이제는 돌이키기 힘든 어떤 실망이 그의 안에 자리 잡아버렸을지도 모른다. 인생을 송두리째 흔들 것 같던 감동들도 차차 과거의 일이 될까. 왈도는 말을 이었다.

"힘들었을 텐데 잘했어. 오늘도."

"있잖아, 더 이상 너의 드라이버가 아니게 되면……"

"아직까지는 내 드라이버잖아."

"……."

"내 드라이버인 이상 최선을 다해줘."

오스카는 왈도를 돌아봤다. 곁에 슈트를 입고 서 있는 장신의 남자는 강물의 어둠을 내려다보고 있었다. 문득 그의 다문 윗입술에 손대고 싶었다. 명석하고, 단호하고, 냉정하면서도, 뜨겁게 사랑을 속삭이기도 하는 입술이었다.

"확인시켜줘. 내가 아직 너의 사람이라는 걸."

오스카는 그에게 말했다. 오스카의 머리카락이 빗물에 젖어 관자놀이에 붙어 있었다. 그의 눈이 습하게 어둠 속에서 반들거렸다. 그 눈에 비치는 빛이 불꽃 같았다.

열정은 호텔 방문을 들어가기 전부터 시작됐다. 엘리베이터에서 왈도는 곁에 서 있는 오스카의 손을 붙잡았다. 엘리베이터가 올라가는 동안 손을 잡은 채 앞을 보고만 있는 왈도의 숨소리가 공간을 가득 채웠다. 그 손이 뜨거웠다.

카드 키로 객실 문을 열고 들어가는 동안에도 왈도는 오스카의 손을 놓지 않았다. 미끄러지듯 오스카의 몸이 그대로 끌려가 왈도에게 안겼다. 왈도의 팔이 오스카의 재킷을 엉망으로 구기며 그를 끌어안았다. 빳빳한 셔츠가 맞닿은 품 안에서 바스락거렸다. 왈도가 키스했다. 오스카를 껴안아 벽에 누른 채로 등을 잔뜩 구부린 그가 오스카에게 벌린 입술을 짓눌렀다. 삽입하듯 깊은 키스였다. 혀를 감고 삼키듯 빨아올리는 왈도의 키스에 오스카는 목 안에서 나오지 않는 소리로 앓았다.

심장이 빠르게 뛰어서 숨이 가빠졌다. 왈도는 오스카의 재킷을 단숨에 벗겨 바닥에 떨어트렸고 셔츠를 움켜쥐다시피 하고 단추를 풀었다. 매끈한 드레스 셔츠가 그의 손안에서 구겨졌다. 그러다 왈도는 문득 멈추고 오스카의 얼굴을 봤다. 키가 큰 왈도가 만든 그림자 속에서 기대로 달아오른 눈을 하고 있는 오스카의 숨이 왈도의 입술 위에 뜨겁게 끼쳤다. 왈도는 오스카에게서 몸을 떼고 갑자기 자신의 넥타이를 풀었다. 그는 그것을 오스카의 눈 위에 둘렀다.

부드러운 촉감의 실크 타이가 오스카의 머리 뒤에서 매듭지어졌다. 오스카는 얼굴 위에 그것이 조이는 감촉을 느끼며 저항하지 않고 가만히 있었다. 타이의 끄트머리가 왈도의 손에서 미끄러져 오스카의 목덜미 위를 스쳤다. 그것 하나에도 소름이 돋았다. 오스카는 왈도에게 허리를 붙잡힌 채 숨을 몰아쉬었다. 눈이 가려지자 느껴지는 건 왈도의 숨소리와 냄새, 맞닿은 옷의 바스락거리는 소리와 체온 뿐이었다. 입술 위에 왈도의 숨이 아슬아슬하게 닿고 있었다. 오스카는 그의 뺨을 더듬었다. 왈도는 오스카를 들어 안았다.

침대 위에 등을 대고 누운 오스카는 자신의 셔츠와 바지를 마저 벗기는 그의 손길을 느꼈다. 맨살이 모조리 드러나자 그 위에 닿는 건 오직 왈도의 손뿐이었다. 왈도의 입술이 점령하듯 가슴과 배 위를 더듬었고, 오스카는 손을 뻗어 그를 끌어안으려고 했다. 그러나 왈도의 머리카락만 더듬어 헤집던 오스카의 손은 잠시 후 그에게 붙잡혔다. 왈도는 오스카의 몸 위로 타고 올라와 무언가로 오스카의 팔목도 마저 묶었다.

왈도는 멈춘 채로 오스카를 내려다봤다. 옷이 벗겨지고 눈이 가려진 채로 오스카는 팔 안에 안겨 있었다. 방염 슈트를 입고 벨트에 묶인 채 오로지 왈도의 목소리를 들으며 열기에 혹사당하던 몸이었다. 그는 지금도 두려움 없이 왈도의 손에 모든 걸 맡겼다. 평소보다 더 강한 열망에 다리 사이가 뻐근해지는 걸 느끼며 왈도는 그를 안았다. 왈도는 가쁘게 숨을 쉬는 부드러운 나신에 입술을 갖다 댔다. 그를 마음껏 애무하고 욕망에 흐느끼게 만들고 싶었다. 그렇게 지금 이 순간은 그가 나의 것이라는 걸 확인하고 싶었다.

눈이 가려진 채 오스카는 왈도의 팔 안에서 그가 하는 대로 흔들리고, 신음하고, 애원했다. 거침없는 왈도의 손길에 몸이 들리고 붙잡혀 끌려오면서도 그는 왈도의 체온이 떨어져 나가면 다시 왈도의 품에 달라붙기 위해 몸부림쳤다. 녹아내릴 듯 진득하게 오스카는 왈도에게 매달렸다. 헐떡이는 입술로 그를 찾고 그러다 입에 닿는 것은 닥치는 대로 머금고 빨았다.

왈도는 결박당한 채 흔들리고, 흥분하고, 자신의 소리를 찾는 그를 보며 오스카의 이 갈망이 영원하기를 바랐다. 오스카가 영원히 내게 목말랐으면. 왈도는 오스카의 무릎을 열어젖히고 그에게 깊이 삽입하고, 피부를 문지르며 그를 뒤흔들다 밀려드는 사정감을 참으려 움직임을 멈췄다. 오스카의 몸속에 더 깊이 성기를 밀어 넣자 그의 배가 팽팽하게 긴장했다. 그가 더 뜨겁게 죄어왔다. 오스카의 아랫배 위를 누르는 왈도의 손목을 오스카가 붙잡았다. 묶인 손끝이 왈도의 팔을 비틀 듯 움켜쥐었다. 왈도의 땀에 젖은 등줄기가 달리다 멈춘 동물처럼 떨렸다. 오스카의 벌어진 입술이 왈도에게 말했다.

"소리 내줘. 무슨 말이라도 해. 멈추지 말고."

그 목소리가 신경에 녹아 붙을 것 같았다. 왈도는 엎드려 그를 끌어안았다. 그 턱과 목덜미, 가슴 위를 깨물며 왈도는 그의 이름을 속삭였다. 왈도의 가쁜 숨에 오스카의 이름이 몇 번이나 섞여 흩어졌다. 오스카의 몸이 왈도의 배 아래서 구석구석 팽팽하게 긴장했다. 그가 몸부림쳤다. 왈도는 눈을 질끈 감았다. 절정이 두 사람의 지금이 아닌 나머지 시간들을 지웠다.

◇ ◇ ◇

새벽에 오스카는 잠이 깬 채로 누워 있었다. 배 위에 왈도의 팔이 묵직하게 올라와 있었다. 곧 레이스가 시작될 것이다. 수만의 인파가 우리 앞에서 열광할 것이다. 그러나 휴일 새벽은 믿을 수 없이 고요했다. 비어 있는 도시 위로 안개가 가득 차 있었다. 오스카는 누운 채로 창밖의 푸른 여명을 보며 생각했다. 얼마 남지 않은 시간이라도 네 드라이버로 있을 수 있다면. 레이스를 해야 하는 이유가 있다면 그거라도 충분했다. 입 밖에 내지 않은 생각은 오스카의 마음속에서만 안개처럼 머물렀다.

그랑프리 오후는 흐렸지만 전날보다는 맑았다. 차들은 습기가 걷힌 땅 위를 거침없이 달렸다. 레이스는 후반을 한참 지나고 있었고 오스카는 선두 그룹을 뒤쫓고 있었다. 예선 4위에서 시작한 오스카는 피트 스톱 하며 순위가 조금 떨어졌지만 다시 4위의 자리를 쫓으며 회복을 노리고 있었다. 그의 움직임이 민첩했다. 이미 한 바퀴 이상 순위가 뒤처진 차들의 뒷모습이 오스카의 앞에도 보이기 시작했다. 오스카는 그들의 사이를 헤치고 조금 더 앞으로 나아가고 있었다. 그러는 도중 오스카의 뒤에서 따라붙는 차가 추월을 노렸다. 오스카의 거리가 그와 충분히 가까웠다. 왈도는 조금 긴장하며 오스카가 달리는 모습을 지켜봤다.

뒤차가 오스카에게 바짝 붙었다. 추월을 시도할 모양이었다. 코너 안쪽으로 가기 위해 그 차가 오스카의 뒤에서 왼쪽으로 튀어나오자마자 오스카가 그쪽으로 재빨리 스티어링 휠을 꺾었다. 방어를 하려는 움직임이 과감했다. 상대는 오스카가 막아서자 재빨리 브레이킹 했다. 오스카의 뒤 타이어가 아슬아슬하게 그 차의 앞을 스쳤다. 급하게 움직이느라 오스카의 차 뒤쪽이 조금 흔들렸다. 오스카의 적극적인 방어에 놀란 뒤의 차가 잠시 떨어졌다. 오스카는 다시 자세를 다잡았다.

"휴, 이런."

"오스카, 조심해."

왈도가 말했다. 뒤의 차는 다시 추월을 시도할 생각인지 오스카를 바싹 쫓고 있었다. 상대는 오스카를 지나갈 수 있을 만큼 빨랐지만 오스카는 쉽게 길을 터줄 생각이 없어 보였다. 자칫하다가는 부딪친다. 그래도 오스카는 어떻게든 막아볼 생각인 것 같았다. 왈도는 조금 조바심이 났다.

"상대가 빨라. 굉장히 공격적인데 너무 무리하다 충돌하는 수도 있겠어."

"걱정 마."

오스카는 상대가 앞서지 못하게 더 안쪽으로 붙으며 코너를 파고들었다. 그의 차 뒷바퀴가 트랙 바깥쪽의 연석을 밟으며 살짝 덜컹거렸다. 별것 아닌 충격에 오스카가 작은 감탄사를 내뱉었다.

"이 정도는……! 어제 누구한테 집요하게 시달릴 때보다는."

애를 쓰고 있는지, 집중한 오스카의 음성이 드문드문 끊어졌다. 왈도는 모니터 앞에 구부정하게 허리를 숙인 채로 그 말에 태연한 척하느라 애썼다. 그가 헛기침을 했다. 그러는 동안 오스카는 다시 한 번 상대를 막아내고 긴 직선주로를 따라 멀어지고 있었다. 그의 차가 거침없이 내달렸다. 관객들이 수차례 추월 시도를 막아내는 오스카에게 환호했다. 오스카는 그랑프리 우승자의 자신감을 회복한 것 같았다. 그는 레이스의 끝을 향해 질주했다.

◇ ◇ ◇

상하이 그랑프리에서 오스카는 결국 4위로 순위를 회복하고 체커 플래그를 받았다. 관객들이 포디엄에 올라간 드라이버들에게 열광하는 동안 오스카는 피트레인을 걸어서 개러지로 돌아왔다. 그는 피트월에서 내려오는 왈도를 발견하고는 느긋한 얼굴로 웃었다. 전에 본 적 없는 얼굴이었다. 마냥 어려 보였던 오스카가 그 순간만큼은 낯설 정도로 성숙해 보였다. 왈도는 그와 함께 우리를 위한 것이 아닌 환호를 등지고 개러지를 빠져나왔다. 그렇게 또 한 번의 레이스가 무사히 끝이 났다.

완전히 해가 저문 저녁이었다. 두 사람은 푸둥 공항의 라운지에 앉아서 비행기를 기다리고 있었다. 이미 한차례 낮의 인파가 휩쓸고 간 라운지는 야간 비행을 기다리는 몇 명의 승객들만 남아 각자 무료한 시간을 보내고 있었다. 오스카는 왈도와 나란히 앉아 있었다. 두 사람은 한참 동안 말이 없었다. 왈도는 창밖의 푸른 어둠을 응시했다.

"런던으로 돌아가면 매니지먼트에 연락해. 그 팀이랑 계약해."

왈도가 먼저 말을 했다. 계속해서 그 말을 입안에서 굴리고 있지 않았을까. 그는 두꺼운 공항 유리 벽 밖의 먼 어둠을 응시하고 있었지만 거기서는 아무 일도 일어나지 않았다. 오스카는 예상했다는 듯 짧게 한숨을 쉬었다.

불과 하루 전, 그토록 간절하게 끌어안았던 사람이라고는 믿을 수 없을 만큼 지금 옆에 앉아 있는 사람은 참 냉정했다. 오스카는 검은색 소파에 등을 기댔다. 그가 사랑에 빠져 판단을 그르치고 번복하길 내심 기대했지만 그런 일은 일어나지 않았다. 그는 그럴 사람이 아니었다. 만약 그럴 사람이었다면 지금처럼 사랑했을까. 그건 모를 일이었다.

"우승하지 않았으면 우리가 이렇게 되지 않아도 됐는데."

오스카는 등을 댄 채 중얼거렸다. 왈도는 이쪽을 보지 않았다. 그는 생각이 많은 눈으로 앞을 보며 대답했다.

"네가 레이스를 계속하는 방법은 이적하는 것뿐이야. 그래야 우리에게 다음이라도 있지."

"우리 아예 그만하면 안 돼?"

오스카가 물었다. 왈도는 답이 없었다. 이 순간에조차 그는 고요한 얼굴로 몇 가지 가능성을 생각하고 있을 것이다. 오스카는 다시 말했다.

"네가 없다면 나한테는 달릴 이유가 없어."

"오스카. 넌 그랑프리 우승자야."

왈도가 고개를 숙였다. 눈을 내리뜨는 그의 옆얼굴이 아름다웠다.

"너한테는 나의 의미가 그것뿐이야?"

왈도는 오스카가 자신을 보고 있다는 것을 아는데도 고개를 돌리지 않았다. 조금 더 우울하게 가라앉는 그의 얼굴을 보다가 오스카는 문득 미안해졌다. 그 역시 이걸 원하지 않는다는 것을 알면서도 오스카는 어떻게든 이상적인 방법을 생각하려는 그에게 고집을 부리고 있었다. 거부의 말들은 하나하나 지금의 그에게 상처가 되어 돌아가겠지. 오스카는 소파 위에 놓인 왈도의 손을 잡았다. 왈도가 그 손을 맞잡아왔다. 오스카는 이게 그에게 위로가 되길 바랐다.

"알았어. 미안해."

오스카는 그의 어깨에 머리를 기댔다. 고집스럽게 이쪽을 보지 않던 왈도는 그제서야 오스카의 머리 위에 자신의 뺨을 기댔다. 그의 감촉이 다정해서 오스카는 마음이 울렁였다. 오스카는 왈도의 손을 꼭 잡으면서 다시 대답했다.

"네 말대로 할게. 런던에 돌아가자."

오스카는 눈을 감았다. 한 번도 진심이 아닌 적은 없었기에, 조금 전 무심하게 했던 그만하자는 말 역시 진심이었다. 그가 그러자고 한 마디만 한다면 오스카는 정말 모든 것을 그만둘 수 있었다. 실은 입 밖에 낼까 말까 수도 없이 고민했지만, 오스카는 더 이상 말하고 싶지 않았다. 그의 생각대로 일말이라도 우리에게 다시 기회가 있을지도 모르니까, 네가 원한다면 그래, 언제까지든 계속 달려도 괜찮았다. 네가 상처받는 것보다는 그편이 낫다. 내가 기다리면 된다. 오스카는 그의 손가락에 깍지를 꼈다. 공항에서 함께 보내는 밤이 그렇게 깊어갔다.

◇ ◇ ◇

조엘 소사가 인디고의 다음 시즌을 계약했다는 사실은 어느새 팩토리에 알려졌다. 팩토리는 평소와 다름없어 보였지만 이곳저곳의 모퉁이에서, 혹은 사람들의 마음 안에서 그 사실은 파문을 일으켰다. 누군가는 조엘보다는 오스카가 더 낫다고 했다. 혹은 누군가는 조엘이 가져다줄 지원을 기대했다. 드라이버들의 교차하는 운명과는 상관없이, 누군가는 그저 돈줄을 가진 드라이버가 훨씬 재능 있는 신인을 밀어내버린 드라마에 좀 더 관심을 가졌다. 돈을 내고 차를 탄다는 소문은 시작도 하기 전에 어린 조엘의 마음을 지치게 만들었지만, 그는 시련을 감당하면서도 무언가를 가지려고 했다.

왈도는 오스카가 계약을 하러 다른 도시에 떠나 있는 그날, 마테오에게 조엘이 계약의 조건으로 자신이 그의 레이스 드라이버가 되어주기를 요구했다는 것을 들었다. 왈도는 그에 대해 긴말을 하지 않았다. 마지막 레이스를 시작하기도 전에 이렇게까지 해야 하는 걸까. 그러나 오스카가 이적 계약을 발표하기 전까지는 새로운 드라이버가 팀에 들어오기로 했다는 사실을 말하지 않는 것이 그나마 마테오의 마지막 배려였다. 그 이상을 바라도 되는 사람이었으면 처음부터 오스카를 그렇게 만들지 않았겠지.

불가능을 직면하는 것은 익숙하지 않은 일이었다. 왈도는 비어 있는 풍동의 관제실에 혼자 있었다. 레이스 카를 개발하면서 많은 시간을 보냈던 곳이었다. 이곳에서 기계로 만든 바람은 모형 차의 매끄러운 표면 위를 막힘없이 흘렀지만, 지금은 겨울 오프 시즌을 앞두고 텅 비어 있었다. 바람이 잠든 터널은 조용했다. 꺼진 모니터 앞에 앉아 생각에 잠겨 있는 왈도에게 안드레아가 다가왔다.

"요즘은 웬만한 종목의 올림픽 출전 선수들도 풍동 안에서 퍼포먼스 실험을 한대. 빠르게 이동하는 거의 모든 종류의 스포츠가 말이야. 이런 사치스러운 연구는 모터스포츠만 하는 줄 알았는데."

안드레아는 알 수 없는 말을 했다. 왈도는 손으로 턱을 괴고 차가운 조명이 켜진 풍동 안을 바라보고 있었다.

"예전에 내가 동계 올림픽 팀의 퍼포먼스 엔지니어로 있을 때 처음으로 스키 선수들의 레이스 시뮬레이션을 풍동에서 했었어. 카 디자인만큼이나 목표가 명확한 건 아니었지만, 조금이라도 기록을 줄일 수 있다면 뭐든 시도해야 하잖아."

"스키 팀에 있었어요?"

"응. 지금도 정확하게 말하자면 자동차는 내 분야가 아니야."

안드레아는 팔에 들고 있던 프린트와 서류, 책을 테이블 위에 내려놓았다. 그녀는 이미 다음 시즌을 준비하고 있었다. 어떤 일이 일어나든 그녀가 하는 일은 지금 드라이버를 가장 빨리 결승선에 도착하게 만드는 일이었다. 안드레아는 돌아볼 과거가 없는 사람 같아서 한 번도 이런 이야기를 나눠본 적은 없었다. 왈도는 안드레아에게 물었다.

"좋은 자리였을 텐데. 왜 그만두고 레이싱을 할 생각이 들었어요?"

"스키를 그만두면서 우연히 이쪽으로 왔어."

안드레아는 테이블 위에 상체를 기댔다. 빈 풍동을 바라보며 그녀는 옛 생각에 잠기는 것 같았다.

"예전에 같이 일하던 선수가 있었어. 올림픽에 출전한 적이 있었고 세계 선수권 대회에서도 여러 번이나 우승했었어. 세 번째 올림픽을 출전하기 전에 풍동 시뮬레이터를 시도할 기회가 있었는데 말이야, 이번에는 정말 메달을 딸 수도 있겠다고 생각하며 준비하고 있었는데 출전을 못 하게 됐지."

"무슨 일이 있었어요?"

"다쳤어."

"저런. 많이 있는 일이죠."

"아니, 많이 다쳤어. 운전을 하다가 사고가 나서 척추를 다쳤거든. 선수 생활을 접는 건 물론이고 걷지도 못하게 됐지."

안드레아는 두 손으로 턱을 괴었다. 얼마나 오래된 이야기일까. 왈도가 아는 안드레아는 벌써 아주 오랜 시간 동안 레이스 스트레터지스트였던 사람이었다. 지금 이야기하는 사람이 안드레아가 스키 팀을 그만둔 이유였을까, 왈도는 그녀에게 물었다.

"그 때문에 그만뒀던 겁니까?"

안드레아는 대답하지 않았다. 일 년 동안 본 안드레아는 현재를 사는 사람이었다. 분초를 다투는 순간 망설이지 않고 판단을 하는 것이 그녀의 역할이었다. 무언가를 판단하려면 남겨진 선택의 가능성을 뒤돌아보지 않아야 하는데, 왈도는 막연히 많은 경험이 그녀에게 그럴 수 있는 힘을 줬을 거라고만 생각했다. 그러나 지금 안드레아는 바람이 멎은 풍동 속에서 과거를 보고 있는 것 같았다.

"올림픽이 끝나면 결혼하기로 했거든. 나는 메달이나 따오면 승낙하겠다고 말했지만 어차피 그 순간부터 나는 그와 함께 살 거라고 마음을 정했었어. 사고가 났다는 소식을 듣고 내가 무슨 생각을 한 줄 알아? 이렇게 되었으니 이 일은 그만두고 그의 재활에 힘써야겠다, 어떻게든 그를 도울 방법을 찾아야겠다, 내가 그를 책임져야겠다, 그렇게 생각했단 말이야."

오래된 일인지 안드레아는 정말 별일 아닌 것처럼 이야기를 했다. 더 이상 돌아보지 않는 과거의 선택을 이야기하듯. 그러나 왈도는 그게 아닌 걸 알았다. 정말 그랬다면 이 이야기를 지금 꺼낼 리가 없었다. 왈도는 가만히 안드레아의 이야기를 듣고 있었다.

"그런데 그가 그랬지. 자기 때문에 나를 멈추게 할 순 없다고. 결혼은 없던 일로 하자고 하더라. 헤어지자고 했어. 너 같은 사람이 나 때문에 그동안의 커리어를 그만두는 걸 자긴 견딜 수 없을 것 같다고."

그래서 안드레아는 여기에 있었던 것이다. 한때 사랑했던 사람이 밀어낸 그녀의 시간이 지금이 되어 있었다. 수도 없이 많은 순간을 거친 안드레아의 진중한 눈이 남겨진 과거를 응시하고 있었다. 그녀를 사랑했다는 그 사람은, 망설임이라는 걸 모르는 젊은 안드레아가 자신을 위해 그런 선택을 하리라는 것도 알고 있었을 것이다. 스트레터지스트의 마음속에 선택하지 않은 무수히 많은 과거들은 지금 무엇이 되어 남아 있을까.

"후회할 때도 있습니까?"

"잘 모르겠어. 그가 원망스러운 때도 있는데, 그가 옳았다는 생각은 들어."

"어떤 면에서요?"

안드레아는 왈도를 봤다. 그녀는 아마 왈도가 무엇을 고민하고 있는지 알고 있을 것이다. 그런 한편 무슨 답을 줘야 할지는 전략가로서도 확신하지 못하는 것 같았다. 안드레아는 미묘하게 웃었다.

"그는 잘 살아. 가족들과 행복하고 건강하게. 나도 그 후에 다른 사람이랑 결혼을 했어. 그뿐이더라고. 당시에는 그에게 내가 없으면 안 될 거라고 생각했는데, 그는 그건 착각에 불과하니까 판단을 그르치지 말라고 했었지. 결국 그의 말대로였어."

"……."

"그런데 그냥 그 생각을 떨칠 수가 없어. 그때 함께하기로 했으면 어땠을까 하고."

어쩌면 그것이 안드레아가 유일하게 후회하는 선택인지도 몰랐다. 결과적으로는 가장 나은 일이었기 때문에 더더욱. 사랑하기 위해서 더 어려운 선택을 할 수 있었던 순간이 젊은 그녀에게도 있었던 걸까. 왈도는 안드레아와 함께 풍동 끝의 어둠을 가만히 응시했다. 어떤 선택이든 반드시 후회는 하겠지. 그게 현재의 왈도가 상상할 수 있는 전부였다.

Brazilian GP

11월이었다. 팀은 시즌의 마지막 경기를 위해서 브라질의 인터라고스로 향했다. 그다음의 행선지는 없었다. 다음 레이스 장소에 먼저 출장을 떠난 팀도 없었고 인터라고스는 모든 사람들에게 투어의 마지막 종착지였다. 이 경기가 끝나면 모두는 각자의 겨울을 보낼 장소로 떠날 예정이었다.

올 시즌의 우승팀은 이미 거의 결정된 것이나 마찬가지였고, 최종 시즌 드라이버 챔피언을 가리는 싸움은 이미 오스카와 제노에게는 상관없는 이야기였다. 오늘에 이르기까지 긴 시간이 걸렸고 이제는 많은 것이 이미 결정되었다는 것을 아는 채로 달려야 하는 레이스였지만, 그 운명적인 비극의 공기 때문인지 이 레이스는 시즌 어느 경기보다 뜨겁게 사랑을 받았다. 운명의 정체를 알고도 멈추지 않는 사람들의 이야기는 항상 비장함이 있었다. 비극은 타인의 것일 때 더욱 눈부시게 마련이었다.

오스카는 예선에서 2위를 했다. 제노가 4위에 그치는 동안 그는 이해할 수 없을 정도로 빠른 속도로 인터라고스 서킷을 달렸다. 세션3에서 오스카는 거듭 기록을 갱신했다. 마지막 순간 오스카가 다른 기록을 모두 밀어내며 포지션 1위에 올랐다. 하지만 잠시 후 시즌 우승을 눈앞에 두고 있는 다른 차가 오스카의 기록을 0.02초 차이로 밀어냈다. 그건 한 걸음이나 될까 한 차이였다.

예선이 끝나고 드라이버들이 돌아오자 한 무리의 기자들이 그쪽으로 몰려들었다. 어둑한 피트레인에서 눈부시게 플래시가 터졌다. 오스카는 그 시선 가운데 서서 무감각한 표정으로 헬멧을 벗었다. 더 이상 무엇도 그를 감동하게 할 수 없다는 듯이. 모든 가능성을 상상하게 하던 어린 드라이버의 표정에는 한때 강렬한 열망이 깃들었다가 어쩔 수 없는 상실의 그림자 같은 것이 드리워졌다. 그게 그를 더욱 성숙해 보이게 만들었고, 내면에 일어나는 일을 알 리 없는 기자들은 더욱 그 얼굴에 열광했다. 왈도는 몇 달 전 눈부셨던 그가 생각났다. 폴 포지션을 하고 웃던 그가.

하늘은 비가 올 것처럼 흐렸다. 한 무리의 열대 대륙 동물처럼 피트레인을 가득 메운 인파는 레이스 카를 떠나보낼 준비를 하고 있었다. 머리 위로 헬기가 낮게 날았다.

오스카는 피트월의 콘크리트 벽에 등을 기대고 서 있었다. 짙은 푸른색 슈트를 반만 벗어 허리에 아무렇게나 걸치고 그는 파란색 크로스가 선명하게 그려진 자신의 헬멧을 한 손에 들고 있었다. 2열의 레이스 대열의 가장 앞쪽에 1위의 차와 나란히 오스카의 차가 있었다. 살아 움직일 듯 선명한 검은 황소가 그려진 레이스 카가 마지막 주행을 준비하고 있었다. 무심한 얼굴로 그것을 응시하는 오스카는 처음 봤을 때와 그다지 달라지지 않은 것 같았지만, 더 이상 감출 수 없는 재능이 그의 우울을 더욱 낭만적으로 보이게 했다.

왈도는 그에게 다가갔다. 왈도는 피트월에 같이 등을 대고 섰다. 오스카는 말이 없었다. 소란이 두 사람을 지나쳐 흐르고 있었다. 반팔 셔츠를 입은 왈도의 맨살 위로 가까이에 닿을 듯 선 오스카의 체온이 느껴졌다. 왈도는 손을 내밀어 오스카의 손을 잡았다. 상하이의 밤, 엘리베이터에서 그의 손을 잡았던 때처럼. 오스카의 손이 맞잡아오는 게 느껴졌다.

"오스카."

왈도는 앞을 보며 속삭였다.

"너는 더 빨리 달릴 수 있어. 그러니까 포기하지 마."

오스카는 고개를 천천히 끄덕였다. 오스카는 엄지손가락으로 왈도의 손가락 마디 위를 쓰다듬었다. 그렇게 두려워하지 않아도 물러서지 않을 것이다. 내가 너의 드라이버인 이상. 기회는 오늘 한 번이어도 충분했다. 지금까지 늘 그랬으니까.

콘크리트 벽 바깥으로 돌아갈 시간이었다. 일제히 시동을 건 레이스 카들이 각자의 출발선에서 낮게 으르렁거렸다. 관객들이 일어나 있었다. 마지막 그랑프리를 떠나는 차들에게 각자의 언어로 찬사를 보내며. 레이스 출발 5분 전, 미캐닉들이 차에서 떨어질 때 왈도는 평소보다 조금 더 머물렀다. 콕핏 위로 기도하듯 엎드린 레이스 엔지니어가 파일럿의 장갑 위에 입술을 대고 있었다. "다녀와." 그렇게 말하고 왈도 역시 곧 오스카를 남겨두고 일어섰다. 왈도의 손이 오스카의 손바닥을 빠져나갔다. 격렬한 레이스가 될 것 같았다.

흐리던 하늘이 결국 비를 뿌렸다. 조금씩 떨어지기 시작한 비가 트랙 위를 어둡게 적시기 시작했다. 71랩의 레이스는 20랩가량 남아 있었다. 기상 관측 레이더에서 푸른색으로 표시된 비구름이 서킷 쪽으로 이동하고 있었다. 이미 트랙의 먼 쪽은 제법 젖기 시작했다. 곧 서킷 전역에 비가 내릴 것 같았다.

오스카는 드라이 세트로 순위를 쫓고 있었다. 피트 스톱 후 그는 P4의 순위로 트랙에 복귀해 조금 앞서 있는 제노를 쫓아 간격을 줄이고 있었다. 비가 내리기 시작한다면 어차피 다른 팀들도 웨트 세트로 타이어를 교체하겠지만 할 수만 있다면 더 빠른 드라이 세트로 최대한 많은 거리를 쫓아가야 했다. 너무 빨리 웨트 타이어를 시도했다가는 순위를 잃을 수도 있었다. 오스카보다 세 코너쯤 앞서 달리고 있는 제노가 P2를 쫓고 있었다. 왈도 왼쪽에 앉은 리우가 집중하고 있었다. 제노와 통신하는 그가 바쁘게 라디오에 무언가를 쏟아내고 있었다. 왈도는 기상 관측 레이더 화면을 다시 봤다. 구름의 속도는 느렸다. 그는 고개를 돌려 피트월 바깥의 하늘을 올려다봤다. 아직 메인 스트레이트의 하늘은 습기를 잔뜩 머금은 채 머리 위에 아슬아슬하게 머물고만 있었다.

바람이 불고 있었다. 문득 목덜미에 선득한 느낌이 닿았다. 빗방울이 떨어지고 있었다. 선두 그룹의 거리는 서로 멀지 않아서 그들은 순위 경쟁에 열을 올리고 있었다. 제노가 조금 더 속력을 냈다. 이미 땅이 젖고 있는데도 그는 추월을 시도할 생각인 것 같았다. 안드레아는 상황을 좀 더 지켜보고 있었다. 제노가 직선주로를 달리며 상대를 바짝 쫓았다. 그가 P2의 차 뒤까지 따라붙었다.

중계에 보이는 트랙의 빛깔이 어두웠다. 제노의 차에 붙어 있는 캠에 문득 빗방울이 후두둑 달라붙는 것이 보였다. 그쪽은 비가 제법 내리고 있었다. 가볍게 물보라가 일며 차 뒤쪽으로 흩어지는 것이 눈에도 보일 정도였다. 드라이로 달리기에는 너무 많은 물기다. 하지만 그곳을 조금만 지나면 다음 구간은 말라 있었다. 어쩌면 한 랩, 혹은 두 랩 정도를 드라이 타이어로 더 달릴 수 있을 것 같았지만 물기가 있는 구간에서 상대를 추격하는 것은 너무 위험했다.

"제노, 다음 랩에……"

리우가 말하기 바쁘게 제노의 앞에 있는 차가 제법 고인 물기를 밟아 뒤쪽으로 물보라를 일으켰다. 잠깐 제노의 시야가 흐려졌다. 제노의 뒤를 바짝 쫓던 오스카도 마찬가지였다. 오스카의 차가 앞이 보이지 않는 물보라 속으로 뛰어들었다. 그리고 앞선 두 대의 차와 함께 다시 빠져나왔다.

"제노, 웨트로 타이어를 바꿔."

"잠깐만."

코너를 벗어나며 제노가 그제야 대답했다. 가파르게 구불거리는 구간을 통과하느라 제노의 속도가 줄었다. 오스카는 그 틈을 놓치지 않고 제노의 뒤까지 바짝 따라붙었다. 제노는 오스카를 방어하면서 P2를 쫓고 있었다. 드문드문 젖은 서킷에서 물보라가 일었고 그게 시야를 한 번씩 방해했다.

"제노, 들어와."

리우는 도박을 하고 싶지 않았다. 그는 제노를 어떻게든 완주시키고 싶었다. 그는 드라이 타이어로 물을 밟으며 벌써 위태롭게 흔들리고 있는 제노를 말리려고 했다. 평소의 제노라면 그 말에 신속하게 피트로 돌아왔을 테지만 이번에는 대답하지 않았다. 그가 다시 피트레인 쪽으로 다가오고 있었다. 제노가 말했다.

"아직 메인 스트레이트가 말라 있어. 한 랩만 더……!"

제노는 그렇게 마지막 코너를 통과했다. 그의 차가 가속하며 메인을 지나쳤다. 오스카 역시 그를 곧장 쫓아갔다. 왈도는 다시 한 번 고개를 돌려 밖을 봤다. 이제는 분명히 비가 내리고 있었다. 피트월의 콘크리트 바닥에 굵직한 빗방울이 하나둘 떨어졌다. 짙게 얼룩을 만들기 시작하는 물기는 다음 랩이면 트랙을 완전히 적실 것이다. 1분 남짓의 시간을 하늘이 더 버텨줄까. 아마 아닐 것이다. 서킷 먼 쪽은 점차 빗줄기를 눈으로 확인할 수 있을 정도로 비가 내리고 있었다.

몇 대의 차가 피트레인으로 들어오고 있었다. 웨트 세트로 타이어를 교체하는 움직임이 분주했다. 계속 달리고 있는 제노는 P2에 바짝 붙어 있었다. 오스카를 뒤에 단 채로 한 번 더 추월을 시도하는 그에게 주목이 쏟아졌다. 이미 여러 랩을 압박해서 상대의 타이어는 성능이 많이 떨어져 있었다. 상대는 제노를 방어하기 위해 온 힘을 다하고 있었다. 오스카가 그 뒤에서 둘의 움직임을 보고 있었다. 어느 쪽으로든 둘이 움직이게 되면 오스카에게도 그들을 한 번에 추월할 기회가 있을 정도로 가까웠다.

"오스카, 코너4에서 12까지 비가 꽤 많이 내리고 있어. 노릴 만한 구간은 여섯 번째 코너 이후부터 아주 조금이야."

"알았어."

집중한 오스카의 목소리가 대답했다. 제노는 직선주로를 통과하며 상대에게 완전히 따라붙었다. 네 번째 코너에 진입하자 조금 전보다는 물보라가 강하게 일었다. 제노가 압박하자 상대는 코너 안쪽을 내주지 않으려고 안쪽으로 바짝 차를 붙였다. 제노는 속도를 줄이지 않고 갑자기 방향을 틀어 코너 바깥쪽으로 그를 따라붙었다. 제노의 차가 P2의 차체 옆까지 나아갔다. 그는 다음 코너에 추월할 생각이었다.

제노와 상대가 나란히 붙은 채로 다음 코너를 향해 돌진했다. 제노가 코너 안쪽 자리를 먼저 점령했다. 방어하려는 생각인지 P2가 안쪽으로 점차 제노를 몰아붙였다. 그러나 제노는 코너 끝까지 속도를 줄이지 않은 채로 돌진했다. 물보라가 살짝 걷힌다. 제노가 먼저 들어갔다. 그때였다.

상대가 너무 안쪽으로 따라왔다. 제노의 타이어가 그의 것과 부딪쳤다. 둘은 중심을 잡으려고 했지만 물기 때문에 제노의 차가 옆으로 절반이나 돌며 중심을 잃었다. 푸른 인디고의 차가 P2의 뒤를 쳤고, 뒤따르던 오스카가 그 충돌에 말려들었다. 오스카는 믿기 어려울 정도로 빠르게 코너의 바깥쪽으로 스티어링 휠을 꺾었지만 밀려 나온 앞선 차의 뒤 타이어에 프론트윙이 닿는 것까지는 피할 수 없었다. 물보라와 함께 오스카의 프론트윙 플레이트가 하늘로 튀어 올랐다.

P2가 중심을 잡았다. 제노의 차는 완전히 미끄러지며 오스카와 상대를 보내고 말았다. 제노의 차가 조금 더 가는 듯하더니 잔디 위에 멈춰 섰다. 앞 타이어 한쪽이 비정상적인 방향으로 꺾여 있었다. 조금 전의 충돌로 프론트휠이 부러진 것이다. 리우가 탄식했다. 제노는 더 달릴 수 없을 것 같았다. 왈도는 재빨리 중계에서 오스카가 달리는 모습을 확인했다.

"오스카, 데미지는?"

"앞을 부딪치긴 했는데……!"

오스카는 계속해서 달리고 있었다. 그의 속도는 줄지 않았다. P2였던 상대도 마찬가지였다. 뒤쪽 타이어를 제노에게 부딪쳤지만 그 역시도 속도가 줄지 않은 채로 오스카보다 한 코너 정도를 앞서서 달리고 있었다.

"괜찮은 것 같아!"

"프론트윙을 교체해야 될 것 같으면 다음 피트 스톱에서……"

"아니, 괜찮아."

오스카가 호흡을 가다듬었다. 깊은 코너들을 차례로 통과하는 오스카의 속도가 빨랐다. 그가 물보라 속을 관통했다.

"이대로 달릴 수 있을 것 같아."

오스카의 캠 위에 빗방울이 맺혀 풍경이 이지러졌다가 바람에 씻겨 나갔다. 맑아진 시야 속에 오스카의 프론트윙이 조금 보였다. 플레이트가 깨져 몇 개 날아갔지만 윙은 제 기능을 하고 있었다. 손상이 차의 성능을 떨어트리고 있었지만 비가 오고 있기 때문에 다른 차들 역시 완벽하게 제 성능을 다하지 못하고 있었다. 왈도는 확신했다. 할 수 있었다. 제노의 사고로 트랙 전체 속도가 느려지고 있었다. 왈도는 오스카를 불렀다.

"피트 스톱 해. 프론트윙은 두고 타이어만 웨트 세트로 변경하자."

"응."

중계 화면에 차에서 내린 제노의 모습이 보였다. 잔디밭 위에 선 그가 헬멧을 벗고 하늘을 올려다보고 있었다. 비가 떨어지는지 그가 눈을 깜박였다. 마지막 레이스를 겨우 몇 랩 남기고 완주에 실패한 그가 미묘하게 웃었다. 그가 중계 카메라로 서킷을 훑는 헬기를 향해 손을 흔들었다. 이제 인디고 팀에 남은 건 오스카뿐이었다.

제노가 무사한 걸 확인한 리우가 몸을 돌려 개러지를 보고 있었다. 오스카가 돌아오고 있었다. 미캐닉들이 타이어를 들고 준비하고 있었다. 오스카의 차가 신속하게 노란 박스 안으로 들어오고, 미캐닉들이 정확하게 타이어를 빼낸 자리에 새 타이어를 얹었다. 휠 건이 요란한 소리를 내며 휠 너트를 잠그고 오스카의 차가 덜컹, 하며 다시 땅을 밟았다. 오스카가 타이어자국을 남기며 빠르게 피트박스를 빠져나갔다. 그가 순식간에 100km까지 가속하며 피트레인을 통과했다. 그 모습을 보고 리우와 왈도는 동시에 모니터를 향해 몸을 돌렸다.

"오스카만 남았어요. 어떻게든 완주시켜요."

리우가 말했다. 왈도는 고개를 끄덕였다. 피트레인 입구에서 오스카가 가속하며 다시 P3의 자리로 돌아가는 소리가 들렸다. 지금은 옐로 경보 구간이 발령되어 있지만 두세 랩이면 제노의 차가 트랙 바깥으로 이동하고 다시 전 구간에서 추격이 시작될 것이다. 점차 비가 내리기 시작했다. 반짝이는 차들이 서로 달라붙듯 가까워졌다. 아무것도 확신할 수 없는 흐린 트랙 속에서 프론트윙이 손상된 오스카가 달리고 있었다. 좋지 않은 변수들 속에서 할 수 있을까.

오스카는 제노의 사고 때문에 생긴 감속 구간 덕분에 P2를 멀리 놓치지 않고 바짝 따라붙고 있었지만, 오스카의 뒤의 드라이버들 역시 따돌려둔 거리를 좁히며 오스카의 뒤에 따라붙고 있었다. 비가 굵어지기까지는 아직 시간이 남아 있었다. 다른 드라이버들도 웨트 세트의 타이어를 신고 트랙에 복귀해 있었다. 피트레인에 긴장이 감돌았다. 서로 가까이 붙은 차들이 마지막 코너를 돌아오고 있었다. 모니터 화면에서 노란색으로 점멸하던 등이 녹색으로 바뀌었다. 차들이 점차 가속하며 엔진 소리가 높아졌다. 다시 시작이었다. 마지막 13랩 남짓의 승부.

피트월에 붙어 있는 모든 인원이 관제하는 차들이 일제히 메인 스트레이트를 통과했다. 관객들의 환호가 엔진의 굉음에 파묻혔다. 서늘한 물보라가 돌풍과 함께 피트레인을 덮쳤다. 오스카는 앞으로 나아갔다. 어떤 것도 그를 막을 수 없다는 듯이. 플레이트가 조각난 프론트윙으로, 물보라로 몇 미터도 되지 않는 가시거리 속에서 오스카가 달렸다. 앞서 도망치는 상대의 깜빡이는 빨간색 후미등만이 오스카의 시야에서 선명하게 흔들렸다. 물레타처럼. 오스카는 그것을 향해 달려들었다.

"오스카, 얼마 남지 않았어. 시야가 많이 흐려, 조심해."

왈도의 목소리가 조금 흔들렸다. 응, 하고 대답하는 오스카의 작은 목소리가 꿈결 같았다. 그는 지금 트랙에서 사나운 동물처럼 눈앞의 차를 쫓고 있지만, 목소리는 곁에 있는 것만 같았다. 오스카가 주저 없이 속도를 높였다.

오스카는 다섯 랩을 더 쫓았다. 그의 차는 흔들리고 튀어오르고 비틀거리면서도 속도를 늦추지 않았다. 더 아슬아슬하게 브레이킹 하고 미끄러지면서도 그는 코너 안으로 자신을 던졌다. 오스카는 한 차례 흔들려 P2를 놓쳤다가도 다시 맹렬하게 그 뒤를 쫓았다. 조금씩 그 간격이 줄어들었다. 남은 것은 이제 일곱 랩.

오스카는 P2를 완전히 따라잡아 방어하는 그 차의 앞으로 나가기 위해 코너 안쪽으로 재빠르게 붙었다. 서로의 타이어가 완전히 붙을 듯 스쳤다. 오스카가 조금 닿았는지, 주춤했다.

"왈도, 이쪽에 비가……."

오스카의 말이 끊어졌다. 정신없이 교신하고 있었는데 헤드폰 안에 갑작스러운 적막이 흘렀다.

"오스카?"

오스카의 차가 트랙에서 계속 달리고 있는 모습이 중계 모니터에 보였다. 그러나 왈도의 부름에도 오스카가 대답하지 않았다. 피트월이 술렁였다. 서둘러 상황을 파악하던 치프 레이스 엔지니어가 말했다.

"통신이 끊어졌어요. 라디오에 결함이 생긴 것 같습니다."

그 말에 왈도는 심장이 바닥으로 뚝 떨어지는 것 같았다. 그는 의자에서 몸을 일으켰다. 오스카가 지금 비 내리는 트랙에 혼자 있었다. 화면 속에서 오스카는 여전히 조금도 주저하지 않고 달리고 있었다. 그러나 그의 시야는 겨우 앞선 차만 확인할 수 있을 정도였다. 통신이 완전히 두절된다면 그는 단 한 랩도 더 가지 못할 것이다. 그러나 그때 왼쪽에서 치프가 왈도 쪽을 보며 말했다.

"일방적 결함인 것 같아요. 오스카로부터 회신이 안 됩니다. 하지만 오스카가 이쪽 소리를 들을 수 있을지도 몰라요."

그 말에 왈도는 재빨리 오스카를 호출했다.

"오스카, 내 말 들려?"

오스카가 마지막 코너를 달려 메인 스트레이트로 다가오고 있었다. 오스카에게서는 여전히 답이 없었다. 통신이 일방이라도 전달되고 있다는 것을 어떻게 확인하면 좋을까, 생각하며 왈도가 몸을 일으켜 바깥을 달리는 오스카를 내다볼 때였다. 오스카가 메인 스트레이트를 통과하며 한쪽 손을 콕핏 바깥으로 들었다. 그 모습은 피트월의 화면에도 송출되고 있었다. 그가 듣고 있다. 왈도는 확신할 수 있었다. 앞으로 여섯 랩. 사인 보드와 왈도의 목소리가 있다면 오스카는 혼자서 달릴 수 있을 것이다. 오스카는 조금도 머뭇거리지 않고 P2를 쫓아갔다. 오스카의 차가 코너 안쪽으로 파고들고,

다시 한 번 타이어가 닿을 정도로 몸싸움을 하다가 드디어 벗어났다. 오스카의 차가 물보라 앞으로 뚫고 나온다.

“잘했어 오스카.”

왈도가 말했다. 대답이 없는 오스카에게, 숨 가쁘게 혼자 싸우고 있을 그에게 왈도는 계속해서 이야기했다.

“네가 P2야. 레이스가 끝나가. 걱정하지 마. 여기서 내가 보고 있을 테니까.”

남은 레이스는 채 10분도 되지 않았다. P2를 따돌린 오스카가 점차 멀어지고 있었다. 황홀할 정도로 빠르다.

“아무도 널 잡지 못할 거야. 날 믿어.”

왈도가 속삭였다. 그는 피트월에서 내려와 벽 바깥을 바라봤다. 모니터 속의 오스카가 아닌 진짜 그가 이쪽으로 돌아오고 있었다. 흩뿌리듯 떨어지는 비가 얼굴에 닿았다. 물방울들이 머리와 어깨 위로 떨어지는 것을 느끼며 그는 오스카가 이쪽으로 돌아오는 모습을 봤다. 멀리 검은 트랙 위로 부옇게 다가오던 푸른 점은 이내 곧, 왈도를 빠르게 관통했다. 점멸하는 붉은 등이 왈도를 스쳐 멀어져 갔다. 무엇도 그를 멈출 순 없을 것이다. 나조차도. 비가 왈도의 머리카락을 적셨다. 우리의 남은 시간이 빠르게 끝을 향해 간다.

◇ ◇ ◇

체커 플래그가 어두운 하늘에서 나부꼈다. 소리처럼 빠른 차들이 가로지르는 공기 위를 깃발이 새처럼 날았다. 쏟아지는 비와 귀를 먹먹하게 만들 정도의 소음. 누군가가 우승했다. 그리고 그 차를 오스카가 쫓았다. 새하얗게 물보라를 일으키며 인디고의 차가 피니시 라인을 넘었다. 마지막 한 랩을 더 갈 힘조차 남겨두지 않은 차가 트랙 가운데에 멈춰 섰다. 더 이상 심장을 불태울 연료를 남겨두지 않은 레이스 카는 폭발을 멈추고 잠들었다. 오스카가 거기서 내렸다.

레이스를 마친 나머지 차들이 그 곁을 스쳐 지나갔다. 오스카는 걸어서 긴 피트레인을 돌아왔다. 오스카는 자신에게 다가오는 왈도를 발견하자 헬멧을 벗었다. 몇 분간 트랙 바깥에 고립되어 있는 동안 무슨 생각을 했을까. 오스카의 얼굴이 젖어 있었다. 눈물을 흘렸던 것 같았다. 지친 그가 비를 맞으며 긴 피트레인을 걸어오고 있었다.

엔진의 소음이 모두 멀어지자 드디어 요란한 플래시 소리가 들렸다. 왈도는 오스카에게 달려갔다. 오스카의 걸음이 느려졌다. 왈도는 천천히 멈춰 서는 그를 두 팔로 와락 끌어안았다.

오스카의 발뒤꿈치가 조금 들렸다. 헬멧이 오스카의 손에서 떨어졌다. 비에 젖은 왈도의 어깨를 감싸는 오스카의 손이 뜨거웠다. 오스카가 길게 한숨을 내쉬었다. 아무 말도 없이, 힘이 빠진 얼굴을 왈도의 귓가에 기대는 그의 뺨이 축축했다. 라디오가 고장 나고 기록되지 않은 것은 약 8분에 불과했지만, 오스카의 한숨은 마치 아주 오랜만에 돌아와 그리운 사람을 보는 것처럼 아득했다. 모든 소리들이 사라지고 옷깃 위에 떨어지는 굵은 빗방울 소리와 지친 숨소리만 왈도를 가득 채웠다. 왈도는 한참 동안 그를 껴안고 그렇게 서 있었다. 9개월이었다. 우리가 개러지에서 마주쳐서 여기에 서 있기까지 걸린 시간. 9개월의 여름.

Heathrow

크리스마스이브의 밤이었다. 도착할 곳이 있는 사람들이 진작 떠난 공항은 한산했다. 내일이면 철거 날을 기다릴 트리 장식이 여행객이 떠난 공항에서 마지막까지 반짝이고 있었다. 자정이 가까워가는 시간이었다. 오스카는 헬싱키로 가는 비행기를 기다리고 있었다. 왈도는 그의 곁에 함께 앉아 있었다.

팩토리는 문을 닫았다. 시즌을 마무리하느라 남아 있던 사람들도 지금부터 새해 첫날까지는 휴가였다. 대부분은 가족들이 기다리는 고향 집으로 돌아갔거나 아직도 따뜻한 남반구로 휴가를 떠나서 파티를 즐기고 있을 터였다. 오스카는 옥스퍼드에 남은 왈도와 마지막까지 시간을 보내다가 오늘 집으로 돌아가려는 중이었다. 형제도 없는 오스카에게 가족이라고는 헬싱키에서 일을 하는 엄마뿐이었다. 그래도 지금쯤 오스카의 엄마는 하나뿐인 가족이 돌아오길 기다리며 따스하게 집을 데워놓고 있을 것이다.

실은 오늘이 오스카가 옥스퍼드에 머무르는 마지막 날이었다. 더 이상 옥스퍼드의 팩토리로 올 필요가 없는 오스카는 집을 정리했다. 새 팀은 런던에 훨씬 가까운 곳이었지만 오스카는 런던으로 이사하지도 않았다. 그는 헬싱키에 있는 집으로 돌아갈 생각이었다. 레이스 때문에 전 세계의 낯선 방에서 잠들더라도 추운 헬싱키로 돌아가지 않는 게 더 좋다고 했던 그가 다시 돌아간다. 겨울이면 해가 지평선 위로 잠깐 올라왔다가 떨어져 긴긴 어둠을 보내야 하는 도시로.

“헬싱키에는 눈이 많이 왔을까?”

왈도가 물었다. 오스카는 잠잠한 히스로 공항의 어두운 밖을 잠시 바라보며 대답했다.

“아마.”

“…….”

“하얗게 쌓였을 수도 있겠지. 그러거나 말거나 아무도 신경 쓰지 않아서 다들 집 앞에 쌓이는 눈을 내버려뒀겠지만.”

오스카의 표정이 애틋했다. 그에게도 고향 도시에 대한 일말의 그리움은 있을 것이다. 왈도와 오스카는 누구도 여름 동안의 약속에 대해 말을 꺼내지 않았다. 라플란드의 눈 속으로 가자고 했던 것, 혹은 바르셀로나의 여름 별장으로 가자고 했던 것 중 어느 것도 지켜지지 못해서 둘은 다만 각자의 삶으로 돌아갈 준비를 하고 공항에 앉아 있었다.

누군가가 공항을 가로질러 걸어갔다. 가족에게 전화를 하는 듯한 음성이 바빴다. 목적지에 늦은 걸음이 빠르게 그들을 스쳐 지나가고 나서는 다시 정적이었다. 오스카는 한참 동안 그 뒷모습을 응시하다가 문득 말했다.

"지금이라도 네가 그만두자고 하면 나는 그럴 수 있어. 계약 같은 거 해지하고 위약금은 물어주면 돼."

상하이 공항에서 마지막으로 그 말을 했었던가. 오스카는 시즌이 다 끝나고 나서도 한 번도 하지 않았던 말을 새삼스럽게 했다. 왈도는 그를 마주 봤다. 오스카가 대답을 기다리고 있었다. 몇 개월 전만 해도 우리가 사랑한다고 말하는 것이 이렇게 어려운 일이 아니었는데, 오스카는 라플란드에 가자는 속삭임 대신 커리어를 그만두겠다는 말로 그것을 대신하고 있었다. 왈도는 쉽게 대답하지 못했다. 그가 이렇게 된 것도 자신의 탓일 수도 있었다. 다시는 오스카는 올해 여름에 그랬던 것처럼 내 곁에 누워 우리가 갈 곳을 상상하지는 않겠지. 왈도의 표정이 울 것처럼 잠잠해졌다. 그 모습에 그만 오스카의 얼굴도 허물어졌다.

오스카가 한 손을 들어 왈도의 머리카락을 쓰다듬었다. 고개를 들지 않는 그의 귓가를 찬찬히 쓸며 오스카가 말했다.

"네 잘못이 아니야. 그렇게 미안한 얼굴 하지 마."

오스카의 손이 다정하게 왈도의 뺨을 붙잡아 자기를 보게 했다. 곧 그가 왈도의 어깨를 한 팔로 안았다. 오스카의 입술이 귓가에 잠깐 닿았다 떨어졌다.

오스카는 곧 게이트 안으로 떠났다. 여러 차례 그를 이렇게 보냈지만 언제나 우리에게는 다음 행선지가 있었다. 이제는 기약 없이 떠난 오스카의 뒤에 왈도는 목적지가 없는 채로 남겨졌다. 자정이 지났다. 어두운 유리창에 트리의 조명이 비치고 있었다. 크리스마스였지. 왈도는 창에 가까이 다가갔다.

어둠 속에서 길게 뻗은 활주로 위로 비행기가 날아올랐다. 규칙적으로 반짝이며 밤의 하늘 속으로 멀어지는 비행기가 오스카를 태운 것인지 아닌지는 알 수가 없었다. 왈도는 한참 동안 그 모습을 바라보며 공항에 서 있었다. 그러는 동안 그에게서 수차례 멀어져 간 빛 중의 하나는 분명 헬싱키로 떠났을 것이다. 왈도는 유리창 위에 손을 얹었다. 밖의 겨울 공기는 얼음장 같았지만 유리창이 두꺼워 손바닥까지 그 냉기가 스며들지는 못했다. 그는 이마를 창 위에 천천히 얹었다. 다음 봄에 너는 다른 사람의 곁에 있겠지. 다른 사람에게 기록되고, 다른 사람과 이야기하면서 너는 나의 앞을 빛처럼 스쳐 지나가겠지. 너는 내게 지나간 여름으로 남아 다시는 전과 같지 않겠지.

창 위에 하얗게 입김이 서렸다.

Epilogue -24Hours

오스카는 이듬해 그리드에서 가장 전통 있는 팀의 드라이버가 됐다. 데뷔 첫해에 그랑프리를 우승한 드라이버는 시상대 쪽에서 무척 가까운 팀의 개러지로 갔다. 그는 더욱 거대한 기업들의 브랜드 로고가 달린 하얀색 슈트를 입고, 억 단위를 호가하는 스폰서 시계를 찼다. 그는 두 배 이상 많은 연봉을 받았고 조금 더 바빠졌다.

오스카에게는 광고하는 고가의 브랜드의 옷이 생겼고 그의 사진이 잡지에 실렸다. 어두운 스튜디오를 배경으로 서서 강한 스포트 조명을 받으며 정면을 응시하는 오스카의 사진은 몰라볼 정도로 근사했다. 유리같이 서늘한 시선과 비밀이 많아 보이는 다문 입술은 광고주들을 비롯해 많은 사람들의 마음을 사로잡았다. 사람들은 정체도 모른 채 오스카의 고독을 사랑했다. 더 이상 어떤 감정도 느끼고 싶지 않은 그의 권태로운 얼굴과 누구도 바라보지 않는 시선은 주목의 대상이었다. 오스카는 무심한 얼굴로 레이스 트랙에 나타나 동물적으로 달리고, 마지막 순간 그런 열정이 어디로 사라졌나 싶을 정도로 피곤한 얼굴로 헬멧을 벗었다. 많은 이들이 그 메마른 순간과 사랑에 빠졌지만 오스카는 열화와 같은 열광을 받으면서도 누구도 사랑하지 않았다.

큰 팀으로 이적 후 영광의 시간만 있으리라는 예상과 달리 오스카는 여섯 시즌을 더 달리는 동안 단 한 번도 우승하지 않았다. 그가 최선을 다하지 않은 것은 아니었다. 그는 여전히 빠르고, 재능 있었으며, 매 순간 사람들을 열광하게 만들었지만 그저 운이 나빴다. 오랜 역사 동안 수차례 우승하고 시즌 챔피언을 거듭했던 팀은 오스카가 합류한 후 경기 규정이 바뀐 새해에 적응하지 못하고 새로운 레이스 카 디자인에 실패해서 천천히 좌초되었다. 팀은 그나마 우승에 가까웠던 몇 번의 레이스조차 번번이 망쳤다. 말도 안 되는 불운이 몇 번이나 오스카의 우승을 막았다. 사람들은 그게 운명이라고 했다. 충분한 재능을 가진 사람이 실패하는 것은 그저 운명으로밖에 설명할 길이 없었기 때문이었다.

로맨티시스트들이 비극적 운명론을 떠받들었던 반면 왈도는 그 모든 게 그저 우연이라고 생각했다. 그는 오스카의 첫 번째이자 마지막 그랑프리 우승 또한 우연이었다고 생각하게 됐다. 스스로의 억지가 부른 한 번의 기막힌 우연. 만약 사람들이 생각하는 것처럼 운명이었다면 그것이 우리를 이렇게 엇갈리게 만들 리가 없었다. 하지만 그 일이 일어나지 않았더라도 우리는 몇 년의 시간을 더 유예하며 레이스 하는데 그쳤을 것이다. 그때의 결말은 좀 더 서글픈 방식으로 찾아왔겠지.

그게 눈부신 우연이었기 때문에, 토로 인디고에도 역시 그런 일은 다시는 일어나지 않았다. 어차피 그렇게 될 일이었다. 우승할 수 있는 드라이버를 포기했던 순간부터 토로 인디고 팀이 무너져 내리는 것은 시간문제였다. 팀이 경제적으로 한계에 도달하자 핵심적인 개발 인력들이 차례로 다른 팀으로 이적했고, 개발에 들어가는 예산은 차차 줄어들었다. 몇 년은 버티던 조엘 소사의 스폰서조차도 어느 시점부터는 더 이상 결과 없는 사업에 돈을 쏟아부을 수가 없을 정도였다. 완벽에서 1%씩 줄어들기 시작하는 준비라는 것은 실금처럼 작은 균열로 보일지는 몰라도 팀 전체를 무너트리기에는 충분했다. 90%의 준비, 그것은 절대 우승할 수 없다는 것과 같은 확률이었다.

왈도는 몇 년간 아주 면밀하게 인디고 팀이 주저앉는 것을 지켜봤다. 팀은 곧 연봉을 감당하지 못해 제노와의 계약을 갱신하지 못했다. 제노가 레이스를 그만뒀다. 치프 레이스 엔지니어가 이적했고, 그 공석을 메꾸기 위해 왈도가 치프 레이스 엔지니어로 승진했다. 그는 안 좋은 상황에도 불구하고 끝내 남아 있는 스트레티지스트 안드레아와 함께 레이스를 지휘하며 아주 오랜 기간 동안 최선을 다해 마테오에게 보여줬다. 이 팀은 절대 우승할 수 없다는 것을.

한때 그랑프리 우승을 했던 인디고는 6년 만에 오스카가 있는 M팀과 어마어마하게 거리가 벌어졌다. 스폰서 브랜드 중 몇 개가 계약이 만료되었고, 경제적 위기에 부딪치자 마테오가 상임 이사로 있는 메인 스폰서 그룹이 결국 철수를 결심했다. 사실상 토로 인디고 팀이 레이스를 그만두게 된 것이었다. 6년 만에 마테오는 레이스 디렉터의 자리를 내놓을 수밖에 없었다. 그의 실각이었다. 토로 인디고의 경영자는 결국 자신의 실패를 인정해야 했다. 수백의 직원과 설비를 가진 팩토리가 어디에 팔릴지는 시간문제였다. 이 팀이 계속 레이스를 한다고 해도 이름이 바뀐 팀은 예전의 그 팀의 기록을 이어가진 못할 것이다. 토로 인디고의 명맥은 곧 끊어질 터였다.

왈도가 마테오를 마지막으로 만난 것은 겨울 팩토리의 차고에서였다. 직책을 모두 다 내려놓은 마테오는 차고에서 마지막으로 생산된 검은 황소가 그려진 인디고의 차를 보고 있었다. 지난 십수 년여간 검은 황소를 그린 채 달렸던 팀은 이번 해를 마지막으로 그리드에서는 사라질 운명이었다. 마테오가 기묘한 감상에 잠겨 차를 보고 있을 때 왈도가 그에게 찾아왔었다. 왈도는 서른일곱 살이었다. 왈도는 어느새 팩토리와 레이스 트랙, 양쪽에서 가장 핵심적인 임무를 수행하는 사람이 되어 있었다. 팀이 무너져가는 동안에도 왈도는 이상

한 확신에 차 마지막까지 팀에 남아 있었다.

"자네라면 지금쯤 더 좋은 곳의 제안을 받고 이 팀을 떠날 줄 알았어. 이제 소사의 레이스 엔지니어로 트랙에서 달려야 하는 것도 아닌데 왜 남아 있나?"

마테오는 왈도에게 물었다. 왈도는 개러지 2층의 난간에 서서 박물관처럼 전시된 인디고의 역사를 내려다봤다. 그가 레이스 엔지니어로 재직하는 동안 달리게 했던 여섯 대의 차가 나란히 서 있었다. 멈춘 황소들을 내려다보는 왈도의 뒷모습이 우아했다. 그가 거두절미하고 말했다.

"당신이 떠나더라도 인디고라는 이름 정도는 남겨둘까 합니다. 아예 여기서 구질구질한 숨통을 끊어버리는 방법도 있겠지만 제가 생각하던 그림과는 어울리지 않기 때문에."

토레로, 마테오는 문득 그 말이 기억이 났다. 그 말을 처음으로 쓴 사람은 열정적인 어린 엔지니어에게서 분명 무언가 잠재된 가능성을 봤을 거다. 패독에 남는 사람이 되기 위해 열정을 비정함으로 바꿀 수 있는 가능성. 왈도는 천천히 고개를 돌려 마테오를 봤다. 오랜 시간 동안 마모되며 한결 고요해진 그는 언성을 높이던 예전과는 완전히 다른 사람이었지만 그보다 좀 더 뜨거운 온도를 무표정한 얼굴 뒤에 숨기는 사람이 됐다. 왈도는 마테오에게 말했다.

"제노가 프로를 그만두고 주니어 드라이버 매니지먼트를 시작했다는 건 아실 겁니다. 그에게 금융사 자본이 붙은 것도 아실 테고요. 어린 영재를 발굴하고 육성한다는 그런 순진한 목표만으로 이 일을 하는 게 아니라는 것쯤은 이미 짐작하셨겠죠. 당신이 말씀하셨던 대로 자본이라는 것이 중요한 사업을 수행할 때는 필요하니까요."

"……."

"그가 이 팀을 인수할 겁니다."

그가 몸을 돌려 마테오를 봤다. 단순히 한 번의 레이스를 우승하려 분투하던 청년은 어느새 좀 더 긴 계획을 바라보는 사람이 되어 있었다. 왈도는 그 무렵부터 안경을 쓰기 시작했다. 그가 몇 년간의 무리한 업무로 시력이 떨어지기 시작했다는 것을 마테오도 알고 있었다. 세련된 안경테가 그의 눈 위에 그림자를 만들었다. 매끄러운 유리 너머로 무미건조한 눈이 이쪽을 봤다.

"제가 그 사업에 지분이 있습니다. 제노는 파트너인 저를 새 팀의 레이스 디렉터로 고용할 생각이더군요."

"……."

"유감이라고 생각하지 않으셨으면 좋겠습니다. 말씀하셨던 대로, 이건 사업이니까요."

왈도는 표정 하나 변하지 않고 말했다. 마테오는 감탄할 수밖에 없었다. 처음 그를 보고 생각했던 대로였다. 그는 영리하고, 빨리 배웠다. 조금 더 긴 레이스를 내다보는 법을 가르치지 않았다면 이렇게 빨리 여기까지 오지 않았을 수도 있었을까. 마테오는 마지막으로 물었다.

"내게 복수하고 싶은 건가?"

"아니요. 모든 걸 제자리에 돌려놓고 싶을 뿐입니다."

왈도는 멈춘 차들을 내려다봤다. 세련된 검은 슈트 차림의 토레로는 끝난 시간들 속에서 더 긴 미래를 내다보고 있었다. 과거 한 점의 계기가 그를 끝없이 담금질하고 있었다. 그가 어떻게 인디고를 일으켜 세울지는 알 수 없었지만 지난 시간 동안 마테오가 그랬던 것처럼 그는 끝내 불가능을 향해 돌진할 것이다. 차가운 이성으로 무장한 뜨거운 복수심이 끝내 다른 이들을 짓밟고 앞으로 나아가겠지. 그의 레이스 카들이 곧 이 무덤에 차례로 안치될 것이다. 마테오는 더 이상 말하지 않았다. 각자의 운명이었다.

◇ ◇ ◇

왈도가 오스카에게 그 사실을 말했는지는 아무도 모른다. 하지만 오스카는 여섯 시즌을 더 달린 이후, 서른 살을 마지막으로 돌연 포뮬러원 커리어의 은퇴를 선언했다. 제노가 인디고를 인수하기 직전의 일이었다. 이른 은퇴 선언에 팀과 팬들은 무척 아쉬워했지만 오스카는 개의치 않았다. 은퇴 인터뷰를 하는 그는 오히려 홀가분한 얼굴이었다. 오랜 시간 동안 성과를 얻지 못했지만 그의 팀은 벌써 백 번이 넘는 그랑프리를 함께한 드라이버를 보낼 때에 성심껏 그를 축복했다. 오스카의 마지막 그랑프리 역시 브라질의 인터라고스 서킷이었다. 흰옷을 입은 그가 관중을 향해 손을 흔드는 모습은 많은 사진으로 남았다.

그리고 오스카는 다음 해부터 내구 레이스(endurance race) 전 시즌을 달리기로 했다는 것을 발표했다. 아마 그가 은퇴를 결심했을 즈음부터 구체적인 이야기가 오갔을 것이다. 왈도는 그 소식을 인터넷으로나 확인하게 되었다. 그가 달리기로 결심한 것은 르망 24시간 레이스였다. 역사상 가장 오래된 레이스 중의 하나인, 하지 중순의 라 사르트 서킷을 밤새도록 달리는 그 레이스를 오스카가 참가한다는 것이었다. 매체들은 그 일을 연일 떠들썩하게 보도했다. 내구 레이스는 전 세계를 돌며 열 개 남짓의 챔피언십 경기를 하지만 실상 6월 셋째 주에 열리는 르망에서의 단 하루의 승부가 전부나 마찬가지였다. 완벽하게 준비된 두 시간짜리 레이스를 달리던 그가 24시간의 야전 서바이벌이라니. 왈도는 낙담했다. 오스카에게 그런 건 어울리지 않았다. 왈도는 그가 그런 결심을 한 데에는 무슨 다른 이유가 있었을 거라고 생각했다.

왈도는 팩토리에 돌아와 있었다. 오스카의 은퇴와 함께 트랙에 가야 할 이유를 잃은 그는 제노가 인수를 준비하는 동안 팩토리에 출근하며 레이스를 원격 지원했다. 조엘은 한 시즌을 더 달리고 있었다. 그동안 우승하지 못한 책임을 조엘에게 물은 적은 없지만 처음부터 돈으로 자리를 샀다는 평가는 늘 조엘을 그림자처럼 따라다녔고, 그것까지는 왈도가 어떻게 해줄 수 있는 것은 아니었다. 조엘도 아마 최선을 다했을 것이다. 그에게도 똑같이 운이 따라주지 않았을 뿐.

제노는 시즌 중에라도 조엘의 계약을 종료하고 자신이 매니징 하고 있는 더 어리고 새로운 신인 드라이버에게 기회를 주고 싶어 했다. 왈도는 그것만큼은 망설였다. 조엘에게 일말의 연민을 느끼는 걸 수도 있었지만, 한편으로 왈도에게는 오스카가 돌아올 때까지 조엘이 그 자리를 지키고 있는 편이 제노가 팀에 영향력을 행사하는 것을 견제하기 위해서 유리할 거라는 계획도 있었다. 그런 것들이 조엘을 비참하게 했는지도 모른다. 머리로는 알고 있었지만 왈도는 그런 조엘의 마음을 살필 정도로 그에게 마음을 준 것은 아니었다.

조엘도 스물아홉 살이었다. 그의 이십 대가 팀의 추락과 함께 속절없이 가고 있었다. 그럼에도 불구하고 조엘에게는 끝내 포기하지 못하는 무언가가 있었다. 왈도는 그가 적당한 선택을 할 타이밍을 놓쳤다고만 생각했다. 아니면 그가 정말로 포기하지 못하는 것이 무언인지 알면서도 일부러 무시했던 것일 수도 있다. 3월의 두 번째 레이스인 말레이시아 그랑프리에서 조엘은 사고를 내고 중도에 리타이어 했다. 부상으로 다음 경기 출전이 불투명해진 채로 옥스퍼드로 돌아온 조엘은 왈도에게 그 사실을 어렵게 이야기했다.

"내가 줄곧 당신을 실망시키기만 했네요."

이미 알고 있는 사실을 왈도에게 보고한 끝에 조엘은 그렇게 말했다. 그리고 그 청년은 끝내 울었다. 너무 오랜 시간 동안 잡히지 않는 목표를 향해 달렸던 그는 많이 지쳐 있었다. 당연한 안타까움을 느낀 걸지도 모르겠다. 왈도는 그에게 말했다.

"이제 그만해도 돼. 더 이상 트랙에 내가 있는 것도 아니고. 우린 충분히 서로를 오래 괴롭혔잖아."

겨우 이런 이야기를 듣고 싶었던 것은 아닐 것이다. 그러나 왈도 역시 진심이었다. 끝까지 가능성을 놓지 못한 소사의 미련은 그때 무너졌다.

"그래요. 당신이 계속 트랙에 남아 있는 것도 나를 위해서는 아니었겠죠."

조엘은 그렇게 왈도 앞에서 눈물을 쏟았다. 조엘은 그 시즌을 마지막으로 포뮬러원 커리어를 그만뒀다. 그다음에 그가 다른 레이스를 한다는 이야기를 들었지만 왈도는 마음에 두지 않으려고 애썼다. 그렇게 끝이었다. 리우도 팩토리의 중책으로 돌아오고 나자 피트월에는 더 이상 오스카가 있던 시절의 사람들이 남아 있지 않았다. 어쩔 수 없는 상실이 그 자리에 쌓여간다는 걸 알았지만 왈도는 멈추지 않았다. 그는 옥스퍼드의 팩토리를 차차 집어삼켰다.

◇ ◇ ◇

오스카의 르망 레이스 데뷔는 화제가 됐다. 포뮬러원 드라이버였던 적이 있는 사람이 합류하게 되면 늘 환영을 받는 편이었지만, 오스카는 더군다나 그랑프리 우승자였다. 한결 느긋하고 확신에 찬 표정을 한 그의 사진이 레이스 포스터에 실렸다. 흰색 슈트를 입은 그의 등과 가슴 쪽에 'PHANTOM'이라는 로고가 크게 붙어 있었다. 그게 오스카의 새 팀의 이름이었다.

르망 24시간 레이스는 매년 6월 셋째 주 주말에 열렸다. 토요일 낮 3시에 출발해서 단 한 순간도 멈추지 않고 24시간을 달려 일요일 낮 3시에 체커를 받는 것이다. 1,000분의 1초를 줄이기 위해 수단과 방법을 가리지 않는 포뮬러원 레이스와 르망 레이스는 근본적으로 달랐다. 만 하루를 달리려면 완벽함은 중요하지 않았다. 완전해야 했다. 무슨 일이 일어나더라도 멈추지 않기 위해 온 힘을 다해야 했다.

왈도는 그 해 6월에 르망에 갔다. 왈도가 도착한 것은 금요일 오전 워밍업 주행을 할 때였다. 패독에는 50대나 되는 참가 차량의 개러지가 끝도 없이 길게 늘어서서 각자의 작업으로 부산하게 움직이고 있었다. 아침에 내린 비로 촉촉하게 젖은 트랙 위를 레이스 카들이 달리고 있었다. 그랑프리 서킷보다 배가 넘는 주행거리의 라 사르트 서킷은 이 경기 최고 카테고리 차로도 한 바퀴를 달리는 데에 3분이 넘게 걸렸다. 차들이 각자의 엔진 소리를 내며 긴 메인 스트레이트를 스쳐 지나가고 있었다.

왈도는 개러지에 있었다. 게스트로 레이스 트랙에 온 그는 VIP 패스를 맨 채 팬텀 팀의 주행을 지켜보고 있었다. 트랙 저편에서 조금 전 통과한 차들과 다른 소리를 내는 차가 빠르게 다가오고 있었다. 터보 엔진의 높은 파장의 바람 소리를 내며 흰색의 레이스 카 한 대가 달려왔다. 장식적인 샴페인 컬러의 페인트가 잔상을 남기며 빠르게 눈앞을 지나친다. 왈도는 고개를 돌렸다. 팬텀10. 오스카의 엔트리였다. 물보라가 레이스 카 후미에서 비행기구름 같은 흰 궤적을 남겼다. 휘파람 같은 엔진 소리가 멀어져갔다.

한 대의 차를 쉴 새 없이 달리게 하기 위해서 드라이버는 세 명이 한 조가 됐다. 오스카가 주행을 마치고 돌아오자 곧바로 대기하고 있던 다른 드라이버가 팬텀 10번의 차에 올랐다. 오스카는 헬멧을 벗어 들고 개러지를 통과해 밖으로 나왔다. 주행을 마치길 기다리다 다가오는 관객들에게 사인을 해주다가 그는 저편에 서 있는 왈도를 발견했다.

세련되게 길어진 머리를 자연스럽게 빗어 넘긴 왈도가 이쪽을 돌아봤다. 매끄러운 검은색의 뿔테 안경 안에서 더 우묵하게 집어진 눈이 오스카를 보고 부드럽게 휘어졌다. 조금 더 갸름해진 뺨이 그의 시원스럽게 말려 올라가는 입매를 더 돋보이게 만들었다. 펜을 상대에게 넘겨주고 왈도를 향해 가는 오스카의 얼굴이 환하게 밝아졌다. 오스카는 조금 뛰는 걸음으로 그에게 가 왈도를 두 팔로 감싸 안았다. 오랜만에 느끼는 감각이었다.

트랙에 설치된 드라이버들이 쓰는 개인실은 컨테이너를 두 층으로 쌓아 올려 만든 가건물이었다. 철제 계단을 올라가자 2층에 오스카와 다른 드라이버들이 함께 쓰는 방이 있었다. 가벼운 프레임으로 만든 간이침대 두 개가 놓여 있고 플라스틱으로 맞춰 넣은 조그마한 샤워 부스가 안에 설치되어 있었다. 철제 선반에는 다른 동료 드라이버들이 쓰는 팀 셔츠, 수건, 헬멧과 가방 등이 다소 너저분하게 놓여 있었다. 왈도는 깨끗하게 정리된 침대 위에 걸터앉았다. 2층짜리 모터 홈 빌딩을 통째로 끌고 다니던 시절을 보냈던 드라이버에게 이 숙소는 단출했다. 고상한 트렌치코트를 입은 왈도가 간이침대에 걸터앉아 방 안을 둘러보는 모습에 오스카는 피식 웃었다. 오스카는 그에게서 등을 돌린 채 레이스 슈트를 반만 벗어 상의만 갈아입었다.

오스카는 서른한 살이었다. 그의 매끄러운 등 위로 깨끗한 티셔츠 자락이 내려올 때 왈도는 그의 등허리 피부를 보고 있었다. 조금 더 얇아진 듯한 피부 위에 레이스 슈트의 주름 자국이 남아 있었다. 티셔츠 바깥으로 내미는 그의 머리카락은 실내여서 그런지 이전보다 조금 어두워 보였다. 정수리가 비칠 듯 가늘었던 머리카락이 어느새 많이 짙어져 있었다. 오스카가 몸을 돌려 왈도 옆에 와 앉았을 때 왈도는 그 머리카락부터 손으로 쓰다듬었다. 그의 감촉을 벌써 잊어서 마르고 바스락거리는 머리카락이 손가락을 빠져나갈 때 왈도는 새삼스럽게 감동했다.

"머리가 정말 조금 짙어진 것 같기도 하네."

그 말에 오스카는 왈도에게 가까이 상체를 기울였다. 입술이라도 댈 것처럼 다가오더니 오스카는 왈도의 어깨에 머리를 대고 안겼다. 오스카는 그대로 왈도의 상체를 안고 침대 위에 쓰러졌다. 왈도의 말끔한 옷을 구기며, 오스카는 그의 가슴 위에서 고개를 들었다.

"연락도 없이 오랜만에 나타나서 고작 하는 말이 그거야?"

웃느라 오스카의 눈이 가늘어졌다. 작년까지의 그는 늘 무언가에 쫓기는 사람 같았다. 피트레인에서 간신히 스치는 그의 얼굴이 어두운 게 마음에 걸렸었는데, 가슴팍 위에 엎드려 느긋하게 웃는 얼굴을 보고 있자니 왈도는 여기까지 오면서 했던 무수한 걱정이 한꺼번에 녹아 흩어지는 것 같았다. 왈도는 침대에 머리를 대고 누웠다.

"방이 너무 조촐하네. 레드 카펫 위만 걷듯이 살던 사람한테."

"뭐 어때. 이쪽이 더 편해. 룸메이트도 있다고 이제."

"같이 사는 친구들은 어때?"

"어…… 한 명은 외출하는 걸 엄청 좋아하고 방에도 잘 안 들어오는데, 나머지 한 명은 잠이 너무 많아서 하루 종일 방에 있고 싶어 해서 좀 곤란해."

오스카는 왈도의 시답잖은 물음에 기숙사 생활이라도 하는 대학생처럼 능청스럽게 답했다. 그는 손끝으로 왈도의 벌어진 옷깃 사이를 만지작거렸다. 그러다 숨에 따라 오르내리는 왈도의 쇄골 위로 손바닥을 밀어 넣었다. 맨살 위를 더듬던 오스카의 얼굴이 순간 진지해졌다. 그는 고개를 숙여 누운 왈도의 입술에 키스했다.

"룸메이트가 오면 어쩌려고."

왈도가 누운 채로 중얼거렸다. 오스카의 입술이 잠시 떨어졌다가 조금 더 농밀하게 왈도의 입술 위를 눌렀다.

"걱정 마. 하나는 대기 중이고 하나는 지금 트랙에서 달리고 있어. 한 시간은 걸릴 거야."

그렇게 말하고는 오스카는 왈도의 입술 안쪽을 혀로 핥았다. 그의 손이 옷 위로 왈도의 가슴을 더듬었다. 왈도의 몸 위로 올라타는 그에게서는 가벼운 땀 냄새와 연료, 오일 등이 뒤섞인 익숙한 냄새가 났다. 왈도는 오스카의 허리를 안았다. 방금 입은 티셔츠 안으로 손을 집어넣어 그의 등을 쓰다듬자 오스카가 나긋하게 앓는 소리를 냈다. 왈도는 누운 채로 오스카의 몸 밑에서 속삭였다.

"이러려던 건 아니었는데. 할 이야기가 있어서 왔어."

"조금 있다 해."

"네가 포뮬러원을 관두는 바람에 여기까지 쫓아왔잖아. 아니었으면 진작 트랙에서 만났을 때 말하는 건데."

왈도가 중얼거렸다. 오스카는 고개를 들었다. 눈썹을 약간 찌푸린 그가 고개를 기울이고 왈도가 말하기를 기다리고 있었다. 조금 전의 키스로 왈도의 입술이 젖어 있었다. 그가 입술을 움직여 말했다.

"돌아와. 우리 팀으로."

오스카는 그 말에 자기 얼굴을 문질렀다. 흥이 깨진 표정이었다. 오스카는 왈도로부터 부스스 몸을 일으켜 침대 반대쪽 끄트머리에 등을 기대고 앉았다.

"별로 듣고 싶은 얘긴 아닌데 들어는 줄게. 말해봐."

"무슨 이유가 있을 것 같았어. 갑자기 나한테 말도 없이 이렇게 그만둔 건."

"그런 거 아냐. 그냥 그만둘 때가 됐다고 생각한 거야. 때마침 제의도 있었고."

왈도는 몸을 일으켰다. 그는 오스카를 마주 보고 앉았다. 오스카는 인내심 있게 기다리고는 있었지만 벌써 답을 정해 둔 것 같은 얼굴이었다.

"르망 레이스는 네가 달릴 만한 데가 아니야. 무엇보다도 네 커리어를 그렇게 끝내서는 안 됐어."

"아냐, 난 지금이 좋아."

"도망치려고 하는 거잖아. 우리가 몇 년 전에 그렇게 시즌을 끝내버렸을 때부터 줄곧 나는 모든 걸 다시 제자리에 되돌리려고 애썼어. 이렇게 포기해버릴 수는 없어."

"왈도, 진심이야. 나는 지금도 괜찮아."

오스카는 상체를 왈도 쪽으로 당기며 확신에 찬 어조로 대답했다. 그런 말을 할 줄은 예상하고 있었다. 왈도는 입을 다물고 시선을 거둬 자신의 손바닥을 내려다봤다. 그의 섬세한 손이 무릎 위에서 잠시 손가락을 매만지며 말을 골랐다. 7년 동안 나이를 먹은 그의 얼굴이 이 순간만큼은 고백을 하는 청년처럼 앳돼 보였다.

"제노가 인디고 팀을 인수했어. 나는 올해 말쯤에 인디고 팀의 디렉터가 돼. 너를 너무 기다리게 했다는 생각도 들지만 나로서는 이게 최선이었어."

"……."

"하지만 아직 그렇게 늦지 않았잖아. 다시 내 팀의 드라이버가 되어달라는 말을 하려고 온 거야. 레이스 엔지니어로서가 아니라 이번에는 팀 대표로서."

왈도의 고백에 오스카는 한참 동안 무슨 생각을 하는지 말이 없었다. 둘 사이에 침묵이 흘렀다. 허리를 구부려 손바닥 위에 턱을 얹은 오스카의 얼굴은 슬픈 상념에 잠긴 것 같기도 했다. 왈도는 조바심이 났다.

"돌아와. 나한테."

오스카의 입꼬리가 살짝 올라갔다. 그는 고개를 숙인 채 미소 지었다. 다소 허탈한 표정이었다.

"날 위해서라는 말은 하지 마. 너는 네 성공을 위해서 날 필요로 하는 거니까."

"그렇게 생각한다면 부정은 안 할게. 사실이니까."

오스카가 이번에는 고개를 들고 웃었다. 그의 선명한 눈이 또렷하게 왈도를 봤다.

"뻔뻔한 자식."

"그렇지 않았으면 오늘날 여기까지 오지도 못했지."

"그래서 데뷔하려고 돈 가방 들고 줄 서 있는 어린 드라이버들을 다 제치고 이미 은퇴해버린 드라이버인 나를 다시 데려가겠다고? 디렉터의 권한으로? 말도 안 돼."

"그랑프리 시상대에 날 올려 보낸 건 네가 처음이자 마지막이었어. 그 정도면 디렉터로서 다시 데려오려고 고집을 부릴 이유는 충분하잖아."

오스카는 머리를 저었다. 기쁜 듯 그의 얼굴에는 웃음이 번졌다. 하지만 그것은 차차 사그라들고 이내 그의 얼굴에는 단단한 확신에 가까운 체념이 돌아왔다. 오스카는 애틋하게 왈도를 바라봤다.

"그때 일이 우리에게 다시 일어나진 않을 거야. 이미 과거가 된 일에 연연하지 마. 우리 둘 다 어쩔 수 없었잖아. 괜히 나 때문에 출셋길 망치지 말고 어리고 앞날이 창창한 애들한테 기회를 줘. 분명 나보다 더 잘할 애들이 있을 거야."

오스카는 침대 헤드에 등을 기댔다. 왈도의 표정이 기묘하게 우울해졌다. 그가 다소 힘 빠진 목소리로 물었다.

"나랑 그만두자는 말이야? 차이러 여기까지 온 건 아닌데."

오스카가 가볍게 한숨을 쉬었다. 어려운 말을 하듯, 그가 한참 망설이다가 입을 열었다.

"정말 그래야 할까 봐. 내가 너를 너무 오래 붙잡았나 보다."

오스카는 잠시 얼굴을 찡그렸다. 왈도는 진심으로 놀란 얼굴을 했다. 조금 더 커진 그의 짙고 서글서글한 갈색 눈이 안경 너머로 오스카의 얼굴을 보고 있었다. 선고를 기다리는 듯한 표정으로. 만약 지금 헤어지자고 한다면 그는 눈물을 뚝뚝 떨어트리며 그 말을 받아들일까, 생각을 하다 오스카는 그만 그 표정을 견디기 힘들어서 왈도에게 가까이 와 앉았다. 왈도의 얼굴을 두 손으로 잡은 오스카가 말했다.

"그런 얼굴 하고 날 보지 마. 너한테는 정말 못 이기겠다. 알지? 항상 내가 너한테 약해서 오늘날 이 지경이 됐다는 거."

오스카는 왈도의 어깨를 툭 쳤다. 생각해보겠다는 말을 하고 오스카는 왈도의 얼굴을 다정하게 쓰다듬었다.

왈도는 토요일 레이스 출발 때까지 르망에 머물렀다. 오스카는 금요일 밤, 왈도의 호텔 방으로 오지는 않았다. 레이스 전날 밤마다 껴안고 잠들었던 것도 7년 전의 일이었다. 다른 팀으로 이적하고 나서 우리는 같은 장소를 향해 여행했을 뿐 더 이상 예전으로 돌아갈 수는 없었다. 왈도는 그날 밤 혼자 호텔 방에 앉아 지금까지 여러 해 동안 차마 끝내지는 못한 관계를 미루며 보냈던 몇 번의 밤들을 생각했다. 안고 있는 순간만큼은 우리를 처음으로 돌아간 것처럼 만들어줬던 날들을. 오스카는 어느 순간부터 다른 사람을 종종 만나고 일시적 관계에서 위로를 받는 것도 같았다. 그것이 짐작에 그치길 불과하며 왈도는 한 번도 오스카에게 그것을 캐묻지는 않았다. 오스카가 수없이 잡으려고 노력했던 관계를 먼저 놓은 건 왈도 쪽이었다. 어차피 그런 걸 추궁할 자격도 없었다. 그날 밤 오스카는 혼자였을까 아니면 누군가의 침대에서 잠들었을까. 왈도는 묻지 않았다.

왈도는 토요일 오후 3시에 출발하는 오스카를 레이스 트랙에서 보내고, 그 레이스가 끝나기 전에 런던으로 돌아갔다. 두 시간이 넘는 첫 번째 주행을 마치고 오스카가 돌아왔을 때 왈도는 거기 없었다. 24시간의 레이스는 그렇게 흘러갔다. 오스카의 팀은 그 해 레이스를 완주했다. 몇 달 후, 왈도는 더 이상 황소 그림을 그리지 않는 레이스 팀 인디고의 수석이 됐다.

◇ ◇ ◇

짙은 검푸른 색으로 칠한 새 팀의 이름은 인디고였다. 시즌이 끝나가는 가을에 왈도는 팀의 정식 디렉터로 임명되었고 그 발표는 패독을 떠들썩하게 만들었다. 인디고 피트월 오른쪽 가장 끝에 앉았던 그는 이제 왼쪽에 테크니컬 디렉터, 팀 매니저를 두고 세 번째 자리에 앉았다. 이미 여러 해 실패를 거듭한 팀을 도맡게 된 젊은 나이의 보스에게 주목이 쏟아졌다. 그는 삼 년 안에 결과를 보여주겠다고 약속했다. 그가 팩토리에서 밤낮없이 매달린 새 시즌의 레이스 카가 데뷔를 앞두고 있었다. 제노가 데려온 드라이버들이 각자 일 년의 시즌을 달리기 위해 계약을 마쳤다. 완전한 새 출발이었다.

엄격하고 보수적이었던 지난 팀 디렉터와 다르게 왈도는 매년 바뀌는 규정의 범위를 저돌적으로 해석했고, 규정을 아슬아슬하게 초과하는 시도를 멈추지 않았다. 이전보다 정치적 수완이 뛰어난 새 디렉터라서 가능한 일이었다. 에두아르도 코르테즈의 존재는 다른 팀들을 충분히 긴장하게 했다. 인디고는 새로운 라이벌로 부상했다.

4월에 왈도는 실버스톤에서 열리는 내구 레이스 첫 경기에 나타났다. 레이스 팀 디렉터가 된 그가 팬텀 팀의 라운지에 등장하자 기자들은 어떤 가능성에 들떠 연신 사진을 찍어댔다. 일 년짜리 계약을 한 것으로 알려진 인디고의 신인들, 그리고 직접 자신의 옛 드라이버를 찾아 나선 팀 보스…….

그들이 무엇을 상상할지는 분명했다. 그리고 그게 바로 왈도가 의도한 바였다.

라운지에 앉아 있던 오스카는 갑자기 나타난 왈도를 보며 반갑게 웃었다. 작년 6월의 르망 레이스 이후 한 번도 보지 못했던 그였다. 일 년에 가까운 시간이 흐르는 동안 왈도의 마음 언저리에서 생겨나기 시작했던, 오스카를 되찾지 못할 수도 있다는 의심과 불안이 반가움을 숨기지 않는 그의 얼굴 앞에서 희미해졌다. 드디어. 왈도는 생각했다. 이번에는 정말로 그를 돌아오게 할 수 있을 거라고.

레이스를 시작하기 전이었다. 왈도는 오스카의 방에 있었다. 드디어 둘만 남아 그를 안았을 때 그제서야 피로감이 몰려와 왈도는 오스카의 가슴에 머리를 기댔다. "너무 오래 기다렸지." 왈도는 그립고 다정한 몸을 안고 말했다. 다시는 내 곁에서 잠들지 않을지도 모른다고 생각했던 그가 손안에 있었다.

"한 번만 더 내 드라이버가 돼줘. 다시는 보내지 않을 테니까 돌아가자. 같이 달렸던 때로."

고백에 가까운 말이었다. 그 말에 오스카는 섬세하게 흔들렸다. 그가 돌아오지 않으려고 하는 것은 이미 알고 있었지만, 그때 왈도는 직감적으로 그가 이전과는 다른 감정을 느낀다는 것을 알았다. 어떤 순간에도 자신감을 잃은 적은 없었던 오스카가 무언가 걱정이 있는 사람처럼 입을 다물었다.

그에게는 무슨 다른 이유가 있을 것 같았다.

왈도는 그의 레이스를 지켜봤다. 오스카는 여전히 예리하고, 빠르고, 예전의 감각을 잃지 않고 있었다. 그가 달리는 것에 자신감을 잃었을 리는 없었다. 왈도는 오스카가 트랙에서 달리는 동안 실버스톤을 떠났다. 기울어가는 해를 따라 런던으로 운전해 돌아오며 왈도는 출발할 때에는 생각한 적 없었던 작은 불안을 느꼈다. 그것은 아주 내밀하고 사적인 것이었다. 변한 것은 아무것도 없었지만 오스카의 내면 깊은 곳에서 어쩌면 우리가 그동안 서로를 붙잡게 만들어준 상대에 대한 연민과 책임감이 전과 같지 않게 되었을 수도 있지 않을까, 어쩌면 그가 더 이상 나를 사랑하지 않게 된 것이 아닐까 하는 생각이 왈도의 안에서 얼룩처럼 번지기 시작했다.

◇ ◇ ◇

그로부터 다시 두 달의 시간이 흘렀다. 몇 번의 그랑프리를 거듭하며 인디고 팀은 과거의 실패를 회복하고 앞으로 나아갔다. 한 팀을 이끌어야 하는 왈도에게는 잠깐의 틈도 주어지지 않았다. 왈도는 6월 세 번째 주의 토요일이 거의 다 지나고 나서야 르망에 찾아갈 수 있었다.

왈도는 작년에 그를 만났던 컨테이너 빌딩 2층의 난간에서 기다렸다. 룸메이트들이 주행을 하러 트랙에 나가 있는 동안 자신의 차례를 마치고 오스카가 돌아왔다. 왈도가 온 것을 알지 못했던 그가 왈도를 발견하고 멈춰 섰다. 4월에 내구 레이스 오프닝 경기에 와서 잠깐 그를 만난 후 벌써 두 달. 오스카의 얼굴은 그때와는 달랐다. 갑작스레 나타난 연인을 보는 얼굴이 4월에 만났던 때처럼 반갑지는 않았다. 지친 오스카의 시선이 반짝이는 밤의 어둠 속을 부유했다. 왈도는 확신했다. 그의 마음 한구석이 어딘가 다른 곳을 향하고 있었다. 8년이라는 시간은 기다림에 지쳐 마음이 퇴색하기에 충분한 시간이었다. 슬픈 감정이 바람 앞의 재처럼 일어났다. 너를 다시 감동하게 만들기엔 너무 늦은 걸까. 그렇다고 해서 지금 와서 그를 포기할 수는 없었다. 왈도에게는 이제 오스카만이 유일한 목표였기 때문이었다.

불안 속에서 왈도는 오스카와 섹스 했다. 팔 안에 안기는 그의 몸집은 그대로였고, 왈도의 안경을 벗겨내고 맨얼굴을 보는 그 눈빛도 예전에 그가 사랑했던 오스카였다. 그의 살 냄새와 나직한 한숨과 익숙하게 전율하는 몸이 왈도의 불안을 조금이나마 잠재웠다. 좁은 컨테이너 룸 안에서 오스카를 끌어안고 왈도는 어둠 속에서 그의 얼굴을 봤다. 떨리며 신음하는 그의 얼굴이 흐려 보였다. 찰나의 열정 속에서 오스카는 사랑하던 때의 그 모습이었지만 그 유효기간이 길지 않음을 왈도는 직감했다. 지금 너를 팔에서 놓아주면 다음에는 또 어떤 얼굴을 할까. 생각만으로 숨이 찼다.

새벽 1시에 오스카는 다시 주행을 하러 트랙으로 들어갔다. 이미 절반 가까이 레이스가 진행된 트랙은 다른 차들의 흔적으로 지저분해져 있을 터였다. 살아남은 팀의 차들이 헤드라이트로 어둠을 겨우 몇 뼘 정도 밀어내며 달리고 있었다. 왈도는 르망을 떠나기 전 팬텀 팀의 개러지로 갔다.

그때 그 애를 거기서 봤다. 쌀쌀한 밤의 공기를 막기 위해 점퍼를 입은 뒷모습이 오스카랑 꼭 닮은 어린 드라이버. 팬텀 11번의 검은색 슈트를 입은 그가 오스카가 타고 있는 10번 차가 어둠 속에서 달리는 모습을 모니터로 지켜보고 있었다. 모두 해가 뜨길 기다리며 버티는 시간에 그걸 그리 간절하게 보는 사람은 그 하나뿐이었다. 그가 뒤돌아봤다. 조금 전까지 함께 있었는지 그에게서 오스카의 것이 분명한 담배 냄새가 옅게 났다. 감정을 숨길 줄 모르는 선한 회색 눈이 왈도를 똑바로 봤다. 그도 왈도가 누군지 알아본 것 같았다. 어린 청년의 얼굴이 긴장했다. 그는 요동치는 감정을 숨기지도 않고 있었다. 왈도는 약간은 낭패감을 느꼈다. 마주치지 말았어야 했는데.

"너였군. 오스카가 신경 쓰고 있는 게."

그의 이름은 알고 있었다. 에스테반 릴리. 오스카가 릴리라고 부르던 게 그였다. 그의 기대와 열망, 질투 등의 감정으로 가득 찬 눈을 보자 조금은 짜증이 났다.

"저 앤 누구를 염두에 두고 달리지 않아. 모든 상황이 자기

거여야 직성이 풀리지.”

“당신이 뭐라고 전부 아는 것처럼……”

“알지. 내가 그렇게 만들었으니까.”

일순간 흔들리는 그의 표정에 쾌감을 느끼는 대신 신물이 났다. 틀림없이 사랑에 빠진 그 얼굴이 낯설지가 않았다.

“릴리”

“그렇게 부르지 말아요.”

“들어둬.”

“…….”

“눈앞에 있다고 착각하지 마. 그는 네가 가질 수 있는 사람이 아니니까.”

그 말을 마지막으로 왈도는 입을 다물었다. 자조적인 이야기였던 것도 같다. 그러나 아니라고 떼를 쓸 것 같았던 그는 왈도 곁의 선반 위에 있는 자신의 헬멧을 집어 들며 침착하게 말했다.

“그래도 나는 그를 방치하지는 않아요. 그쪽처럼.”

팬텀 11번의 차가 드라이버 교체를 준비하고 있었다. 릴리는 왈도에게서 몸을 돌려 멀어졌다. 새까만 머리카락의 뒷모습을 보며 왈도는 얼굴을 찌푸렸다. 체념이 익숙한 것 같은 마지막 말이 거슬렸다. 돌려받지 못하는 사랑을 쫓는 일을 얼마나 안다고 의연한 행세를 하는 것일까. 뭘 안다고. 곧 릴리는 11번 차를 타고 오스카를 뒤쫓아 드랙의 어둠 속으로 들어갔다. 뜻밖의 깊은 상실감이 왈도를 헤집었다. 그는 오스카의 차가 돌아오기 전에 서킷을 떠났다. 다시 새벽이 와서 현실을 마주하기 전에.

그 해 오스카는 르망 레이스를 3위로 완주했다. 자신의 팀원들과 함께 그랑프리 우승 때보다 더 환하게 웃는 오스카의 사진이 잡지 한 면에 커다랗게 실렸다. 여전히 여름의 한가운데 있는 그는 변함없이 눈부셨다. 축하를 받는 오스카의 곁에 그 애가 있었을까. 저물어가는 일요일 밤을 그 애가 오스카와 함께 보냈을까. 왈도는 그럴 수 있다고도 생각했다. 외로웠을 테니까.

◇ ◇ ◇

팬텀 팀은 인도계 갑부가 운영하는 팀으로 세계적인 자동차 제조사 브랜드 팀에 비하면 자본의 규모가 작았다. 두 대의 레이스 카는 순전히 오너 레이스 디렉터의 자금으로 달렸다. 오스카가 합류하면서 대형 스폰서가 붙으며 개발에 일시적인 여유가 생겼지만 근본적으로 팬텀은 과거의 인디고 팀과 상황이 비슷했다. 앞으로 조금 더 나가려면 좀 더 전폭적인 수준의 투자가 필요했다. 그러기 위해서 선택할 수 있는 가장 편한 방법은 어디든 커리어를 이어갈 자리를 찾는 돈 많은 드라이버와 비즈니스 파트너십을 체결하는 것이었다.

과거 인디고가 조엘 소사의 손을 잡았던 때처럼.

그때쯤 달릴 자리를 찾고 있던 중국계 드라이버가 한 명 있었다. 어마어마한 기업들의 스폰서를 업고 있는 그 드라이버와 팬텀 팀이 교섭 중이었다. 왈도는 팬텀을 주시하느라 그 소식을 누구보다 먼저 접했다. 여섯 명이나 되는 드라이버들 중 누구를 새 선수로 교체하게 될지는 단정할 수 없었지만 적어도 오스카가 속해 있는 10번 차의 세 명은 상대적으로 커리어가 탄탄한 선수들이라 쉽게 팀을 해체하진 않을 것 같았다. 타깃은 아마 11번 차의 드라이버들 중에 있을 것이다. 그 즈음 왈도는 에스테반 릴리에 대해서 생각했다. 어린 나이에 데뷔해서 이제 첫 번째 내구 레이스 시즌을 달리고 있는 그는 평범한 청년이었다. 다른 드라이버들처럼 대단한 재력가의 아들도 아니었고 엄청난 스폰서를 업고 있는 것도 아니었다. 그는 그저 실력이 좋은 젊은 선수였다. 오스카가 그랬듯이.

왈도는 팬텀 팀에게 확답을 듣기 위해 직접 찾아갔다. 그는 이 사실을 오스카가 돌아오게 만드는 데 적극적으로 이용할 생각이었다. 팀이 릴리에게 자신이 예전에 당했던 것과 똑같은 짓을 하려는 걸 안다면 오스카는 두고 보지 않을 것이다. 왈도는 그게 오스카의 마음에 약점으로 작용해서 오스카가 팬텀 팀과의 커리어를 그만두고 자신에게 돌아오길 바랐다. 그 편이 릴리에게도 좋을 것이다. 물론 일이 그렇게 되면 릴리는 자신의 사랑이 오스카를 팀에서 밀어낸 게 아닌가 하는 후회를 할지도 모른다. 오스카를 쫓아갈 수 없음을 비관하기도 하겠지. 하지만 그 편이 커리어를 잃는 것보다 나을 것이다. 게다가 그 정도 슬픔은 곧 잊을 것이다. 왈도는 신경 쓰지 않았다.

왈도는 이 사실을 오스카가 알게 만들었다. 예상한 대로였다. 가장 큰 상처를 만들었던 사건을 다시 떠올리며 좌절하고 분노하는 오스카의 얼굴을 마주하는 것은 힘들었지만 덕분에 모든 것이 제자리로 돌아온다면 그 정도는 감당할 수 있었다. 오스카는 그 애가 그렇게 상처받고 버려지는 일을 그대로 놔둘 사람은 아니었다. 다정하고 용감한 사람이었으니까. 그러나 일은 전혀 왈도가 예상하지 못한 곳으로 흘러갔다. 오스카는 돌연 은퇴를 선언했다. 왈도에게는 어떤 상의도 없었다. 그는 돌아오려는 것이 아니었다. 완전히 떠나버리려는 것이었다.

일시적 감정이라고 생각했다. 외로워서 잠깐 곁에 있는 사람에게 여지를 준 것뿐이라고. 오스카가 그렇게까지 그를 사랑하리라는 것은 예상에 없었다. 왈도는 다급하게 오스카를 만나기 위해 상하이로 갔다.

◇ ◇ ◇

그날 밤은 모처럼 맑고 서늘했다. 지난 몇 년간 도착할 때마다 습하고 비가 내리던 상하이였는데, 그날은 고개를 들면 검푸른 하늘에 별이 선명하게 보였다. 레이스가 끝나고 늦은 저녁 호텔에서 애프터 파티가 열렸다. 근사하게 차려입은 사람들이 스폰서 브랜드의 위스키를 마시며 오스카의 은퇴에 대해서 저마다의 의견을 수군거리고 있을 때, 오스카는 거기에 없었다.

왈도는 파티에 혼자 남아 있었다. 그때까지도 왈도는 오스카를 전혀 설득하지 못한 상태였다. 가을이 성큼 다가온 밤이 깊어가고 있었다. 두 번의 레이스만 남겨둔 내구 레이스 시즌 역시 끝나가고 있었다. 몇 달 전까지만 해도 다음 해 3월에는 어떻게든 오스카를 안나고 팀의 차에 태울 수 있을 거라고 생각했는데 점차 그 확신도 흐려지고 있었다. 붙잡을 새도 없이 가는 가을밤이 눈부셨지만, 그때의 왈도에게는 그런 감상이 끼어들 틈이 없었다.

거기에 릴리가 있었다. 오스카가 무슨 생각으로 은퇴를 선언했는지 그도 눈치챘을 것이있다. 왈도는 그가 자리를 떠나는 것을 봤다. 왈도는 그가 오스카를 찾아갔다는 걸 알면서도 그때 잠시 망설었다. 어쩌면 맞닥뜨리고 싶지 않은 두 사람에 대한 진실을 마주해야 될지도 모른다는 생각이 잠깐 그를 두렵게 했다. 그러나 이번이 마지막 기회일 수도 있었다. 런던으로 돌아가야 할 시간이 다가오고 있었다. 오늘이 아니라면 겨울이 올 때까지 오스카를 보지 못할 수도 있었다. 왈도는 릴리를 뒤쫓아 갔다.

오스카의 호텔 룸 앞에 도착했을 때 왈도는 방문이 완전히 닫히지 않은 채로 열려 있는 것을 봤다. 오스카의 핸드폰이 바닥에 떨어져 있었다. 그게 틈에 걸려 문이 완전히 닫히지 못하고 있었다. 안에서 인기척이 들렸다. 왈도는 문을 열려고 했다. 그때였다.

"안 돼, 들어오지 마."

오스카의 목소리였다.

"돌아가."

그 소리는 방의 먼 곳이 아니라 문 앞에서 들렸다. 가쁜 호흡, 떨어져 있는 핸드폰이 무엇을 의미하는지 왈도는 깨달았다. 그는 혼자 있는 게 아니었다. 이성으로 상황을 판단하기도 전에 감정이 먼저 왈칵 솟구쳤다. 그럼에도 불구하고 왈도는 반사적으로 문손잡이에서 손을 뗐다. 분노라고 생각했지만, 목이 꽉 잠기도록 빠르게 밀려드는 감정은 슬픔이었다. 왈도는 안에서 나는 어린 짐승처럼 새근거리는 숨소리를 잠시 듣고 서 있었다. 릴리였다. 그토록 많은 시간 동안 어려운 순간을 넘겨왔지만 지금만큼은 참기 힘들었다. 하지만 오스카는 조금 열린 문 너머에 있고 자신은 돌아가야 할 처지였다. 왈도는 숨을 골랐다.

"오늘 밤에 런던으로 돌아가. 그러면 당분간은 보러 못 올 거야. 내년 시즌에 네가 우리 팀에 오든지, 그게 아니라면 정말 당분간은 못 볼 수도 있어."

왈도는 잠시 말을 멈췄다. 그는 짧게 숨을 골랐다.

"너는 내게 유일했어. 네가 내 하나뿐인 이유였지, 오스카."

얼마나 오랜만에 그에게 이런 말을 하는 걸까. 정말 마지막일지 모른다고 생각한 순간에서야 이런 말이 나왔다. 진작 사랑한다는 말을 했으면 너는 좀 더 나를 기다려줬을까, 허무함이 밀려들었나. 왈도는 문틈으로 새어 나오는 실내의 빛을 가만히 바라봤다. 안에서 소리가 났다. 오스카를 끌어안고 있을 그 사람을 상상하자 마음이 새까맣게 타들어갔다.

"정 주지 마. 우리는 붙잡아 멈추려고 하면 무너지는 세계에 살고 있으니까."

돌아가기 직전 왈도는 그렇게 말했다. 그 말은 지금 문 안에 있는 나머지 한 사람도 들었을 것이다. 왈도는 핸드폰을 안으로 밀어 넣고 그 문을 마저 닫아버렸다. 정적이 흘렀다. 아마 당분간 우리는 다시 얼굴을 마주하기 어렵겠지. 왈도는 호텔을 떠났다.

◇ ◇ ◇

왈도가 새벽 비행기를 타기 위해 푸둥 공항에서 기다리고 있을 때였다. 연락이 없을 거라고 생각했던 오스카에게서 전화가 왔다. 진동이 울리자 애써 정리하고 있던 마음에 어쩔 수 없이 물결 같은 흔들림이 일었다. 한동안 목소리를 듣지 못할 거라고 생각한 순간 그에게서 온 연락은 실망한 채로도 반가웠다. 왈도는 전화를 받았다.

그의 목소리는 예전이나 다름없었다. 시간이 꽤 흘러 조금 성숙해지기도 했다. 사랑했던 때와 전혀 다르지 않은 음성으로 오스카는 왈도에게 새삼스레 옛날이야기를 했다. 우리가 어떤 연인이었는지. 그 목소리가 트랙 너머에서 라디오로 속삭이던 때를 상기시켰다. 감미로운 음성으로 오스카는 이야기를 듣고만 있는 왈도에게 말했다.

"이젠 이해해. 네가 나에게 했던 것들. 내가 사랑 때문에 더 중요한 걸 포기할까 봐 그랬다는 거."

계속해서 거부하던 오스카였다. 오늘날 너를 다시 제자리에 돌아오게 만들기 위해 무수히 많은 밤을 지새우며 받았던 상처들 위에 그 말이 스며들었다. 왈도의 마음이 한껏 약해졌다.

"나는 무서웠어. 네가 나 때문에 모든 걸 그만둘까 봐. 네가 나 때문에 다른 기회를 포기한다면 나는 견딜 수 없었을 거야."

"응, 알아. 알고 있었어."

대답하는 오스카의 목소리가 부드러웠다. 왈도는 문득 슬퍼졌다. 불과 몇 개월 전, 르망의 여름밤까지만 해도 끝내 너를 기다리게 만드는 내게 화가 나 있는 너였는데. 그의 실망과 슬픔이 우리가 여전히 사랑하고 있는 증거라는 것을 왈도는 알고 있었다. 그래서 시간을 끌 수 있었던 것이었다. 오스카는 기어이 돌아오지 않겠다는 말을 하려는 것 같았다. 우리의 사랑에도 끝은 있다고.

"릴리는 재능 있어. 가능성으로 빛나는 아이지. 그 앨 처음 봤을 때부터 그렇다고 생각했거든. 그런데 그 애는 세상의 모든 걸 가질 수 있을 텐데도 나만 원해."

오스카는 조심스럽게 이야기를 했다. 왈도는 오스카가 그의 이야기를 하는 지금, 그것이 어떤 감정인지 누구보다 잘 알고 있었다. 그래서 그의 음성이 그토록 애틋한 것이다. 그가 다른 사람을 사랑하게 되어서야 듣는 이해의 말에 어쩔 수 없이 왈도의 눈가가 젖었다.

"무서워. 내가 그 앨 망칠까 봐."

"사랑하는 거니?"

"그럴지도."

사랑보다도 간절했던 이해였는데, 오스카는 그걸로 우리가 마지막이라는 말을 하려는 것 같았다. 왈도의 목소리가 나직하게 흐트러졌다.

"오스카, 그러지 마."

전화 너머에서 오스카가 숨을 쉬는 소리가 들렸다. 왈도는 그 소리도 놓칠세라 숨을 죽였다.

“왈도, 조금 전까지만 해도 그냥 너와 함께 런던으로 가버릴까 생각했었어. 네게 돌아갈 수도 있을까 하고.”

“…….”

“하지만 내가 사랑한 건 피트월에서 달리는 내게 끊임없이 말을 걸어주던 너야. 지금 나를 떠나는 네가 아니라.”

울컥 눈물이 났다. 그가 가장 간절하게 손을 뻗었던 순간 먼저 놓아버렸으면서도 어떻게든 돌이킬 수 있을 거라고 생각했는데, 시간이 너무 많이 흐른 모양이었다. 그때 다른 팀으로 함께 이적했어야 했을까, 아니면 더 좋은 방법이 있었는데 놓치진 않았을까. 지금을 돌이킬 수 있는 무수히 많은 과거의 순간들이 왈도의 마음속에서 한꺼번에 떠올랐다.

“돌아가기엔 늦은 걸까?”

오스카는 대답이 없었다.

“다른 건 견딜 수 있어. 네가 다른 사람을 사랑하는 것조차도. 하지만 오스카……”

그 말을 하는데 누군가 의자 뒤에서 왈도의 어깨를 안았다. 왈도는 눈을 감았다. 익숙한 냄새와 부드러운 머리카락이 목덜미에 닿았다. 오스카가 어깨 너머에서 손을 내밀어 왈도의 전화를 끊었다. 그 따스함이 너무 오랜만이었다. 숨을 죽인 왈도의 얼굴에서 눈물이 떨어졌다. 그는 한 손으로 안경을 벗었다. 눈물을 닦을 생각도 하지 못하는 왈도의 젖은 뺨을 오스카가 손바닥으로 천천히 닦았다. 왈도는 그 손을 끌어당겨 오스카의 팔을 안았다. 오스카가 상체를 숙여 왈도를 품에 더 깊이 안았다. 미안해, 내 연인. 우리 레이스는 이미 끝났어. 자그마한 속삭임들이 관자놀이에 쏟아졌다. 처음 너의 마음을 깨트렸을 때부터 돌이킬 수 없었다는 걸 왜 몰랐을까. 왜 이제야 내 곁에서 나를 껴안는 너의 온도가 이토록 사랑스럽다는 걸 깨닫는 걸까. 왈도는 소리 없이 울었다. 오스카는 그 떨림이 완전히 멈출 때까지 왈도를 안고 있었다.

오스카는 그날 왈도가 런던으로 돌아가는 비행기를 타는 순간까지 곁에 있었다. 푸둥 공항 라운지에 앉아 캄캄한 밤을 바라보고 있자니 옛날 생각이 났다. 우리가 한 시즌을 마무리하고 있을 때. 그때 나눈 대화가 기억에 생생했지만 왈도는 거기에 대해서 말하지 않았다. 과오를 돌이킬 수 있을지는 몰라도 마음을 돌이키는 것은 어렵겠지. 왈도는 탑승게이트로 가기 전에 오스카를 한 번 안았다. 등 뒤에 남겨진 오스카의 모습이 낯설어서 왈도는 돌아보지 않았다. 예전에는 가는 그를 항상 왈도가 먼저 떠나보냈었는데, 그를 남겨두고 런던으로 돌아가는 마음이 허전했다. 가는 동안 그렇게 그를 뒤흔들던 생각과 가능성들이 어디론가 다 사라지고, 왈도는 뒤에서 끌어안던 오스카의 촉감만 계속해서 생각했다. 지금까지의 시간들이 꿈결 같았다.

옥스퍼드의 팩토리로 돌아온 그는 한동안 시즌을 마무리

하는 데만 집중했다. 인디고 팩토리를 들끓게 하던 내년 시즌 계약에 대한 무성한 소문들은 그대로 공중을 떠돌았다. 왈도에게서는 어떤 낌새도 보이지 않았다. 한동안 퍼붓듯이 일에 매달리던 그는 무언가를 놓은 사람처럼 한 달을 보냈다. 사람들은 저마다 고요한 왈도의 내면에서 일어나고 있을 계획들을 추측하느라 바빴지만 왈도는 다음 시즌을 준비하는 것 외에는 누구에게도 자신의 속마음을 꺼내놓지 않은 채로 시간을 보냈다.

그러던 11월 셋째 주에 그 전화가 왔다. 11월의 세 번째 월요일 오전 6시였다. 왈도는 그 시간을 기억했다. 아직 해도 뜨지 않은 새벽에 팩토리의 풍동에 혼자 있던 그의 전화가 울렸다. 브라질의 인터라고스에 가 있는 방송국 기자에게서 걸려온 전화였다. 인터라고스는 그때 자정을 넘긴 새벽이었을 것이다. 전화를 받았을 때, 기자의 조심스럽던 목소리와 너무 고요하던 주변조차도 왈도는 또렷하게 기억했다.

"에두아르도, 어떻게 말을 해야 할지 모르겠지만…… 공식 기사가 나가기 전인데 당신에게는 미리 이야기를 해줘야 할 것 같아서 연락했어요. 팬텀 팀에 큰 사고가 났어요. 오스카가 차에 타고 있었죠."

기자가 무슨 말을 하려는지 짐작했지만 왈도는 빨리 상황을 이해할 수가 없었다. 바깥의 새벽안개 같은 고요가 전화 너머에 흘렀다.

"오스카는 무사한가요?"

"그게…… 정말 유감이에요."

왈도는 천천히 의자에 앉았다. 왈도는 나중에 그 순간만큼은 시간이 멈춘 것 같았다고 회상했다. 일순간 모든 생각이 멈추던 그 느낌. 기자는 병원에서 전화를 했다. 그는 인터라고스에 비가 왔고, 오스카가 타고 있던 차가 미끄러져 충돌하면서 전복되었고, 오스카가 그 사고로 죽었다는 말을 했다. 기자가 하는 말들을 들으며 왈도는 벽에 걸린 시계를 봤다. 그게 네 시간 전의 일이라고 한다. 잠이 오지 않아 밤새 깨어 팩토리에서 상념에 잠겨 있는 동안 오스카는 죽어가고 있었구나. 오스카의 죽음을 모른 채로 벌써 몇 시간이나…… 생각을 하다 왈도는 그만두었다.

전화를 끊고 나서도 왈도는 좀처럼 실감이 나지 않아 그 자리에 그대로 앉아 있었다. 그러다 문득 오스카의 부드러운 감촉을 떠올렸다. 침대에서 껴안고 그의 숨 쉬는 가슴을 바라보고 있던 그 평화로운 시간들이 하필 그때 선명하게 떠올랐다. 푸둥 공항에서 나를 껴안던 그 팔과 빛이 통과하는 얇은 귓바퀴에 있던 피어싱, 온화하던 목소리. 오스카의 따스한 냄새를 기억해내려는데 잘 기억이 나지 않았다. 그의 체취가 벌써 머릿속에서 흐릿하게 지워지고 있었다. 왈도는 잘 돌아가지 않는 머리로 시간을 거슬러 기억해내려고 애썼다. 그의 얇은 눈꺼풀과 색이 옅어서 잘 보이지 않던 눈썹, 손가락 사이를 빠져나가던 머리카락, 어깨를 드문드문 채우던 얼룩들과 피부가 얇아 근육이 도드라져 보이던 배, 젖은 숨을 쉬던 입술. 그 입술을 떠올리면 그 온기가 아직도 생생한데, 그가 죽었다고 한다. 조금 전에. 왈도는 갑자기 그의 체취를 다시 확인하고 싶었다. 그 몸을 껴안고 다시 한 번만 체취를 확인할 수 있었으면. 그러나 오스카는 너무 멀리 있었고, 왈도는 옥스퍼드 팩토리에서 풍동의 어둠을 바라보며 홀로 있었다. 그를 안지 못하는 빈손이 차갑게 식어가고 있었다.

런던 시각으로 오전 10시에 팬텀 팀이 공식 기자회견을 했다. 시간이 어떻게 흘렀는지 또렷하게 기억나지 않았다. 인디고의 디렉터는 밤을 새우고 마른 눈으로 그 공식 발표를 몇 번이나 확인하며 생각했다. 대체 네가 거기에 왜 있었을까. 왜 하필 그 일이 너에게 일어났을까. 현대 레이싱의 안전 규정은 엄청났고 사망 사고가 일어날 확률은 정말 희박한데, 하필이면 그 일이 네게 일어난 이유가 뭘까. 도대체 어디부터 잘못된 걸까. 결국 그는 벼락에 맞은 사람처럼 상하이의 일을 기억해냈다. 한 달 전 그가 이별을 고했을 때 그를 놓아서는 안 되는 거였다. 어떻게든 너를 돌아오게 만들었어야 했는데. 내가 너를 거기 두고 떠나지 말았어야 했는데. 그러다 왈도는 그보다 더 오래전의 푸둥 공항에서 오스카가 했던 말도 기어이 기억해냈다. 레이스를 그냥 그만두고 싶어 했던 그의 마지막 순간을. 왈도는 목소리도 나오지 않을 정도로 절망했다. 그때 그만뒀어야 했는데. 네가 몇 번이나 나에게 이 일이 일어나지 않게 막을 수 있는 기회를 줬었는데. 몇 번이나 그만하겠다는 너를 기어이 보내고 다시는 돌아오지 못하게 만들다니, 내가. 그 많은 시간을 네가 그저 외로워했던 것을 알면서도 내가. 오스카, 내 유일한 이유인 너를.

지독한 절망이 그를 집어삼켰다. 그의 내면이 부서지는 동안 팩토리에는 이른 눈이 내리고 있었다. 곧 겨울이었다.

◇ ◇ ◇

그로부터 3개월이 더 흘렀다. 팬텀 팀은 한 대가 결번되었다. 이듬해 그 팀은 규모를 단축해 나머지 한 대의 차로만 시즌을 달리게 됐다. 팬텀의 11번에 있던 세 드라이버 중 두 명이 팀을 그만두었다. 그중 하나는 릴리였다. 누구의 책임도 아닌 불운한 사고는 그렇게 종결되었다. 레이싱에서는 언제나 일어날 수 있는 일이었다. 그런 일이 있더라도 나머지 사람들은 계속해서 살아나갔다. 냉정해 보이지만 그런 게 인생이었다.

왈도는 2월에 다시 카탈루냐에 갔다. 3월 시즌 개막을 앞두고 레이스 팀은 매년 그랬던 것처럼 처음 출발했던 자리로 돌아와 있었다. 인디고 팀은 첫 레이스 직전인데도 아직 새 드라이버를 발표하지 않은 채 리저브 드라이버로 테스트를 진행했다. 왈도가 그렇게 마지막까지 결정을 미루는 이유 역시 모두가 짐작은 하고 있었기 때문에 아무도 선불리 다음 일을 묻지 않았다. 원하는 대로 흘러간 것은 아무것도 없었다. 인디고에게도, 팬텀에게도 원하는 결과는 아니었다. 그럼에도 불구하고 대부분의 것들은 제자리에서 아무 일도 없었다는 듯이 시간을 맞이하고 있었다. 왈도는 그게 이상했다. 자신에게는 너무 간절했던 사람에게 그런 게 일어날 수 있는 일인지, 그는 이해할 수가 없었다. 그가 이 자리에 없는데도 인디고의 차들은 트랙을 달리고 있었다.

오스카와 여기에서 만난 이후 아홉 번째 시즌이었다. 그가 살아 있었다면 33세 1개월을 갓 지났을 것이다. 왈도는 패독 2층의 실내에 혼자 앉아 유리창 너머를 내려다봤다. 인디고의 차가 피트로 들어오고 있었다. 9년 전과는 몰라보게 달라진 디자인의 레이스 카가 매끄럽게 노란 페인트 선 안으로 들어왔다. 타이어를 든 채 대기하고 있던 인디고의 팀 크루들이 신속한 동작으로 차에 달라붙었다. 레이스 카는 잠깐 멈췄다가 새 타이어로 교체하고 다시 그 자리를 물고기처럼 빠져나갔다.

왈도에게 누군가가 다가왔다. 인디고의 차가 멀어지며 유리창을 진동하게 만드는 소음도 멀어졌다. 왈도에게 다가오던 걸음이 바로 곁에서 멈췄다.

"에두아르도, 오랜만이에요."

낯익은 목소리였다. 왈도는 천천히 고개를 돌렸다. 마지막으로 봤을 때보다 훌쩍 성숙해진 얼굴을 한 그가 서 있었다. 릴리. 오스카가 마지막으로 사랑했던 사람.

◇ ◇ ◇

"그 차를 타고 있는 게 나였어야 한다고 생각해요?"

릴리는 그렇게 물었다. 후회로 뒤엉킨 채 마주 앉아 있는 왈도는 릴리의 서글픈 음성만으로도 고통받았다. 그가 왈도를 원망하기 때문에 그런 말을 한 건 아니었다. 오히려 그는 차라리 그랬어야 한다고 생각하는 것 같았다.

"그래."

왈도는 어렵게 대답했다. 그 말은 눈앞의 사람을 상처 주기는커녕 왈도의 마음만 더 아프게 했다.

오스카가 릴리의 차를 탔다고 했다. 릴리의 옷과 헬멧을 입고 있는 그가 11번 차에 올라타는 줄을 아무도 몰랐다고 한다. 전날 예선 중의 사고로 부상을 입고도 그걸 숨겼던 릴리가 당신과의 마지막 레이스를 이대로 중단할 수 없다는 말을 하는 바람에 오스카가 그랬다고 한다. 그렇지 않았으면 오스카가 지금 여기 앉아 있을지도 몰랐다. 왈도의 앞에 앉아 있는 순진한 얼굴을 한 어린 청년도 그걸 몰랐다고 한다. 자신이 대기실에서 진통제에 취해 잠깐 자는 사이 그런 일이 일어났다고. 어떻게 그런 일이 일어날 수 있었을까. 왜 하필 너는 이 애를 사랑해서 내게 이러는 걸까. 너를 놓았던 나를 후회하게 만들려는 걸까. 그러나 왈도는 오스카가 인터라고스에서 더 이상 다음을 기약할 수 없는 레이스를 멈추고 싶지 않아 하는 릴리에게 얼마나 최선을 다했을까 하는 생각에 눈앞이 캄캄해졌다. 마지막까지 너와 함께하겠다는 사람에게 너는 모든 것을 걸 정도로 고마웠을 것이다. 오스카는 이 애를 위해서 그보다 더한 것도 할 수 있었겠지.

릴리는 말이 없었다. 오스카를 간절하게 사랑했을 그는 모든 것이 자신의 잘못이라도 되는 양 왈도의 날카로운 말을 선고처럼 듣고 있었지만, 왈도는 자신이 그를 상처 입힐 수조차 없다는 걸 깨달았다. 후회는 잘못된 선택을 한 자신의 몫이었다. 오스카의 현재를 사랑하려고 했던 그가 아니라. 대화가 끊어졌다. 주행 중인 레이스 카의 소음이 적막을 채웠다.

◇ ◇ ◇

패독 건물 옥상에서 왈도는 담배 한 대를 꺼내 불을 붙였다. 오스카가 피우던 담배는 가끔 왈도의 짐 속에서 발견될 때가 있었고, 왈도는 그래서 그가 피우던 몇 가지 제품을 기억하고 있었다. 은색 케이스에 든 담배는 그중의 하나였다.

냄새에 관한 기억을 되살리는 것은 다시 그것을 맡아보는 수밖에 없었지만 왈도는 지금에 와서는 이게 오스카에게서 나던 냄새인지도 기억이 선명하지 않았다. 그저 담배의 습관이 된 감각이 오스카의 기억을 일깨워줄 뿐이었다.

"날 원망해도 이해해요."

릴리가 풀 죽은 목소리로 말했다. 왈도를 똑바로 보지 않는 그는 자신이 한 연인을 영영 갈라놓기라도 했다는 듯 무거운 죄책감을 느끼는 모습이었다. 왈도는 한편으로 오로지 애도에 빠진 그의 모습이 순진해 보였다. 누구라도 지금의 그를 만난다면 달려들어 위로하고 네 잘못이 아니라는 말을 해줄 것이다. 누가 사랑을 잃은 이 애를 원망할까. 슬픔의 완전한 주인이 된다는 건 그런 것이었다.

"아니. 그러면 뭐 해. 그 애가 죽고 우리가 살아 있는 것에 무슨 이유씩이나 있겠어."

왈도는 연기와 함께 그런 말을 내뱉었다. 오전 연습 주행 세션이 끝나고 잠시 트랙이 비어 있었다. 조용한 공기 속으로 담배 연기가 흩어졌다. 천천히 걷는 왈도를 따라오던 릴리가 물었다.

"원래 담배 피워요?"

"왜?"

"오스카는 당신이 가고 나면 항상 담배를 피웠거든요."

"그랬어?"

릴리의 말에 왈도는 알면서도 모른 척 대답했다. 오스카는 예전에도 같이 있는 자리에선 담배를 잘 피우지 않았었다. 릴리는 항상 왈도가 떠나고 난 자리의 오스카를 봤던 것이다. 왈도는 자신이 최근에 담배를 피우기 시작했다는 사실에 대해서는 말하지 않았다. 그는 난간에 기대서 조용한 겨울 지평선을 바라봤다. 메마른 숲이 낯설어 보였다.

"끝나지 않는 여름이었지. 그런 사람이었어, 내게는."

"……."

"실감이 안 나. 그런 사람이 핀란드의 어느 눈 속에 파묻혀 있다니."

난간 아래로 내려다보이는 트랙은 두 번째 세션을 준비하고 있었다. 왈도는 뜻밖에도 아무렇지 않게 살아지는 삶에 허탈함을 느꼈다. 습관의 인력은 대단해서 왈도는 그 전화를 받은 다음 날에조차 같은 시간에 일어났고, 이후 3개월 동안 팩토리에 출근해서 자신의 업무를 했다. 시간이 어떻게 흘러가는지 감각이 없었다. 그저 다시 여기에 습관처럼 돌아와 있는 자신의 무력함이 놀라웠다.

"아직도 컴퓨터에는 오스카가 이 트랙을 달린 기록이 그대로인데. 페달을 밟는 깊이, 손의 흐트러짐, 진동 하나조차 전부 기록되어 있는데."

왈도는 담배를 쥔 손으로 입술을 만지작거렸다. 릴리는 대답하지 않았다. 약하게 부는 바람이 릴리의 머리카락을 흔들었다. 왈도의 담배 끝에서 흐트러지는 연기가 곁에 선 릴리의 얼굴을 스쳤다. 왈도는 한참을 생각하다 말했다.

"인디고의 차, 네가 타."

처음부터 이 이야기를 하려고 릴리를 여기에 불렀다. 조금은 예상하지 않았을까 싶었던 릴리의 얼굴은 뜻밖인지 놀라고 있었다. 왈도는 문득 오스카가 이런 상황을 예상이나 했을까 싶은 생각이 들었다. 이렇게 되리라는 건 우리 셋 중 누구도 몰랐겠지. 올해 스물일곱 살이 된 릴리는 한때 사랑했지만 좀처럼 붙잡을 수 없었던 사람이 남긴 유산에 잠시 황망해하다가 이내 받아들인 듯 난간 아래의 먼 곳을 봤다. 왈도는 곁에 선 릴리의 옆얼굴을 봤다. 그의 날씬한 몸집은 오스카와 비슷한 체중일 것이다. 마치 처음부터 자신을 위해 준비된 것 같은 자리에 앉아 그는 남은 삶을 이어가는 일을 어떻게 받아들일까. 모를 일이었다. 적어도 왈도는 그에게서 죄책감의 무게를 덜어주고 싶은 생각은 없었다. 왈도는 오스카가 탔어야 하는 차를 모르는 누군가가 아무렇지 않게 타고 달리기를 원하지 않았다. 릴리가 냉정한 자신을 원망하게 된다고 해도 상관없었다. 언젠가 우리가 각자의 상실을 이해하게 되는 날이 올지는 몰라도, 지금은 아니었다. 그러나 상념에 잠기는 릴리 역시 왈도가 무슨 생각을 하는지 알았다.

겨울 해가 창백하게 트랙 위에서 반짝였다. 세션 시작을 알리는 초록색 등이 피트레인 끝에서 켜지자 개러지 안에서 차들이 달려 나왔다. 그때는 우리의 운명이 어디를 향해 있는지 알 수 없었다. 어떤 시간들이 기다리고 있는지 알지 못한 채 한때 공학자였던 사람과 태양의 대륙에서 온, 겨울을 겪어본 적이 없는 드라이버는 동시에 푸른색 잔상을 남기며 피트레인을 빠져나가는 인디고의 차를 눈으로 좇았다. 지금 직면한 것은 오직 푸른 신호와 우리에게 주어진 90분가량의 시간이었다. 멜버른 레이스의 뜨거운 밤, 믿을 수 없을 만큼 빠른 릴리의 예선과 기적과도 같은 레이스 포디엄, 3년을 약속했지만 그보다 더 빠르게 경쟁자들을 뚫고 앞서나가기 시작하는 인디고의 부활, 갑작스럽게 나타나 그랑프리 드라이버들을 제치고 결국 우승하고 마는 릴리의 영광스러운 순간. 그 어떤 것도 그때는 알지 못했다. 오스카 없이 쏟아지는 갈채와 열광 앞에 설 날들이 그들을 기다리고 있었다. 몇 번이나 되는 연승과 챔피언십 경쟁에 도전하는 눈부신 날들이.

그러는 동안 오스카의 시간은 영원히 멈춰 있었다. 인터라고스에서 릴리가 몇 번이나 다시 체커 플래그를 받고, 토레로라고 부르던 왈도의 다른 이름이 인디고의 황소 문양과 함께 사람들의 기억에서 흐려지도록. 하지만 왈도는 열광과 열정, 실패의 순간을 거듭하면서 수십 번의 계절을 더 여행했다. 그는 매년 같은 자리를 같은 계절에 지나쳤다. 카탈루냐에서 인터라고스까지, 어디에도 오스카와의 기억이 서리지 않은 곳은 없었지만 그의 흔적은 왈도의 기억 외엔 어디에도 없었다. 그러나 중력과도 같은 강렬한 힘이 계속해서 왈도를 그곳에 남아 있게 만들었다. 그는 세상의 정점에 올라섰다. 오스카와 함께 하지 못한 영광이 그의 삶에 쌓여갔다. 끝도 없는 여름이 계속되었다.

Interlagos: 8minutes unrecorded

……지금 레이스가 막바지에 다다른 가운데…… 여기는 브라질의 인터라고스, 올해 시즌의 마지막 레이스가 지금 여러분 앞에 펼쳐지고 있습니다. 선두를 쫓고 있는 드라이버와…… 오스카 한니넨…… 그러나 잠깐의 충돌로 토로 인디고가 레이스를 마지막까지 지속할 수 있을지 확신할 수 없는 지금…… P3의 오스카 한니넨의 차에 문제가 발생한 것으로 추정……

"왈도, 내 이야기 들려? 왈도?"

"……."

"무슨 말이라도 해. 무슨 말이라도. 제발…… 날 혼자 달리게 두지 마."

"……."

"왈도, 제발 나한테 이야기해줘. 어서."

"……오스카? 내 말 들려?"

"허억…… 헉…… 다행이다. 다행이야. 응 듣고 있어. 듣고 있어, 그래……."

"오스카?"

"응 듣고 있어. 응…… 네가 날 못 듣는구나. 그렇지? 괜찮아. 계속 말해줘."

"잘했어, 오스카."

"……."

"네가 P2야. 레이스가 끝나가. 걱정하지 마. 여기서 내가 보고 있을 테니까."

"응, 알아. 알아…… 할 수 있어. 네가 계속 나에게 말해주고 있으면 난 괜찮아."

"……."

"……난 괜찮아 왈도. 너만 기다려주면…… 헉…… 후우…… 네가 거기 있으면, 돌아갈게. 무사히 완주할게. 너한테 갈 테니까……."

"아무도 널 잡지 못할 거야. 날 믿어."

"한 번만 나에게 가지 말라고 해줘."

"……."

"왈도, 한 번만."

"괜찮아, 오스카. 멈추지 마."

"……."

"……."

"……그러면 거기서 기다려줘. 얼마가 걸리든 너한테 돌아갈 거야. 약속할게. 그러니 떠나지 말아줘. 흐윽…… 윽, 네가, 거기에 있으면 얼마가 걸리든 내가 돌아갈 테니까 그 자리에 계속 있어줘. 응?"

"……."

"왈도, 기다려줘."

작업 후기

'인투 더 레드' 라는 제목은 먼저 만들어진 시퀄 만화인 '팬텀'을 제작할 때부터 머릿속에 구상하고 있었다. 검은 소 모양의 도안을 헬멧에 그린 오스카에게 투우의 컨셉트는 릴리보다는 왈도와의 관계에서 기인한 것이었고, 그 서사를 만화에서는 생략했었지만 언젠가는 설명이 필요하리라 생각했었다. 만화 '팬텀'에서, 왈도는 경험하지 못한 오스카의 아주 긴밀하고 행복했던 또 다른 레이스 시즌 안에서, 오스카의 오래된 사랑 이야기는 부족하지 않게 묘사되었다고 생각하지만 이 두 개의 이야기는 처음부터 하나의 큰 줄기로 머릿속에 완성되어 있었다. 팬텀을 먼저 완성한 건 그쪽이 오스카의 이야기라고 생각했기 때문이었다. '인투 더 레드'는 왈도가 사랑했던 과거의 이야기에 가깝다. '인투 더 레드'를 소설로 구상한 것은 여러 가지 이유가 있었지만, 다른 매체를 통해 이질적인 느낌으로 과거의 이야기를 소개하고 싶었다. 더 긴 이야기의 프리퀄을 더 압축된 기록으로 서술하면 어떨까

하고.

‘인투 더 레드’를 작업하면서 생소한 소재인 자동차 레이싱에 대한 정보를 설명하면서 이 스포츠 만의 매력을 전달하는 게 제일 어려운 과제였다. 본편보다 주렁주렁 설명이 더 많은 지루한 도입부를 쓸 수는 없는 일이었으니까. 그러나 일 년간 오스카와 왈도가 겪는 레이스가 갖는 고유의 서사가 그들의 관계가 발전하는데 중요한 역할을 하기 때문에 레이스 장면을 적당히 넘어갈 수는 없었다. 각자의 그랑프리는 예측할 수 없는 기승전결을 갖고 있고, 매주 계획에 없던 상황을 마주하면서 그들은 지난주와 다른 생각을 하고, 어제와 다른 마음을 갖고, 조금 전과 다른 시선으로 상대를 보게 된다. 사랑에 빠지는 일도 계획에 없이 어느 날 사고처럼 그들에게 일어난다.

레이스에서 일어나는 사건사고를 구성하기 위해 기록을 많이 참고했다. 극 중의 사건들은 모두 자동차 레이스라면 실제로 일어나는 일들이다. 그것도 꽤 흔하게. 뒤는 돌아보지 않는 것처럼 질주하며 살아가는 이런 세계에서 사랑하는 사람들이 있었다면 어땠을까, 뭐든 빠르게 앞서기를 경쟁하는 세계에서 누군가와 함께하고 싶다는 열망은 가져야할 본능과 정 반대의 성질일 텐데. 이것이 ‘인투 더 레드’ 전체를 관통하는 주제였다. 경쟁의 세계에서 사랑을 하고자 하는 사람과, 상대를 승리하게 하고 싶은 사람의 헌신은 결국 함께할 수 없었을 것이다. 나는 왈도와 오스카가 그런 사람들이라고 생각했다. 상대를 있는 그대로 바라봤고 최선을 다해서 사랑했음에도 불구하고 함께할 수는 없었던 사람들.

두 사람의 소재가 된 레이스 엔지니어와 드라이버의 관계는 신밀하고노 난설되어 있다는 생각을 했다. 지난 몇 년간 포뮬러원 레이스를 관람하면서 든 개인적인 감상인데, 출발 전 마지막 신호가 울리면 수백 명의 그리드 인원들이 모두 레이스를 출발할 차의 곁을 떠난다. 그 때 가장 마지막 순간까시 드라이버와 한 몸인 듯한 자제의 곳능을 다정하게 누드리고 쓰다듬다 떠나는 것은 대부분 그들의 레이스엔지니어였다. 그때 남겨지는 차들이 고독해 보인다는 생각을 했다. 레이스가 시작되면 트랙 안의 드라이버들과 벽 바깥에서 통신하는 레이스 엔지니어의 관계는 파일럿과 관제사의 관계와도 비슷했다. 연결되어 있되 눈앞에 보이지 않고 닿지 않는 거리에 있었다.

오스카와 왈도의 관계 역시 늘 함께 있으면서도 어딘가 완벽하게 연결되지 못한 채 단절되어 있었다고 생각했다. 많은 사람들의 관계가 실제로 그러하겠지만……. 조금 더 극적이로는 왈도는 늘 기록된 오스카를 마주하고 살았던 게 아닌가 싶기도 하다. 자신의 팀을 오스카가 떠난 후 여전히 비슷한 공간에 있으면서도 전처럼 라디오 채널로 연결되어 있지 않은 그에게서 왈도는 단절을 느꼈고, 외로워했으며 이후 8년간을 공백처럼 느꼈다. 그리고 마침내는 오스카와 완전히 이별하게 된다. 그러나 과거는 잊기에는 너무 분명하게 기록되어 있다. 그는 생생하게 기록된 시간들을 곱씹으며 그 한 해를 반복 재생하듯 살 테지만 한편으로 그게 불행한 일이라는 생각은 들지 않는다. 짧았지만 성공의 순간들이 있었고 비극적이었을망정 사랑해서 행복하기도 했었기 때문에. 그런 유산을 안고 살아가는 것이 보편적인 남은 사람들의 삶이지 않을까.

에필로그의 8분의 기록되지 않은 통신, 왈도는 그걸 전혀 듣지 못했지만 아이러니하게도 그는 오스카도 없이 평생 트랙에 남아있게 된다. 나중에라도 그 내용을 알았더라면 회의감을 느껴 레이스를 그만뒀을 수도 있지 않았을까. 하지만 그 말은 기록된 적이 없고 왈도는 몰랐기 때문에 시즌을 반복하며 그 자리에 남아있게 됨으로써 사실상 기다려달라는 오스카의 말이 영원한 주문이라도 되는 양 거길 떠나지 않게 된다. 정작 오스카는 그 이후로 몇 년의 세월을 더 거치며 그 순간으로부터 멀어지고 마음이 변했는지 모르는데 말이다.

그러나 그는 그 전에도 늘 오스카를 보내고 남겨지는 사람이었다. 레이스 출발 전에, 공항에서, 자신도 모르는 사이에 항상.

자동차 레이스를 보며 그들이 끝도 없이 현재를 달리는 것처럼 보여도 다른 사람들이라면 자연히 잊어버릴 과거를 기록에 담으며 살고 있는 사람들이라는 생각을 했다. 너무 생생한 과거는 후회로 이어질 가능성이 높아 어쩔 수 없이 씁쓸한 뒷맛을 남기는 스포츠에 쓴맛만 한껏 끼얹어 쓴 이야기였지만, 끝이 비극이었을망정 이들이 행복하기도 했었다는 것도 기억해주셨으면 좋겠다. 한동안 매력에 푹 빠져있었던 스포츠에 대한 나름의 사랑을 담아 만든 이 이야기를 지면에 인쇄된 기록으로, 조금 더 곱씹어 읽어주셔서 감사드린다.

2020년 여름

박지연

인투 더 레드

1판 1쇄 인쇄 | 2020년 8월 18일
1판 1쇄 발행 | 2020년 8월 26일

지은이 박지연
펴낸이 김영곤 | **펴낸곳** ㈜북이십일 아르테팝
오리진사업본부 본부장 신지원
미디어믹스팀 장현주 원보람 김가람
표지 및 본문 디자인 디자인그룹 헌드레드
마케팅팀 황은혜 김경은
영업본부 이사 안형태
영업본부 본부장 한충희
문학 영업팀 김한성 이광호
제작팀 이영민 권경민

출판등록 2000년 5월 6일 제406-2003-061호
주소 (우 10881) 경기도 파주시 회동길 201(문발동)
대표전화 031-955-2100 | **팩스** 031-955-2151
이메일 book21@book21.co.kr

ISBN 978-89-509-8994-1 03810
978-89-509-8995-8 (set)

㈜**북이십일 경계를 허무는 콘텐츠 리더**

아르테팝 채널에서 도서 정보와 다양한 영상자료, 이벤트를 만나세요!
페이스북 facebook.com/21artepop 트위터 twitter.com/21artepop
인스타그램 instagram.com/21artepop 홈페이지 artepop.book21.com